Au jeu des secrets

L'impossible dilemme

MARIE FERRARELLA

Au jeu des secrets

Traduction française de
PASCALE DOMÉJEAN

BLACK ROSE

HARLEQUIN

Collection : BLACK ROSE

Titre original :
CAVANAUGH COWBOY

HARPERCOLLINS FRANCE
83-85, boulevard Vincent-Auriol, 75646 PARIS CEDEX 13
Service Lectrices — Tél. : 01 45 82 47 47

www.harlequin.fr

ISBN 978-2-2804-4491-0 — ISSN 1950-2753

Prologue

— Ça ne va pas, petit ? demanda Seamus Cavanaugh en s'asseyant à côté de Sullivan, un des fils de son neveu Angus.

Cet ancien policier qui aurait pu couler une retraite paisible était le patron d'une petite entreprise de sécurité florissante. Mais il se considérait surtout comme le patriarche d'un clan très implanté dans le milieu de la police et de la justice.

Seamus se faisait un devoir de veiller au bien-être de chacun des membres de sa famille, du plus âgé – son fils Andrew qui, comme lui, avait pris sa retraite après une longue carrière dans la police –, jusqu'à la petite dernière, la fille de Dugan et Toni, qui venait de souffler sa première bougie.

Tout d'abord, Sullivan Cavanaugh ne comprit pas que son grand-oncle s'adressait à lui. De nombreuses personnes étaient présentes à cette fête familiale organisée à l'improviste, et il y avait beaucoup de bruit. Toute la maison était pleine à craquer de Cavanaugh et d'amis proches, qui presque tous consacraient leur vie à maintenir l'ordre et la paix dans la ville d'Aurora.

En venant ici, Sully espérait oublier pour un temps le sentiment profond de lassitude qui s'était subitement emparé de lui au terme de dix-huit mois d'une enquête longue et difficile. Une traque acharnée qui s'était conclue par l'arrestation du meurtrier qu'il poursuivait.

D'ordinaire, lorsqu'il parvenait à retrouver le coupable et à le mettre sous les verrous, il se sentait plein d'énergie, prêt à repartir sur une nouvelle enquête.

Mais pas cette fois.

Cette fois-ci, il ressentait un sentiment de découragement de plus en plus oppressant, et il avait l'impression de ne plus pouvoir avancer.

Mais il n'aurait pourtant pas cru que d'autres le remarqueraient.

Sully cligna des paupières et se tourna vers son grand-oncle.

— Tout va bien, répondit-il en faisant de son mieux pour ne pas trahir son abattement.

Son grand-oncle le fixa de son regard pénétrant.

— Ne joue pas au plus fin avec moi, petit. J'ai déjà vu ça. Tu viens de conclure l'affaire Gilmore, n'est-ce pas ?

C'était une question rhétorique.

— Mon équipe a retrouvé le coupable, oui.

— C'était une grosse affaire, remarqua Seamus. On en a beaucoup parlé. Mais malgré ton succès, tu as vraiment une tête d'enterrement !

Sully haussa les épaules.

— Je pense que je paie le prix de toutes ces heures de travail ! Je devrais peut-être rentrer chez moi et faire la sieste.

Mais Seamus n'eut pas l'air convaincu.

— C'est plus grave que ça, déclara-t-il.

Il le dévisagea pendant un instant avant de lui demander :

— Tu fais un burn-out ?

Inutile de mentir, songea Sully. Le vieil homme

était bien trop perspicace pour qu'il puisse espérer le tromper.

— Peut-être bien, reconnut Sully en haussant les épaules. Mais ça va aller.

Il avait surtout envie de s'en convaincre lui-même.

— J'en suis persuadé, répondit Seamus avec la conviction d'un homme qui avait vu beaucoup de choses au cours de sa vie. Mais en attendant, tu as besoin d'aide.

— D'aide ? répéta Sully, sans trop comprendre ce que son grand-oncle voulait dire.

Il craignait que Seamus ne fasse allusion à quelques verres de whisky.

Mais il se trompait, car Seamus hocha la tête et lui dit :

— Un changement de décor.

Sully ne voyait pas en quoi cela pourrait lui être bénéfique, aussi écarta-t-il cette suggestion.

— Je ne suis pas certain que des vacances…

Seamus poursuivit comme s'il ne l'avait pas entendu.

— Que dirais-tu d'aller au Texas ?

— Au Texas ? répéta Sully.

Il n'avait jamais mis les pieds dans cet État, et n'avait pas la moindre intention de le faire.

— Cela ne fait pas partie de mes projets. D'ailleurs…

Mais une fois encore, Seamus ne le laissa pas poursuive.

— J'ai une vieille amie qui dirige un petit restaurant à Forever, dans le Texas. Elle possède également un petit ranch où elle élève des chevaux. Je suis certain que, si je le lui demandais, Miss Joan t'accueillerait avec plaisir.

Sully regarda son grand-oncle avec perplexité. Il

était de notoriété publique que Seamus avait parfois un comportement étrange.

— Je n'ai qu'à passer un coup de fil, poursuivit son grand-oncle.

— Je te remercie, répondit Sully en s'apprêtant à se lever. Je n'ai pas besoin de cela.

Seamus l'attrapa par le poignet. Pour un homme de son âge, il avait une force étonnante. Sully se rassit.

— Si, répliqua Seamus, tu en as besoin. Tu aimes les grands espaces et tu sais monter à cheval, n'est-ce pas ?

Le vieil homme avait une mémoire d'éléphant. Inutile de lui mentir. Sully aimait l'équitation. Cela lui rappelait les longues chevauchées qu'il faisait l'été en compagnie de son grand-père, lorsqu'il était enfant.

— Oui.

— C'est bien, répondit Seamus. Tu n'as plus qu'à faire ta valise.

Sully regarda son grand-oncle sans trop savoir quoi penser. Il semblait ne pas lui laisser le choix.

— Mais tu n'as pas encore appelé ton amie, lui fit-il remarquer.

Seamus se pencha vers lui.

— Ce qu'il y a de bien avec les vieilles connaissances, lui dit-il sur le ton de la confidence, c'est que tu connais la réponse avant même d'avoir posé la question. L'autre avantage est que tu peux toujours compter sur elles pour te rendre service.

Le vieil homme ajouta avec un large sourire.

— Et maintenant, arrête de discuter, petit. Va faire tes bagages !

1

L'arrivée de Sully Cavanaugh dans le restaurant ne passa pas inaperçue.

Miss Joan tournait le dos à la porte d'entrée, mais elle vit soudain une expression d'admiration se peindre sur le visage de ses serveuses, Mandy et Beth.

Mandy fut la première à se ressaisir. Avec un soupir, elle déclara :

— Il est pour moi !

— Il n'est pour personne, répliqua Miss Joan d'un ton sévère. C'est le petit-neveu d'un de mes amis.

— J'imagine que le grand-oncle n'était pas mal non plus ! repartit Beth avec enthousiasme.

Miss Joan se contenta de froncer les sourcils et obligea les deux jeunes femmes à sortir de leur contemplation.

— Vous avez des clients à servir, leur rappela-t-elle. Je suggère que vous le fassiez avant que tout refroidisse.

En tant que policier, Sully avait l'habitude d'entrer dans des endroits qui ne lui étaient pas familiers, et d'évaluer la situation. Il savait bien qu'il ne courait aucun danger en ce moment, mais il avait la nette sensation d'être observé avec attention.

C'était probablement parce qu'il n'était pas d'ici. D'après ce que son grand-oncle lui avait dit, Forever était une petite ville où la plupart des gens se connaissaient.

La femme qui se trouvait derrière le comptoir

observait chacun de ses pas alors qu'il se dirigeait vers elle. Elle était mince, d'apparence très soignée, et ses cheveux étaient d'un roux flamboyant qui avait dû être naturel autrefois, mais qui aujourd'hui, étant donné son âge, devait nécessiter quelques artifices.

Elle avait dû être très belle, songea-t-il. Et il lui semblait qu'autrefois elle était certainement le genre de femmes qui plaisaient à son oncle.

— Bonjour, dit-il en s'éclaircissant la voix.

La femme le regarda, puis leva les yeux vers son chapeau.

Un peu tard, il se souvint d'enlever le stetson noir dont son grand-oncle lui avait fait cadeau lorsqu'il était parti pour Forever. Il n'avait pas l'habitude de porter un chapeau, mais le soleil brûlant rendait cela presque indispensable.

— Je voudrais parler à Miss Joan, poursuivit-il.

La femme cessa d'astiquer le comptoir et se pencha en avant.

— C'est moi.

Sully lui tendit la main.

— Je suis Sully Cavanaugh. Je pense que mon grand-oncle vous a téléphoné pour vous prévenir de ma visite.

Miss Joan considéra sa main tendue un instant avant de la serrer.

— Non, petit. Il m'a dit qu'il t'*envoyait* ici pour ton bien, rectifia-t-elle, que tu avais besoin de faire le point.

Sully était plutôt secret et répugnait à donner des informations sur sa vie privée. Cette femme semblait en savoir déjà beaucoup plus qu'il ne l'aurait voulu.

— Ce n'est pas exactement…

— C'est ce qu'il m'a dit, l'interrompit Miss Joan.

Elle l'examina de la tête aux pieds, sans chercher le moins du monde à s'en cacher.

— Tu ressembles beaucoup à Seamus lorsqu'il était jeune et beau, lui dit-elle. J'imagine que maintenant il est vieux, ratatiné et gros…

Elle laissa sa phrase en suspens, comme si elle l'invitait à la contredire.

— Il est mince et en excellente forme pour son âge, lui répondit Sully.

— Mais il est tout de même vieux, répliqua Miss Joan, remarquant qu'il ne l'avait pas contredite sur ce point.

— Vieux ? Ce n'est pas le mot qui vient à l'esprit lorsqu'on le voit !

Miss Joan secoua la main, l'air peu convaincu.

— Tu es son petit-neveu. Tu ne peux pas dire autre chose !

Au lieu de protester, Sully sortit son téléphone portable. Il ouvrit l'application où il gardait ses photos et en trouva une récente de Seamus.

Il tendit son portable à Miss Joan.

— Regardez vous-même.

Au lieu de prendre le téléphone, elle saisit la main de Sully pour tourner l'appareil vers elle, et regarda attentivement la photo qu'il avait choisie.

Elle pinça les lèvres et demanda avec méfiance :

— Quand a-t-elle été prise ?

Sully réfléchit un instant.

— Au mois de janvier.

Elle plissa les paupières et le considéra avec l'air de quelqu'un qui ne s'en laisse pas conter.

— De cette année ?

— Oui, madame.

— Eh bien ! murmura-t-elle en lui lâchant la main.

Si je n'étais pas mariée, j'irais peut-être lui rendre visite pour voir s'il y a toujours la même alchimie entre nous.

Sully remit le téléphone dans sa poche.

— La même alchimie ? répéta-t-il.

Même si Sully se considérait comme très ouvert, il lui était difficile d'imaginer qu'une personne de l'âge de son grand-oncle puisse avoir une vie sentimentale.

Miss Joan le regarda avec impatience.

— Tu vois bien ce que je veux dire, non ? Je ne vais pas te donner de détails, petit !

Sully préféra changer de sujet.

— Oncle Seamus et vous m'appelez tous les deux « petit ».

Miss Joan le considéra un instant.

— Je vais t'avouer un secret : dire « petit » est beaucoup plus facile que se souvenir des prénoms de chacun. Même si je n'ai aucun mal à le faire, ajouta-t-elle avec autorité, comme si elle craignait qu'il en doute.

Sully sourit.

— J'en suis certain, madame.

— Ne m'appelle pas madame ! J'ai l'impression d'être au moins centenaire.

— Pas du tout, mad… Miss Joan.

Elle hocha la tête.

— C'est mieux comme ça, petit. Et maintenant, assieds-toi ! dit-elle en désignant un tabouret à côté de lui.

Lorsqu'il fut installé, elle prit un menu et le glissa devant lui.

— Que veux-tu manger ? Nous sommes en train de servir le déjeuner, mais si tu préfères un brunch, pas de problème.

Sully ne regarda même pas le menu.

— Je ne veux pas vous déranger. Je suis seulement passé pour me présenter et pour vous remercier.

— Si tu veux me remercier lui dit Miss Joan, tu vas commander quelque chose. Je ne veux pas que tu sortes d'ici le ventre vide !

Elle s'interrompit et le dévisagea.

— Pourquoi souris-tu ?

— Seamus m'a prévenu que vous aviez du caractère.

Miss Joan éclata de rire et répliqua :

— Il a probablement dit que j'étais têtue comme une mule !

Voyant que Sully s'apprêtait à protester, elle ajouta :

— Et il a bien raison, je suis têtue. Alors arrête de discuter, et choisis ce que tu veux commander. Plus vite tu auras mangé, plus vite tu partiras pour le ranch.

— Alors, vous acceptez que je reste ?

Seamus lui avait bien dit que Miss Joan l'avait invité à passer quelque temps sur le ranch, mais Sully n'en était toujours pas convaincu. Il ne voulait pas s'imposer si Miss Joan ne voulait pas de lui là-bas. Après tout, c'était l'idée de son grand-oncle, pas la sienne.

— C'est ce sur quoi Seamus et moi nous sommes mis d'accord, répliqua-t-elle d'un air décidé.

Puis elle le regarda avec intensité.

— Pourquoi ? Tu as changé d'avis ?

— Non, mad… Miss Joan.

Sully se rattrapa au dernier moment.

— Mais j'avoue que cela me surprend, reconnut-il.

— Pourquoi ? lui demanda Miss Joan.

— Vous ne me connaissez pas…

— Peut-être pas, mais je connais Seamus, et il ne m'enverrait jamais quelqu'un qui ne soit pas digne de confiance… Même si c'était un membre de sa famille ! Tu as encore des doutes que je peux calmer ?

Sully eut un petit sourire. Il secoua la tête.

— Non.

— Alors, c'est bon, déclara Miss Joan. Dis-moi ce que tu veux manger, et pendant qu'Angel le préparera, tu me donneras des nouvelles de ce satané Seamus.

Sully avait le sentiment que lorsqu'il rentrerait à Aurora Seamus souhaiterait lui aussi entendre parler de Miss Joan.

— Tout d'abord, il m'a demandé de vous remercier encore d'avoir accepté de m'accueillir.

Miss Joan fit un geste d'une main où affleuraient des veines bleutées.

— Il m'a déjà remerciée lorsque nous nous sommes parlé au téléphone. Ce qui m'intéresse, c'est ce qu'il a fait au cours des quarante années qui ont précédé cet appel.

Alors, comme il ne répondit pas immédiatement, elle changea de sujet et demanda en désignant le menu qu'elle avait placé devant lui :

— Tu as décidé ?

Cette femme passait facilement du coq à l'âne, songea Sully.

— Je vais prendre le plat du jour.

— Mandy, cria Miss Joan, dis à Angel de préparer un plat du jour. Saignant, à point, ou bien cuit ? demanda-t-elle.

Il préférait saignant, mais il savait que pour la plupart des cuisiniers, cela signifiait bleu. Alors, il choisit la sécurité.

— À point.

Miss Joan hocha la tête, avec l'air d'approuver son choix.

— C'est bien.

Elle jeta un coup d'œil à la serveuse qu'elle avait

appelée, et vit que la jeune femme n'avait pas bougé : elle dévorait Sully du regard.

— Allons, Mandy, tu as entendu ? Va prévenir Angel.

Mandy se ressaisit et marmonna :

— Oui, Miss Joan.

Elle pivota sur ses talons et disparut derrière les portes battantes de la cuisine.

Miss Joan n'essaya même pas de réprimer le soupir qui s'échappa de ses lèvres. Parfois, les jeunes femmes qu'elle prenait sous son aile lui donnaient bien du fil à retordre.

En se retournant vers Sully, elle déclara :

— Bon, en attendant que le plat arrive, tu vas avoir le temps de me raconter ce que Seamus a fait au cours de toutes ces années.

Le restaurant s'était peu à peu rempli depuis que Sully était entré. Il avait remarqué les regards inquisiteurs que les nouveaux arrivés coulaient vers lui avant de s'installer à une table ou sur un tabouret au comptoir. Mais surtout, il avait conscience de leur nombre.

— Vous ne préférez pas vous occuper d'abord de vos clients ? demanda-t-il, espérant que Miss Joan lui laisserait un peu de répit.

L'expression qu'il lut sur le visage de la vieille dame lui fit comprendre qu'elle avait parfaitement compris son stratagème. Et elle avait une réponse toute prête.

— C'est moi qui possède ce restaurant, Sully. Et cela veut dire que je fais ce que je veux, quand je le veux… dans la limite du raisonnable. Puisque j'ai deux serveuses qui prennent les commandes et apportent les plats, plus une troisième qui va arriver dans un quart d'heure, je peux prendre le temps de te poser des questions pour savoir ce que ce bourreau des cœurs de Seamus est devenu.

— Bourreau des cœurs ? répéta Sully avec incrédulité.

Il s'apprêtait à boire une gorgée de café lorsque Miss Joan avait parlé, et il fut content de ne pas l'avoir fait. Sinon, il se serait étranglé… ou l'aurait recrachée.

— Ton grand-oncle, précisa Miss Joan. Tu le vois peut-être comme un vieil homme inoffensif, mais je suis persuadée qu'il n'en est rien.

Elle regarda Sully avec attention.

— Je me trompe ?

Elle avait parfaitement raison, songea Sully en repensant aux derniers faits et gestes de Seamus.

— Eh bien, il a d'abord essayé de prendre sa retraite, expliqua-t-il à Miss Joan. Mais, un beau jour, il a fait irruption chez oncle Andrew, en disant qu'il allait mourir d'ennui, et qu'il voulait reprendre du service.

Miss Joan ne sembla pas surprise par cette révélation. Elle n'avait jamais pensé que Seamus Cavanaugh puisse rester confortablement installé dans un fauteuil, à regarder les jours passer.

— Et c'est ce qu'il a fait ? demanda-t-elle.

— Eh bien, comme il ne pouvait plus retourner dans la police à cause de son âge, il a décidé de créer son entreprise, répondit Sully. Au départ, il pensait qu'il s'agirait d'une agence de détectives privés, mais il s'est vite rendu compte que cela nécessitait beaucoup de travail sur le terrain. Et même s'il a eu du mal à l'admettre, il a bien dû reconnaître que, physiquement, il n'était plus tout à fait le même homme. Alors, il a préféré monter une entreprise de sécurité.

Miss Joan éclata d'un rire sonore qui résonna dans toute la salle.

— C'est tout à fait Seamus ! s'exclama-t-elle avec des accents d'affection.

Puis avec une très légère inflexion dans la voix, elle demanda :

— Et que pense sa femme de sa nouvelle occupation ?

— Rien, répondit Sully.

Il vit les sourcils de Miss Joan se lever en une question silencieuse. Alors, il répondit avant qu'elle ne la formule :

— Sa femme est morte il y a plus de dix ans. C'était d'ailleurs ce qui l'avait poussé à prendre sa retraite. Mais ce style de vie ne lui convenait pas.

— Hum, répondit Miss Joan, je n'imagine pas Seamus heureux sans travailler.

Elle se pencha un peu vers lui.

— Et comment marche cette entreprise ?

Son grand-oncle venait tout juste de monter une succursale, et il devait refuser des contrats. Mais c'était à Seamus de raconter tout cela à Miss Joan, pas à lui. Aussi se contenta-t-il de répondre :

— Ça l'occupe.

Miss Joan acquiesça, l'air pensif.

— Peut-être que, lorsque tu auras réussi à régler les problèmes qui t'amènent ici, nous inviterons Seamus à nous rendre visite, Harry et moi.

— Harry ?

Pendant un instant, Sully demeura perplexe. Était-ce un habitant de Forever, ou une ancienne connaissance de Seamus ?

— Mon mari, expliqua Miss Joan. L'homme qui a fini par m'avoir à l'usure et qui m'a passé la bague au doigt. Officiellement, le ranch où tu vas passer quelques jours lui appartient. Mais c'est un contremaître qui s'occupe de sa gestion.

Mandy apparut avec un plateau à la main. Elle s'adressa à Miss Joan.

— Voici ce que vous avez commandé.

— Ce n'est pas moi : c'est lui qui a demandé ça, rectifia Miss Joan.

Elle lui prit le plateau des mains et déposa le plat devant Sully.

— Voilà, petit. J'espère que tu vas aimer !

Le ton avec lequel elle disait cela révélait qu'elle en était certaine : visiblement, elle n'attendait pas moins qu'un chapelet de compliments, de la première à la dernière bouchée.

Bon, songea Sully, à la fois amusé et déconcerté, il pourrait toujours faire semblant d'apprécier le plat si c'était nécessaire !

Il découpa un morceau de son steak et le mit en bouche sous le regard perçant de Miss Joan, qui attendait de voir sa réaction.

Un feu d'artifice de saveurs explosa dans sa bouche.

— C'est très bon ! dit-il à l'amie de son grand-oncle.

— Bien sûr que c'est bon ! répliqua Miss Joan. Je t'avais dit que ça le serait. Tu en doutais ?

— Non, Miss Joan, répondit poliment Sully. Je vous faisais entièrement confiance.

La vieille dame se contenta de sourire, bien consciente qu'il la flattait. Mais étant donné qui il était, et surtout qui était son grand-oncle, cela ne la contrariait pas. Elle hocha la tête.

— Nous allons bien nous entendre, petit.

2

Miss Joan eut un sourire approbateur en enlevant les assiettes vides.

— Eh bien, pour un homme qui ne voulait pas manger, tu as fait honneur à ce steak et à cette tarte aux pommes ! remarqua-t-elle.

Elle passa un coup de torchon sur le comptoir pour enlever les miettes qui restaient. Lorsqu'elle eut terminé, elle lui demanda :

— Tu voudrais autre chose ?

— J'ai l'impression que je vais exploser !

— Je ne voudrais surtout pas voir ça ! répliqua Miss Joan en fronçant les sourcils. Bon, si tu peux attendre un peu ici – pas plus d'une heure – Harry m'a dit qu'il passerait te chercher pour te conduire au J-H Ranch.

Sully trouvait cela parfaitement inutile.

— Je ne veux pas vous déranger. Je suis certain que je pourrai trouver le ranch seul. Dites-moi seulement dans quelle direction je dois aller.

Miss Joan plissa un peu plus le front.

— Tu en es sûr ? demanda-t-elle. Cela ne gênera pas Harry : il est très sociable, et il aime beaucoup parler… D'ailleurs il prétend que lorsque je suis avec lui je lui coupe tout le temps la parole !

Et elle secoua la tête, comme pour manifester sa désapprobation.

— Lorsque je serai installé, je serai très heureux de rencontrer votre mari, Miss Joan. Mais pour le moment, il me tarde de découvrir l'endroit où je vais passer les prochaines semaines.

— Tu ne vas pas rester là-bas à ne rien faire, lui rétorqua Miss Joan. J'espère qu'il est clair pour toi que tu vas devoir travailler pour gagner le gîte et le couvert. Mon contremaître n'a pas beaucoup de patience avec ceux qui restent les bras croisés ! ajouta-t-elle.

— Il n'y a aucun problème, répondit-il pour écarter tout malentendu. Oncle Seamus m'a clairement expliqué les termes de votre arrangement. Et à dire vrai, il me tarde de faire un travail physique.

Miss Joan le considéra un instant. Puis, comme il lui semblait sincère, elle acquiesça.

— C'est entendu, donc. Je vais t'expliquer comment aller au ranch.

Miss Joan retourna le menu, sortit un stylo de la poche de son tablier, et dessina un plan sommaire.

— Tu es certain que tu ne veux pas attendre Harry ? demanda-t-elle en le regardant d'un air dubitatif.

— Non, ça ira très bien avec ça, dit Sully en tapotant le plan qu'elle venait de tracer pour lui.

Miss Joan doutait toujours de ce qu'on lui disait. Elle réagit donc avec sa méfiance coutumière.

— Tu te perds souvent ?

— Jamais. Je continue à avancer jusqu'à ce que j'arrive à destination, répliqua-t-il d'un ton décidé, pour mettre un terme à la conversation.

Il mit la main dans sa poche et en sortit son portefeuille.

— Combien vous dois-je ?

Le visage de Miss Joan s'assombrit comme un ciel avant l'orage.

— Tu remets ça dans ta poche, petit, ou tu vas devoir repartir chez toi avant même d'être arrivé, l'avertit-elle en le regardant d'un œil noir. Il est hors de question que tu paies tes repas.

— Je me sentirais mieux si je le faisais.

— Et je me sentirais mieux si j'avais vingt ans de moins, mais on ne peut pas toujours avoir ce que l'on veut ! repartit Miss Joan. Et maintenant, pars. Et dis bien à Rae que c'est moi qui t'envoie.

— Ray ? demanda Sully.

Miss Joan hocha la tête.

— C'est le contremaître, Rae Mulcahy. Sinon, tu risques d'être renvoyé du ranch manu militari.

Apparemment, les gens d'ici ne s'embarrassaient pas de préambules.

— C'est entendu : je ne manquerai pas de dire que je viens de votre part, promit-il. Et merci pour le repas, Miss Joan. Il était vraiment délicieux.

Elle accepta ses compliments comme s'ils allaient d'eux-mêmes.

— Bien sûr qu'il était délicieux ! Si ce n'était pas le cas, cela ferait longtemps que ce restaurant aurait fermé ses portes ! Et ne te laisse pas faire si Rae te fait travailler trop dur, ajouta-t-elle alors qu'il s'apprêtait à quitter le restaurant.

Sully sourit en entendant son avertissement.

— Il n'y a aucun risque ! répondit-il juste avant de sortir.

Il fut surpris de parcourir aussi rapidement la trentaine de kilomètres qui le séparaient du J-H Ranch et, s'il n'avait pas remarqué le grand portique en bois portant le nom de la propriété, il n'aurait pas su qu'il avait atteint sa destination.

Il sortit du 4x4 qu'il avait loué à l'aéroport, et alla ouvrir le portail. Il retourna dans son véhicule, le remit en marche, avança de quelques mètres, et s'arrêta une seconde fois pour refermer les battants derrière lui. Il ne voulait pas laisser un des chevaux s'échapper, même s'il n'en apercevait aucun dans les parages pour le moment.

Eh bien, tu voulais un changement de décor, c'est bien ça ? Tu es servi !

Aurora n'était certes pas une grande métropole, mais elle n'avait rien à voir avec les grandes étendues désolées des environs de Forever.

Il fallait être en paix avec soi-même pour vivre ici, songea Sully. Sinon, on pouvait vite devenir fou.

Pendant un instant, il eut envie de faire demi-tour, de retourner à l'aéroport, et de prendre le premier avion qui le ramènerait à la civilisation. Cela ne dura qu'un temps.

Il se fit mentalement la leçon : Seamus semblait penser qu'être ici pourrait l'aider à surmonter ce moment pénible de son existence. Alors, autant aller se présenter à ce fameux contremaître, qui allait le mettre au travail illico.

Il regarda le plan de Miss Joan qu'il avait déposé sur le siège du passager. L'habitation principale semblait être droit devant lui.

Il suivit la petite route sur environ deux kilomètres avant de l'apercevoir enfin. Derrière était situé un autre bâtiment qui devait être soit une étable, soit une écurie.

Il ne connaissait absolument rien au travail d'un ranch, et il se demanda si le contremaître de Miss Joan allait lui laisser un peu de temps pour s'installer. Il espérait que l'homme ne se révélerait pas être un de ces durs à cuire qui tirent fierté du nombre d'ouvriers agricoles qu'ils ont poussés à bout.

— Inutile de se faire du souci à l'avance, marmonna Sully.

Il n'était pas venu ici pour se faire des amis. Il voulait seulement retrouver sa joie de vivre… Celle qu'il avait perdue à traquer un tueur en série.

Sully décida qu'il allait se garer devant la maison, et voir s'il trouvait quelqu'un qui pourrait lui indiquer où travaillait le contremaître. Il ne voulait pas errer sur le ranch et courir le risque qu'il lui tire dessus, pensant chasser un intrus.

Sully eut un sourire amer : au moins, cela lui ferait oublier pour un temps ce sentiment d'épuisement constant qui l'avait conduit jusqu'ici.

Lorsqu'il eut immobilisé le véhicule, il ouvrit la portière et sortit. Pour l'instant, il décida de laisser sa valise sur le siège arrière. Cela ne servait à rien de s'en encombrer avant d'avoir trouvé le contremaître.

Sully se dirigea vers la maison. Elle semblait tout droit sortie des vieux westerns qu'il regardait autrefois avec son père, Angus. « Des classiques », disait-il.

En souriant à ce souvenir, Sully frappa à la porte.

Comme personne ne répondait, il frappa à nouveau. Puis une troisième fois, au bout de quelques minutes.

À la quatrième tentative, il dut se rendre à l'évidence : la maison était vide, et il allait devoir essayer de dénicher ce contremaître insaisissable ailleurs.

Sully regarda autour de lui. L'homme se trouvait peut-être dans le vaste bâtiment situé derrière la maison. Cela valait la peine d'aller voir.

Sully venait tout juste de descendre les trois marches du perron lorsque la porte d'entrée s'ouvrit soudain.

Enfin ! songea Sully en se retournant.

Son sentiment de triomphe s'évanouit immédiatement lorsqu'il se retourna, et vit que la personne qui était devant lui n'était pas le contremaître.

Ce n'était d'ailleurs pas un homme.

Il faisait face à une jeune femme mince, vêtue d'un jean et d'une chemise de travail, qui semblait avoir une vingtaine d'années. Elle avait de longs cheveux noirs rassemblés en une queue-de-cheval, des pommettes très hautes, et les yeux bleus les plus incroyables qu'il ait jamais vus.

Pendant un instant, ces yeux le retinrent captif, et il n'y eut plus pour lui ni temps ni espace.

Il dut faire un effort pour se ressaisir.

— Oui ?

La jeune femme prononça ce mot sèchement. Elle semblait plus agacée qu'amicale.

Cet accueil surprit Sully.

— Hum… Je viens de la part de Miss Joan.

— Bien évidemment, répliqua la jeune femme avec un soupir. Vous avez du matériel ?

Il n'avait pas la moindre idée de ce qu'elle entendait par là.

— Du matériel ?

Son incompréhension ne fit rien pour calmer l'agacement de la jeune femme… Au contraire.

— Des bagages, répliqua-t-elle. Des vêtements, des objets, je ne sais pas !

Il avait presque l'impression d'être un suspect en train de subir un interrogatoire.

— Oui. Dans ma voiture.

Puis, pour être sûr qu'il se faisait bien comprendre, il désigna du pouce le véhicule garé à proximité.

L'expression du visage de la femme ne s'adoucit pas pour autant. Elle continua à le fixer d'un air réprobateur.

— Vous pouvez garer votre voiture derrière la maison, et mettre votre matériel dans l'annexe.

— L'annexe ?

— Derrière l'écurie, là où les employés dorment.

Elle dut voir qu'il n'avait pas compris, car elle ajouta :

— Venez, je vais vous montrer.

En une seconde, elle fut au bas de l'escalier et se dirigea vers l'arrière de la maison, marchant devant lui.

Ils n'étaient pas partis sur de bonnes bases, songea Sully. Il avait rencontré nombre de criminels bien plus sympathiques.

Il l'appela.

— Attendez…

La jeune femme pivota sur ses talons. Visiblement, le peu de patience qu'elle avait réussi à rassembler s'épuisait de seconde en seconde. Elle ne dit rien, mais tout dans son attitude indiquait qu'elle attendait qu'il parle… et vite.

— Je cherche le contremaître…

Comme elle n'avançait plus, il la rejoignit.

— Ray Mulcahy.

Elle continuait à le regarder comme s'il n'avait pas tout compris. Et, puisque visiblement il n'avait pas d'illumination, elle déclara :

— Elle est là.

— Où ? demanda-t-il, regardant autour de lui.

Soudain, les mots qu'elle venait de prononcer résonnèrent dans son esprit.

— Elle ? répéta-t-il avec incrédulité.

Elle ouvrit la bouche, et il eut le sentiment qu'elle s'apprêtait à dire quelque chose de désagréable, mais elle se retint et demanda :

— Vous êtes sérieux ?

— Oui.

Avec un soupir exaspéré, elle tendit les mains devant elle et déclara :

— Là.

Sully regarda cette jolie jeune femme avec stupéfaction. Visiblement, les vieux westerns qu'il regardait avec son père n'étaient plus d'actualité.

— C'est *vous*, le contremaître ? demanda-t-il comme pour s'en convaincre.

Ce n'était pas la première fois qu'un des marginaux que Miss Joan avait décidé d'aider semblait effaré à l'idée de recevoir des ordres d'une femme.

— Oui. Cela vous gêne ? demanda Rae.

— Non, non, répliqua Sully, tâchant de dissimuler son embarras.

Il avait grandi entouré de femmes fortes. Cela ne lui posait aucun problème que ce soit une femme qui dirige le ranch. Il aurait simplement aimé être prévenu assez tôt pour ne pas avoir l'air d'un abruti.

Un peu tard, il ajouta :

— Ça me convient tout à fait.

Rae prit une profonde inspiration, s'intimant mentalement l'ordre de se calmer. Elle examina l'homme devant elle, et décida qu'il n'avait pas l'air choqué d'être sous les ordres d'une femme. Mais il semblait tout de même surpris.

Elle en tira la seule conclusion possible :

— Miss Joan ne vous a rien dit, c'est ça ?

— Elle s'est bien gardée de le faire !

Puis, comme les torts étaient partagés, il ajouta :

— En toute sincérité, je ne lui ai pas posé la question. Elle m'a seulement dit d'aller voir le contremaître, Ray Mulcahy.

Voilà le problème, songea Rae.

— Rae est le diminutif de Rachel, pas de Raymond, lui dit-elle.

— Oh ! Je n'ai pas pensé à ça un seul instant, reconnut-il.

Et, pour la première fois depuis bien longtemps, Sully éclata de rire.

Rae plissa les paupières, et se redressa. Elle avait travaillé dur pour obtenir ce poste et y rester. Miss Joan était généreuse, mais elle était également exigeante.

— Pourquoi riez-vous ? demanda-t-elle.

Sully dut reprendre son souffle avant de lui répondre.

— Mes sœurs vont bien se moquer de moi quand je leur raconterai cette histoire !

— Vous avez des sœurs ?

Les hommes que Miss Joan lui envoyait pour travailler sur le ranch étaient la plupart du temps des solitaires qui n'aimaient pas parler d'eux-mêmes, et certainement pas dès le premier jour. Celui-ci semblait différent, se dit-elle.

— Et des frères, ajouta Sully.

D'une certaine manière, il trouvait un certain réconfort à évoquer sa famille. Cela le surprenait, car au cours des dernières semaines il avait seulement ressenti l'envie de s'isoler et de couper tout lien avec les autres.

— Ainsi que toute une flopée de cousins, ajouta-t-il, dont presque la moitié sont des filles.

Il lui fit un sourire d'excuse.

— Je suis désolé. J'espère que je ne vous ai pas semblé insultant.

— Absolument pas, répliqua Rae.

Même s'il l'avait été, elle ne l'aurait pas reconnu : cela aurait été une façon de mettre ses sentiments à nu, et elle ne le faisait jamais.

Rae examina l'homme un peu plus attentivement. Il semblait fatigué… mais pas pour autant au bout du rouleau. Cela éveilla sa curiosité.

— Pouvez-vous me rappeler pourquoi vous êtes ici ? lui demanda-t-elle.

Sully se demanda si elle essayait de le piéger.

— C'est Miss Joan qui m'envoie.

— Pour travailler ?

Sully réfléchit une seconde, afin de retrouver les mots prononcés par Miss Joan.

— Je crois qu'elle a parlé de « gagner le gîte et le couvert ».

Rae le dévisagea. Cet homme ne semblait pas habitué à travailler sur un ranch, mais ce n'était pas non plus le cas de Rawlings ni de Warren, les deux personnes qu'elle employait en ce moment.

Elle n'aurait pas pu dire en quoi, mais il était différent des autres… Et elle n'aimait pas ce sentiment : cela lui donnait l'impression qu'elle n'était pas entièrement préparée à ce qui pouvait arriver.

— D'où êtes-vous ? demanda-t-elle.

— D'Aurora, en Californie, répondit Sully, alors que la jeune femme continuait à le considérer froidement.

— De Californie…, répéta-t-elle. Et vous êtes venu ici, à Forever ? s'enquit-elle avec scepticisme.

Sully ne voyait pas où était le problème.

— Oui.

Rae fronça les sourcils et le fixa de ses superbes yeux bleus.

— C'est vraiment un choix ?

Il faillit rire en voyant l'expression d'incrédulité peinte sur son visage, mais il comprit instinctivement que cela ne lui plairait pas.

Alors, il préféra lui dire :

— Seamus, mon grand-oncle, a pensé que cela me ferait du bien.

— Ce grand-oncle, Seamus, dit-elle en semblant avoir du mal à prononcer son nom, il ne vous aime pas beaucoup, n'est-ce pas ?

Ce n'était pas une question… Plutôt une constatation.

3

Sully regarda Rae Mulcahy. Il n'aurait su dire si elle le taquinait ou si elle s'était contentée d'exprimer son opinion, et il se demanda malgré lui ce que Seamus aurait pensé de cette jeune personne au caractère bien trempé.

Il aurait certainement été conquis : Seamus avait toujours aimé les femmes qui n'avaient pas froid aux yeux et qui ne craignaient pas de dire ce qu'elles pensaient.

— Jusqu'à aujourd'hui, je n'ai jamais eu l'occasion de le croire, finit-il par dire.

Rae haussa les épaules d'un mouvement nonchalant, et son corps bougea avec grâce sous le tissu à carreaux de sa chemise.

— Si vous le dites… Quoi qu'il en soit, j'ai remarqué ce matin qu'une portion de la clôture devait être réparée, et j'ai le sentiment que vous êtes plus à même d'effectuer ce travail que les deux autres ouvriers qui sont employés sur le ranch en ce moment.

Elle se dirigeait vers son véhicule pour l'emmener sur les lieux du chantier lorsque soudain elle s'immobilisa : il était plus prudent de ne rien tenir pour acquis.

— Vous savez creuser des trous pour enfoncer des piquets et vous servir d'une masse, n'est-ce pas ?

Sully ne savait pas si elle était sérieuse. Alors, il préféra répondre :

— Je pense que je peux m'en sortir.

— Bien. De toute façon, vous ne pouvez pas faire pire que Rawlings et Warren.

— Rawlings et Warren ?

Il essayait de se souvenir de tous les noms, car il avait le sentiment qu'il valait mieux ne pas demander à Rae Mulcahy de se répéter.

— Ce sont les deux hommes que Miss Joan vient d'embaucher pour travailler sur le ranch. En fait, corrigea-t-elle, dans le cas présent, c'est Harry qui a donné le feu vert.

— Harry est le mari de Miss Joan ? demanda Sully.

Il en était presque certain, mais il ne voulait plus faire d'impair… d'autant plus qu'il lui semblait que les gens du coin étaient un peu susceptibles.

Cette fois, Rae continua à avancer tout en lui parlant.

— Je vois qu'il vous arrive d'avoir raison.

Sully avait l'impression de marcher sur des œufs.

— Montez, lui dit-elle en indiquant le pick-up.

Elle s'assit derrière le volant et attendit qu'il soit installé pour lui demander :

— Comment vous appelez-vous ?

— Sully.

Rae fronça les sourcils.

— C'est un prénom d'homme ?

— Et Ray un prénom de femme ? répliqua-t-il.

— Je m'appelle Rachel, lui rappela-t-elle sèchement. Mais il vaut mieux éviter les prénoms féminins quand on est contremaître dans la région. Les hommes d'ici n'aiment pas trop ça !

Sully hocha la tête.

— J'ai compris. Et Sully est le diminutif de Sullivan, ajouta-t-il.

— Sully est plus simple.

— Tout à fait d'accord !

— Et quel est votre nom de famille, Sully ? lui demanda-t-elle en lui lançant un coup d'œil.

— Cavanaugh.

— Sullivan Canavaugh…, prononça-t-elle d'un ton solennel.

Était-ce pour se moquer de lui, ou pour juger de l'effet produit ?

— Ça en impose ! Bon, quoi qu'il en soit, lorsque vous aurez le temps, vous pourrez mettre vos affaires ici, lui dit-elle en désignant un bâtiment de plain-pied devant lequel ils étaient en train de passer. C'est là que vous dormirez.

— C'est l'annexe ?

— Gagné. Elle est plus près que l'hôtel, répliqua-t-elle sèchement. Je vous présenterai Rawlings et Warren – ils doivent déjà être en train de réparer la clôture en ce moment – et ensuite, vous pourrez vous mettre au travail. Le dîner est à 18 heures, sauf si le travail n'est pas terminé. Il est servi dans la maison : il n'y a pas de cuisine dans l'annexe.

— C'est compris.

— Vous avez des gants de travail ? lui demanda-t-elle comme si elle venait tout juste d'y penser.

— Non.

Il avait remarqué un magasin de bricolage en ville. Il pourrait toujours aller s'en acheter une paire là-bas.

Rae fronça un peu les sourcils.

— Je m'en doutais.

Elle glissa un coup d'œil en direction de ses mains.

— Pas de gants ! s'exclama-t-elle. Et vos mains ont

l'air plus douces que celles de Miss Joan ! Laissez-moi deviner : vous n'avez jamais effectué un travail physique auparavant.

— Si, répliqua Sully, sans s'offusquer des jugements à l'emporte-pièce de la jeune femme. Mais je n'ai tout simplement pas pensé à emporter des gants de travail lorsque j'ai fait mes bagages.

— Bon, je vais voir si je peux vous en trouver une paire. Je ne voudrais pas que ces mains douces souffrent plus qu'elles ne devraient.

Qu'elle soit contremaître ou non, Sully commençait à en avoir assez de l'attitude presque insultante de la jeune femme.

— Montrez-moi l'endroit où je dois travailler, et je me soucierai de mes mains.

Elle arriva vers une portion de la clôture qui était très clairement en mauvais état : l'ouvrage semblait sur le point de s'affaisser.

Sully remarqua que le froncement de ses sourcils s'accentuait au fur et à mesure qu'ils approchaient de leur destination.

— Quelque chose ne va pas ? finit-il par demander.

— Oui, répliqua-t-elle sèchement. Rawlings et Warren devraient être ici.

Elle freina brusquement, et le véhicule s'immobilisa. Elle en sortit, grimpa dans la benne du pick-up pour avoir un meilleur point de vue, et regarda autour d'elle.

Sans résultat.

Lorsque Rae s'apprêta à descendre de la benne, elle parut surprise de voir Sully lui tendre la main pour l'aider.

Elle commença par l'ignorer puis, avec un soupir d'agacement, elle prit sa main et descendit.

— Merci, dit-elle comme à contrecœur.

Sully se demanda si elle était toujours aussi en colère. Depuis qu'il était arrivé ici, il ne l'avait pas vue sourire.

— Vous pensiez retrouver ici vos deux employés ?

— Ce ne sont pas *mes* employés, corrigea-t-elle. Et oui, ils auraient dû être ici… en train de réparer cette clôture.

Elle poussa un soupir exaspéré.

— J'ai eu une mauvaise impression dès que je les ai vus. Harry a un trop grand cœur.

Elle regarda Sully d'un air accusateur.

— Je ne peux pas me prononcer là-dessus, répliqua-t-il. Je n'ai vu que Miss Joan, et j'ai l'impression qu'elle ne se laisse pas marcher sur les pieds.

— Effectivement… Cela ne veut pas dire qu'elle n'a pas un grand cœur, elle aussi, ajouta-t-elle rapidement, comme si elle craignait d'être mal comprise.

— Je n'ai pas dit le contraire, répondit Sully.

Elle scruta à nouveau les environs. Mais elle ne vit pas le moindre signe des hommes qui étaient censés être là en train de réparer la clôture.

— Cela va sérieusement retarder le travail, marmonna-t-elle.

Elle se tourna vers Sully et lança d'un ton irrité :

— Eh bien, ces deux-là feraient mieux de se manifester très rapidement ! En attendant, j'ai besoin que vous vous mettiez au travail immédiatement, sinon cette clôture va tomber.

Elle s'interrompit pour le considérer.

— Vous voulez que je vous montre comment faire ?

Il sourit intérieurement, et résista à la tentation de le lui demander.

— Je pense que je m'en sortirai.

— Pour notre bien à tous, je l'espère, lui dit-elle. Je vais retourner à l'annexe avec le pick-up.

Elle considéra la clôture, évaluant le travail nécessaire pour la remettre en état, et se demanda si elle ne faisait pas une erreur.

— Vous êtes certain que vous réussirez à vous débrouiller si je vous laisse ici ?

— Oui.

Alors qu'elle se dirigeait vers le véhicule, Sully ajouta sur le ton de la conversation.

— Mais si jamais vous voyez des charognards voler en rond au-dessus de cet endroit, je vous serais très reconnaissant de revenir.

Rae le regarda d'un air dubitatif.

— Dans ce cas, il sera certainement trop tard, répliqua-t-elle.

Le ronflement du moteur s'éleva, et quelques minutes plus tard, elle avait disparu.

Sully considéra le matériel étalé sur le sol devant lui : des piquets, des tas de planches soigneusement découpées, une masse, une pelle, et une quantité de clous qui – lui semblait-il – aurait pu suffire à bâtir une petite ville.

Tout ce dont il avait besoin semblait être là. Il était temps de gagner sa croûte.

Il prit la pelle, et se mit au travail.

La tâche était très physique, et Sully transpirait abondamment. Il tint bon aussi longtemps que possible, mais des filets de sueur collaient sa chemise à sa peau. Alors il l'ôta, et continua à travailler torse nu.

C'est ainsi que Rae le trouva lorsqu'elle revint plus tard.

Elle retint involontairement son souffle à ce spectacle : sous la peau moite de transpiration, les muscles de l'homme se tendaient à chacun de ses mouvements. Il avait des abdominaux qui semblaient taillés dans le roc, et pour la première fois depuis qu'elle avait quinze ans, elle fut comme hypnotisée par ce spectacle.

Mais elle se ressaisit presque immédiatement : il le fallait, car elle n'était pas seule dans le pick-up.

— Qui est-ce ? demanda Jack Rawlings, son passager.

— Quelqu'un qui n'a pas peur de travailler, répondit-elle sans prendre la peine de cacher son agacement envers son interlocuteur.

Elle sortit du pick-up et se dirigea vers Sully.

— Vous devriez peut-être remettre votre chemise, Cavanaugh, lui dit-elle.

Pris au dépourvu, Sully se retourna, surpris. Il considéra Rae et l'homme qui l'accompagnait.

— Vous avez un *dress code* ? demanda-t-il innocemment.

— Non, du moment que vous ne quittez pas votre pantalon, répliqua-t-elle. Mais le soleil tape à cette heure du jour. Si vous ne remettez pas votre chemise, vous allez très vite attraper un coup de soleil.

Il haussa les épaules à sa prétendue sollicitude.

— Ne vous inquiétez pas : je suis résistant.

Il jeta un coup d'œil à l'homme qui était debout à côté d'elle, et qui les regardait.

— Vous aviez dit qu'il y avait deux autres employés qui travaillaient sur le ranch.

— Oui, répondit Rae. Mais apparemment, l'autre – Warren – a décidé de partir… Du moins c'est ce que prétend Rawlings ici présent, ajouta-t-elle en désignant l'homme qui l'accompagnait.

— C'est exact, déclara-t-il.

Il avait une quarantaine d'années, des joues flasques, un air maussade, et ses habits étaient couverts de poussière.

— Lorsque je me suis réveillé ce matin, il était parti.

Sully s'interrompit dans son travail, et s'appuya sur le manche de sa pelle.

— Ses habits ont disparu ?

Jack Rawlings le regarda, l'air interloqué.

— Pardon ?

— Les habits de Warren, répéta Sully. Ils ont disparu, eux aussi ?

L'homme sembla irrité.

— Je n'en sais rien. J'imagine ! marmonna-t-il.

Puis il poursuivit avec véhémence :

— Hé, je n'ai pas regardé ! Je ne me le serais pas permis !

— Vous avez raison, acquiesça Sully. Je voulais seulement dire que, s'il n'a pas pris ses affaires avec lui, alors rien ne permet d'affirmer qu'il est parti. Il est peut-être tout simplement en train de travailler ailleurs. Le ranch est vaste.

Rae regarda Rawlings. L'homme leva les épaules d'un air excédé.

— Tout ce que je sais c'est qu'il n'était pas là lorsque je me suis réveillé, et qu'il ne m'a laissé aucun mot pour me dire où il se trouvait.

— Il vaudrait mieux le chercher avant de décréter qu'il est véritablement parti, suggéra Sully tout en reprenant sa pelle. Mais ce n'est que mon opinion.

— Et c'est tout à fait sensé. Vous avez entendu ? déclara Rae en se tournant vers Rawlings. Cherchez-le.

— Quoi ? C'est lui le patron maintenant ? demanda Rawlings avec colère en désignant Sully du pouce, l'air mauvais.

— Non. C'est moi. Et je viens de vous demander de faire quelque chose, répliqua Rae en regardant Rawlings d'un air autoritaire.

— Je vais en avoir pour des heures à pied !

Rae sortit une clé de son trousseau, et la tendit à Rawlings.

— Retournez prendre l'autre pick-up. Et essayez de ne pas le mettre dans un fossé ! ajouta-t-elle d'un air menaçant. C'est celui de Miss Joan.

— Et elle va faire quoi si je l'abîme ? rétorqua Rawlings sur un ton moqueur.

— Croyez-moi, lança Rae en le regardant droit dans les yeux, il vaut mieux ne pas le savoir.

Rawlings fronça les sourcils.

— Je vais faire attention.

— Sage décision, répliqua-t-elle.

Rawlings glissa la clé dans sa poche, et se mit en route en direction de l'annexe, non sans couler auparavant un regard plein de colère à Sully.

— J'ai l'impression qu'il ne m'apprécie pas beaucoup, déclara Sully en se remettant au travail.

Malgré elle, Rae se retrouva à regarder fixement les muscles de l'homme se tendre sous sa peau à chacun de ses mouvements. Elle dut faire un effort considérable pour détourner le regard.

Elle se remémora les questions que son nouvel employé avait posées plus tôt lorsque Rawlings lui avait dit que Warren semblait avoir disparu. Quelque chose l'intriguait.

— J'ai oublié ce que vous faisiez avant de venir ici…, déclara-t-elle.

— Je ne vous l'ai pas dit.

Il s'arrêta un instant de travailler pour la regarder.

— Vous ne me l'avez pas demandé, précisa-t-il.

Il ne voulait pas qu'elle puisse penser qu'il était insolent.

— Alors, je vous le demande maintenant.

— Rien de très intéressant, répondit-il vaguement.

Certaines personnes réagissaient étrangement lorsqu'elles découvraient qu'il travaillait pour la police. Aussi évitait-il d'en faire état de prime abord.

— Et ce rien de très intéressant a un nom ? demanda Rae avec insistance.

— Oui, répondit-il, le souffle un peu court.

Il était en train de creuser un autre trou, et était heureux qu'il n'en reste plus que deux à faire.

— Vous allez me le dire, ou vous voulez que je vous supplie ? s'exclama Ray.

Lorsqu'elle le vit sourire, elle se dit qu'elle en avait assez.

— Alors ? lança-t-elle à bout de patience.

— J'étais enquêteur, répondit Sully.

Il ajouta, croisant les bras et s'appuyant sur le manche de la pelle :

— D'ailleurs, je le suis encore.

4

Rae regarda avec intérêt l'homme qui venait de se remettre au travail.

— Vous êtes enquêteur ?

— Oui, répondit Sully, le souffle court.

Elle le considéra à la lumière de ce qu'elle venait d'apprendre.

— Les gens vous embauchent comme détective privé ?

— Non, répondit-il patiemment, tout en continuant à creuser le dernier trou.

Le sol était argileux et très sec, et la tâche particulièrement ardue.

À chaque mouvement, il sentait les muscles de ses épaules protester vigoureusement.

— Je travaille pour la police.

Cela sembla encore plus invraisemblable à Rae.

— Vous travaillez pour la police ? répéta-t-elle.

— C'est… ce que… je viens de vous dire.

Il n'était peut-être pas en aussi bonne forme physique qu'il le pensait : ce travail le fatiguait plus qu'il n'aurait dû.

Sully s'arrêta un instant pour reprendre son souffle, puis se remit à creuser.

Rae vint se placer juste en face de lui.

— Si vous dites la vérité…

Il cessa de lutter contre ce sol aussi dur que le ciment pour la regarder. Il était bien trop fatigué pour se battre sur deux fronts en même temps : soit il creusait, soit il essayait de lui faire entendre raison.

— Pourquoi mentirais-je ?

— D'accord, corrigea-t-elle. Vous travaillez pour la police.

Elle voulait bien lui donner raison sur ce point, même si c'était difficile à croire.

— Mais dans ce cas, que faites-vous ici ?

Il regarda la pelle et se dit que, finalement, il était peut-être plus facile de creuser. Avec un peu de chance, Rae allait se lasser et mettre fin à la conversation.

— En ce moment, j'essaie de creuser un trou dans le sol, et je me demande pourquoi on dirait du béton armé, répliqua-t-il.

Rae fronça les sourcils. Elle voyait bien ce qu'il était en train de faire, et ce n'était pas l'objet de sa question.

— Le sol est très dur à cet endroit, c'est vrai, mais ce n'est pas ce que je veux savoir.

Elle saisit la poignée de sa pelle pour le forcer à interrompre son travail… Ce qui en soi n'avait rien de contrariant.

— Que faites-vous ici, Cavanaugh ? répéta-t-elle avec insistance.

Elle ne voyait pas ce qui avait pu l'amener ici, et elle détestait ne pas comprendre les choses.

— Forever n'est pas vraiment une destination touristique à la mode, ajouta-t-elle.

— Je ne suis pas en vacances, lui indiqua Sully. Je suis venu ici pour faire le point.

— Vous m'avez dit que vous étiez originaire de Californie. Je pense qu'il y a beaucoup d'endroits plus proches de chez vous où vous auriez pu faire la même chose, remarqua Rae.

Il croisa son regard, et elle le soutint, attendant une réponse. Elle ne lâchait rien ! Il devait reconnaître qu'elle était particulièrement persévérante… et qu'elle commençait à l'agacer prodigieusement.

— Peut-être que je n'avais pas envie d'être près de chez moi, répliqua-t-il. Et maintenant, si l'interrogatoire est terminé, j'aimerais travailler.

Ce n'était pas tout à fait exact, mais c'était préférable à une confrontation avec cette femme.

Rae ne se laissa pas démonter.

— Pourquoi êtes-vous allé si loin de chez vous ? Que s'est-il passé ?

Si elle avait encore une maison, une famille, jamais elle ne serait partie ! Elle ne comprenait pas qu'on puisse réagir ainsi.

Bon, songea Sully, il avait fait preuve de patience. Maintenant, il était temps de marquer les limites.

— Cela ne vous regarde absolument pas, madame Mulcahy. Tout ce qui importe ici, c'est que je travaille vite et bien.

Ravalant son irritation, Rae décida d'en rester là pour le moment. Elle arriverait à obtenir ces informations d'une manière ou d'une autre… plus tard.

— Vous êtes plutôt susceptible, non ? D'accord, je vous laisse travailler. Et lorsque vous aurez terminé de creuser ce trou, commencez à planter les piquets. Je reviendrai un peu plus tard.

— Je vous attendrai avec impatience, répliqua Sully d'un ton froid.

Rae ouvrit la bouche pour lui répondre du tac au tac, mais elle préféra se taire. Elle remonta dans son pick-up sans un mot, et retourna vers les bâtiments du ranch.

Au prix d'efforts considérables, Sully finit de creuser le dernier des trous. Il s'accorda quelques minutes de repos, et se mit ensuite à enfoncer les piquets dedans.

Il découvrit rapidement que cette tâche était beaucoup plus ardue qu'il ne l'avait tout d'abord imaginé, le problème étant de s'assurer que les poteaux étaient bien droits une fois la terre tassée autour.

Après deux essais infructueux, il fit une troisième tentative. Il était en train de remplir le trou de terre tout en maintenant le poteau contre son épaule, lorsqu'il entendit le bruit d'un véhicule qui s'approchait.

Il poussa un soupir, sans trop savoir s'il était soulagé ou agacé par cette interruption.

— J'ai l'impression que le patron vient voir comment je m'en sors, marmonna-t-il.

Il aurait préféré avoir mis en place au moins un piquet – sinon plus – avant que Mulcahy ne revienne, mais visiblement, c'était loupé.

Pourtant, lorsque le pick-up s'immobilisa près de lui, ce ne fut pas Rae qui en sortit, mais celui qu'elle avait présenté comme étant Jack Rawlings. Il était accompagné d'un autre homme.

Sully s'interrompit dans son travail. Il passa la main sur son front pour en essuyer la sueur, et éviter qu'elle ne vienne lui piquer les yeux.

Il examina rapidement l'homme qui se trouvait à côté de Rawlings. Gras et mou, il aurait été beaucoup plus à sa place derrière un bureau que sur un ranch.

— Je suppose que vous êtes celui qui avait disparu, déclara Sully.

— Celui qui avait disparu ? répéta l'homme, surpris.

Il regarda Sully puis Rawlings d'un air perplexe.

— Je n'avais pas disparu ! J'avais seulement quelque chose à faire.

Il était clairement irrité, mais tentait pourtant de le cacher.

— Rawlings, tu as dit à ce type que j'avais disparu ?

— Tu n'étais pas dans ta chambre quand je me suis réveillé. Comment je pouvais savoir que tu n'étais pas parti ?

— Je n'ai pas besoin de baby-sitter, répliqua sèchement John Warren.

Il ajouta plus calmement :

— Je n'ai pas à te demander la permission d'aller là où j'en ai envie.

Sully eut l'impression qu'ils étaient près d'en venir aux mains. Il ne voulait pas être pris entre ces deux hommes.

— Hé, les mecs, vous pourriez m'aider ! dit-il en attirant leur attention sur le piquet qu'il maintenait toujours de l'épaule. Si l'un de vous pouvait le tenir bien droit, ça irait beaucoup plus vite.

À voir l'expression du visage de Rawlings, il était clair que, quoi qu'on dise, il allait mal le prendre.

— Tu es l'adjoint du contremaître, maintenant ? demanda-t-il avec agressivité.

— J'essaie seulement de faire le travail, répliqua Sully.

Puisque tenter d'être sympathique avec Rawlings ne marchait pas, il n'avait rien à perdre à le remettre à sa place.

— Peut-être que si tu arrêtais d'en vouloir au monde entier, tu pourrais te rendre utile.

Rawlings eut l'air furieux, et pendant une seconde, Sully eut l'impression qu'il allait se jeter sur lui.

Mais, au dernier moment, la raison finit par l'emporter… Le fait que Sully le dépasse d'une tête n'étant certainement pas étranger à ce revirement.

Rawlings fronça les sourcils et le regarda d'un air mauvais.

— Ce n'est pas terminé ! l'avertit-il.

— J'en suis certain, répliqua Sully avec calme.

Il dut faire un effort pour se concentrer sur le problème qu'il avait à régler pour l'instant.

— Et maintenant, quelqu'un peut tenir ça ?

Il était évident que Rawlings n'allait pas bouger le petit doigt, alors Warren s'avança.

— Je vais le faire, dit-il.

— Merci.

Warren maintint le piquet, et Sully se saisit de la pelle. Il commença à remplir le trou de terre. Même si cette tâche était infiniment plus facile que creuser le sol, Sully sentait des ampoules se former sur la paume de ses mains.

— Hé, cria Warren à l'attention de Rawlings, qui s'était assis par terre, tu pourrais nous aider !

Mais Rawlings demeura immobile.

— Vous vous débrouillez très bien sans moi. Je ne vois pas ce que je pourrais faire.

— Alors, c'est que tu es myope, répliqua Sully d'un ton égal.

Il n'était pas ici pour gagner un concours de popularité. En ce moment, il voulait seulement finir le travail qui lui avait été assigné par le contremaître de Miss Joan. Il ne savait pas quel était le problème de Rawlings, mais il n'allait pas se laisser faire.

— Tu ferais mieux de venir et d'aider Warren à

tenir ce poteau bien droit pendant que je remets de la terre autour.

— Allez, Rawlings, intervint Warren. Plus vite tu viendras, plus vite nous aurons terminé.

— Ce n'est pas moi qui avais disparu ce matin ! répliqua-t-il sèchement.

— Oui, mais tu n'as pas travaillé pour autant, lui rappela Sully.

Il parlait d'une voix calme, mais tout dans son ton montrait qu'il valait mieux ne pas le pousser à bout.

En marmonnant des paroles inintelligibles, Rawlings se leva lentement et vint les aider.

Après s'être assurée que Rawlings et Warren étaient tous deux partis aider Cavanaugh, Rae décida d'aller rendre visite à Miss Joan. Elle avait des questions à lui poser.

Dès qu'elle entra dans le restaurant, elle aperçut sa patronne.

— Miss Joan, je voulais vous parler du nouvel employé que vous m'avez envoyé, dit-elle en se dirigeant vers le comptoir qui occupait tout le fond de la pièce.

Miss Joan venait tout juste de servir un des habitués de son établissement. Elle leva la tête en entendant Rae. Même si elle avait reconnu sa voix, elle était surprise de la voir ici.

Elle se ressaisit et prit un air sévère :

— Je n'ai pas droit à un « bonjour » ?

— Bonjour, répéta Rae avec impatience avant de revenir à l'objet de sa visite. D'où sort ce type ?

— Que veux-tu dire ? demanda Miss Joan.

Rae avait le sentiment que Miss Joan avait parfaitement compris sa question, mais elle lui répondit tout de même :

— Il prétend qu'il travaille pour la police.

Miss Joan hocha la tête.

— C'est ce qu'on m'a dit, lâcha-t-elle.

Rae pinça les lèvres. Elle était habituée à voir passer dans le ranch des hommes très différents, mais tous avaient une caractéristique commune : ils se retrouvaient là parce qu'ils traversaient une mauvaise passe.

Celui qui venait d'arriver ne leur ressemblait pas.

Miss Joan lui fit signe de s'asseoir sur un tabouret, mais Rae se sentait trop excitée pour cela.

— Pourquoi un policier voudrait-il venir ici ? demanda-t-elle.

— Peut-être qu'il a seulement besoin d'un peu de calme, suggéra Miss Joan.

— Vous êtes certaine qu'il dit la vérité ? Quelqu'un vous l'a recommandé ?

— Oui, se contenta de répondre Miss Joan.

Elle fut surprise d'entendre Rae insister.

— Et qui ?

Miss Joan la considéra un instant sans répondre. Puis elle finit par lâcher :

— La personne que j'estime le plus après Harry. Pourquoi ? Il y a quelque chose en lui qui te dérange ?

Rae secoua la tête.

— Il est différent de ceux qui travaillent habituellement sur le ranch.

— Dans mon souvenir, tu l'étais aussi lorsque j'ai décidé de t'en confier la direction, lui rappela Miss Joan. Plus d'une personne a jugé utile de me prévenir que je faisais une bêtise.

— Ça n'a rien à voir ! protesta Rae. Vous me connaissiez.

Miss Joan leva les yeux vers Rae.

— Je ne t'ai pas confié la direction du ranch parce que je te connaissais. Je l'ai fait parce que j'avais l'intuition que tu étais à la hauteur, et que tu avais besoin de cela à ce moment de ta vie.

Rae aurait voulu protester, lui redire que les choses étaient différentes… Lorsque son père était mort, la laissant seule, elle s'était sentie si perdue, si désespérée qu'elle avait failli baisser les bras. Elle n'avait plus envie de vivre. C'était Miss Joan qui l'avait sauvée.

Peut-être faisait-elle la même chose pour cet homme, ce policier qu'elle lui avait envoyé.

— Et vous avez une intuition à propos de ce Sully ? demanda Rae.

— Disons seulement que je suis certaine qu'il va travailler sérieusement. Maintenant, si tu as un problème avec lui, poursuivit Miss Joan en regardant Rae attentivement, je te conseille de lui parler directement. Mettre les choses à plat est toujours la meilleure manière de régler les problèmes.

Elle regarda Rae un moment. Lorsqu'elle vit que la jeune femme ne répondait pas, elle lui demanda :

— Tout va bien ?

— Oui, Miss Joan.

Rae se serait sentie ingrate si elle n'avait pas essayé de satisfaire sa bienfaitrice.

— Alors, c'est bon.

Miss Joan prit une tarte qui était dans une vitrine et la déposa sur le comptoir.

— Tiens, prends ça, et retourne surveiller le ranch, suggéra-t-elle en en coupant une part qu'elle plaça dans une petite boîte.

Elle fixa un couvercle dessus, et la poussa vers Rae.

— C'est Angel qui l'a faite.

Rae la prit et sourit à Miss Joan.

— Je la mangerai après le repas.

— Réchauffe-la. Ce sera meilleur. Tu peux aussi la partager, ajouta Miss Joan. C'est pour cela que j'en ai coupé un gros morceau.

Rae regarda la boîte qu'elle avait en main. Il était inutile qu'elle demande à Miss Joan qui était l'autre personne qui devait profiter de ce cadeau. C'était sous-entendu.

— Je le ferai peut-être, répondit Rae, préférant ne pas s'engager.

Elle pivota sur ses talons et sortit du restaurant.

Qui était cet homme pour Miss Joan ? Était-il un membre de sa famille ? Ou de la famille d'un ami proche de Miss Joan ?

Rae avait les sourcils froncés lorsqu'elle s'installa derrière le volant de son pick-up.

Sa conversation avec Miss Joan lui avait apporté plus de questions que de réponses. La seule chose dont elle était certaine, c'était que, tant qu'elle n'aurait pas évalué la situation, elle allait se comporter prudemment avec cet enquêteur. Elle voulait arriver à comprendre pourquoi un homme comme lui était venu creuser des trous et enfoncer des poteaux dans un ranch perdu au fin fond du Texas, au lieu de prendre des vacances dans une station balnéaire à la mode en Californie.

Cet homme se trouvait ici pour une raison précise, et elle avait bien l'intention de découvrir laquelle.

5

— J'arrive au mauvais moment ?

Rae se retourna en sursautant, et vit le mari de Miss Joan debout à la porte de la cuisine.

— J'ai frappé, précisa le vieil homme, mais je n'ai pas eu de réponse. Alors, je suis entré. J'espère que je ne te dérange pas.

Harry Monroe resta debout dans l'embrasure de la porte, attendant que la jeune femme lui fasse signe d'avancer.

Rae s'essuya rapidement les mains et traversa la pièce pour aller à la rencontre de cet homme qu'elle considérait presque comme son grand-père. Il était impossible de ne pas aimer Harry Monroe.

— C'est votre ranch. Vous avez le droit d'entrer chez vous !

Malgré tout, Rae était surprise de le voir ici. D'habitude, il appelait toujours pour la prévenir de son arrivée.

— Mais si tu es occupée, je peux revenir plus tard, proposa-t-il aimablement.

Rae éclata de rire.

— Nous sommes toujours occupés ici ! Mais en ce moment, j'étais seulement en train de réchauffer le dîner et de mettre la table.

Une demi-heure plus tôt, Rosa, une des employées de

Miss Joan, avait apporté les plats qu'elle avait préparés pour la semaine. Rae en avait réservé certains pour le soir même, et avait rangé le reste dans l'énorme réfrigérateur.

— Rosa est une excellente cuisinière, ajouta-t-elle. Presque aussi talentueuse qu'Angel !

Le vieil homme hocha la tête, mais il aurait été surprenant qu'il proteste : jamais on ne l'avait entendu dire du mal de quiconque.

— C'est certain, déclara-t-il avec conviction.

Puis il ajouta :

— Si tu veux, Miss Joan peut lui demander de venir ici préparer les repas.

Mais Rae secoua la tête.

— Non, ce n'est pas nécessaire. Mais je ne sais pas ce que je ferais sans Rosa ! Je n'aime pas beaucoup cuisiner, avoua-t-elle.

— Tu fais déjà plein de choses ici ! Crois-moi, Miss Joan et moi sommes tout à fait conscients de la tâche que tu accomplis !

Rae était heureuse que son travail soit reconnu, mais les compliments la mettaient toujours mal à l'aise. Elle ne savait plus où regarder, ni quoi dire. Elle préféra demander :

— Vous venez à propos de cet enquêteur que Miss Joan a embauché ?

Harry sourit à cette question.

— Ainsi, tu as appris qu'il travaillait pour la police ?

Elle ne savait pas si Harry regrettait qu'elle le sache. Elle aurait peut-être mieux fait de se taire, mais c'était trop tard.

— Le sujet a été abordé, répondit évasivement Rae.

— Alors, comment se débrouille-t-il ? lui demanda Harry d'un ton toujours aussi amical.

Rae se dit qu'il valait mieux s'en tenir aux faits.

— Eh bien, contrairement aux deux autres employés que nous venons d'embaucher, il ne semble pas avoir d'aversion particulière pour le travail, indiqua-t-elle en revoyant en esprit Sully torse nu. En fait, il est en train de réparer la clôture, et il a fait du bon travail.

Elle préféra rester mesurée dans ses compliments.

— Comme vous le savez, la terre est dure à cet endroit.

Harry Monroe éclata de rire, comme s'il en avait personnellement fait l'expérience.

— C'est certain ! Alors, tu l'as aidé à s'installer ?

Rae hocha la tête tout en continuant à mettre la table.

— Il ne semblait pas avoir beaucoup d'affaires. Quand il aura terminé le travail de la journée, je l'emmènerai à l'annexe.

Elle remarqua l'expression étonnée du visage du vieil homme, et poursuivit :

— Il y a de la place.

— L'annexe ? répéta Harry.

Rae hocha la tête.

L'air un peu embarrassé, Harry s'éclaircit la voix avant de déclarer :

— Je pense qu'il y a un malentendu, Rachel. Miss Joan ne veut pas que Sully dorme dans l'annexe.

Elle ne voyait pas où était le problème.

— Mais c'est là que logent tous les employés !

— Je le sais, mais Sully est le petit-neveu d'un des plus vieux amis de Miss Joan. Elle le considère presque comme un membre de la famille.

Maintenant, Rae comprenait où il voulait en venir.

— Et les membres de la famille ne dorment pas dans l'annexe, conclut-elle.

Harry lui sourit en hochant la tête. Il semblait heureux qu'elle ait compris.

— Effectivement.

— Où voulez-vous qu'il s'installe ? demanda-t-elle prudemment.

Elle regarda Harry, espérant qu'il allait proposer une autre solution que celle qui lui venait à l'esprit.

Harry lui sourit. Il semblait ne pas avoir conscience de la situation difficile dans laquelle il la plaçait.

— Il y a trois chambres ici, déclara-t-il.

Comme Rae ne répondait pas, il poursuivit.

— Sully peut dormir dans l'une d'elles.

La situation devenait vraiment embarrassante, songea Rae, mais elle ne pouvait tout de même pas dire cela à Harry Monroe. Le ranch lui appartenait, et il pouvait y recevoir qui il voulait. Elle n'avait pas son mot à dire.

Comme s'il lisait dans son esprit, Harry renchérit :

— Je sais que cet arrangement doit te sembler inhabituel, mais je t'assure que tu n'as aucun souci à te faire. Sully vient d'une famille tout à fait respectable.

— Comme Caïn… Mais il a pourtant tué Abel, marmonna-t-elle tout en se penchant pour mettre les derniers couverts.

— Je peux vous assurer que je ne suis pas comme lui ! déclara Sully en arrivant derrière elle.

Rae pivota, retenant un cri de surprise. Elle se ressaisit et tenta de demeurer impassible.

Il suffisait de regarder Sully pour comprendre qu'il avait travaillé très dur. Ses vêtements étaient couverts de poussière, et la sueur coulait sur son front. L'expression de son visage et son maintien trahissaient sa fatigue.

Malgré cela, Rae ne put s'empêcher de lui trouver l'air content de lui.

Harry fit un large sourire au jeune homme.

— Vous devez être Sullivan Cavanaugh, dit-il en lui tendant la main.

Sully la serra en lui rendant son sourire.

— C'est exact, répondit-il. Et je suppose que vous êtes le mari de Miss Joan.

Harry éclata de rire :

— C'est probablement ce que l'on gravera sur ma pierre tombale :

CI-GÎT LE MARI DE MISS JOAN

Même si Sully n'avait visiblement pas l'intention d'être impoli et que Harry semblait ne pas en prendre ombrage, Rae s'offusqua :

— J'espère que vous savez que si vous êtes ici, c'est parce que Harry a eu la gentillesse de donner son accord, n'est-ce pas ?

— J'en ai bien conscience, et je l'en remercie, dit Sully en s'adressant au vieil homme.

Il était clair qu'elle ne parvenait pas à impressionner Sully autant que ses deux autres employés.

De nouveau, Harry s'éclaircit la voix, comme s'il espérait ainsi détendre un peu l'atmosphère.

— Je ne suis pas venu ici pour semer la zizanie, déclara-t-il lorsque les deux jeunes gens le regardèrent. Je voulais seulement savoir si Sully était bien installé. Tout se passe bien ? demanda-t-il en se tournant vers lui.

Sully se rendit compte que le vieil homme ne posait pas la question par politesse, mais qu'il était véritablement intéressé par sa réponse, et soudain, il eut le mal du pays… Ce ne fut qu'un sentiment fugace.

— Oui, répondit Sully. Tout se passe bien. Mais cela sera encore mieux lorsque je pourrai prendre une douche et me changer.

— Alors, je vais vous laisser, répondit Harry d'une voix enjouée.

Il ajouta à l'attention de Rae :

— Je te conseille de lui donner la chambre avec salle de bains.

Sully regarda Rae, puis le vieil homme. Il avait jeté un coup d'œil dans l'annexe, et ne comprenait pas ce que Harry voulait dire.

— Je n'ai pas vu de chambres dans l'annexe, juste un dortoir…, dit Sully. À moins que j'aie loupé quelque chose ?

Rae fit de son mieux pour cacher sa contrariété.

— Vous avez loupé l'annonce comme quoi vous n'allez pas dormir dans l'annexe.

Sully la regarda sans comprendre.

— Et pourquoi donc ?

— C'est moi qui me suis mal exprimé, dit Harry, préférant endosser la responsabilité de ce malentendu. Rachel a pensé que Miss Joan et moi avions l'intention de vous loger dans l'annexe.

— Et ce n'est pas le cas ? demanda Sully d'un ton hésitant.

— Miss Joan ne me laisserait pas une seconde de répit si elle apprenait que vous êtes logé avec les deux autres employés, dit Harry en éclatant de rire.

— Je suppose qu'elle ne veut pas non plus qu'il travaille, déclara Rae.

Même si elle avait essayé d'adopter un ton détaché, il y avait une note acide dans sa voix.

Sully intervint :

— Je ne veux pas rester ici sans rien faire !

— Et c'est bien ce qui a plu à Miss Joan, repartit Harry.

Rae avait la sensation que, sous couvert de parler à

Sully, c'était en fait à elle que Harry s'adressait. Quoi qu'il en soit, elle n'avait plus qu'à se résigner.

— Le dîner sera servi dans une demi-heure. Si vous n'êtes pas là à temps, je le mettrai de côté.

— C'est compris, répondit Sully de sa voix la plus enjouée.

Harry sembla heureux de ce qu'il entendait.

— J'ai l'impression que tout se passe bien. Maintenant, je dois partir. Je dirai à Miss Joan que tu as la situation en main… Comme d'habitude ! ajouta-t-il à l'attention de Rae.

Sully attendit que le vieil homme soit parti avant de se retourner vers Rae.

— Je peux rester dans l'annexe si vous préférez.

Elle le regarda avec surprise.

— Pourquoi feriez-vous cela ?

L'expérience lui avait appris que personne ne refusait une occasion d'améliorer sa situation. Pourquoi Sully choisirait-il de dormir dans l'annexe avec deux étrangers s'il pouvait avoir une chambre confortable ?

— Je ne veux pas que vous soyez mal à l'aise, commença-t-il.

Rae se redressa instantanément. Elle avait toujours cette réaction lorsqu'on était bienveillant avec elle, ou qu'elle pensait qu'on la regardait de haut. Croyait-il qu'elle avait peur de lui ? Elle savait très bien se défendre, merci.

— Et pourquoi le fait que vous dormiez dans la maison me mettrait-il mal à l'aise ? s'enquit-elle avec irritation.

— Alors, cela ne vous dérange pas ? lui demanda Sully.

Elle n'aurait su dire s'il posait la question en toute

ingénuité ou s'il se moquait d'elle, mais elle préféra ne prendre aucun risque.

— Non, répliqua-t-elle sèchement.

— Désolé, je me suis trompé, déclara Sully. Je vais aller chercher mes affaires, lui dit-il avant de quitter la pièce, puis la maison.

Rae resta debout dans la cuisine, immobile. Elle avait l'impression désagréable d'avoir gagné une bataille, mais perdu la guerre.

La vérité était qu'elle ne voulait pas que Sully soit logé ici avec elle. Cette pensée l'oppressait.

La maison était plutôt petite, et même si ni elle ni Sully n'allaient y passer beaucoup de temps, ils ne pourraient éviter de s'y croiser le matin ou le soir. Pour Rae, ces deux moments de la journée étaient ses seuls espaces de liberté, et elle voulait pouvoir se relaxer sans crainte d'être vue par un des employés.

Surtout cet homme.

De plus, ce Sully avait un traitement de faveur, et il devait bien s'en rendre compte. De là à ce qu'il se croie tout permis et se conduise mal avec elle…

Ne commence pas à imaginer le pire : il ne va rien se passer. Il doit savoir que Miss Joan l'étriperait vivant s'il se comportait mal avec toi, petit-neveu d'un vieil ami ou pas !

Rae chassa résolument ces pensées pour se concentrer sur la préparation du dîner. Même si Rosa avait cuisiné, il fallait réchauffer les plats et parfois préparer quelques accompagnements, mais cela ne dérangeait pas Rae. Elle considérait que cela faisait partie de son travail.

D'ailleurs, elle devait bien reconnaître qu'en fait elle avait beaucoup de plaisir à accomplir ces mille et une petites tâches nécessaires à la bonne marche du ranch.

La plupart du temps, il s'agissait de travailler avec

les chevaux et de diriger le travail des employés – essentiellement des hommes – que Miss Joan, et parfois Harry, embauchaient pour l'aider.

Elle en avait tant vu qu'elle avait l'impression qu'elle pourrait travailler avec n'importe qui. Pourtant, cet homme que Miss Joan lui avait envoyé – cet enquêteur – était différent.

Elle n'était pas parvenue à le cerner et, par conséquent, elle ne savait pas comment réagir en face de lui.

Apparemment, c'était quelqu'un d'éduqué, ce qui la changeait agréablement de ses employés habituels. Et jusque-là, il ne lui avait pas fourni la moindre occasion de se plaindre… Mais il n'était là que depuis quelques heures.

D'ordinaire, elle attendait avant de se faire une opinion. Elle allait donc laisser à cet homme le temps de s'habituer à la vie sur le ranch avant de porter un jugement sur lui.

Malgré tout, elle devait bien reconnaître qu'il y avait en lui quelque chose qui la troublait. En sa présence, elle avait la sensation d'être constamment sur le qui-vive, comme si quelque chose allait arriver…

Ce n'était pas qu'elle ne lui faisait pas confiance, c'était seulement que… que…

À la vérité, elle était incapable de définir pourquoi Sully Cavanaugh la mettait dans cet état.

Calme-toi, Rae.

Laisse-lui une chance.

C'était cela, songea-t-elle soudain : elle ne voulait pas lui laisser une chance, parce que cela pourrait l'entraîner dans une situation qu'elle se sentait incapable de gérer.

Elle prit une inspiration, et fit son possible pour se calmer.

Tu vas attendre et voir ce qui va se passer.
— Vous avez besoin d'aide ?
La voix grave qui résonna juste derrière elle la fit sursauter.
Décidément !

6

Rae avait l'impression que son cœur allait éclater dans sa poitrine.

— Vous n'avez pas le droit de surgir derrière quelqu'un comme ça ! s'écria-t-elle.

Elle avait conscience que son trouble était manifeste, et elle songea avec colère que cela devait amuser Sully.

— Je suis désolé, dit-il, l'air contrit.

Elle aurait juré qu'il était sincère.

— Je ne me suis pas rendu compte que j'allais vous faire peur.

— Eh bien, c'est le cas ! répliqua Rae.

— Vous êtes peut-être un peu tendue, suggéra Sully avec bienveillance.

Il regardait Rae aller et venir dans la cuisine.

— Et vous n'avez toujours pas répondu à ma question.

— Quelle question ? lança-t-elle d'un ton sec, manquant de le heurter avec la cocotte qu'elle sortait du four.

— Vous avez besoin d'aide ? demanda-t-il tout en désignant la table d'un coup de menton.

— J'ai surtout besoin de me remettre de ma peur !

Elle pensait qu'il allait partir, mais il n'en fit rien.

— En fait, je peux aussi vous aider pour cela.

Elle s'immobilisa et le regarda.

— En plus d'être enquêteur, vous êtes également médecin à vos heures perdues ?

Sully sembla indifférent au sarcasme, et répondit à sa question avec le plus grand sérieux.

— Non, mais une de mes tantes dirige une société d'ambulances, et elle a insisté pour enseigner les gestes de premiers secours et quelques soins d'urgence à toute la famille. Je sais faire un massage cardiaque, ajouta-t-il.

Rae lui jeta un rapide coup d'œil avant d'éteindre le feu sous les casseroles.

— Je veillerai à m'en souvenir.

— Bien. Et en ce qui concerne mon autre proposition ? Celle de vous aider ? ajouta-t-il lorsqu'elle le regarda d'un air perplexe.

Puisque, apparemment, il n'avait pas l'intention de s'asseoir à table et d'attendre, elle le prit au mot.

— Vous pouvez mettre cette assiette de charcuterie sur la table.

Sully sourit.

— Je devrais y arriver.

— On essaie de marquer des points ? demanda Rawlings en pénétrant dans la pièce.

Rae le regarda en fronçant les sourcils.

— Il me semble vous avoir demandé de quitter votre chapeau lorsque vous entrez dans la maison, lui dit-elle avec froideur.

Pour toute réponse, Rawlings lui lança un regard noir, mais il finit par ôter son stetson poussiéreux.

— Il y a trop de règles à respecter ici ! grommela-t-il.

— Warren ne s'en plaint pas, lui fit remarquer Rae lorsque l'autre employé vint les rejoindre.

— Oui, mais il disparaît sans rien dire et ne fait pas le travail qu'on lui a demandé, répliqua Rawlings.

— Et si nous cessions de nous chamailler pour manger en paix ? suggéra Sully.

Il regarda Rawlings qui affichait un air maussade, puis Warren, qui semblait exténué, mais également agacé que son absence lui soit une fois de plus reprochée.

— Je n'ai pas besoin qu'on me donne des ordres, marmonna Rawlings.

— Si vous n'êtes pas content, Rawlings, vous pouvez toujours prendre vos affaires et partir, déclara Rae. Personne ne vous retient !

Pendant une seconde, Rawlings la regarda, l'air furieux. Puis, jetant un coup d'œil à Sully qui s'était immobilisé et semblait prêt à réagir s'il le fallait, il se ravisa.

— Cette chaleur me rend nerveux, dit-il comme pour justifier son attitude.

Rae hocha la tête.

— C'est pénible pour tout le monde, reconnut-elle.

Elle allait apporter le plat de biscuits qu'elle avait préparés lorsqu'elle vit que Warren l'avait déjà en main et était en train de le déposer sur la table.

— Merci, Warren.

Il semblait presque déconcerté.

— Pas de problème, marmonna-t-il.

— Bon, maintenant, nous pouvons nous asseoir, dit-elle aux trois hommes.

Il y avait six chaises autour de la table.

— Je peux m'asseoir n'importe où ? demanda Sully.

Rae le regarda d'un air surpris et il poursuivit :

— Je ne sais pas si vous avez des habitudes…

— Installez-vous là, répondit Rae en désignant la chaise qui était en face d'elle.

Rawlings et Warren étaient déjà assis.

— Pour qui sont les deux autres chaises ? s'enquit Sully.

— D'autres personnes… lorsqu'il y en a… C'est-à-dire lorsque Miss Joan se sent d'humeur charitable.

— Elle ne m'a pas embauché par charité ! protesta Rawlings, le visage de plus en plus sombre. Je travaille dur ici !

Il sembla sur le point d'en dire plus, mais Rae lui lança un regard noir et il se tut. Il reporta son attention sur son assiette et se mit à manger sans lever la tête.

— C'est délicieux ! s'exclama Sully.

Il était évident qu'il cherchait à détendre l'atmosphère.

— Ce n'est pas moi la cuisinière, protesta Rae.

Sully eut l'air surpris.

— Pourtant, je vous ai vue travailler dans la cuisine !

— Je me suis contentée de réchauffer les plats.

Sully remarqua qu'elle évitait de croiser son regard – alors qu'elle regardait Rawlings en face.

— Une des employées de Miss Joan vient une fois par semaine nous apporter des plats préparés, ajouta-t-elle.

— C'est tout de même très bon, répéta Sully, essayant de mettre un terme à cet échange sans froisser quiconque.

— Tout le monde est d'accord là-dessus, répliqua Rae.

Sully sourit intérieurement. Il avait l'impression que cette femme était comme un chat prêt à sortir ses griffes à la moindre occasion. Il la soupçonnait même de prendre plaisir à se quereller. En cela, elle le faisait penser à ses sœurs.

— C'est une excuse pour ne pas nous payer cher, grommela Rawlings comme pour lui-même.

Rae se contint, et préféra répondre :

— Encore une fois, Rawlings, si vous n'êtes pas content, personne ne vous retient.

— Je vois : maintenant que ce type est arrivé, vous n'avez plus besoin de moi ! répliqua Rawlings.

— Pourquoi vous n'arrêtez pas ? lui demanda Sully. Ce n'est pas ce qu'elle a dit.

Il était clair que si Sully n'avait pas eu la même carrure Rawlings en serait venu aux mains. Mais il n'était pas idiot, et il voyait bien qu'il n'aurait pas le dessus. Alors, il se contenta de leur lancer un regard mauvais, et se remit à manger sans mot dire.

Le reste du repas se déroula en silence, les quatre convives s'observant l'un l'autre et restant sur leurs gardes.

Les minutes s'égrenèrent lentement pour tout le monde. Lorsque toutes les assiettes furent vides, Warren et Rawlings ne s'attardèrent pas : ils se levèrent de table et partirent… Sully se demanda un instant s'il devait les imiter.

Mais les réflexes inculqués par ses parents prirent le dessus.

Il se leva et saisit son assiette, ainsi que celles que les deux hommes avaient laissées derrière eux.

Il entra dans la cuisine adjacente juste au moment où Rae, qui lui tournait le dos, s'exclamait :

— Bon sang !

— Quelque chose ne va pas ?

Visiblement en colère, elle lui jeta un coup d'œil par-dessus son épaule.

— Vous pourriez arrêter de surgir de nulle part sans prévenir ?

— J'ai essayé de faire le plus de bruit possible pour ne pas vous surprendre, répliqua-t-il, les assiettes à la main.

Il répéta sa question.

— Quelque chose ne va pas ?

— Oui, quelque chose ne va pas ! répondit-elle en désignant le lave-vaisselle. Il est en panne !

La machine semblait aussi vieille que le ranch lui-même… fondé une quarantaine d'années plus tôt.

— Vous en êtes sûre ? demanda Sully.

Parfois, ces appareils se remettaient à fonctionner avec un bon coup de poing dessus, mais il préféra ne pas lui suggérer cette méthode.

— Oui, j'en suis sûre ! Mais si vous ne me croyez pas, vous pouvez toujours vérifier par vous-même.

Autant apaiser les choses.

— Je vous crois sur parole. Si vous voulez, je vais laver la vaisselle.

— Vous voulez faire la vaisselle ? s'exclama Rae, incrédule.

— Oui. Il y a un problème ?

Sully regarda autour de lui, puis ouvrit les portes du placard situé sous l'évier.

— Où est le liquide vaisselle ?

Il se pencha, et aperçut ce qu'il cherchait.

— Ça y est ! Je l'ai trouvé.

Apparemment, Rae essayait de se convaincre qu'elle n'avait pas rêvé.

— Cela ne vous dérange pas ? demanda-t-elle avec scepticisme.

— Non. Pourquoi ?

Avait-il enfreint une règle tacite ? Franchi une ligne rouge ? Il ne connaissait pas bien les us et coutumes du coin. Peut-être étaient-ils différents ?

— Non, c'est seulement que… rien, dit Rae.

S'il se proposait pour faire la vaisselle, elle n'allait pas l'en dissuader.

— Allez-y.

Un peu tard, elle ajouta :

— Merci.

Il hocha la tête tout en versant du liquide vaisselle, puis il tourna le robinet pour faire couler l'eau. Les bulles remplirent peu à peu l'évier.

— Merci à vous aussi.

— Pourquoi ? interrogea-t-elle, confuse.

— Pour avoir réchauffé le repas.

Elle songea d'abord qu'il se moquait d'elle. Puis elle le regarda et se dit qu'elle se trompait peut-être.

Pivotant sur ses talons, Rae s'apprêta à sortir de la cuisine, puis se ravisa. Elle revint sur ses pas et se saisit d'un torchon.

— Vous faites la vaisselle, j'essuie.

Si ce revirement le surprit, il n'en laissa rien paraître.

— C'est d'accord.

Elle le regarda un instant, tout en attendant qu'il lui tende le plat qu'il était en train de laver.

— Vous êtes vraiment étrange, Cavanaugh.

Il eut un petit sourire.

— J'ai déjà entendu pire !

Rae éclata de rire.

— Vous travaillez pour la police : ça ne fait aucun doute !

Rae prit l'assiette qu'il lui tendit, l'essuya rapidement et la déposa sur le comptoir. Puis elle attendit qu'il ait lavé la suivante.

— Pourquoi êtes-vous ici, Cavanaugh ?

— Je vous l'ai déjà dit, lui rappela-t-il. Pour faire le point.

Il la regarda en lui tendant une autre assiette.

— Quoi ? Vous ne me croyez pas ?

Elle ne répondit ni oui ni non.

— Vous devez bien reconnaître que c'est un peu étrange : vous quittez une ville animée et agréable pour venir enfoncer des pieux dans la terre la plus dure qu'il m'ait été donné de voir. Et je ne vous ai pas encore demandé de nettoyer l'écurie !

Sully se mit à rire. De toute évidence, il ne doutait pas un seul instant qu'elle le fasse.

— J'aime les défis !

Elle vit soudain son beau visage s'assombrir.

— Cela m'aidera peut-être à remettre les choses à leur place.

Elle sentit à nouveau sa curiosité s'éveiller.

— C'est-à-dire ?

Sully la regarda. Il resta si longtemps silencieux qu'elle pensa qu'il n'allait pas lui répondre.

Puis, d'une voix égale, il déclara :

— Peut-être que j'arriverai à me convaincre qu'il y a des gens honnêtes et bienveillants, et qu'ils sont plus nombreux que les autres.

— Plus nombreux que les autres ? répéta Rae.

Elle avait compris ce qu'il voulait dire, mais elle avait l'impression qu'il faisait allusion à un événement très précis. Et si, d'ordinaire, elle préférait éviter les sujets personnels, elle décelait dans la voix de Sully quelque chose qui lui donnait très envie d'en savoir plus.

— Oui. Plus nombreux que les autres, affirma-t-il, plus pour lui-même que pour elle.

— Vous voulez dire, que ceux qui enfreignent la loi ?

— On peut dire les choses ainsi…

Mais il voyait bien qu'elle avait envie qu'il précise sa pensée.

— Plus nombreux que ceux qui sont capables de découper leur prochain en morceaux, puis de continuer à vivre comme si rien ne s'était passé.

Elle en eut le souffle coupé.

— Vous ne dites pas cela au hasard, n'est-ce pas ?

Il lui suffit de le regarder pour avoir la réponse.

— Malheureusement oui, répondit-il d'une voix étrangement calme.

Rae poussa un soupir en se disant qu'il était certainement préférable de mettre un terme à la conversation avant qu'il ne lui raconte des choses plus horribles encore. Mais elle s'en sentit incapable. Elle avait besoin de réponses… comme toujours.

C'était son plus gros défaut.

— Et vous étiez chargé de l'enquête sur les crimes commis par cette personne ?

Il termina de laver le dernier plat et le lui tendit.

— Oui.

— Et… ? demanda-t-elle.

Rae déposa sur le comptoir le plat qu'il lui avait donné et regarda Sully, attendant qu'il lui en dise plus.

— Et je l'ai coincé. Avec l'aide de toute mon équipe, corrigea-t-il, car c'était un travail collectif, même s'il s'était retrouvé seul face à face avec le psychopathe.

À cet instant, il avait tout simplement eu envie de le tuer, de mettre ce monstre hors d'état de nuire. Il avait dû faire appel à toute sa volonté pour ne pas lui tirer une balle dans la tête. C'est à ce moment-là qu'il avait compris qu'il devait s'arrêter.

— Écoutez, ne m'en veuillez pas, mais je n'ai pas envie d'en parler.

Elle leva les mains pour lui montrer qu'elle le comprenait.

— Pas de problème, répondit-elle d'une voix calme.

Et pour la première fois depuis qu'il l'avait rencontrée, il eut l'impression qu'ils s'étaient vraiment parlé.

— Pourquoi n'allez-vous pas dans votre chambre ?

proposa-t-elle. Je vais terminer. Il n'y a presque plus rien à faire, d'ailleurs.

Mais il secoua la tête et continua à laver les plats et les couverts qui restaient.

— Je finis toujours ce que j'ai commencé.

Elle ne protesta pas, et ils travaillèrent en silence jusqu'à ce que tout soit rangé. Alors seulement, Sully s'essuya les mains.

Il s'apprêtait à partir lorsqu'elle l'appela :

— Sully ?

Il se retourna en levant les sourcils, et attendit qu'elle parle.

— Ce que vous avez fait, c'était bien.

Il ne savait pas si elle faisait allusion au fait qu'il ait terminé la vaisselle, ou si elle le félicitait d'avoir attrapé le meurtrier qui avait terrorisé tant de personnes pendant un an et demi, mais il ne lui posa pas la question. Il se contenta de sourire avant de sortir de la pièce.

Il en avait assez dit pour le moment.

7

Les jours passaient, et se ressemblaient : Sully se levait à l'aube, et travaillait jusqu'au coucher du soleil. Ensuite, il allait dîner dans la maison en compagnie des autres employés. C'était également là qu'il prenait son petit déjeuner. Quant au déjeuner, il le trouvait chaque matin dans un sac de papier kraft qui était déposé dans la cuisine.

Durant sa journée de travail, la conversation avec Rawlings se limitait à quelques grommellements, accompagnés de regards noirs. L'autre homme, Warren, n'était pas loquace non plus, mais il lui arrivait parfois de parler de choses et d'autres, de sport par exemple.

Sully avait le sentiment que Warren était étranger à cette vie, et qu'il n'avait pas plus que lui l'habitude du travail agricole. Mais il tentait de s'acquitter de sa tâche avec sérieux.

Rawlings, quant à lui, ne cachait pas qu'il n'avait pas le moindre goût ni pour leur compagnie ni pour les travaux qui lui étaient assignés.

Après avoir passé toute la matinée à nettoyer les stalles, il était d'humeur exécrable. D'après ce que Sully avait pu voir, Rawlings n'était pas à l'aise avec les chevaux. Il était évident qu'il n'aimait pas travailler avec eux, comme les habituer à être sellés. Et les bêtes devaient très certainement le sentir.

Alors qu'ils finissaient d'entretenir l'écurie, Sully ne put s'empêcher de lui demander :

— Pourquoi as-tu choisi d'être employé sur un ranch où l'on élève des chevaux ?

— Parce qu'il a encore plus peur des vaches, lui confia Warren.

Puis il ajouta à voix haute :

— Je n'aime pas beaucoup les vaches, moi non plus. Il ne faut presque rien pour effrayer un troupeau et provoquer une ruée.

Sully n'avait pas la moindre expérience en ce domaine.

— Je te crois sur parole, répondit-il.

On entendit la voix de Rawlings s'élever d'une stalle attenante.

— Et moi, jamais je ne le croirai !

— Qu'est-ce qu'il a contre toi ? demanda Sully à Warren.

Warren haussa les épaules.

— Je n'en ai pas la moindre idée ! répondit-il avec un sourire. De toute façon, Rawlings en veut à tout le monde. J'imagine que déjà, lorsqu'il était enfant, la maîtresse devait dire à ses parents qu'il ne jouait avec personne !

Ce commentaire étonna Sully. Décidément, Warren ne semblait pas à sa place dans ce ranch. Il n'était pas habile de ses mains, et avait l'air bien plus heureux lorsqu'il lisait le livre qu'il emportait partout avec lui, et qu'il ouvrait dès qu'il avait un instant de répit.

Même si Sully était venu ici pour s'isoler, faire un travail physique et ne plus trop réfléchir, son cerveau semblait en avoir décidé autrement.

C'était comme s'il avait besoin d'avoir une énigme à résoudre pour retrouver sa clarté d'esprit et sa capacité de raisonnement habituelles.

Il ne cessait de se demander qui était vraiment Warren, et pourquoi Rawlings semblait si agacé et en même temps si intéressé par lui.

Ces questions le taraudaient, et il ne voyait pas le temps passer.

— Il y aura une fête demain au Murphy's, leur annonça Rae le vendredi suivant, alors qu'ils étaient tous attablés pour le dîner. Miss Joan m'a demandé de vous dire que vous seriez les bienvenus. Les invités sont attendus à partir de 17 heures.

— Miss Joan ? répéta Sully, perplexe. Vous n'avez pas dit que ça se passerait au Murphy's ?

Il n'avait pas quitté le ranch depuis son arrivée, mais cela ne l'empêchait pas de connaître déjà l'essentiel de la vie locale. Il n'y avait qu'un seul bar et un seul restaurant à Forever, et chacun des deux établissements veillait à ne pas empiéter sur le territoire de l'autre. Cela voulait dire que le Murphy's ne proposait pas à manger, et que Miss Joan ne servait pas d'alcool dans son restaurant. Cet arrangement avait-il soudain changé ?

— Oui, c'est bien au Murphy's, répondit Rae. Pour respecter la règle qu'elle s'est donnée de ne pas servir d'alcool, Miss Joan a décidé qu'il serait préférable que la fête ait lieu là-bas. Mais c'est Angel qui cuisinera.

Warren eut l'air heureux de cette perspective de réjouissance.

— C'est à quelle occasion ?

— Cash et sa femme vont avoir un autre enfant – Cash est le petit-fils de Harry, expliqua Rae en regardant Sully.

— Il est avocat, c'est bien ça ? demanda Warren.

— Oui, répondit Rae.

Rawlings, quant à lui, semblait totalement indifférent.

— J'irai avec plaisir, dit Warren à Rae. Pour une fois qu'on nous propose une activité qui n'implique pas d'avoir de la poussière sur ses habits ou des ampoules aux doigts !

— Les boissons seront gratuites ? demanda soudain Rawlings.

— Jusqu'à un certain point, j'imagine, répondit Rae.

Rawlings émit un grognement, puis déclara :

— Alors j'irai peut-être… si je suis libre.

Sully étouffa un petit rire. Après avoir passé deux semaines sur le ranch, il savait qu'à part travailler il n'y avait absolument rien à faire ici. Il ne voyait vraiment pas ce qui pourrait empêcher Rawlings de participer à un événement social qui romprait la monotonie de leurs journées.

Rae se tourna vers son nouvel employé.

— Et vous ? demanda-t-elle d'un ton qu'elle tentait visiblement de rendre indifférent. Vous pensez venir ?

Sully songea soudain avec nostalgie à son oncle Andrew à Aurora. Une fois retraité, l'ancien chef de police s'était découvert un talent pour la cuisine. Depuis, il cherchait n'importe quelle excuse pour rassembler la famille autour d'un repas.

D'ailleurs, la plupart de temps, il n'essayait même plus de trouver un prétexte. Il disait simplement à tous de venir s'ils étaient dans le coin.

— Bien sûr, répondit Sully. Vous avez dit que ça commencerait à 17 heures, c'est bien ça ?

Elle hocha la tête.

— Oui.

— Et qui va venir à cette prétendue fête ? demanda Rawlings, l'air méfiant.

De toute façon, Rawlings se méfiait de tout… et de tous, songea Sully.

— Tous ceux qui voudront bien venir, répondit simplement Rae.

Puis elle ajouta d'un ton agacé :

— Miss Joan ne m'a pas fourni une liste détaillée.

Sully se demanda si la jeune femme se comporterait de manière plus amicale dans ce contexte que sur le ranch. Rien que pour le savoir, il avait envie d'aller à cette soirée.

— Le lave-vaisselle est réparé ? demanda-t-il lorsque Warren et Rawlings eurent quitté la table pour retourner dans l'annexe.

Rae poussa un soupir. Elle avait l'intention de s'en occuper, mais elle était tellement prise par le travail qu'elle repoussait toujours à plus tard le moment de téléphoner au réparateur.

— J'ai encore oublié d'appeler Mick ! reconnut-elle à regret.

Elle se dit qu'il allait en rester là.

Mais elle se trompait.

— Mick ?

— C'est le mécanicien, expliqua-t-elle. Il répare surtout des voitures, mais il arrive aussi à nous dépanner avec l'électroménager, si ce n'est pas trop compliqué. Pourquoi me posez-vous cette question ?

— C'était une manière détournée de savoir si vous aviez besoin que je vous aide à faire la vaisselle.

Mais tout en parlant, il était déjà en train d'apporter les assiettes dans la cuisine et de les déposer dans l'évier.

— Vous n'êtes pas obligé de le faire !

— Plonger les mains dans l'eau savonneuse est la seule manière que j'ai trouvée d'ôter la poussière que j'ai sous les ongles. En fait, ajouta-t-il ironiquement, vous me rendez service.

L'expression de son visage lui apprit qu'elle n'en croyait rien.

— Eh bien, rappelez-vous que je ne vous ai pas demandé de le faire !

— Je n'en souviendrai, répliqua Sully.

Soudain, les mots sortirent malgré lui :

— Pourquoi semblez-vous toujours en colère ?

— Et pourquoi posez-vous toujours autant de questions ? rétorqua Rae.

Elle détestait que l'on s'intéresse à elle.

— C'est certainement une déformation professionnelle !

— Je pensais que vous étiez justement ici pour oublier que vous étiez enquêteur.

— Non, pas pour oublier que je suis enquêteur, corrigea Sully. Simplement pour oublier ce que j'ai vu en tant qu'enquêteur. C'est différent.

— Si vous le dites, répliqua-t-elle, faisant de son mieux pour paraître indifférente, même si, en réalité, ce n'était pas le cas.

C'était justement cela qui l'embêtait. Elle ne voulait pas s'intéresser à cet homme. Son seul souci devait être de veiller à la bonne marche de ce ranch, et la seule chose qui devait lui importer était qu'il fasse correctement son travail.

— Vous n'avez pas répondu à ma question, lui rappela-t-il.

Comme elle le regardait d'un air perplexe, il répéta.

— Pourquoi semblez-vous toujours en colère ?

Elle ne baissa pas les yeux.

— Peut-être parce que je le suis.

— À propos de tout ?

— Non, seulement lorsque les gens sont trop curieux, rétorqua-t-elle du tac au tac.

— Vous ne faites pas beaucoup d'efforts pour être aimable, constata-t-il avec philosophie.

— Peut-être parce que je n'ai pas envie que l'on me trouve aimable.

— Tout le monde a envie d'être apprécié, la contredit Sully.

Rae eut un rire dur.

— Vous devriez dire ça à Rawlings.

— Vous avez marqué un point, reconnut Sully. *Presque* tout le monde a envie d'être apprécié.

Puis, la regardant, il lui demanda avec un léger sourire.

— C'est mieux ?

— Ça le serait surtout si vous arrêtiez de parler, mais je suppose que vous ne pouvez pas vous en empêcher, répliqua Rae comme si elle se résignait à l'entendre.

Elle prit le plat que Sully lui tendait. Il était humide et glissa entre ses doigts.

Tous deux tentèrent ensemble de le rattraper, mais ils parvinrent seulement à se cogner la tête.

Le choc les fit tomber à terre.

— Je suis désolé, déclara Sully.

— Moi aussi, dit Rae en se frottant le front.

Sully lui prit la main pour l'aider à se relever, juste au moment où elle faisait un mouvement en arrière. De surprise, il perdit l'équilibre et se serait retrouvé allongé sur elle s'il n'avait pas anticipé la collision. Il réussit cependant à l'éviter en posant les mains à terre, de part et d'autre du corps de Rae.

Si quelqu'un était entré dans la pièce à cet instant, il aurait pu se méprendre totalement sur la situation.

Rae sentit son cœur faire un bond.

— Vous allez rester comme ça au-dessus de moi pendant longtemps ? demanda-t-elle.

Elle faisait des efforts évidents pour ne pas sembler affectée.

Car Sully ne lui avait pas seulement coupé le souffle : le sentir si proche d'elle avait éveillé d'autres sensations. Des sensations auxquelles elle ne s'attendait pas…

Et qui l'affectaient beaucoup plus qu'elle ne l'aurait voulu.

— Vous voulez dire que j'ai le choix ? interrogea ironiquement Sully.

Son visage était si proche qu'elle sentait son souffle sur elle.

— Pas si vous voulez encore pouvoir marcher demain, l'avertit-elle.

Sully éclata de rire. C'était encore une chose à laquelle elle ne s'était pas attendue.

Avant qu'elle n'ait le temps d'ajouter autre chose, Sully s'était relevé et l'aidait à se redresser. Ce geste la surprit, et, malgré elle, l'élan l'entraîna contre lui.

Il fit un pas en arrière pour mettre de la distance entre eux, mais c'était trop tard : ce contact inattendu avait fait son effet, et elle sentait des fourmillements dans tout son corps.

— Vous allez bien ? demanda Sully.

Elle sentait son regard la balayer des pieds à la tête.

— Je ne vous ai pas fait mal, j'espère ? poursuivit-il.

— Je vais bien, et vous ne m'avez pas fait mal, répliqua sèchement Rae.

Elle tentait désespérément de retrouver le contrôle de ses émotions.

— Je vois que je n'ai pas entamé votre bonne humeur, la taquina Sully.

Rae ramassa le plat qui était toujours par terre et le lui tendit, l'air sombre.

— Il faut relaver ça.

Leurs regards se croisèrent, et il dut se retenir pour ne pas céder à son impulsion. Ce contact très bref entre eux avait réussi à éveiller en lui des sensations qu'il pensait avoir oubliées.

Sa dernière enquête l'avait forcé à se blinder pour pouvoir faire face aux horreurs qu'il voyait. Il n'avait pas le choix.

Mais le problème était que le contrôle qu'il exerçait sur ses émotions était devenu une habitude… Et il avait commencé à croire qu'il les avait fait taire à jamais.

Sully songea soudain avec une pointe d'amusement qu'il était étrange que celle qui les avait fait resurgir soit une femme qui semblait chérir sa réputation de mauvaise humeur.

Le sourire que Rae vit sur les lèvres pleines de Sully la déconcerta. Il était différent…

— Je viens seulement de vous tendre un plat. Pourquoi souriez-vous comme cela ?

Sully lui prit le plat des mains et le plongea dans l'eau savonneuse. Il la regarda par-dessus son épaule, et son sourire s'élargit.

Rae sentit son souffle se couper.

— Mais pourquoi souriez-vous ? répéta-t-elle.

Il s'interrompit dans sa tâche, se redressa, et la regarda – la regarda vraiment — d'un regard qui fit tomber toutes ses défenses et qui la toucha au plus profond d'elle-même.

— Je suis certain que vous ne voudriez pas le savoir.

8

La réponse de Sully agaça prodigieusement Rae. S'il y avait une chose qu'elle détestait, c'était que l'on pense pouvoir lire en elle.

— Si, protesta-t-elle. Je veux savoir ce qui vous fait sourire de cette manière étrange.

Sully saisit le torchon qui se trouvait sur le comptoir et s'essuya les mains lentement, prenant tout son temps. Puis il reposa le torchon et fit un pas vers elle. Il n'avait pas quitté son visage des yeux.

— Vous en êtes certaine ?

— Je viens de vous le dire, répliqua Rae sur un ton de défi.

Sully inclina la tête vers elle alors qu'un sourire naissait sur ses lèvres.

— Effectivement…

Le temps semblait comme suspendu, le monde entier se réduisait à eux deux, seuls dans cette pièce.

Rae avait l'impression que même son cœur s'était arrêté. Lorsqu'il se remit à battre, ce fut sur un rythme non pas effréné, mais plein d'allégresse. C'était une sensation étrange, entièrement nouvelle. Elle en avait une conscience aiguë, tout comme elle avait une conscience aiguë de la présence de Sully…

Et de ses lèvres qui vinrent se poser doucement sur les siennes.

Rae n'eut aucun souvenir du moment où elle le prit par le cou, et ne sut pas qui d'elle ou de lui approfondit leur baiser. Tout ce dont elle se rendit compte, c'était que le désir l'avait envahie avec une telle force qu'elle était en grand danger d'y céder.

En tremblant, elle s'éloigna de lui et tenta de ressentir de l'indignation, ou de la colère… N'importe quelle émotion qui pourrait mettre une digue entre elle et le flot de sensations qui menaçait de la submerger.

Elle essayait désespérément de se ressaisir, de retrouver le contrôle d'elle-même. Mais elle ne réussit qu'à bredouiller :

— Vous vous rendez compte que vous venez d'embrasser votre contremaître ?

— Je n'ai pas embrassé un contremaître, répliqua Sully. J'ai embrassé une femme très désirable. Une femme qui m'a embrassé en retour

— Ce n'est pas vrai ! protesta-t-elle.

Elle ne savait comment réagir à la situation. Toutes les défenses qu'elle avait soigneusement bâties lui faisaient défaut.

Sully inclina la tête.

— Alors, je vous demande pardon. Je suis désolé.

Puis il quitta la pièce sans rien ajouter.

Avec colère, Rae songea un instant à lui ordonner de revenir, à lui dire qu'elle n'en avait pas fini avec lui. Mais elle préféra se taire, sachant pertinemment ce qui allait arriver s'il rebroussait chemin.

Sully avait éveillé en elle des sentiments qui ne demandaient plus qu'à s'exprimer. Et leur en donner l'occasion serait une grave erreur.

À l'avenir, elle devrait veiller à ne plus être seule avec lui. Du moins, pas tant qu'elle se sentirait aussi vulnérable.

Cela ne serait pas facile, mais elle pouvait y arriver. Il suffisait d'être vigilante… Très vigilante.

— Les hommes t'ont laissée tomber ?

Rae venait d'arriver au Murphy's. Elle se retourna avec un sursaut, et vit Miss Joan. Elle était vêtue d'une robe bleu marine qui lui allait particulièrement bien, et avait pris le temps d'attacher ses cheveux roux en un chignon.

— Je ne vous ai pas entendue venir, Miss Joan. Vous êtes très belle !

— Ne dis pas cela comme si tu étais surprise, rétorqua Miss Joan.

— Je suis désolée, je me suis mal exprimée. Vous êtes toujours belle !

Miss Joan fit un geste évasif, et en revint à sa question.

— Alors, les hommes ne viennent pas ? demanda-t-elle.

— Ils ont dit que si, mais j'ai préféré prendre mon pick-up.

Miss Joan lui lança un regard perçant.

— Il y a une raison particulière ?

— Oui, répondit Rae : je voulais pouvoir partir au moment où j'en aurais envie, et ne pas avoir à le faire en compagnie d'employés ivres.

Miss Joan la considéra un instant, et juste au moment où Rae cherchait une autre explication à lui donner, elle déclara :

— Je comprends, mais tu n'avais pas à te soucier de cela : le shérif va veiller à ce que personne ne boive plus que de raison. C'est une célébration amicale : je ne veux pas que les choses dégénèrent.

Peut-être se faisait-elle des idées, mais Rae avait l'impression que Miss Joan avait compris que ce n'était qu'une excuse. La vérité était qu'elle ne voulait pas courir le risque d'avoir à rentrer seule avec Sully.

Lorsqu'elle était enfant, elle avait toujours entendu sa grand-mère répéter : « Mieux vaut prévenir que guérir. » Elle avait suivi son conseil.

Rae s'attendait à ce que l'interrogatoire se poursuive lorsqu'elle vit Miss Joan sourire.

— Tiens, justement…

Par-dessus l'épaule de Rae, elle regardait quelqu'un qui venait d'entrer dans le bar. Rae se retourna, même si elle s'était intimé l'ordre de ne pas le faire.

Sully était en train de pousser les anciennes portes battantes. Il était accompagné de Warren, mais Rawlings n'était pas avec eux.

— Ce serait merveilleux que Rawlings ait décidé de ne pas venir, murmura Rae à l'attention de Miss Joan.

— Tant pis pour lui, répliqua Miss Joan en haussant les épaules. Mais au moins, Sully est là.

Rae aurait juré que Miss Joan avait dit cela pour elle.

— Bon, je dois aller saluer quelqu'un, dit-elle en s'éloignant. Tu pourrais faire de même.

Miss Joan n'avait pas précisé sa pensée, mais l'allusion était claire : elle voulait que Rae aille accueillir Sully.

Malgré cela, Rae évita de le regarder. Elle préféra se diriger vers Cash et sa femme, Alma.

— Félicitations à vous deux, leur dit-elle avec chaleur.

Elle tendit la main à Cash, puis à Alma, mais la jeune femme la prit dans ses bras.

Dès qu'elle le put, Rae se dégagea et la regarda.

— Vous êtes éclatante !

— Je n'en suis pas certaine, mais le fait est que je ne peux pas m'empêcher de sourire ! répondit Alma.

— Moi non plus, repartit Cash.

— Eh bien, vous faites plaisir à voir, tous les deux, déclara Rae.

Elle leur dit encore quelques mots, puis quelqu'un d'autre vint à son tour les saluer et les féliciter.

Rae allait s'éloigner d'eux lorsqu'elle sentit quelqu'un lui tapoter l'épaule. Avant même de se retourner, elle savait que c'était Sully.

— Bonjour, lui dit-il même s'ils s'étaient vus au ranch, une heure auparavant.

Rae avait été encore plus distante qu'à l'accoutumée, et il ressentait le besoin de mettre les choses au clair.

— Écoutez, à propos de ce qui s'est passé hier…, commença-t-il.

Rae avait décidé que la meilleure conduite à tenir était de ne plus jamais en reparler. Elle se hâta de déclarer :

— J'ai déjà oublié.

Il la surprit lorsqu'il répondit :

— C'est bien dommage.

Elle le regarda, ne sachant quoi dire.

— Parce que j'ai trouvé l'expérience très agréable. Je suis désolé d'entendre que ce n'était pas réciproque, et je vous promets que je ne recommencerai pas, poursuivit-il.

— Bien, répondit-elle tout en ressentant malgré elle une certaine déception.

Tu es en train de devenir folle.

Le bruit d'un couvert que l'on frappait contre un verre fit soudain taire tous les convives.

— Je propose de porter un toast ! déclara Harry Monroe lorsqu'il eut réussi à attirer l'attention de tous.

Il leva son verre en direction de son petit-fils et de sa femme.

— À mon futur arrière-petit-enfant !

Il lança un sourire éclatant à Cash et Alma.

— J'espère qu'il y en aura beaucoup d'autres.

Cash enlaça tendrement Alma et l'attira contre lui.

— Eh ! j'ai mon mot à dire, Cash Taylor ! déclara Alma d'un ton ironique.

L'assistance se mit à rire.

Rae eut un pincement de cœur. Elle avait fini par se résigner à la vie solitaire qui était la sienne, estimant qu'il aurait été ingrat de sa part d'en vouloir plus. Mais soudain, elle envia ce jeune couple.

Lorsque son père était mort, la laissant orpheline, elle ne se voyait plus aucun avenir. C'était alors que Miss Joan l'avait prise sous son aile et l'avait aidée. Elle avait déjà eu une chance immense. Elle ne pouvait pas en demander plus.

Liam Murphy, le plus jeune des trois frères qui possédaient le bar, entra dans la salle, suivi de son groupe. Il avait proposé de s'occuper de l'animation musicale. Lorsque Harry eut terminé son toast, les premières notes résonnèrent.

Plusieurs couples se mirent à danser, dont Cash et Alma, et Rae se mit sur le côté pour ne pas les gêner.

L'air que jouait le groupe était particulièrement entraînant, et, malgré elle, Rae bougeait sur le rythme de la musique.

Sully l'observa pendant quelques instants puis, en souriant, il lui demanda :

— Vous voulez danser ?

Rae se força à s'immobiliser.

— Non, merci.

— Ne vous inquiétez pas, vous ne risquez rien, lui promit-il. Au cas où vous ne l'auriez pas remarqué, nous ne sommes pas seuls.

En se penchant vers elle, il ajouta :

— Et je vous promets de ne pas vous embrasser.

Elle leva instantanément le menton d'un air de défi.

— Je n'ai pas peur de cela… ni de vous.

— Je suis heureux de l'entendre, répliqua Sully.

La prenant par la main, il glissa l'autre bras autour de sa taille.

— Venez, lui dit-il.

Comme elle restait immobile, il ajouta :

— Montrons-leur comment on danse.

Malgré elle, elle le suivit. Mais elle ne put s'empêcher de rétorquer :

— Ils ne danseraient pas s'ils ne savaient pas comment faire.

— Vous avez raison, acquiesça-t-il avec un sourire. Je vois bien que j'ai encore beaucoup à apprendre.

Elle fronça les sourcils et déclara :

— Je n'aime pas beaucoup les sarcasmes.

— Voilà encore une autre découverte, dit-il en la faisant tourner.

— Parler autant ne vous a jamais attiré des ennuis ? demanda Rae.

Il se contenta de sourire encore plus largement.

Mais ce fut la façon dont il soutint son regard qui lui serra le ventre.

— Étrangement, dans ma famille, je suis un des plus silencieux.

Eh bien ! songea Rae.

— J'ai du mal à le croire.

Le sourire de Sully devint éclatant.

— Il faudra que vous rencontriez ma famille.

La chanson se termina, mais avant que Rae n'ait pu s'éloigner de Sully, Liam et son groupe en avaient déjà entamé une autre, et Sully ne manifesta pas le moindre désir d'arrêter de danser.

Rae se résigna à continuer. Cela ne l'engageait à rien, se dit-elle. Ainsi qu'il le lui avait fait remarquer, il y avait beaucoup de monde autour d'eux, non ?

D'ailleurs, lorsque Sully parlait de sa famille, il y avait quelque chose dans sa voix qui avait éveillé son intérêt. Et comme toujours, cela lui avait rappelé qu'elle n'avait plus personne...

— Vous avez une grande famille ? s'enquit Rae, faisant de son mieux pour sembler indifférente.

Cette question fit rire Sully. Lorsqu'elle le regarda d'un air interrogateur, il hocha la tête et répondit :

— Oui, très.

Cela excita sa curiosité.

— Grande comment ? Cinq, dix personnes ? demanda-t-elle, tout en se disant que dix était certainement exagéré.

Il rit, tout en la guidant pour esquiver un autre couple.

— Vous êtes loin du compte.

— Quinze ? lança-t-elle d'un air incrédule.

Comme il continuait à sourire, elle poursuivit :

— Vingt ?

Il secoua la tête, et répondit :

— Encore plus...

Bon, il devait se moquer d'elle.

— Vous mentez !

Le sourire de Sully s'élargit encore.

— Ainsi que je vous l'ai dit, il faudra que vous les rencontriez.

Essayant d'imaginer ce que pouvait représenter une famille si nombreuse, elle soupira, et se tut.

Le sourire de Sully s'évanouit. Il eut soudain l'air soucieux.

— Qu'y a-t-il ?

— Rien.

Il continua à la regarder comme s'il attendait des explications. Alors elle soupira encore, et déclara :

— C'est simplement que vous avez de la chance… d'avoir une grande famille.

Maintenant, il comprenait.

— Lorsque j'étais plus jeune, il y a des moments où j'aurais dit le contraire. Mais maintenant, je suis d'accord avec vous : j'ai de la chance. Vous ne vous entendez pas avec votre famille ?

En temps normal, elle lui aurait dit de s'occuper de ses affaires. Mais ils étaient en train de danser, entourés de gens d'humeur joyeuse, et les choses étaient différentes. Alors elle répondit :

— Je n'ai personne avec qui me disputer.

— Vous n'avez pas de famille ?

Il compatissait, mais n'arrivait pas à s'imaginer une telle situation.

— Et Miss Joan ?

Certes, Miss Joan n'était pas très tendre, mais elle semblait avoir un faible pour Rae.

Cette fois, Rae sourit.

— Je dirais plutôt qu'elle est comme une bonne fée. Je l'aime beaucoup, mais nous ne sommes pas parentes.

— Une bonne fée ?

Il jeta un coup d'œil à la vieille dame, qui, apparemment, était en train de mettre Brett Murphy au pas.

— Ce n'est pas le mot que j'aurais choisi, répliqua-t-il avec un petit rire.

— Je ne vous laisserai pas dire du mal d'elle, l'avertit-elle. Elle m'a aidée alors que rien ne l'obligeait à le faire.

— Je ne m'y risquerais pas, rétorqua-t-il. D'ailleurs, mon grand-oncle Seamus réclamerait ma tête si je disais quoi que ce soit de désobligeant sur elle. Et j'aime ma tête, conclut-il avec ironie.

Rae sourit malgré elle.

— Je savais que vous en étiez capable, lui dit Sully.

— Capable de quoi ?

— De sourire, répondit-il en la faisant pirouetter.

En ce qui le concernait, cette soirée était déjà une réussite.

9

Rae avait l'intention de repartir très vite. Mais elle s'amusait beaucoup plus qu'elle ne l'aurait cru, et fut la première surprise de constater qu'elle était restée jusqu'à la fin de la soirée.

Sully ne l'avait pas quittée un instant. Pourtant, jamais sa présence n'avait été pesante. Il avait échangé quelques mots avec chacune des personnes présentes, et Rae s'était surprise à leur parler elle-même.

En quelques heures, sa vie sociale avait été plus remplie que pendant une année entière.

La soirée passa pour elle comme un tourbillon, et lui dévoila des aspects insoupçonnés de la personnalité de Sully Cavanaugh. Il était véritablement chaleureux et charmant.

Alors qu'ils s'apprêtaient à quitter le Murphy's, Rae se sentit obligée de dire :

— On ne peut pas vraiment dire que vous vous soyez comporté comme quelqu'un venu ici pour faire le point. Vous avez parlé à presque tout le monde !

Sully regarda autour de lui.

— Effectivement ! Voir tous ces gens rassemblés pour fêter l'arrivée de ce bébé m'a rappelé ma famille. Ils saisissent toujours la moindre occasion d'organiser une fête.

Il sourit à ce souvenir.

— Ces derniers temps, j'avais l'esprit tellement accaparé par toutes les horreurs que j'avais vues que je n'arrivais même plus à remarquer ce qui était beau autour de moi.

Rae perçut la tendresse qu'il y avait dans son regard lorsqu'il pensait à sa famille, et elle en tira ses propres conclusions.

— Alors, cela veut dire que vous allez bientôt repartir ?

Elle ne s'attendait pas à ce que cela la touche autant : après tout, elle avait l'habitude de voir des employés se succéder sur le ranch. Cela n'avait fait que renforcer sa conviction qu'elle ne pouvait compter que sur elle-même.

Pourtant, elle avait un nœud à l'estomac.

— Oh non ! répondit-il alors qu'ils sortaient ensemble du bar.

Le parking était presque vide.

— Je me suis engagé à rester sur le ranch pendant au moins un mois... Plus si le travail n'est pas terminé. Je n'ai pas l'intention de partir avant.

Elle sentit son estomac se dénouer... Du moins pour le moment.

Je ne dois pas m'habituer à sa présence. Il va bientôt repartir. Sa vie est en Californie.

— C'est bien... Enfin, je veux dire que je n'aurai pas à demander à Miss Joan de chercher quelqu'un pour vous remplacer. Mais je dois vous prévenir qu'ici le travail n'est jamais terminé ! La seule chose que vous puissiez espérer, c'est de ne pas en avoir trop.

Elle s'autorisa un petit sourire.

— Vous avez déjà été beaucoup plus productif que mes deux autres employés depuis qu'ils sont ici. Warren fait des efforts, mais il n'est pas efficace. Quant à Rawlings, je ne sais pas comment parler de lui sans être désobligeante.

Elle lui avait donné sa chance à de nombreuses reprises, mais avait été déçue à chaque fois.

— Il est tout simplement paresseux.

Sully ne fit aucun commentaire sur Rawlings, mais remarqua soudain :

— En parlant de Warren, vous l'avez vu ? Il n'était plus dans le bar lorsque nous sommes sortis. Je pensais qu'il m'attendrait près de mon 4x4.

— Vous devez le raccompagner ? s'enquit-elle en se demandant si elle les avait vus entrer ensemble.

Mais elle ne se souvenait que de Sully.

— Oui. Il est venu ici avec moi, affirma Sully avec un sourire.

— Il est peut-être retourné au ranch avec quelqu'un d'autre, suggéra Rae.

Elle resta songeuse un moment.

— Lorsque j'y pense, il me semble que cela fait plusieurs heures que je ne l'ai pas vu, dit-elle. Il a dû décider de partir plus tôt.

— Vous avez certainement raison, mais je vais tout de même vérifier qu'il n'est pas encore dans le bar. Je ne voudrais pas l'abandonner ici.

Avant de rebrousser chemin, Sully prit le temps de lui dire :

— Ne m'attendez pas. Rentrez. Et conduisez prudemment.

— Comme je l'ai fait au cours des treize dernières années, répliqua-t-elle.

D'ordinaire, si quelqu'un lui avait dit cela, elle aurait immédiatement pensé qu'il ne la pensait pas capable de se débrouiller seule. Elle fut surprise de constater qu'elle ne se sentait pas offensée. Au contraire, elle était touchée que Sully se montre protecteur.

C'était étrange.

Cet homme la troublait vraiment, pensa-t-elle en le regardant retourner à l'intérieur du bar.

Au lieu de partir, elle resta quelques minutes de plus pour voir s'il trouvait Warren. Après tout, il était son employé. C'était normal qu'elle se préoccupe de lui.

— Brett dit qu'il a vu Warren partir il y a plus de deux heures, lui apprit Sully en sortant du Murphy's un peu plus tard.

Il ne pouvait s'empêcher de trouver étrange que Warren ne lui ait pas signalé son départ, puisqu'ils étaient censés rentrer ensemble.

— Le problème est résolu, déclara Rae.

Elle remarqua l'expression pensive du visage de Sully et demanda :

— Vous pensez que non ?

Sully haussa les épaules. Il se faisait certainement du souci pour rien. Pourtant, il n'était pas tranquille.

— C'est bizarre, c'est tout.

— C'est certain. Bon, j'y vais, dit-elle en montant dans son pick-up. Je vous reverrai au ranch.

Elle partit avant que Sully ne puisse lui répondre.

Il dut se rappeler qu'il n'était pas chargé de veiller sur Warren, mais il ne parvenait pas à se départir du sentiment que quelque chose n'allait pas.

L'intuition légendaire des Cavanaugh était parfois prise en défaut, songea-t-il en se moquant de lui-même. Il fallait accepter que certaines choses restent inexpliquées.

Même si cela ne lui plaisait pas.

La maison était silencieuse lorsque Sully entra. Il en conclut que Rae était déjà couchée. Il aurait aimé pouvoir échanger quelques mots avec elle avant d'aller dans sa chambre, pour faire retomber l'excitation de la soirée et retrouver un peu de calme. Mais finalement, c'était peut-être mieux ainsi. S'il avait été seul avec Rae, il aurait pu être tenté de voir s'il pouvait reprendre les choses là où il les avait laissées l'autre nuit.

Et cela pourrait compliquer la situation, songea-t-il.

C'était définitivement mieux ainsi, se répéta-t-il avec peut-être un peu plus d'insistance que nécessaire.

Il était tard et il avait besoin de dormir. Il avait le sentiment que la journée de demain serait longue. Son séjour dans le Texas lui aurait au moins appris une chose : sur un ranch, il n'y avait pas de vacances. Ce qui n'avait pas été fait un jour restait à accomplir le lendemain.

Sully ne savait pas depuis combien de temps il travaillait lorsque Rae entra dans l'écurie. Il s'apprêtait à lui dire bonjour lorsqu'elle lui demanda de but en blanc :

— Vous avez vu Warren ?

— Non, mais je ne me suis pas approché de l'annexe. Je suis allé directement à l'écurie ce matin pour nettoyer les box.

Il remarqua l'expression troublée de son visage.

— Pourquoi ? Quelque chose ne va pas ?

Rae fronça les sourcils.

— Comme je ne vous ai pas vu au petit déjeuner, j'ai pensé que vous étiez parti, vous aussi.

— J'ai mangé en vitesse. Je me suis dit qu'après la fête d'hier il y aurait pas mal de travail à rattraper aujourd'hui.

Sully s'immobilisa soudain.

— Vous avez dit qu'il était parti ? Qui ? Rawlings ?

— Non.

Au ton de sa voix, on aurait presque pu croire qu'elle regrettait que ce ne soit pas le cas.

— Je l'ai laissé dans la cuisine, en train de se goinfrer de gaufres. Il m'a dit que Warren n'était pas rentré hier soir.

— Warren n'est pas rentré ? répéta Sully. Mais il a quitté le Murphy's vers 19 heures… Peut-être 20. Il est parti bien avant nous !

— Eh bien, il n'est pas revenu ici, répliqua Rae d'un air impatient. Il n'y a probablement pas lieu de s'inquiéter… Je veux dire, il a déjà disparu ainsi par le passé. Mais cette fois, cela dure plus longtemps que d'habitude.

Elle soupira et secoua la tête.

— Si un de mes employés choisissait de partir, je préférerais que ce soit Rawlings ! Au moins, Warren essaie de faire le travail, même s'il n'est pas dans son élément.

— Et quel est son élément ? demanda-t-il.

Elle secoua la tête.

— Je n'en ai pas la moindre idée. Il ne m'a jamais dit d'où il venait, ni ce qu'il faisait avant d'arriver ici. Mais Miss Joan et Harry semblaient penser qu'il avait besoin qu'on lui donne sa chance, et je ne pouvais pas aller contre leur volonté. Je veux dire, pas après tout ce qu'ils ont fait pour moi, même si je pense qu'ils se sont trompés en ce qui concerne Rawlings… Pour sa défense, ajouta-t-elle, je dois tout de même dire qu'il était plus efficace avant que Warren ne soit embauché.

Sully la regarda avec curiosité.

— Ils ne sont pas arrivés ici ensemble ?

Sans savoir pourquoi, il s'était imaginé le contraire.

— Non. Rawlings était ici depuis plus d'un mois lorsque Miss Joan et Harry ont engagé Warren.

Sully se remit au travail : Rawlings n'était toujours pas là, et les stalles n'allaient pas se nettoyer toutes seules.

— Vous êtes allée voir dans le dortoir ? demanda-t-il à Rae.

Comme elle ne répondait pas, il expliqua :

— Pour voir si Warren avait pris ses affaires.

— Non, lança-t-elle par-dessus son épaule, contrariée de ne pas y avoir pensé elle-même.

Sully travaillait toujours – et toujours seul – lorsque Rae revint un quart d'heure plus tard. Lorsqu'il vit l'expression sombre de son visage, il s'interrompit dans sa tâche et se dirigea vers elle.

— Que se passe-t-il ?

— Les affaires de Warren ne sont plus là : il a fait ses bagages et il est parti. Il aurait au moins pu m'avertir ! Je ne comprends pas… Il ne semblait pas malheureux, juste pas à sa place… Si Rawlings avait disparu ainsi, je n'aurais pas été surprise. Mais Warren…

Elle laissa sa phrase en suspens.

— Vous avez demandé à Rawlings s'il était au courant de quelque chose ? demanda Sully.

— Il dit qu'il n'a plus revu Warren depuis qu'il est monté dans votre voiture pour aller au Murphy's. Pourtant, il faut bien que Warren soit passé par ici, puisque ses affaires ont disparu !

— Alors, soit Rawlings ment, soit Warren est rentré à un moment où Rawlings n'était pas dans l'annexe, et il a pris ses bagages conclut Sully. Où se trouve Rawlings en ce moment ? J'ai quelques questions à lui poser.

Il fallait éclaircir ce mystère, songea-t-il en posant la pelle qu'il utilisait pour nettoyer les stalles contre un mur.

— Probablement toujours dans la cuisine, à se goinfrer comme s'il n'avait pas mangé depuis trois jours, dit Rae en fronçant les sourcils.

Sully se dirigea vers la maison et Rae le suivit, essayant de se maintenir à sa hauteur.

— Quand as-tu vu Warren pour la dernière fois ? demanda Sully à Rawlings.

— Je n'en sais rien ! Je ne tiens pas un journal !

Mais Sully ne se laissa pas intimider.

— C'était au moment où il est parti au Murphy's ? demanda-t-il avec insistance.

L'air un peu désarçonné par le ton de Sully, Rawlings répondit en haussant les épaules :

— J'imagine que ça doit être ça.

— Pourquoi n'es-tu pas venu au Murphy's ? interrogea Sully. Tout le monde était invité. Je suis étonné que tu n'aies pas été tenté par de la bière et un buffet à volonté !

— J'ai décidé de ne pas y aller, ça va ? répondit Rawlings sur la défensive. Après avoir travaillé toute la semaine, je n'avais qu'une envie : me reposer. Comme Warren n'était pas là, je n'avais pas à supporter sa conversation.

Sully s'approcha de lui.

— Et tu ne l'as plus revu depuis ?

— Je t'ai déjà dit que non ! répliqua Rawlings avec colère.

Il se retourna vers Rachel.

— Écoutez : déjà, vous ne me payez pas beaucoup… Mais en plus, ce type m'interroge comme si j'étais coupable de quelque chose, sans même m'expliquer ce qui se passe !

— Warren est parti, répondit Rae comme à regret.

Rawlings n'eut pas l'air impressionné.

— Il va vite revenir ! Comme la dernière fois…

— Il a pris ses affaires et vidé son casier, coupa Sully.

— Alors, peut-être qu'il est parti pour de bon. Je ne peux pas dire qu'il a eu tort, repartit Rawlings. Si j'avais un endroit où aller, peut-être que je ferais la même chose !

— On ne part pas sans dire au revoir. Vous aviez d'assez bonnes relations avec Warren, n'est-ce pas ? demanda Sully en regardant Rae.

— Oui. Il essayait de bien faire le travail.

— Alors, il a peut-être eu peur de quelque chose, avança Sully. Y avait-il à la soirée quelqu'un que vous ne connaissiez pas ? poursuivit-il. Le bar était bondé.

Rae secoua la tête.

— Non. Tous les gens qui se trouvaient au Murphy's étaient des habitants de Forever.

— Il ne l'est pas, lui, fit remarquer Rawlings en lançant un regard noir à Sully.

Rae repartit aussitôt :

— Vous non plus.

— Oui, mais je n'étais pas au Murphy's, leur rappela Rawlings. Je me trouvais ici sur le ranch. Vous vous souvenez ?

Sully ne prit pas la peine de lui répondre.

— Je pourrais peut-être aller voir le shérif pour signaler sa disparition, déclara Rae d'un air pensif.

— Ce n'est pas possible, répliqua Sully. Il faut attendre au moins vingt-quatre heures avant de pouvoir le faire.

Elle le regarda avec impatience.

— C'est peut-être vrai en Californie et dans les grandes villes du Texas. Mais ici, c'est différent : on considère que quelqu'un a disparu dès qu'il a effectivement disparu.

Il voyait bien qu'il était inutile de discuter avec elle. Il voyait également que – même si elle tentait de le cacher – Rae se faisait du souci pour Warren.

— Bon, dans ce cas, autant aller voir le shérif tout de suite pour faire ce signalement, lui dit-il.

Il ôta ses gants de travail et les glissa dans la poche de son jean.

— Je viens avec vous.

— Ce n'est pas nécessaire, répliqua-t-elle.

Il croisa son regard et répondit simplement :

— Si.

En hochant la tête, elle se tourna vers Rawlings.

— Bon, Rawlings, une fois encore, vous allez être seul sur le ranch.

Rawlings n'eut pas l'air ravi.

— Il n'y aura personne pour m'aider à faire le travail ?

— Vous avez tout compris, lança Rae en s'éloignant avec Sully.

Derrière elle, Rawlings marmonna quelques paroles inintelligibles. Comme elle se faisait du souci pour Warren, Rae préféra ne pas les relever.

10

Le shérif Rick Santiago leva les yeux du rapport qu'il était en train de lire. Il eut l'air vaguement surpris en voyant qui entrait dans son bureau.

— Bonjour, Rae, dit-il en se levant.

Son regard se tourna vers l'homme qui la suivait.

— Vous êtes Sully, c'est bien ça ? demanda-t-il.

Sully avait le sentiment que le shérif de Forever était beaucoup plus perspicace que son apparente bonhomie n'aurait pu le laisser penser.

Sully lui serra la main.

— Oui. Nous nous sommes rencontrés hier soir.

Rick leur sourit.

— Que puis-je faire pour vous ?

Rae prit une inspiration, comme si elle avait besoin de se donner du courage avant de parler.

— C'est une visite officielle.

Rick désigna les deux chaises devant son bureau.

— Asseyez-vous.

Lorsque ses visiteurs furent installés, il leur demanda :

— Bon, quelle est donc la raison de cette visite officielle ?

Rae se redressa.

— Un des employés du ranch a disparu.

Une lueur d'intérêt s'alluma dans les yeux du shérif. Cela le changeait de ses tâches habituelles. La plupart du temps, lorsqu'on venait le voir, c'était pour lui signaler que des bêtes étaient perdues, ou qu'un concitoyen éméché avait commis des actes de vandalisme et s'était bagarré avec un autre habitant de Forever.

— De qui s'agit-il ?

— John Warren.

Le shérif nota le nom sur son bloc-notes.

— Depuis combien de temps a-t-il disparu ?

— Depuis hier en fin d'après-midi, répondit Rae.

Elle remarqua que le shérif semblait surpris.

— Il est venu à la fête de Miss Joan au Murphy's, mais nous avons perdu sa trace depuis.

Rick leva les sourcils, regardant alternativement Rae et Sully.

— Et vous étiez censés suivre sa trace ? demanda-t-il, comme si l'emploi de cette expression lui semblait étrange.

Ce n'était pas là l'important, songea Rae, un peu agacée que le shérif ne se concentre pas sur l'essentiel.

— Non, mais vous savez bien que les gens que Miss Joan choisit d'aider ne sont pas toujours des enfants de chœur…

— D'expérience, je sais qu'il vaut mieux les avoir à l'œil, déclara le shérif.

Il regarda Sully.

— Je ne parle pas de vous, bien sûr.

Il s'interrompit avant de poursuivre :

— Vous travaillez pour la police, n'est-ce pas ?

Au lieu de lui répondre directement, Sully demanda :

— C'est Miss Joan qui vous l'a dit ?

— C'est une petite ville, répondit Rick. Le commérage est une des principales occupations des gens d'ici.

— Et que disent-ils de Warren ?

— Pas grand-chose à vrai dire, admit Rick. Ils font quelques spéculations, mais rien de précis.

Puis il ajouta :

— Ce n'est pas comme Rawlings.

— Que disent-ils de Rawlings ?

C'était Rae qui avait posé la question. Elle s'était avancée sur le bord de sa chaise, et attendait la réponse avec intérêt.

— Eh bien, on ne peut pas dire qu'il soit irréprochable.

— Il a déjà eu des condamnations ? demanda Sully.

— D'après ce que je sais, Rawlings est passé expert dans l'art de soutirer aux gens de l'argent chèrement gagné, mais il s'est bien tenu depuis qu'il est arrivé ici, ajouta le shérif.

— Et en ce qui concerne mon employé disparu ? intervint Rae, essayant de recentrer la conversation sur l'objet de sa visite.

— Pardon, s'excusa Rick. Avez-vous la moindre raison de penser que votre employé a eu des ennuis ?

Rae regarda le shérif, surprise par sa question.

— Je n'ai pas pensé à ça.

— Alors, pourquoi êtes-vous ici ? demanda Rick.

Il ne semblait pas comprendre ce qui avait pu la pousser à signaler la disparition d'un homme aussi rapidement, si elle ne pensait pas qu'il pouvait se trouver dans une situation délicate.

— A-t-il pris quelque chose sur le ranch avant de disparaître ?

Elle rougit légèrement, sachant que sa réponse n'allait pas pousser le shérif à accorder de l'intérêt à son signalement.

— Apparemment, rien ne manque. Je n'ai pas fait d'inventaire complet… Mais il est également vrai qu'il n'y a pas grand-chose à voler !

— Comment savez-vous qu'il est parti ? demanda Rick. Peut-être que Warren a fait une rencontre à la fête et a décidé de passer la nuit avec une nouvelle amie.

Il regarda Rae, curieux de connaître sa réaction.

— Ce sont des choses qui arrivent, poursuivit-il.

— Ses affaires ne sont plus là, intervint Sully. Il a pris ses habits, et le sac de voyage qui était sous son lit.

Rick se tourna vers Sully.

— Vous savez ce qui se trouvait dans ce sac de voyage ?

Sully secoua la tête.

— Je n'ai pas regardé à l'intérieur.

Le shérif eut l'air surpris.

— Vous n'étiez pas curieux de savoir ce qu'il contenait ?

— Si, admit Sully, mais je ne voulais pas être indiscret. Je me suis dit que Warren y conservait peut-être quelques habits ou des souvenirs.

Rick hocha la tête et acquiesça.

— Certainement…

En poussant un soupir, il passa mentalement en revue ce que ses visiteurs lui avaient appris.

— Bien ! À moins que vous ne vouliez porter plainte parce que Warren vous a dérobé quelque chose ou parce qu'il a commis un délit, je ne peux rien faire. Une personne a parfaitement le droit de partir si elle en a envie. Il n'y a aucune loi qui l'interdise.

— Je suis désolé, ajouta-t-il avec un sourire contrit à l'attention de Rae.

Rae réprima un soupir.

— Je comprends, dit-elle en se levant. Je me suis certainement inquiétée un peu trop vite.

L'imitant, Sully se mit debout.

— N'oubliez pas de me prévenir si Warren revient ! leur dit Rick.

— Je le ferai, promit Rae en sortant.

— J'imagine que vous ne vous sentez pas vraiment mieux après cette visite, remarqua Sully lorsqu'ils furent à l'extérieur.

Elle savait qu'elle ne pouvait pas se contenter de répondre non.

— J'ai comme l'impression d'avoir été trahie, reconnut-elle. Pas par le shérif, ajouta-t-elle rapidement pour dissiper tout malentendu. Par Warren. Je me suis montrée compréhensive avec lui. Je ne l'ai pas réprimandé pour ses erreurs, et j'ai attendu qu'il s'habitue au travail du ranch. Et puis soudain, il s'en va sans même un au revoir !

— Être bienveillant avec quelqu'un devrait être une fin en soi, lui dit Sully. Réfléchissez-y. Vous n'étiez pas compréhensive avec Warren parce que vous attendiez quoi que ce soit en retour. Vous l'étiez parce que vous sentiez que la vie ne l'avait pas ménagé, et qu'être traité avec humanité lui donnerait une raison d'espérer.

Elle le regarda en fronçant les sourcils alors qu'ils se dirigeaient vers son véhicule.

— Ils enseignent la philosophie dans votre poste de police ? demanda-t-elle en s'asseyant derrière le volant.

— Non, répondit-il en s'asseyant sur le siège du passager. C'est un trait familial : tous les Cavanaugh sont comme ça !

Elle fit démarrer le véhicule, mais resta un instant à l'arrêt en le regardant.

— Je ne sais pas si je dois être désolée pour vous, ou vous envier.

— Faites ce que vous préférez, répliqua Sully.

Cette réponse surprit Rae. Au bout de quelques secondes, elle répondit :

— Je vais y réfléchir.

Une semaine s'écoula, et Warren n'était toujours pas revenu.

— Je suppose qu'il a décidé que le travail du ranch n'était pas fait pour lui, dit Sully en élevant la voix pour que Rawlings puisse l'entendre par-dessus le sifflement du vent et le crépitement de la pluie.

Son compagnon le regarda d'un air furieux, et marmonna une vague réponse.

Le temps avait subitement changé, et le ciel s'était obscurci avant le coucher du soleil.

Lorsque les premières gouttes s'étaient mises à tomber, les chevaux étaient encore dans le corral, et Sully et Rawlings s'étaient employés à les mettre à l'abri le plus vite possible. Beaucoup d'entre eux étaient des yearlings qui n'étaient pas encore dressés, et l'orage les rendait particulièrement nerveux. Lorsque Sully tenta de les ramener dans l'écurie, un des chevaux s'enfuit au galop.

Comme Rawlings se contenta de le regarder partir en poussant quelques jurons, Sully n'eut d'autre choix que de se mettre à sa poursuite avant que l'animal ne se perde ou ne se blesse.

Sully se saisit d'un rouleau de corde posé sur un montant du corral, et le passa sur son épaule. Puis il prit le cheval le plus proche par la crinière, sauta sur son dos, et se lança à la poursuite du yearling qui avait une bonne longueur d'avance.

Tout en se félicitant mentalement d'avoir pratiqué

assidûment l'équitation dans sa jeunesse, Sully arriva finalement à rejoindre l'animal effarouché près d'un bosquet d'arbres.

Descendant de sa monture, Sully s'approcha lentement du yearling, lui parlant d'une voix calme, grave. Sans jamais le quitter des yeux, il ôta le rouleau de corde de son épaule et en fit un lasso. Il avait l'intention de le glisser sur la tête de l'animal et de le traîner ensuite jusqu'à l'écurie derrière son cheval.

— C'est bon, mon petit. Je sais que tu as peur. Il y a du bruit, de la pluie. Tu es tout mouillé. Mais je te promets que je ne te ferai pas de mal, dit-il en s'approchant du jeune cheval. Il faut que tu reviennes avec moi dans ton box bien douillet. Il y a de la nourriture qui t'attend là-bas. Ça ne te fait pas envie ?

Il se rapprocha doucement de l'animal.

— Il faut seulement que tu me laisses passer ce lasso autour de ton cou pour que je puisse te ramener à l'écurie. Ce n'est pas bien difficile, n'est-ce pas ?

Mais lorsqu'il atteignit le fugitif, le yearling affolé se dressa sur ses pattes arrière, battant l'air de ses sabots avant, et retomba lourdement sur le sol.

Le terrain sur lequel ils se trouvaient était particulièrement inégal. Le yearling trébucha et faillit tomber. Il semblait véritablement terrifié maintenant. Il trébucha encore, et poussa un hennissement.

Puis il se stabilisa et repartit, s'éloignant un peu plus de la maison et de l'écurie.

Sully était sur le point de remonter sur son cheval pour se lancer à sa poursuite lorsque son regard fut arrêté par une irrégularité du terrain.

En clignant des paupières, il observa le sol avec attention, persuadé qu'il imaginait des choses. Entre la pluie et le ciel qui s'obscurcissait, il avait dû mal voir.

Mais non…

Sully était sur le point de se mettre à genoux pour vérifier son hypothèse lorsqu'il entendit le martèlement des sabots d'un cheval. Il se retourna, ne sachant à quoi s'attendre. Par réflexe, il porta la main à son arme… Arme qu'il ne portait plus depuis qu'il était à Forever.

Ses doigts ne rencontrèrent que le tissu et il poussa un juron.

— Bon sang !

— C'est pour moi ? demanda Rae en s'approchant de lui et en descendant de cheval.

Sully se prépara à lui faire part de ses suppositions. Il aurait préféré les vérifier d'abord avant de lui en parler…

— Je ne savais pas que vous étiez dans les parages.

— Eh bien si ! Par où le yearling est-il parti ? demanda-t-elle, prête à remonter en selle pour le rattraper.

Il savait que, s'il ne lui parlait pas de sa découverte maintenant, alors qu'elle était auprès de lui, elle ne le lui pardonnerait pas.

Alors, il commença d'une voix hésitante :

— Avant que vous partiez à sa poursuite, je pense que je dois vous avertir que le yearling a failli tomber, car le terrain est irrégulier.

Rae le regarda d'un air perplexe.

— Et… ?

Rae retint un instant son cheval. Elle voyait bien qu'il essayait de lui dire quelque chose, sans pouvoir se décider à le faire.

Comme il se taisait, elle insista.

— Que se passe-t-il, Sully ?

Éloignant son cheval, Sully s'accroupit vers l'endroit

où le yearling avait failli tomber. La pluie tombait plus dru maintenant, et le sol devenait boueux.

Il se mit à creuser la terre à mains nues. Elle était très meuble, et avait visiblement été déplacée et remise à cet endroit peu de temps auparavant.

Rae le regardait fixement.

— Que faites-vous ? demanda-t-elle.

Sa jument devenait nerveuse et piétinait le sol. Visiblement, elle voulait partir.

— Je creuse, répondit Sully.

— Je le vois bien, répliqua-t-elle.

Il mettait sa patience à rude épreuve.

— Pourquoi ? Que cherchez-vous ?

— Je ne sais pas, répliqua-t-il avec honnêteté. Mais on a creusé le sol ici récemment, et je me demande bien pourquoi.

— Écoutez, il y a toutes sortes d'animaux sauvages par ici… Et ils font des trous. Certains enterrent leur proie pour éviter que d'autres animaux ne les mangent. C'est probablement ce qui s'est passé ici. Vous perdez votre temps, Cavanaugh.

— Je travaillerai plus longtemps ce soir, promit-il tout en continuant à creuser. Vous pouvez peut-être essayer de rattraper le yearling.

Elle savait qu'il avait probablement raison et qu'elle aurait dû partir à la poursuite de l'animal fugitif. Mais quelque chose la retenait sur place.

Rae descendit de cheval et vint s'agenouiller auprès de Sully, l'aidant à creuser.

— C'est tout récent, n'est-ce pas ? demanda-t-elle.

La terre avait été déplacée, mais pour le moment il n'avait rien trouvé, et il commençait à se demander si le soupçon qui lui avait traversé l'esprit n'était pas totalement infondé.

— On dirait bien.

— Ce monticule est trop haut pour que ce soit l'œuvre d'un animal, commenta-t-elle, gardant la tête baissée pour éviter que la pluie ne frappe son visage.

— Non, je ne pense pas que cela ait été fait par un animal.

Ce fut à ce moment-là qu'il l'aperçut. Écartant la terre de ses mains, Sully finit par découvrir ce qu'il avait redouté d'y trouver.

Le corps de John Warren.

11

Sully entendit Rae retenir une exclamation étouffée derrière lui. Il se retourna et vit son visage figé dans une expression d'horreur. Il crut qu'elle allait hurler, une fois le premier choc passé.

Pourtant, elle se contenta de se mordre la lèvre. Elle le fit avec tant d'intensité qu'il crut presque voir le sang perler sur sa bouche.

Il l'attrapa par les épaules pour l'aider à se remettre debout, et la tint serrée contre lui pour la protéger de ce spectacle terrible.

— Ne regarde pas !

Mais au lieu de presser son visage contre son épaule, elle tourna les yeux vers le corps sans vie qui apparaissait sous la terre boueuse.

— C'est trop tard, murmura-t-elle.

Il la sentait trembler contre lui. Malgré cela, elle posa les mains sur son torse pour l'éloigner d'elle.

— Je ne suis plus une enfant, dit-elle presque avec agressivité.

— Cela ne veut pas dire que tu dois regarder une chose aussi terrible, répliqua Sully, essayant toujours de s'interposer entre elle et le cadavre de Warren.

Rae inspira avec peine, pour tenter de reprendre le contrôle d'elle-même.

— Je l'ai vu. C'est fait.

Il lâcha ses épaules à regret, mais resta assez près d'elle, au cas où elle subirait le contrecoup de cette macabre découverte et s'évanouirait.

— Nous savons maintenant pourquoi il n'est pas revenu…, dit-il.

Il voyait qu'elle faisait son possible pour ne pas céder à l'émotion. Son visage était blafard. Elle demanda d'une voix qu'elle s'efforça de rendre calme :

— D'après toi, que s'est-il passé ?

Il hocha la tête. Ce n'était pas le moment de faire des spéculations.

— Nous essayerons de le savoir plus tard.

Il jeta un coup d'œil vers le cadavre de Warren et ajouta :

— Pour le moment, je vais dégager le corps et appeler le shérif pour qu'il prenne la suite.

N'ayant ni pelle ni outil d'aucune sorte, il commença à creuser la terre à mains nues.

— Il faut que je découvre qui l'a tué… et pourquoi, s'exclama Rae. Je dois bien cela à Warren !

Elle prononça ces mots avec tant de force qu'il s'arrêta un instant de creuser. Il la regarda avec attention.

— Je m'en tiens aux faits, répliqua-t-il. Cet homme est mort, mais nous ne savons rien de plus.

— Pour le moment.

— Oui, pour le moment… Écoute, pourrais-tu essayer d'appeler le shérif pour lui dire de venir pendant que je continue à dégager le corps ?

Rae acquiesça, et s'écarta. Sully continua à creuser aussi vite que possible, même si la boue et la pluie rendaient les choses difficiles.

Lorsqu'elle revint auprès de lui, il remarqua qu'elle regardait fixement le corps, comme si elle le mettait au défi de lui recommander de détourner les yeux. Il songea soudain qu'elle était très dure envers elle-même.

— Le shérif est en route, lui dit-elle.

Enfin, elle leva le regard vers lui.

— Ça va ?

— Mieux que lui, répondit Sully, en considérant le corps. Au fait, demanda-t-il soudain, où est Rawlings ?

Elle dut réfléchir. C'était comme si elle ne l'avait plus vu depuis une éternité.

— Lorsque je suis partie, il était dans l'écurie. Je lui ai demandé de nourrir les chevaux.

Elle eut un rire sec.

— Il doit encore s'y trouver ! Il prend toujours tout son temps pour effectuer la moindre tâche !

Elle regarda à nouveau le corps de Warren. Elle n'arrivait pas à s'habituer à ce spectacle.

— Rawlings ne t'aurait pas aidé à creuser, reprit-elle, pensant que c'était la raison pour laquelle Sully lui avait demandé où l'autre employé se trouvait.

— Oh ! je le sais bien ! acquiesça Sully. Je pensais seulement qu'il aurait pu aller chercher le yearling.

Elle avait complètement oublié le cheval.

— Mon Dieu ! Il faut le rattraper ! Je vais m'en occuper.

Sully se leva d'un bond pour l'empêcher de partir.

— Je ne pense pas que ce soit une bonne idée. La nuit tombe, et tu ne devrais pas sortir seule le soir. Pas avant que nous ayons découvert ce qui est arrivé à Warren.

Rae n'aimait pas qu'on lui dise ce qu'elle devait faire, mais elle décida de passer outre, et préféra lui demander :

— Alors, tu penses toi aussi qu'il a été assassiné ?

Il n'allait pas le reconnaître tout de suite.

— Comme je l'ai dit, pour le moment, nous ne pouvons tirer aucune conclusion, mais Warren ne s'est pas enterré tout seul… Ce qui veut dire qu'on l'a sans doute tué.

Il la regarda, l'air grave, avant d'ajouter :

— Et que nous devons être prudents.

Rae avait pris l'habitude de ne jamais donner la priorité à ses besoins ou ses envies.

— Et le yearling ? Il y a des loups par ici, et je ne voudrais pas qu'il finisse dévoré par une meute !

Sully voyait bien que, s'il ne s'occupait pas de ce cheval, elle allait le faire elle-même.

— Écoute, dès que le shérif arrivera, je le mettrai au courant de la situation et je partirai à la recherche du yearling. C'est d'accord ?

— Si tu veux vraiment aller chercher le cheval, pourquoi n'y vas-tu pas maintenant ? Je peux très bien expliquer au shérif comment tu as trouvé le corps, et je n'ai pas peur de rester seule auprès d'un homme mort.

Manifestement, elle considérait que c'était la meilleure solution mais Sully n'était pas d'accord.

— Non. Je ne veux pas te laisser seule ici non plus.

Elle le regarda avec attention, comme si elle avait décelé un sous-entendu dans le ton de sa voix.

— Tu en sais plus que tu ne veux le dire ?

— Non.

Elle fronça les sourcils, essayant visiblement de deviner ce qu'il pensait.

— Alors pourquoi…

Anticipant sa question, Sully l'interrompit avant qu'elle ne puisse la formuler.

— C'est certainement mon métier qui me rend prudent, d'accord ?

Sa réponse la mit mal à l'aise.

— Je n'ai pas besoin d'être protégée.

Il eut un petit sourire et déclara :

— C'est pour te remercier d'avoir accepté que je travaille ici.

— Je n'ai rien décidé ! répliqua-t-elle. Je n'ai fait qu'obéir à Miss Joan !

Il perdit le peu de patience qui lui restait.

— Bon sang ! s'exclama-t-il, pourquoi faut-il que tout soit sujet à polémique !

Il essaya de retrouver un peu de calme, mais n'y parvint pas.

— Tu t'entendrais très bien avec ma famille, surtout mes sœurs. Vous feriez perdre patience à un saint !

Il allait en dire plus lorsqu'il la regarda un peu plus attentivement et vit des larmes dans ses yeux.

— Pardon, dit-il, regrettant ses propos. Je ne voulais pas te…

Rae lui fit signe de se taire. Si elle avait essayé de parler, les mots se seraient étranglés dans sa gorge.

— Non, ce n'est pas toi, parvint-elle enfin à articuler. Je… Je pensais seulement à Warren. Je ne lui ai jamais… jamais posé de questions sur lui… Et maintenant il est mort…

Elle s'interrompit une seconde pour retrouver le contrôle d'elle-même, et poursuivit :

— Je ne sais même pas s'il a de la famille, ni qui prévenir qu'il est… qu'il…

Elle ne put terminer sa phrase.

Sully fit mine de la prendre dans ses bras pour la réconforter. Mais elle se débattit et posa les mains sur son torse pour le tenir à distance.

— Je n'ai pas besoin de réconfort ! protesta-t-elle avec des accents de colère.

— Peut-être que c'est moi qui en ai besoin, répondit Sully tranquillement.

Puis il l'enlaça.

Un instant, il eut l'impression qu'elle allait le repousser. Mais elle se laissa faire.

Elle posa la tête contre son épaule, et tenta de refouler ses sanglots.

— Ce n'est pas… un signe… de faiblesse…

— Bien sûr que non, répondit-il calmement.

Sully resta là à la tenir jusqu'à ce qu'elle s'arrête de pleurer.

Lorsque ses larmes cessèrent de couler, Rae s'écarta de lui et prit une inspiration.

— Cela doit rester entre nous, l'avertit-elle.

Il pencha la tête sur le côté, comme s'il réfléchissait à ce qu'elle venait de dire.

— Je vais donc éviter de publier l'article que j'avais l'intention d'écrire pour le journal local.

Elle poussa un soupir.

— On t'a déjà dit que tu parlais trop ? demanda-t-elle, visiblement soulagée de savoir qu'il n'ébruiterait pas sa défaillance passagère.

La pluie s'était enfin arrêtée lorsqu'ils entendirent un cheval hennir. D'abord, Sully pensa qu'il s'agissait de son étalon, mais il vit une ombre surgir dans son champ de vision.

Il eut l'impression qu'il s'agissait du yearling.

— Je crois bien que je ne vais pas avoir à aller chercher ton fugitif dans la nuit !

Rae tenta de distinguer la silhouette du cheval. Il faisait presque nuit maintenant.

— Pourquoi est-il revenu ? demanda Rae à voix basse pour ne pas effrayer l'animal.

— Je ne pense pas que cela ait quoi que ce soit

à voir avec nous, dit Sully. Je pense qu'il est venu retrouver mon cheval.

Sully chercha du regard la corde qu'il avait apportée. Il alla la récupérer, pensant l'utiliser comme un lasso.

Mais lorsqu'il se retourna vers le yearling, il vit que Rae se dirigeait déjà lentement vers lui, en s'adressant à lui sur un ton doux et apaisant.

Elle arriva à la hauteur de l'animal et lui tapota le museau tout en continuant à lui parler. Sans transition, elle déclara sur le même ton :

— C'est le moment de lui passer le lasso autour du cou.

Il fallut quelques secondes à Sully pour comprendre qu'elle s'adressait à lui. Alors, il s'approcha à pas lents. Lorsqu'il arriva auprès d'elle, il lui tendit la corde, et elle la glissa doucement autour de l'encolure de l'animal, tout en continuant à lui parler d'une voix douce et rassurante.

— C'est bien, mon grand, lui murmura-t-elle à l'oreille.

Elle croisa le regard de Sully et répéta :

— C'est bien…

Juste à cet instant, ils entendirent la voiture du shérif approcher.

Il immobilisa son véhicule près de Rae et Sully et en sortit, l'air grave. Son visage s'assombrit encore lorsqu'il vit le corps de Warren.

— J'ai l'impression que vous avez retrouvé votre employé, commenta-t-il en s'accroupissant près du cadavre.

Sully en avait découvert le tiers supérieur. Il passa les mains sous les épaules de Warren et, s'arc-boutant, il tira péniblement l'homme hors de la boue, aidé de Rick.

— Vous avez une idée de ce qui lui est arrivé ? demanda Rick, le souffle court.

— Pas la moindre, répondit Sully. Mais nous en saurons plus lorsque le médecin légiste l'aura autopsié.

Rick se releva et se tourna vers Sully.

— Il y a un problème : nous n'avons pas de médecin légiste. Le plus proche est à soixante-quinze kilomètres, et j'ai le sentiment qu'il ne viendra pas avant demain matin… ou plus tard.

Il remarqua l'air surpris de Sully.

— Forever est une petite ville où il ne se passe pas grand-chose. Nous n'avons pas besoin de médecin légiste.

— Mais on ne peut pas l'abandonner ici ! protesta Rae. Les animaux sauvages vont s'attaquer à lui.

— Je n'avais pas la moindre intention de le laisser ici, l'assura Rick.

Il regarda le corps et déclara d'un air sombre :

— Je vais le transporter dans ma voiture, même si cela risque d'être compliqué.

Il fronça les sourcils.

— Vous n'avez aucune idée de ce qui a pu lui arriver ?

— Non, répondit Sully au shérif. Je ne l'aurais jamais trouvé si le cheval que je poursuivais n'avait pas trébuché sur le monticule, là où il était enterré.

Rick fit le tour du corps allongé sur le sol, comme si cela allait lui permettre de percer le mystère de sa mort. Puis il leva les yeux vers Sully.

— Bon, nous ferions mieux de transporter le corps dans mon véhicule si nous voulons le ramener en ville. Nous allons le mettre dans le coffre, dit-il. Prenez-le par les pieds.

Pendant que Rae allait ouvrir la voiture du shérif, Sully se saisit des jambes de Warren, tout en demandant :

— Il y a un médecin à Forever, n'est-ce pas ?

Rick le regarda d'un air perplexe.

— Oui. Deux, même. Pourquoi ? Vous vous sentez mal ?

— Non. Mais l'un d'entre eux pourrait se charger de l'autopsie, expliqua Sully. Cela fait partie des études de médecine, non ?

Rick sourit en hochant la tête, puis regarda Rae.

— Il a de bonnes idées, déclara-t-il d'un air satisfait.

Il allait ainsi disposer d'éléments pour mener son enquête plus rapidement qu'il ne le pensait…

12

Le Dr Daniel Davenport gara son vieux SUV dans le parking situé à l'arrière de son cabinet. L'endroit, d'ordinaire bondé, était presque désert.

Dan avait quitté New York pour rouvrir ce cabinet resté fermé pendant plus de trente ans. Avant son arrivée, si les habitants de Forever avaient besoin d'une consultation, ils devaient faire soixante-quinze kilomètres pour voir le médecin le plus proche.

Au départ, il ne pensait passer que quelques mois à Forever. Mais, contre toute attente, il s'y était plu, et était resté.

Il avait maintenant une associée, le Dr Alisha Cordell, et le cabinet comptait également deux infirmières ainsi qu'une secrétaire médicale. La salle d'attente était toujours remplie.

Les habitants de Forever considéraient Dan comme un bienfaiteur. Quant à lui, il pensait que c'étaient eux qui lui avaient sauvé la vie en lui donnant enfin une raison valable de se lever le matin.

Même s'il avait maintenant une femme – rencontrée à Forever – et des enfants, Dan répondait toujours présent pour les urgences. Cependant, il devait bien reconnaître qu'il avait été très surpris par l'insistance du shérif lorsqu'il l'avait eu au téléphone.

Dan sortit de sa voiture et se dirigea vers le seul autre véhicule garé sur le parking.

Il tombait encore quelques gouttes, et le shérif était resté à l'intérieur de son véhicule. En voyant le médecin approcher, il en sortit, suivi de ses deux passagers.

— Je vous remercie d'être venu, docteur, dit Rick lorsque Dan les rejoignit.

— Pas de problème.

Dan pensait que le shérif serait seul. Il jeta un coup d'œil aux deux personnes qui l'accompagnaient et reconnut Rae, ainsi que l'homme qu'il avait rencontré au Murphy's, lors de la fête donnée par Miss Joan.

— Que se passe-t-il ? demanda-t-il.

Au lieu de lui répondre, Rick se dirigea vers l'arrière de son véhicule et ouvrit le haillon. Dan le suivit, puis recula d'un pas, manquant de bousculer Rae et Sully qui se trouvaient juste derrière lui.

— Eh bien…

Dan regarda le shérif.

— Vous auriez pu me prévenir avant de me montrer ça !

Il considéra le corps couvert de boue. Lorsqu'il l'avait appelé, Rick lui avait seulement précisé qu'il s'agissait d'une urgence, et qu'il devait venir le plus rapidement possible.

— Qui est-ce ? demanda-t-il, en désignant le cadavre d'un coup de tête.

— C'est le corps de John Warren, que nous venons de retrouver, expliqua Sully. Il se trouvait dans la partie nord du ranch.

— Le ranch de Miss Joan et Harry ? interrogea Dan, essayant de comprendre.

Rae hocha la tête.

— Il avait disparu depuis la fête.

Dan regarda à nouveau le cadavre, secouant la tête. À la lueur de la lune, il était difficile de distinguer les traits du visage.

— Que lui est-il arrivé ? demanda-t-il d'un ton incrédule.

— Nous espérions que vous pourriez nous éclairer, répondit Rick.

Dan sursauta.

— Vous voulez que je pratique une autopsie ?

La réticence de Dan était manifeste.

— Je sais que c'est beaucoup exiger de vous, mais oui, c'est ce que je vous demande de faire, lui dit Rick.

Dan dévisagea les trois personnes qui l'entouraient.

— Vous savez que je ne suis pas médecin légiste, n'est-ce pas ? lança-t-il d'un ton incrédule.

— Oui, rétorqua Rick, mais vous avez les compétences nécessaires. Le médecin légiste le plus proche se trouve à soixante-quinze kilomètres d'ici, et pour pouvoir donner des résultats fiables, l'autopsie doit être pratiquée le plus rapidement possible. Cela fait déjà plusieurs jours que Warren est décédé.

Dan poussa un soupir.

— Je vois… Bon, laissez-moi ouvrir le cabinet.

Il jeta un coup d'œil au shérif.

— Sully et vous pourrez entrer par l'arrière du bâtiment. Nous allons l'installer dans une salle d'auscultation, puis je me mettrai au travail. Vous allez rester ici ?

— Aussi longtemps que nécessaire, répondit Rick d'un air sombre.

— Moi aussi, renchérit Sully.

Ses instincts d'enquêteur reprenaient le dessus, et il était curieux de connaître les développements de l'affaire. En se tournant vers Rae, il lui dit :

— Je te tiendrai au courant des découvertes du médecin.

— Je reste avec toi, répliqua-t-elle sèchement.

Elle vit Rick et Sully échanger un regard, et elle en conclut qu'ils essayaient de la protéger.

— Je ne partirai pas d'ici sans avoir des réponses, déclara-t-elle.

— Bon, intervint Dan, plus vite nous commencerons, plus vite je pourrai vous les donner... Du moins, je l'espère, ajouta-t-il.

Le shérif et Sully sortirent précautionneusement le corps de Warren du coffre, et le transportèrent dans le cabinet. Rae les précéda pour tenir les portes ouvertes.

— Combien de temps dure une autopsie ? demanda soudain Rick.

Cela faisait plus d'une heure et demie qu'il attendait en compagnie de Rae et Sully. Il faisait les cent pas dans la salle, et trouvait que le temps passait de plus en plus lentement.

— Entre deux et quatre heures, répondit Sully.

Rick et Rae le regardèrent avec surprise.

— Une de mes cousines est médecin légiste, leur expliqua-t-il.

— Entre deux et quatre heures..., répéta Rick d'un ton résigné.

Juste à cet instant, ils entendirent une porte s'ouvrir à l'arrière du cabinet. Dan et Alisha utilisaient la troisième salle d'auscultation qui s'y trouvait pour pratiquer des opérations chirurgicales légères, plutôt que d'envoyer un patient à l'hôpital, situé lui aussi à soixante-quinze kilomètres de Forever. Mais c'était la première fois qu'une autopsie était pratiquée là.

Tous trois se levèrent et se dirigèrent à l'arrière du bâtiment.

Dan les rejoignit à mi-chemin. Il semblait fatigué.

— Vous avez terminé ? lui demanda Rick.

— Pour aller plus vite, je n'ai pratiqué qu'une autopsie préliminaire.

Il s'interrompit pour ôter ses gants et baisser le masque qui couvrait sa bouche et son nez.

— Vous avez pu déterminer la cause du décès ? demanda Sully.

Dan hocha la tête.

— Il y avait deux blessures à l'arme blanche qui ont atteint le cœur. D'après ce que j'ai pu voir, Warren a perdu beaucoup de sang.

Rae frissonna, mais l'expression de son visage demeura impénétrable lorsqu'elle demanda au médecin :

— Vous avez trouvé autre chose ?

Dan secoua la tête.

— Non. Je suis désolé. Le médecin légiste pourra pratiquer des analyses lorsque le corps aura été transporté à l'hôpital. Peut-être cela donnera-t-il des indications intéressantes.

— Vous nous avez beaucoup aidés, docteur déclara Rick avec conviction. J'ai conscience de vous avoir demandé une chose difficile. Je vous remercie d'être venu et d'avoir pratiqué cette autopsie.

Dan lui lança un sourire las.

— Je suis désolé. Je ne peux rien faire de plus.

Le shérif remarqua soudain que Rae avait l'air particulièrement bouleversée.

— Que se passe-t-il ?

Rae secoua la tête.

— Je ne sais toujours pas qui prévenir du décès de Warren…

— Vous allez certainement trouver dans ses affaires des documents qui pourront vous aider, suggéra Rick.

— Warren les avait emportés, répliqua-t-elle.

— Dès qu'il fera jour, je pourrai retourner à l'endroit où nous avons découvert le corps, intervint Sully. Peut-être que le sac de Warren est dans les parages…

Il voulait donner à Rae une raison d'espérer, même s'il doutait fort de trouver quoi que ce soit.

Soudain, une idée lui vint à l'esprit, et il se tourna vers le médecin.

— Docteur, ses empreintes digitales ne sont pas effacées ?

Dan le regarda, perplexe.

— Vous me demandez si elles ont été brûlées ? Non. Pourquoi l'auraient-elles été ?

— Je vérifiais à tout hasard, répondit Sully.

Il se tourna vers le shérif.

— Nous pourrions relever ses empreintes, et je les enverrais à la police scientifique d'Aurora.

— Vous pensez qu'ils vont accepter de s'en occuper ? demanda Rick.

— Mon oncle est un des responsables du laboratoire, lui indiqua Sully. Peut-être que Warren a été obligé de fournir ses empreintes digitales lorsqu'il a été recruté pour un emploi précédent. Si c'est le cas, nous pourrons savoir d'où il vient.

Il remarqua l'air dubitatif du shérif.

— La base de données est très grande, dit ce dernier.

Pourtant, de toute évidence Rick commençait à penser que Sully avait accès à un nombre illimité de ressources.

— J'accepte avec plaisir toute l'aide que vous pourrez m'apporter ! déclara-t-il.

— On a l'impression que le progrès n'est pas arrivé jusqu'à Forever, remarqua Rae.

— Je ne suis pas certain que cela soit à déplorer, répliqua Rick, toute cette technologie dernier cri s'accompagne généralement de maux de tête et autres désagréments.

Il sourit à Rae.

— J'aime que les choses soient calmes et paisibles.

Le médecin hocha la tête.

— J'ai tendance à penser comme vous, shérif. Et maintenant, si vous n'avez plus besoin de moi, je propose que nous prenions les empreintes, puis je vais fermer le cabinet pour quelques heures avant que les patients n'arrivent, conclut-il avec un soupir résigné.

— Laissez-moi juste le temps de passer à mon bureau pour y chercher un tampon encreur et le formulaire officiel, dit le shérif à Dan. Autant prendre les empreintes dans les règles, ajouta-t-il en se dirigeant vers la porte.

Sully avait l'intention de s'asseoir en attendant le retour du shérif, mais Rae se dirigea vers l'arrière du cabinet. Réprimant un soupir, il la suivit.

Lorsque Dan remarqua la présence de Rae, il s'immobilisa et lui demanda :

— Vous avez besoin de quelque chose, Rae ?

— Non, mais je me suis dit que vous auriez peut-être besoin d'aide pour nettoyer la salle.

Elle remarqua son air perplexe et ajouta :

— Je veux dire, vous venez de pratiquer une autopsie, non ?

— C'est surtout la boue qui a sali la pièce.

— D'accord. Je vais l'enlever, proposa-t-elle.

C'était le genre de tâches auxquelles la plupart des gens auraient tenté d'échapper.

— Vous êtes certaine que vous voulez le faire ?

— Que je le veux ? Non. Mais j'ai envie de vous aider. Je suis certaine que vous-même n'aviez pas la moindre envie de quitter votre maison pour venir ici autopsier un mort.

Manifestement, Dan voyait bien qu'il était inutile d'essayer de la faire changer d'avis.

— C'est d'accord. Venez par-là.

— Je peux vous aider moi aussi ? demanda Sully en les rattrapant.

Lorsque Dan le regarda d'un air sceptique, Sully ajouta :

— Je n'ai pas grand-chose d'autre à faire !

— Cela sera une des nuits les plus étranges que j'aurai passées à Forever, leur dit Dan tout en les conduisant vers la salle où il avait examiné le corps.

Il ouvrit la porte.

Le cadavre de Warren était sur une table d'examen, recouvert d'un drap.

À part quelques serviettes de toilette que Dan avait utilisées pour ôter la boue du corps, et qui étaient maintenant entassées par terre, l'endroit semblait propre.

Mais cela n'était pas suffisant. Rae savait que la pièce devait être désinfectée.

— Vous voulez que je fasse bouillir de l'eau pour laver le sol ? proposa-t-elle à Dan, ne sachant pas quelle procédure elle devait suivre.

Le médecin la regarda en réprimant un sourire, mais réussit à garder son sérieux pour ne pas la froisser.

— Il faut mettre ces serviettes dans le panier à linge et bien frotter tout le mobilier avec de l'alcool, dit-il en désignant une bouteille sur une étagère.

— Il y a autre chose à faire, docteur ? demanda Sully en parcourant la pièce du regard.

— Pour le moment, je ne vois rien d'autre.

Il entendit un bruit provenant de l'avant du bâtiment.

— Pourvu que ce soit le shérif qui revient, et pas un patient qui espère être le premier lorsque nous ouvrirons nos portes !

— Vous êtes toujours occupé ? interrogea Sully.

— Toujours ! répondit Dan.

Puis il sourit.

— Et je ne voudrais pas qu'il en soit autrement. J'aime être utile, leur confia-t-il. Honnêtement, je me sens beaucoup mieux que si j'avais un de ces cabinets qui rapportent assez pour acheter une Ferrari tous les deux ans. C'était la vie que je pensais avoir un jour, jusqu'à ce que j'arrive ici et que je comprenne vraiment ce que soigner veut dire.

— Et pourquoi êtes-vous venu ici ? demanda Sully juste au moment où le shérif entrait dans la pièce.

— C'est une longue histoire, répondit Dan. Peut-être que je vous la raconterai si vous restez ici assez longtemps, ajouta-t-il en traversant la pièce pour aller rejoindre le shérif.

Celui-ci tendit à Sully un tampon encreur et le papier réglementaire pour collecter des empreintes.

— Vous voulez le faire ? proposa-t-il.

— Je ne veux pas empiéter sur vos prérogatives, répliqua Sully.

Rae leva les yeux au ciel.

— Vous perdez bien du temps à faire des manières ! Je pense que le médecin n'a qu'une envie : fermer son cabinet et rentrer chez lui.

Mais Dan semblait avoir une autre préoccupation à l'esprit.

— Qu'allez-vous faire du corps ? Vous voulez le

laisser ici jusqu'à demain matin, demanda-t-il, ou l'emmener ailleurs ?

Rick avait compris ce qui tracassait le médecin : aussi incroyable que cela puisse paraître, le corps pouvait être dérobé. Il doutait vraiment que quelqu'un vienne dans la clinique dans ce but, mais il était également vrai qu'il n'aurait jamais pensé que quelqu'un puisse être tué à l'arme blanche à Forever.

— Bonne question…, reconnut Rick.

Pourtant, avant que le shérif ne puisse proposer une solution, Sully intervint.

— Je vais rester ici.

Il dévisagea les trois autres personnes présentes dans la pièce et déclara :

— À moins que quelqu'un n'ait quelque chose à y redire, bien entendu.

13

— Je n'ai pas la moindre objection, répondit Rae.

Elle poursuivit d'un ton inflexible.

— Mais si quelqu'un doit veiller le corps, c'est moi. Warren travaillait pour moi. Je lui dois bien cela.

Elle croisa le regard de Sully et y lut de la compassion. Cela l'agaça.

— Il faut que tu te reposes, répliqua-t-il. Tu as la charge du ranch !

Elle réfléchit un instant avant de répondre.

— Je ne suis pas certaine que ce soit toujours le cas.

— Que voulez-vous dire ? demanda le shérif.

Elle avait l'air sombre.

— Je suis censée veiller à la bonne marche de l'exploitation, et je crois que dans le cas présent j'ai échoué, déclara-t-elle en considérant le drap qui recouvrait le corps.

— Tu n'es pour rien dans le décès de Warren ! lui fit remarquer Sully.

— Non, mais je n'ai pas réussi à l'empêcher, répliqua-t-elle.

— Demain matin, j'irai voir Miss Joan pour lui annoncer que nous avons trouvé le corps de Warren, intervint Rick avec douceur. Il n'est pas nécessaire de la réveiller pour l'en informer maintenant…

Il était très tentant de laisser le shérif avertir Miss Joan de cette mauvaise nouvelle, songea Rae. Elle redoutait de lire la déception dans le regard de sa bienfaitrice. Mais elle tenait à faire face à ses responsabilités.

— Je vous remercie, shérif, mais je dois le faire moi-même, insista Rae.

Rick eut l'air de regretter cette décision – il était le shérif, et se faisait un devoir de veiller sur ses concitoyens —, pourtant il acquiesça.

— Si vous changez d'avis, Rae, vous savez où me trouver.

Rae se contenta de hocher la tête. Le shérif et le médecin quittèrent le cabinet, et Sully et Rae allèrent s'asseoir dans la salle d'attente. Un silence épais s'installa dans le bâtiment.

Rae regarda Sully et déclara :

— Tu sais, tu n'es pas obligé de rester.

Mais, à l'expression de son visage, elle vit qu'elle ne parviendrait pas à le faire changer d'avis.

— Je ne reste pas parce que j'y suis obligé.

Elle soupira.

— Alors, pourquoi restes-tu ?

Sully répondit en comptant sur ses doigts :

— Un, c'est moi qui ai découvert le corps, et deux, je me suis dit qu'un peu de compagnie te ferait du bien.

Elle ne savait pas s'il était bienveillant ou paternaliste.

— Tu risques de t'ennuyer !

— Je ne pense pas, répliqua-t-il avec un sourire, comme s'il pensait à quelque chose qui l'amusait.

— Pourtant, il ne va pas se passer grand-chose, répliqua-t-elle, sur la défensive.

Sully resta imperturbable.

— C'est bon à savoir.

Ne sachant comment réagir, Rae poussa un soupir.

— Tu es vraiment compliqué, Sully !

— Au contraire, je suis quelqu'un de très simple. Si j'ai quelque chose à faire, je le fais jusqu'au bout. Et ensuite, je me détends. Comme la plupart des gens, conclut-il.

— Tu n'es *pas* comme la plupart des gens, rétorqua Rae d'un ton qui n'admettait pas la contradiction.

Sully sourit encore.

— Est-ce un compliment, Rachel Mulcahy ? demanda-t-il en posant les mains sur son cœur.

Elle le fusilla du regard.

— Non. Et ne m'appelle pas Rachel. Mon nom, c'est Rae.

Elle refusait de laisser paraître la douceur qu'il y avait en elle. Et pourtant, elle était manifeste.

— Rachel, c'est plus joli.

Pensait-il qu'elle se souciait de son opinion ?

— Je m'appelle Rae, répéta-t-elle avec force.

— C'est un nom qui exprime la solidité et le professionnalisme. C'est l'image que tu veux donner de toi ?

Elle fut tentée de lui dire de se taire. Pourtant, malgré elle, elle se sentit obligée de répondre à sa question.

— Cela ne te regarde pas. Mais ici, il faut que l'on me voie ainsi. Et d'ailleurs, j'aime ce prénom. C'est celui que me donnait mon père… Même si je sais que c'était parce qu'il aurait aimé avoir un fils.

Il n'y avait aucune trace d'amertume dans sa voix.

— Mais cela ne fait rien, insista-t-elle. J'aime Rae.

— « Ce que nous appelons rose, sous un autre nom, sentirait aussi bon », cita Sully.

Rae fronça les sourcils, l'air perplexe.

— De quoi parles-tu ?

Sully sourit.

— Cela n'a pas d'importance, répondit-il avec bonhomie. Rae est un joli nom.

Changeant de sujet, il proposa :

— Tu pourrais essayer de dormir sur un des canapés. Je vais rester éveillé.

Elle eut soudain l'air pensive.

— Tu crois que celui qui a tué Warren pourrait tenter de voler le corps ?

Cela semblait raisonnablement impossible, mais à présent, ils n'étaient plus sûrs de rien.

— Non… À moins que le cadavre de Warren ne puisse donner une indication sur l'identité du tueur… Mais cela semble très peu probable.

— C'est vrai, dit Rae.

Mais elle n'avait toujours pas l'air convaincue.

— Demain, à tout hasard, je demanderai au médecin s'il a remarqué quoi que ce soit d'inhabituel au cours de l'autopsie, promit Sully.

— Merci, murmura Rae, comme si elle avait du mal à prononcer ce mot.

— Alors, pourquoi ne prendrais-tu pas un peu de repos comme je te l'ai proposé ? demanda-t-il en désignant le canapé d'un coup de tête.

— Je suis épuisée, reconnut-elle, mais je ne vais pas réussir à dormir… En tout cas, pas avant d'avoir décidé comment annoncer la nouvelle à Miss Joan.

Elle vit Sully ouvrir la bouche, et parla avant lui.

— Et ne me dis pas que je devrais laisser le shérif s'en charger ! Ce n'est pas son travail.

— En fait si, la contredit Sully, annoncer un décès à la famille et aux proches fait partie de ses missions.

Les paroles de Sully lui rappelèrent qu'elle avait quelque chose à faire.

— Il faut que je sache si Warren avait de la famille.

— Je te promets que je vais t'aider à le découvrir.

D'ailleurs, poursuivit-il en sortant son téléphone de sa poche, pourquoi ne pas commencer dès maintenant ?

— Maintenant ? demanda Rae avec incrédulité.

Elle regarda sa montre.

— Il est 2 heures et demie !

— Il est encore plus tôt à Aurora, répliqua-t-il en commençant à écrire un message à sa cousine. Mais je veux que Valri s'en occupe dès demain matin.

— Valri ? répéta Rae.

Elle était certaine de ne jamais l'avoir entendu prononcer ce nom auparavant.

Sully hocha la tête sans quitter son écran de téléphone des yeux.

— Ma cousine.

— Le médecin légiste ? demanda-t-elle, essayant de comprendre.

Il leva les yeux.

— Non. Une autre cousine… Celle-là est un génie de l'informatique, et elle a accès à des bases de données dont la plupart des gens n'ont jamais entendu parler.

Il prit une photo des empreintes digitales qu'ils avaient relevées et l'envoya avec le texte qu'il venait de taper.

Lorsqu'il eut terminé, il se dirigea vers la salle où se trouvait le corps.

Rae le suivit.

— Et maintenant, que vas-tu faire ?

— Je vais prendre quelques photos des blessures de Warren et les envoyer à Kristin pour lui demander si elle remarque des choses inhabituelles.

— Kristin…

Elle avait du mal à se souvenir de toutes les personnes que Sully avait mentionnées.

— Cette fois, tu parles du médecin légiste ?

Il marmonna, l'air préoccupé :

— Oui.

Rae aurait voulu lui poser d'autres questions. Mais elle se tut alors que Sully découvrait le corps et prenait des photos des blessures.

Plus elle regardait Warren, plus elle se sentait mal. Elle avait la nausée, mais aussi un sentiment grandissant de culpabilité.

Elle resta silencieuse jusqu'à ce que Sully ait terminé.

— Tu ne vas pas envoyer les photos à quelqu'un d'autre ?

Elle se voulait ironique, mais il lui répondit avec sérieux :

— En fait si, expliqua-t-il alors que l'idée venait de lui traverser l'esprit, à mon oncle Sean. Et demain matin, je demanderai au médecin de prendre un échantillon de l'ADN de Warren.

— Pourquoi veux-tu faire cela ? demanda-t-elle. Nous connaissons déjà son identité.

— Au cas où, répondit-il vaguement.

Rae le regarda plus attentivement, essayant de deviner ce qu'il avait en tête.

— Tu penses qu'il ne s'appelle pas réellement John Warren, c'est ça ?

— C'est certainement son véritable nom, mais nous ne pouvons écarter aucune hypothèse pour le moment.

Il replaça soigneusement le drap sur le corps de l'homme, et ils sortirent de la pièce.

— S'il était du coin, cela serait une autre histoire…

— C'est vrai, lâcha-t-elle pensivement.

Elle ne voulait pas songer à Warren pour le moment. Pas avant de savoir qui l'avait tué et pourquoi. Elle préférait s'efforcer de se concentrer sur la situation présente, et sur l'homme qui était auprès d'elle.

— Dis-moi, Sully, combien de membres de ta famille ont un métier en lien avec la police ?

— Trop pour que je sache le nombre précisément, admit-il.

Elle le regarda.

— Tu en parles comme si c'était une mauvaise chose !

— C'est parfois un peu oppressant.

Mais ils lui manquaient tous en ce moment. Et il devait bien reconnaître que c'était réconfortant de savoir qu'il y avait toujours quelqu'un pour le soutenir, quoi qu'il arrive.

— Oppressé par la famille ! dit Rae, essayant de s'imaginer une telle situation.

Mais cela lui était impossible. Elle secoua la tête.

— Pour moi, c'est inconcevable ! Je suis seule depuis que j'ai quinze ans.

— Tu as Miss Joan, lui rappela-t-il.

— Elle s'est occupée de moi, c'est vrai. Mais elle n'est pas de ma famille.

— On n'a pas besoin des liens du sang. Ce qui compte, c'est l'affection

Elle fit une grimace, comme si elle tentait de sourire tout en étant au bord des larmes.

— Tu as manqué ta vocation. Tu aurais pu être coach en bien-être !

Au lieu d'être agacé, Sully répliqua sur le ton de la plaisanterie.

— Si je dois envisager une autre carrière, j'y songerai !

— Tu penses qu'elles vont te recontacter ? demanda-t-elle.

Lorsqu'il la regarda, visiblement perplexe, elle poursuivit :

— Le médecin légiste et le génie de l'informatique

à qui tu as envoyé tes messages. Tu penses qu'elles vont bientôt te recontacter ?

— J'imagine que j'aurai des nouvelles demain matin.

Il sourit en pensant à Valri.

— En apparence, ma cousine Val est une jeune femme douce, calme et décontractée, mais en réalité, elle a un esprit de compétition féroce.

Rae ne comprenait pas là où il voulait en venir.

— Et contre qui se bat-elle ?

Il sourit.

— Contre elle-même. Elle dit toujours qu'elle devrait être plus rapide, plus précise.

Cela avait l'air épuisant, songea Rae.

— Et le médecin légiste ?

Elle était mariée à son cousin Malloy, mais il tut ce détail pour le moment. Autant ne pas perdre Rae sous une avalanche de prénoms !

— Kristin ne s'avoue jamais vaincue avant d'avoir trouvé ce qu'elle cherche.

— Et ces deux personnes font partie de ta famille ? demanda Rae, essayant de récapituler mentalement ce qu'elle savait d'elles.

— Elles, et beaucoup d'autres.

— Et ces « beaucoup d'autres » ont tous un métier en lien avec la police ?

— D'une manière ou d'une autre, oui, répondit Sully.

— Et toi, que fais-tu précisément ?

Il se contenta de sourire.

— Je fais ma part du travail.

En plus, il est modeste, songea-t-elle. Elle eut un petit rire.

— Bon, c'est décidé, déclara Rae comme si elle avait enfin pris une décision après une longue réflexion.

Dans ma prochaine vie, je veux me réincarner en Sully Cavanaugh !

Sully éclata alors d'un rire profond, sonore, qui résonna dans la pièce et sembla se propager dans tout le cabinet.

— Pourquoi ris-tu ? demanda Rae.

Sa remarque avait peut-être été inhabituelle, mais elle ne pensait pas qu'elle était particulièrement amusante.

— Parce que ça serait un beau gâchis !

Elle fronça les sourcils.

— Et pourquoi donc ?

— Parce que, répliqua-t-il en la regardant avec tant de chaleur qu'elle sentit tout son corps palpiter, comme s'il se préparait à quelque chose…

— Parce que ? interrogea-t-elle avec insistance, alors que sa question restait en suspens.

— Parce que, répliqua-t-il d'une voix grave, tu es parfaite.

— Pas du tout ! rétorqua-t-elle.

Elle était convaincue du contraire. Le mot « parfaite » s'appliquait à de belles femmes, nonchalamment assises sur des canapés moelleux, habillées comme si elles posaient pour faire la couverture d'un magazine de mode. Il ne décrivait certainement pas quelqu'un qui avait des callosités sur les mains, et qui travaillait dur du matin au soir.

— Si, tu es parfaite, répondit Sully avec douceur.

Et, pour la première fois de sa vie, il agit sans réfléchir, et céda à l'envie qui le dévorait depuis qu'il avait posé les yeux sur Rae. Il prit son visage entre ses mains, et l'embrassa.

14

Rae répondit au baiser de Sully avant même que leurs lèvres ne se touchent. Elle sentit la chaleur l'envahir et son cœur battre de plus en plus vite. Pourtant, ce n'était qu'un baiser…

Il n'y avait aucune raison pour qu'elle ait cette réaction exacerbée, surtout étant donné les circonstances.

Mais cela n'avait pas d'importance.

Rien n'avait d'importance.

Rae avait l'impression d'être une plante essayant désespérément de grandir au milieu du désert, avide de la goutte d'eau qui lui permettrait de prospérer.

C'était ce que ce baiser était pour elle.

Elle se haussa sur la pointe des pieds, et sentit les bras forts de Sully glisser jusqu'à sa taille et la presser contre lui.

Elle se laissa aller à toutes ces sensations, savourant l'élan de ce désir qui semblait emplir son corps tout entier.

Jamais elle n'avait eu autant envie d'un homme.

Au moment où elle se laissait complètement aller, Sully s'éloigna d'elle.

— Pardon, murmura-t-il. Je n'ai pas pu résister.

Elle sentait la pulsation de son cœur dans tout son corps. Elle se serait entièrement donnée à lui, à son désir, s'il l'avait seulement demandé.

Mais il ne l'avait pas fait.

Et il semblait même regretter ce qui avait failli se passer.

Elle dut faire un gros effort sur elle-même pour sauver la face.

— Il ne faut plus que cela se reproduise, l'avertit-elle, à bout de souffle.

Il soutint son regard.

— Cela n'arrivera plus.

Mais ils savaient tous les deux que ce n'était pas vrai... Et que, la prochaine fois, cela ne se terminerait pas ainsi.

Pour l'instant, il fallait qu'elle se ressaisisse, et qu'elle réfléchisse à la façon d'annoncer à Miss Joan ce qui était arrivé à son employé... et qu'elle apporte toute son aide au shérif et à Sully pour trouver le meurtrier de Warren.

— Ma proposition de t'accompagner tient toujours, lui dit Sully lorsque le jour se leva enfin.

Ils avaient passé la nuit dans le cabinet, à veiller sur le corps de Warren. Lorsqu'elle avait appris ce qui était arrivé, la femme du shérif les avait pris en pitié et avait préparé des vêtements propres pour eux. Le shérif était venu les leur apporter dès le lever du jour, et avait pris leur suite, disant qu'il allait garder le corps jusqu'à ce que le médecin légiste arrive pour pratiquer une autopsie plus complète.

Rae et Sully étaient maintenant libres de retourner à leurs occupations. Pour Rae, cela signifiait aller annoncer le meurtre de Warren à Miss Joan.

— Je te l'ai déjà dit, répliqua Rae, je n'ai pas besoin qu'on me tienne la main.

— Je le sais bien, répondit Sully. Mais j'en ai peut-être tout simplement envie.

Et il lui sourit, de ce sourire qui la touchait jusqu'au cœur. Elle pouvait presque sentir la marque qu'il imprimait en elle.

— C'est d'accord, dit-elle en cédant. Tu veux venir ? Alors, viens !

Le sourire s'élargit.

— Puisque tu me le demandes si gentiment… Je plaisante ! s'empressa d'ajouter Sully lorsqu'il la vit froncer les sourcils. Vous avez vraiment besoin de vous détendre, mademoiselle Mulcahy !

Elle ne voyait pas les choses ainsi.

— Ça va être un moment difficile…

— Personne ne dit le contraire, rétorqua Sully en la suivant hors du cabinet.

Ils se dirigèrent vers le restaurant de Miss Joan.

— Mais, poursuivit-il, j'ai appris il y a longtemps qu'un peu d'humour aide en beaucoup de situations. Parfois, si tu ne ris pas, tu pleures… Et pleurer n'a jamais aidé qui que ce soit.

Plus elle approchait du restaurant, plus elle avait envie de tourner les talons. Entendre ces paroles de sagesse lui était presque pénible.

Elle marmonna :

— C'est toi qui inventes tous ces dictons, ou ils sont brodés sur tes serviettes de toilette ?

Il éclata de rire.

— Cela fait partie de mes talents de coach en bien-être.

Elle poussa un soupir, mais ne répondit rien.

Lorsqu'ils arrivèrent au restaurant, il lui tint la porte et la laissa entrer.

L'endroit était presque vide à cette heure : les premiers

clients – ceux qui devaient prendre le travail avant 8 heures – étaient déjà repartis. Il n'y avait qu'une employée, et elle était occupée à nettoyer les tables.

Miss Joan se trouvait à sa place habituelle, derrière le comptoir. Elle leur tournait le dos et emplissait deux énormes récipients d'eau pour y faire du café.

Devinant leur présence, elle lança tout en terminant ce qu'elle avait entrepris :

— Je suis à vous dans une minute ! Un grondement sourd indiqua que la machine était en marche.

S'essuyant les mains sur son tablier, Miss Joan se retourna vers eux. Elle n'eut pas l'air surprise, mais il était vrai que son expression trahissait rarement ses pensées.

— Vous êtes ici tous les deux, commenta-t-elle. Que se passe-t-il ?

— Pourquoi pensez-vous qu'il se passe quelque chose ? lui demanda Sully.

Il était curieux de savoir comment Miss Joan en était arrivée à cette conclusion. Toute autre qu'elle aurait dit « bonjour ».

— Ne joue pas au plus malin avec moi, petit, répliqua Miss Joan. Le petit déjeuner ici est très réputé, mais Rae est capable d'en faire un tout aussi bon. C'est Angel qui lui a tout appris… même si elle prétend qu'elle n'aime pas cuisiner.

Elle les dévisagea de son regard perçant, cherchant à comprendre la raison de leur visite.

— Asseyez-vous. Je vais vous servir du café, et vous allez me dire pourquoi vous êtes ici.

C'était un ordre.

Rae ne pouvait pas attendre que le café soit servi. L'idée d'avoir à annoncer cette terrible nouvelle l'oppressait tellement qu'il fallait qu'elle le fasse immédiatement.

— John Warren a été retrouvé.

Miss Joan plaça une tasse de café en face de Rae, puis une autre en face de Sully, et un petit pot de lait sur le comptoir entre eux.

— Il est revenu…

Ce n'était pas vraiment une question, mais Rae la considéra comme telle. Elle prit sa respiration.

— D'une certaine manière.

— Et de quelle manière ? demanda Miss Joan.

Il sembla à Sully qu'elle restait étonnamment calme, et il avait le sentiment qu'elle n'allait pas être surprise par ce que Rae allait lui annoncer. Cette femme était vraiment exceptionnelle, songea-t-il. Son grand-oncle avait dû être séduit.

— Un des yearlings s'est échappé hier. Il a été effrayé par l'orage. Sully est parti à sa recherche, et il a remarqué un monticule de terre, expliqua Rae, choisissant soigneusement ses mots.

Miss Joan l'interrompit.

— Depuis combien de temps Warren était-il enterré ?

Stupéfaite, Rae la regarda, restant momentanément sans voix.

— Vous le saviez ?

— C'est là où tu voulais en venir, non ?

Miss Joan posa la question comme si elle connaissait déjà la réponse.

— Puisque tu sais que j'aime que l'on aille droit au fait, il devait bien y avoir une raison pour que tu prennes tant de précautions, poursuivit-elle.

Sully intervint.

— Nous ne savons pas depuis combien de temps il était là.

Miss Joan acquiesça.

— C'est ce que je pensais. Sinon, Rae me l'aurait dit.

Elle les regarda attentivement tous les deux.

— L'un de vous a-t-il une idée de celui qui a pu faire ça ?

— Non, répondit Sully pour eux deux. Warren était plutôt réservé, mais agréable.

Rae renchérit :

— Tout le monde semblait l'apprécier, à part Rawlings.

Elle ajouta en fronçant les sourcils :

— Mais il est vrai que Rawlings ne semble apprécier personne.

Miss Joan réfléchit à ce que Rae venait de dire et hocha la tête.

— Même si j'ai du mal à l'admettre, Harry et moi avons peut-être eu tort d'embaucher cet homme, déclara-t-elle. Je vais lui signaler que son contrat s'arrête à la fin du mois.

Elle coula un regard vers Rae.

— Je veux que tu me fasses des rapports hebdomadaires sur son activité.

— C'est d'accord, Miss Joan, acquiesça Rae docilement.

— En ce qui concerne Warren, poursuivit Miss Joan, a-t-il raconté à l'un d'entre vous d'où il venait, ou s'il avait de la famille quelque part ?

Sully et Rae secouèrent tous deux la tête.

— Je viens de demander au shérif de faire un prélèvement d'ADN sur le corps de Warren, dit Sully. J'ai pensé que je pourrais demander à la police d'Aurora s'ils avaient quelques informations.

Rae remarqua que Miss Joan ne semblait pas surprise que Sully ait pris cette initiative… et il était clair qu'elle l'approuvait.

— Bien. Et si vous n'arrivez pas à retrouver les

proches de Warren, je prendrai en charge les frais de funérailles, conclut-elle.

Elle déclara cela comme si elle avait proposé de relever le courrier. Sans insistance ni affectation. C'était un simple fait.

Et une fois de plus, Rae ne put s'empêcher de songer que, sous son apparence de dureté, cette femme cachait des trésors de générosité.

Miss Joan leur jeta un coup d'œil suspicieux.

— Vous avez mangé aujourd'hui ? leur demanda-t-elle soudain.

— Non, répondit Rae. Mais nous devons retourner au ranch. J'ai laissé Rawlings tout seul, et Dieu seul sait ce que je vais trouver à mon retour !

Miss Joan ne sembla pas impressionnée par les craintes de Rae.

— Le ranch restera bien une heure de plus sans surveillance ! Vous allez prendre un petit déjeuner.

Ce n'était pas une question. C'était un ordre, et il était hors de question de s'y soustraire.

— Et pendant que vous attendez les résultats du test ADN, leur dit Miss Joan après avoir commandé deux petits déjeuners complets, je vais demander à mes clients si quelqu'un peut me donner des informations sur Warren.

— Vous savez, déclara Sully, si jamais vous décidez un jour de quitter Forever, vous pourriez venir travailler pour la police d'Aurora ! Vous seriez un véritable atout pour elle !

Miss Joan secoua la tête.

— Non, merci. Vous, les gens des villes, vous êtes beaucoup trop rapides pour moi.

Sully n'en croyait pas un mot, et Miss Joan non plus d'ailleurs. Mais il sentait qu'il valait mieux éviter de rire.

— Vous êtes la meilleure, Miss Joan !

Elle se contenta de sourire.

Ils avaient fini de manger et s'apprêtaient à partir.

— Puisque vous allez être occupés par l'enquête et que vous n'allez pas pouvoir travailler autant que d'habitude, j'ai appelé Clint Washburn pendant que vous mangiez. Je lui ai demandé s'il acceptait d'envoyer un de ses employés au J-H Ranch pour m'aider pendant quelques jours.

Miss Joan marqua un temps d'arrêt. Il était évident que Clint avait accepté.

— Son frère Roy va venir, ce qui veut dire que lorsque vous retournerez sur le ranch vous pourrez dormir un peu. Vous avez l'air d'en avoir bien besoin !

Sully lui sourit tout en protestant :

— C'est bon ! Je suis reparti pour la journée, Miss Joan.

Puis il se tourna vers Rae et ajouta :

— Mais toi, ça te ferait du bien.

Rae se redressa instantanément, comme si elle s'apprêtait à livrer bataille.

— Je vais très bien, lâcha-t-elle, les dents serrées.

Miss Joan secoua la tête en ôtant leurs assiettes.

— On ne peut rien lui dire !

Sully sourit, partageant l'amusement de Miss Joan.

Son téléphone se mit à vibrer juste au moment où ils quittaient le restaurant. Il le sortit de sa poche et lut le message.

— Valri a des informations pour nous, dit-il à Rae.

Elle eut du mal à le croire.

— Vraiment ? Déjà ?

— Je t'ai dit qu'elle était rapide !

— Effectivement, marmonna Rae. Alors, que dit-elle ?

Mais Sully ne lui répondit pas. Il lisait les messages que sa cousine lui envoyait en rafale. Lorsqu'il les eut tous consultés, il les parcourut à nouveau.

— Que dit-elle ? répéta Rae.

Elle se pencha pour pouvoir lire sur l'écran de son téléphone en ajoutant :

— Je ne suis pas fatiguée, mais j'ai épuisé mes réserves de patience.

Sully leva les yeux vers elle.

— Il y a au moins une certitude : cet homme n'est pas John Warren.

Elle ne comprenait pas.

— Tu veux dire que nous n'avons pas découvert le corps de Warren, mais celui de quelqu'un d'autre ?

Cela semblait impossible. L'homme que Sully avait déterré ressemblait vraiment à celui qui travaillait sur le ranch depuis deux mois.

— Comment est-ce possible ?

Sully regarda autour de lui, vérifiant qu'ils étaient seuls. Il ne voulait pas que la nouvelle se répande avant qu'ils n'en parlent au shérif.

Mais il n'y avait personne d'autre sur le parking, aussi commença-t-il à raconter à Rae ce qu'il venait d'apprendre.

— Nous avons bien trouvé le corps de ton employé, John Warren. Mais ce n'est pas son véritable nom. D'après ce que Valri a trouvé en analysant les empreintes digitales que je lui ai fournies, il s'appellerait Jefferson Wynters. Valri va m'envoyer tous les éléments qu'elle a. Il va falloir que je consulte mes mails dès que possible.

— Valri a trouvé des informations sur Jefferson

Wynters ? Elle sait s'il avait de la famille ? Et comment les contacter ?

— Elle n'a rien précisé là-dessus pour le moment.

Il avait parcouru rapidement tous les messages, et n'avait rien lu à ce sujet. À cet instant, son téléphone se mit à vibrer de nouveau, indiquant qu'il avait reçu un autre message.

— Attends…

— Qu'y a-t-il ?

Sully lut le message.

— Valri dit que la police recherchait Wynters pour l'interroger.

Rae songea à l'homme doux et maladroit qui avait été son employé. Cela semblait incroyable.

— Pour l'interroger sur quoi ?

Sully continua à lire son message en se dirigeant vers le pick-up de Rae, que le shérif avait fait conduire ici par un de ses adjoints.

Sully lut à voix haute.

— Apparemment, l'entreprise pour laquelle il travaillait avait signalé la disparition d'une grosse somme d'argent juste avant son départ. Le dirigeant pensait que Warren – Wynters – était peut-être mêlé à tout cela.

Il garda son téléphone allumé alors qu'il entrait dans le véhicule.

Rae s'installa derrière le volant. Cette histoire lui semblait de plus en plus irréelle.

— Que veulent-ils dire par « une grosse somme d'argent » ? demanda-t-elle. Le message précise combien ?

Sully continua à lire alors que les SMS de sa cousine lui parvenaient l'un après l'autre.

— Valri dit qu'elle m'a envoyé tous les détails par mail, mais d'après son dernier message, ce serait…

Sully s'interrompit brusquement, restant bouche bée.

Rae, qui était sur le point de démarrer, se tourna vers lui.

— Combien ?

— Elle doit se tromper…

— Combien ? répéta Rae.

Elle avait toujours détesté les devinettes, et supportait mal qu'il la fasse attendre.

— Bon sang, Sully, combien d'argent Warren – Wynters – corrigea-t-elle, est-il censé avoir volé ?

— D'après ce que me dit Valri, plus d'un demi-million de dollars.

Elle regarda Sully, incrédule.

— Ce n'est pas possible !

Valri avait cessé d'envoyer des messages, et il glissa le téléphone dans sa poche.

— Apparemment, celui qui l'a tué pensait que ça l'était.

15

— Pourquoi t'arrêtes-tu ? demanda Sully.

Il pensait qu'ils retourneraient directement au ranch, mais Rae était partie dans la direction opposée. Elle avait parcouru la courte distance qui les séparait du bureau du shérif et s'arrêtait maintenant devant.

— Tu as dit que tu voulais aller consulter tes mails, dit-elle en ouvrant la portière. Eh bien, tu pourras le faire depuis le bureau du shérif.

Elle sortit du pick-up, et Sully la suivit.

Rick eut l'air surpris de les voir.

— Je pensais que vous étiez en train de retourner au ranch pour y prendre un repos mérité ! Votre véhicule est en panne ?

C'était la première raison qui lui était venue à l'esprit pour expliquer leur présence.

— Gabe m'a dit qu'il avait entendu un bruit étrange lorsqu'il a coupé le contact, poursuivit-il.

— Il fait toujours ça, répondit Rae. Non. Nous avons reçu des informations sur Warren.

Le shérif les regarda l'un après l'autre et leur fit signe de s'asseoir.

— Qu'avez-vous appris ?

Rae jeta un coup d'œil à Sully, pour lui signifier que – puisqu'il était à l'origine de ces découvertes – c'était à lui de parler.

— Cet homme ne s'appelle pas Warren, annonça Sully.

Le shérif plissa le front.

— Pardon ?

— Je pourrais utiliser un de vos ordinateurs ? lui demanda Sully. J'aimerais consulter mes mails. J'arriverai mieux à tout expliquer si j'ai les informations devant moi.

Rick n'hésita pas. Il se leva en désignant l'ordinateur qu'il avait relégué sur un coin de son bureau.

— Il est à vous !

Sully s'assit et commença à tapoter sur le clavier. Il ouvrit le site qu'il cherchait, entra son nom d'utilisateur et son mot de passe. Instantanément, une autre page apparut.

Les éléments qu'il cherchait étaient maintenant affichés, et il se retourna vers le shérif.

— Bon… L'homme que nous connaissons ici sous le nom de John Warren s'appelle en réalité Jefferson Wynters. Ses empreintes digitales sont répertoriées sur le fichier national. La prise des empreintes digitales est de plus en plus souvent exigée par les employeurs aujourd'hui… Par exemple si l'on occupe un poste de comptable dans une entreprise spécialisée dans la gestion de résidences médicalisées.

— Vous êtes en train de me dire que ce Warren/Wynters était comptable ? demanda Rick.

Sully acquiesça.

— D'après les informations qui m'ont été fournies ce matin par une de mes cousines, c'était le cas.

— Comptable…, répéta Rick. En fait, c'est assez logique… Ce type ne semblait pas du tout dans son élément ici.

Ce qui l'amena à la question suivante :

— Alors, que faisait-il à Forever ?

— Je dirais volontiers qu'il se cachait, déclara Sully.

Il regarda l'écran pour vérifier qu'il n'avait pas reçu d'informations supplémentaires, mais c'était tout.

— Wynters pensait probablement que personne n'irait le chercher ici.

— Sans doute… Mais pourquoi se serait-il caché ? demanda Rick.

Sully pensait qu'il valait mieux fournir les informations une à une.

— Probablement pour échapper à celui auquel il avait volé un demi-million de dollars, déclara-t-il en regardant attentivement le shérif.

— Un instant, ordonna Rick, certain d'avoir mal entendu. Vous pouvez répéter ?

Sully lui donna les détails.

— La police voulait interroger Wynters sur le vol d'un demi-million de dollars dans l'entreprise pour laquelle il travaillait à Prescott, dans l'Arizona. Apparemment, il aurait détourné les fonds. Lorsqu'il a disparu, il est devenu le suspect numéro 1. Pourtant, conclut-il, il n'y a pour le moment aucune preuve qu'il soit le coupable. La police le recherche encore.

— J'ai une question, intervint Rae. Où se trouve l'argent maintenant ?

— Je suppose qu'il est en possession de celui qui l'a tué, proposa Rick.

— À moins que Wynters n'ait été assassiné parce qu'il refusait de révéler où il l'avait caché.

Rick fronça les sourcils. Il n'aimait pas du tout cela.

— Cela veut dire que tous les habitants de Forever sont maintenant des suspects…

Il secoua la tête.

— J'ai grandi ici. Je connais tout le monde. Certains

sont des têtes brûlées et peuvent s'emporter très facilement, mais de là à commettre un meurtre… Je ne le pense pas.

Sully n'allait pas discuter avec le shérif. Il avait besoin qu'il coopère. Alors, pour le moment, il proposa un compromis.

— Pourquoi n'interrogerions-nous pas toutes les personnes présentes à la soirée de Miss Joan pour savoir s'ils ont remarqué quelque chose d'étrange ? Cela pourrait être un point de départ, suggéra Sully.

— Nous pourrions par exemple leur demander s'ils ont vu Warren partir avec quelqu'un, déclara Rae.

— Par exemple, acquiesça Sully. Et aussi…

— C'est ma juridiction, intervint le shérif.

Il ne cherchait manifestement pas à rétablir son autorité. Il pensait seulement que les habitants de Forever parleraient plus facilement à quelqu'un qu'ils connaissaient.

— C'est à moi de mener ces interrogatoires.

Cela ne posait aucun problème à Sully. Son seul but était de parvenir à retrouver le coupable.

— Vous avez tout à fait raison. Je vous prie de m'excuser : je n'avais pas l'intention de m'imposer, dit-il en se levant, mais les réflexes ont repris le dessus.

— Dans ce cas, j'accepte volontiers tout le soutien que vous pourrez m'apporter, déclara le shérif. Je n'ai pas l'habitude de vols de cette ampleur. Si l'on y ajoute un meurtre, je me sens un peu dépassé !

— Il n'y a pas de honte à demander de l'aide, shérif, repartit Sully. Je le fais souvent moi-même.

— Hier soir par exemple, lui rappela Rae.

Lorsque Rick la regarda, l'air amusé, elle comprit que sa remarque pouvait laisser entendre qu'il y avait une certaine intimité entre eux. Elle se sentit rougir.

— Tu te souviens : tu as envoyé des messages à tes deux cousines pour leur demander de vérifier si les empreintes digitales étaient sur un fichier, et d'analyser les blessures de Warren, ajouta-t-elle rapidement.

Elle voyait bien que la lueur ironique qu'elle avait observée dans le regard des deux hommes ne s'était pas éteinte. Elle pinça les lèvres et se tut.

— C'est exact, admit Sully aimablement, même s'il ne pouvait s'empêcher de sourire. Vous voyez, shérif, il n'y a pas de honte à demander de l'aide.

Rick reprit la parole.

— Il y avait beaucoup de monde à cette soirée. Cela va être long de les interroger !

— Alors, autant nous y mettre immédiatement, intervint Rae.

Sully ne releva pas l'emploi du pronom « nous ». Il se tourna vers le shérif et lui dit :

— Lorsque nous allons les interroger, les gens vont vouloir savoir pourquoi nous leur posons ces questions. Pour le moment, je pense que nous devrions nous contenter de leur dire que Warren a disparu. Inutile de leur apprendre qu'on a découvert son corps, ni qu'il a volé plus d'un demi-million de dollars.

— D'ailleurs, ce n'est encore qu'une supposition, souligna le shérif, désireux de s'en tenir aux faits.

Sully hocha la tête.

— Effectivement.

— Et mes adjoints ? remarqua Rick. Il faut que je leur dise la vérité.

— Vous avez confiance en eux ? lui demanda Sully.

Rick n'hésita pas un seul instant.

— Entièrement !

C'était tout ce que Sully désirait entendre.

— Alors, donnez-leur toutes les informations dont nous disposons.

— Nous serons donc six, déclara Rae. Comment voulez-vous répartir le travail ?

Rick et Sully échangèrent un regard.

— Je n'avais pas l'intention de te demander de faire cela…, commença Sully.

Il ne put aller plus loin.

— Cet homme travaillait pour moi, répliqua Rae d'un ton qui ne laissait pas place à la discussion. On l'a poignardé et il est mort. Le fait qu'il ait volé de l'argent ou non n'y change rien. Personne ne mérite de mourir ainsi ! insista-t-elle.

Elle était debout entre les deux hommes, et sa détermination était presque palpable.

— Je veux savoir qui l'a tué. Je veux vous aider.

Un long silence s'ensuivit. Puis Rick sourit en regardant Sully.

— Vous avez entendu, Cavanaugh ?

— Rae ne fait pas partie de la police, insista Sully. Celui qui a tué Warren est dangereux.

Il la regarda, bien décidé à lui faire entendre raison.

— Il pourrait te faire du mal, poursuivit-il. Ou…

Rae se détourna de Sully comme s'il n'avait rien dit. Elle regarda le shérif droit dans les yeux et lui demanda :

— Je veux prêter serment et faire officiellement partie de cette enquête.

— Ce n'est pas possible ! protesta Sully.

Elle leva le menton d'un air de défi.

— Bien sûr que si. N'est-ce pas, shérif ?

Rick ouvrit un tiroir de bureau. Il en sortit un badge.

— Levez votre main droite, dit-il à Rae.

Lorsque Rae eut prêté serment, Rick regarda Sully.

— Ce n'est que temporaire, et elle fera équipe avec vous.

— L'idée était de se partager le travail ! protesta Rae. Si je reste avec Sully, cela ne sert à rien !

Mais Rick demeura inflexible.

— C'est à prendre ou à laisser, Rae.

Avec un soupir de colère, Rae marmonna :

— Je prends.

Quant à Sully, il suffisait de le regarder pour savoir qu'il était ravi de cet arrangement.

— Bien, c'est réglé, déclara Rick, l'air soulagé. Je vais appeler mes hommes. Lorsque je leur aurai tout expliqué, nous pourrons commencer. Quelqu'un a-t-il des objections ? demanda-t-il, regardant Sully, puis Rae.

— Oui, mais je vois bien que, même si je les exprime, cela ne fera pas la moindre différence, marmonna Rae.

Sully éclata de rire.

— J'ai l'impression d'entendre mes sœurs !

— La prochaine fois que tu les verras, dis-leur que je compatis : ça ne doit pas être toujours facile de t'avoir comme frère ! répliqua Rae en suivant Rick hors de la pièce.

Sully sortit sur ses talons.

Rick mit rapidement ses trois adjoints Joe, Gabe et Daniel au courant des événements.

D'ordinaire, les trois hommes écoutaient Rick leur exposer les faits sans faire de commentaires. Mais lorsqu'il leur apprit l'identité véritable de Warren et le crime dont il était soupçonné, ils ne purent retenir leurs questions.

— Donc, nous ne sommes même pas certains qu'il a volé l'argent ? demanda Dan.

Au lieu de lui répondre, Rick regarda Sully.

— C'est vous qui avez obtenu ces informations. Vous voulez expliquer par vous-même ce que vous avez appris ?

— Wynters est le suspect numéro 1, répondit Sully. Toutes les informations que possède la police le désignent comme le coupable le plus probable, et au moins un témoin clé… Mais la police d'Arizona n'a toujours pas la preuve qu'il ait effectivement détourné ces fonds.

Ils demeurèrent un instant silencieux, et Rae en profita pour donner son sentiment sur la question.

— Eh bien, tant qu'ils n'en sont pas certains, je pense que nous ne devrions pas évoquer la possibilité qu'il y ait de l'argent volé caché à Forever.

Elle les dévisagea tous avant de poursuivre :

— C'est le genre d'informations qui peut faire ressortir le pire en chacun.

— Elle a raison, déclara Rick. Il ne faudrait surtout pas que les gens se mettent à chercher partout et essaient d'être les premiers à découvrir l'argent… Si tant est qu'il soit à Forever, nuança-t-il.

— Vous ne faites peut-être pas assez confiance aux habitants de Forever, lui fit remarquer Gabe.

Le shérif y avait déjà songé.

— Je préfère ne pas leur faire confiance et avoir tort, que voir des citoyens honnêtes tourner le dos à ce que nous avons mis des années à construire ensemble dans l'espoir de découvrir ce butin ! déclara Rick.

— Si seulement il est ici, précisa Rae.

Lorsque les hommes la regardèrent, elle expliqua :

— Wynters peut l'avoir laissé dans un coffre, ou tout simplement mis à la banque.

Mais Sully secoua la tête. Il ne pensait pas que cela soit possible.

— On ne peut pas déposer une telle somme sur un compte sans que cela ne donne lieu à de nombreuses vérifications. Tout montant supérieur à dix mille dollars attire immédiatement l'attention des autorités.

— Il pourrait avoir déposé l'argent dans plusieurs établissements différents, suggéra Joe.

— Cela l'aurait obligé à ouvrir un nombre de comptes trop importants… Sans compter le temps qu'il faudrait pour faire des dépôts de neuf mille neuf cent quatre-vingt-dix-neuf dollars jusqu'à ce que tout l'argent ait été placé, fit remarquer Rick. D'ailleurs, je ne l'ai pas vu souvent, mais Wynters ne m'a pas donné l'impression d'être passé maître dans l'art du crime.

— Il ne devait pas être si mauvais s'il a réussi à détourner autant d'argent ! observa Rae.

— C'est peut-être vrai, mais quelque chose me dit qu'il a gardé cet argent près de lui au cas où il devrait partir soudainement, déclara Sully.

— Alors, nous sommes d'accord ? demanda Rick en regardant ses adjoints, puis Sully et Rae. Nous gardons les détails de cette affaire secrets pour le moment. Nous disons seulement que Warren a disparu et que nous cherchons à parler aux personnes qui l'ont vu le dernier jour, afin de déterminer ce qui a pu lui arriver.

Les quatre autres hommes présents dans la pièce hochèrent la tête ou donnèrent leur accord verbal.

Rae attendit que tous se soient exprimés.

Alors seulement, elle prit la parole.

— Je pense que nous devrions mettre Miss Joan au courant.

16

La suggestion de Rae se heurta tout d'abord à l'opposition de deux des adjoints. Mais finalement, tout le monde se rangea à son avis : il était préférable d'informer Miss Joan de tout ce qu'ils savaient sur cet homme qui travaillait sur son ranch.

Puisque c'était elle qui avait fait cette suggestion, Rae en conclut que c'était à elle de mettre Miss Joan au courant.

Sully demeura silencieux jusqu'à ce que Rae et lui soient presque arrivés au restaurant.

— C'est moi qui vais lui annoncer ce que nous savons, déclara-t-il soudain.

Rae le regarda, prise au dépourvu.

— Je n'ai pas besoin que l'on me protège.

— Il ne s'agit pas de te protéger, répliqua Sully, mais tu n'as aucune part de responsabilité dans cette affaire. Ce n'est pas toi qui as poussé Wynters à détourner ces fonds, à s'enfuir et à venir ici… Et c'est encore moins toi qui l'as tué !

Il lisait son impatience dans son regard. Visiblement, elle s'apprêtait à discuter avec lui.

— Mets-toi bien ça dans la tête, poursuivit-il : tu n'es responsable de rien. Et c'est moi qui ai découvert toutes ces informations sur Wynters.

Elle faillit lui répondre sèchement. Mais au dernier moment, elle se retint.

Il cherchait simplement à l'aider, et à étouffer le sentiment de culpabilité qui la rongeait. C'était plus facile à dire qu'à faire…

Sully commença à monter les marches conduisant au restaurant. Il n'eut pas besoin de se retourner pour savoir qu'elle le suivait.

— Je viens avec toi, lui dit-elle au cas où il aurait cru le contraire.

Il ne tenta pas de la faire changer d'avis, ni de la convaincre de l'attendre à l'extérieur du bâtiment.

— Comme tu voudras !

Il ouvrit la porte, et entra le premier.

— J'imagine que vous ne revenez pas pour manger, commenta Miss Joan avant même qu'ils n'arrivent jusqu'à elle.

Elle les fixa de son regard perçant, puis fit un signe à Marisol, une des deux serveuses présentes ce matin.

— Remplace-moi un instant, Marisol.

Sans même attendre que la jeune femme lui réponde, Miss Joan contourna le comptoir.

— Allons nous asseoir.

Elle pointa le doigt vers une alcôve isolée du reste du restaurant, et Rae et Sully suivirent la direction indiquée.

Miss Joan attendit que Sully et Rae soient installés avant de s'asseoir. Il était difficile de savoir si elle avait choisi cette place pour être à côté de Rae, ou en face de Sully.

— Qu'avez-vous découvert ? leur demanda-t-elle.

Voyant l'air surpris de Sully, elle ajouta :

— Vous avez quelque chose à me dire, sinon vous ne seriez pas ici avec cette tête d'enterrement !

Sully sourit. Cette femme avait beaucoup d'intuition.

— Je comprends pourquoi oncle Seamus vous appréciait autant.

Miss Joan le regarda en plissant les paupières.

— Ce n'était pas la seule raison, répliqua-t-elle. Et maintenant, dites-moi.

Sully prit la parole. Aussi brièvement que possible, il lui exposa tout ce qu'il avait appris. Lorsqu'il eut terminé, il s'attendit à ce que Miss Joan exprime sa surprise, ou sa déception d'avoir été trahie : après tout, elle avait offert à Warren un toit et un travail, alors qu'il n'était vraisemblablement qu'un voleur essayant d'échapper à la justice.

Pourtant, elle demeura imperturbable.

Lorsqu'elle parla enfin, Miss Joan déclara :

— Je voyais bien qu'il n'avait pas l'habitude de travailler sur un ranch, mais pour moi, il était évident que cet homme avait besoin d'aide et d'un endroit pour dormir. Alors, Harry et moi avons décidé de lui donner sa chance.

Après ces paroles compatissantes, la personne qu'ils avaient devant eux se métamorphosa instantanément en femme tout entière tournée vers l'efficacité.

— Bon, où en est votre enquête ? demanda-t-elle.

— Pour le moment, elle n'a pas avancé, répondit Sully. Nous avons l'intention d'interroger toutes les personnes qui étaient au Murphy's, pour voir si quelqu'un se souvient d'avoir vu Wynters partir, et si oui, avec qui.

Miss Joan hocha la tête, signifiant qu'elle n'y voyait aucune objection.

— Je suis désolée de devoir vous dire que personnellement je n'ai pas remarqué à quel moment Warren est parti. Je l'ai vu parler à Jackson et Garrett – ce sont les deux frères qui gèrent le Healing Ranch – expliqua-t-elle à l'attention de Sully. Je pense qu'il était environ 20 heures, ou un peu plus tôt. Je ne me rappelle pas l'avoir vu ensuite, ajouta-t-elle. Je dois reconnaître que je n'ai pas fait très attention à lui : je regardais plutôt Cash et Alma.

— C'est déjà un élément, répondit Sully. Cela nous permet de retracer le fil des événements. Merci, Miss Joan. Vous nous avez beaucoup aidés.

Mais Miss Joan était insensible à la flatterie. Elle voyait cela comme une perte de temps.

— Non, répliqua-t-elle, certainement pas. Si Jackson et Garrett vous apprennent quelque chose, tenez-moi au courant. Et toi, poursuivit-elle se tournant vers Rae, je compte sur toi pour apporter à Sully toute l'aide dont il aura besoin pendant son enquête.

Rae rougit.

— Il faudrait vraiment que je retourne au ranch.

Après tout, c'était pour cela que Miss Joan l'avait embauchée.

— Ne t'inquiète pas de cela, lui dit Miss Joan. Clint Washburn va nous envoyer son frère Roy pour s'en occuper au moins jusqu'à ton retour, et il est particulièrement efficace. Je veux que vous puissiez vous concentrer sur l'enquête. Il faut absolument retrouver celui qui a assassiné cet homme. Je ne voudrais pas qu'il y ait un tueur en liberté dans les parages.

— J'imagine que cela veut dire que tu vas devoir me supporter, déclara Rae à Sully lorsqu'ils quittèrent le restaurant.

Elle n'envisageait pas un seul instant de ne pas obéir à Miss Joan.

Sully eut un sourire joyeux… et un peu troublant, songea Rae.

— Ce n'est pas le mot que j'emploierais, répliqua-t-il. Bon, ces deux frères dont a parlé Miss Joan, où pouvons-nous les trouver ?

— Ils dirigent le Healing Ranch. C'est tout près d'ici.

— Le Healing Ranch…, répéta Sully. J'ai entendu dire que c'était une sorte de camp de redressement.

— Effectivement, expliqua Rae alors qu'ils se dirigeaient vers son véhicule. Ils accueillent des garçons qui ont besoin d'être remis sur le droit chemin. Jackson et Garrett leur enseignent le dressage des chevaux, pour leur inculquer le sens des responsabilités.

— Ah bon…

Il songea à ce qu'elle venait de lui dire tout en s'installant sur le siège du passager.

— C'est une bonne idée, conclut-il à haute voix.

Son sourire s'élargit alors qu'il pensait à toutes les possibilités qu'offrait ce type de ranch.

— J'en parlerai à mes oncles lors de la prochaine réunion familiale.

Elle avait déjà démarré, et immobilisa son véhicule. Sully pensait déjà au moment où il repartirait… La douleur qu'elle ressentit la surprit elle-même. Elle se sentait comme vide.

— Et quand penses-tu partir ? demanda-t-elle, affectant l'indifférence.

Elle l'entendit rire à côté d'elle.

— Tu essaies de te débarrasser de moi ?

— Non. Mais je me demandais à quel moment je devrais chercher un autre employé. Je ne sais pas si tu l'as remarqué, ajouta-t-elle avec une touche de sarcasme, mais il m'en manque déjà un… Deux, si l'on prend en compte la paresse de Rawlings !

— Oui, je sais, répondit Sully. Pour information, j'ai l'intention de rester ici jusqu'à ce que nous ayons trouvé le coupable. Et plus longtemps si tu n'as personne pour me remplacer.

Ce n'était certainement pas vrai, mais elle fit semblant de le croire.

— Je saurai te rappeler ta promesse !

Le sourire qu'il lui lança lui apprit qu'il ne considérait pas cela comme une menace. Peut-être cela voulait-il dire qu'il avait l'intention de rester ici un peu plus longtemps…

Jackson et Garrett semblaient très occupés lorsque Rae et Sully arrivèrent au Healing Ranch. Le succès de leur projet – transformer des délinquants en honnêtes citoyens – leur avait apporté une certaine notoriété, et beaucoup de travail.

Depuis la création de leur ranch, les deux frères avaient multiplié par deux le nombre de jeunes gens qu'ils pouvaient accueillir, et cela ne semblait pas encore suffisant. Ils projetaient d'agrandir le ranch, mais il leur fallait d'abord recruter des personnes de confiance pour encadrer leurs pensionnaires.

Sully réussit d'abord à trouver Jackson. C'était le plus âgé des deux frères, celui qui avait lancé le projet en l'honneur de son oncle maintenant décédé. Le vieil homme avait aidé l'adolescent rebelle qu'il était alors à rester sur le droit chemin, en le faisant travailler sur son ranch.

La suite de l'histoire était devenue célèbre.

Lorsque Sully l'interrogea, Jackson se remémora très clairement les événements de la soirée.

— Oui, Warren, Garrett et moi n'avons parlé que

quelques minutes. À vrai dire, je ne le connais pas beaucoup. Je sais seulement qu'il travaille sur le ranch de Miss Joan. Il m'a semblé plutôt agréable, ajouta Jackson. Lorsque nous avons terminé notre discussion, il s'est dirigé vers les frères Rodriguez.

Il s'interrompit un instant pour réfléchir.

— Ensuite, je ne me rappelle plus l'avoir vu.

Jackson regarda autour de lui et aperçut son jeune frère dans le corral, en compagnie d'un de leurs protégés.

— Garrett ! l'appela-t-il.

Garrett termina de donner ses directives au garçon avec lequel il travaillait, puis se dirigea vers Jackson, Rae et Sully.

— As-tu remarqué quoi que ce soit d'étrange concernant Warren lors de la soirée de Miss Joan ? demanda Jackson à son frère.

Lorsque Garrett le regarda, l'air étonné, Jackson lui expliqua :

— Tu sais, c'est un des deux employés du J-H Ranch. Il a disparu.

— Quelque chose d'étrange ? répéta Garrett en réfléchissant. Non. Je lui ai simplement trouvé l'air un peu nerveux.

— Nerveux ? s'exclama Rae tout de suite en alerte. Nerveux comment ? Quelqu'un a dit quelque chose qui l'a inquiété ?

Garret eut du mal à lui répondre.

— C'est difficile à dire… Son attitude a changé au moment où il a vu Cash.

— C'est-à-dire… ?

— Il me semble qu'il a pâli, et il est parti brusquement pour aller discuter avec les frères Rodriguez.

— Vous voulez parler de l'adjoint du shérif ? demanda Sully. Gabe Rodriguez ?

Garrett secoua la tête.

— Non, non. Il s'agissait des frères de Gabe. Gabe n'est arrivé à la fête que plus tard.

Un des garçons qui travaillait dans le corral appela Garrett.

— Il va falloir que vous m'excusiez. Je pourrai répondre à d'autres questions un peu plus tard si vous le voulez, mais pour le moment, Allen a vraiment besoin de moi, dit-il en regardant le jeune homme occupé à dresser un cheval.

— Bien sûr, allez-y, lui dit Sully. C'est tout pour l'instant. Merci beaucoup pour votre aide, ajouta-t-il.

— Avec plaisir ! Si vous avez besoin de poser d'autres questions à Jackson ou à moi, n'hésitez pas !

Il s'avéra que Cash était absent, et Sully et Rae ne purent lui demander ce qui avait pu provoquer la nervosité de Wynters, ou si Garrett avait mal interprété la scène dont il avait été témoin.

Puisqu'ils ne pourraient pas interroger Cash avant le lendemain, Sully et Rae allèrent voir d'autres personnes qui étaient présentes au Murphy's ce soir-là. Mais, après avoir passé la journée à les questionner, ils durent bien admettre que leur enquête n'avait pas progressé d'un iota.

— Je ne sais pas si c'est possible, mais j'ai l'impression d'avoir le cerveau dans un étau, déclara Rae à Sully dans la soirée, lorsqu'ils se laissèrent tomber sur le vieux canapé en cuir du salon.

Ils avaient passé toute la journée en ville et venaient seulement de retourner au ranch, bien après la tombée de la nuit.

Bien que Roy – le frère de Clint Washburn – et un autre employé soient venus s'occuper des chevaux, Rae s'était sentie obligée de vérifier que tout allait bien. Elle s'était donc rendue dans l'écurie.

Les box étaient propres, garnis de paille fraîche, et il y avait de la nourriture dans les mangeoires.

Même si elle était satisfaite de voir que le travail avait été bien fait, Rae avait le sentiment dérangeant que l'on n'avait plus besoin d'elle.

Sully était maintenant installé sur le canapé à côté d'elle, et ne semblait pas avoir l'intention d'en bouger dans l'immédiat.

— Tu vas t'y habituer, lui dit-il.

Elle pensa qu'il faisait allusion à sa remarque sur l'état de son cerveau.

— Je n'en suis pas certaine, lui répondit-elle. Je sais supporter la douleur : lorsque je me suis cassé le poignet, j'ai continué à travailler, jusqu'à ce que Miss Joan s'en aperçoive et me force à aller voir un médecin. Mais là, c'est différent. Je me sens comme vidée, épuisée… Tellement que, même si le canapé prenait feu, je n'aurais pas le courage de me lever !

Sully rit en imaginant la scène.

— Oh ! tu serais surprise de voir la vitesse avec laquelle tu sauterais pour te mettre debout si c'était le cas ! D'ailleurs, j'ai pu constater aujourd'hui que tu étais encore plus forte que je ne le pensais.

Il s'interrompit pour la regarder. À part pour tourner la tête, lui-même ne se sentait pas capable du moindre effort.

— En fait, je vais te faire le compliment suprême : tu es assez forte pour être une Cavanaugh !

Prenant sa respiration pour lutter contre la douleur, Rae se tourna vers lui.

— Je suis flattée, répliqua-t-elle avec un petit rire.

— Tu peux l'être ! Ce n'est pas donné à tout le monde ! Pour cela, il faut une volonté d'acier et beaucoup d'obstination. Vraiment beaucoup ! insista-t-il.

En disant cela, il sentit une émotion indéfinissable monter en lui.

Quelques secondes plus tôt, Sully aurait juré que – tout comme Rae – il était à bout, que ce soit physiquement ou mentalement. Mais le simple fait de l'avoir regardée lui avait rendu toute son énergie.

Il se rapprocha d'elle.

Il ne savait pas comment il était arrivé là, mais il la frôlait presque maintenant.

Sully se dit qu'il devait s'éloigner, sinon, il risquait de faire une bêtise… D'ailleurs, il avait déjà embrassé Rae… Deux fois… Ce n'était pas comme s'il voulait expérimenter une sensation nouvelle.

Mais c'était justement cela : il l'avait *déjà* embrassée, et ce qui le motivait maintenant n'était pas la curiosité. C'était l'envie de renouveler l'expérience, de ressentir à nouveau la même liberté, la même légèreté, la même joie.

C'était absurde !

Il était au beau milieu d'une enquête, bon sang ! Il n'avait pas le temps de se comporter comme un adolescent amoureux.

Et pourtant…

Pourtant, tout en lui le poussait à embrasser Rae, à trouver à nouveau cette insouciance et cette gaieté qui lui étaient devenues étrangères.

Tu vas le regretter, l'avertit une petite voix dans sa tête.

Mais Sully n'avait jamais écouté la petite voix dans sa tête. Alors, il suivit son instinct…

17

Lorsqu'elle comprit ce qui allait se passer, Rae sentit son cœur s'emballer dans sa poitrine. Soudain, elle n'eut plus conscience que du désir qui s'était emparé d'elle, de manière subite et totalement inattendue.

Une seconde auparavant, elle aurait juré qu'avec la nuit puis la journée qu'ils venaient de passer il n'y avait plus rien à attendre d'elle.

Et pourtant, la promesse silencieuse de ce qui allait venir lui enflammait le corps, lui faisait désirer la suite de chaque fibre de son être.

La faisait espérer…

Elle ne parvenait plus à respirer. Allait-il l'embrasser ? Ou allait-il renoncer au dernier moment, parce qu'il ne voulait pas mêler travail et plaisir, de peur qu'ils en souffrent tous les deux ?

Le temps fut soudain comme suspendu, et ce moment lui sembla une éternité.

Le besoin irrépressible qu'elle avait de lui grandit encore.

— Tu vas m'embrasser ? demanda-t-elle.

Elle entendit sa propre voix résonner dans sa tête.

Sully resta immobile.

— Tu en as envie ?

Elle avait envie de hurler.

— Bien sûr ! Pourquoi faut-il que tu me poses cette…

Rae n'eut pas l'occasion de finir. Sully avait sa réponse.

Il caressa sa bouche de ses lèvres, et soudain, ce qui avait commencé comme au ralenti sembla s'emballer. Le désir prit le pouvoir, exigeant satisfaction.

Elle sentit – sentit vraiment – tout son corps s'embraser. Le feu la consumait tout entière, dévorant tout sur son passage, ne laissant rien derrière lui.

Elle ne le savait pas, mais ce qu'elle ressentait en cet instant était le reflet exact de ce qui arrivait à Sully.

Elle vécut toute la suite comme un rêve, un rêve d'où surgissaient des images de baisers, de caresses, de lèvres qui parcouraient son corps, ne laissant aucun endroit inexploré.

D'un feu sans cesse attisé.

Rae n'avait jamais imaginé, même dans ses rêves les plus fous, que faire l'amour puisse être aussi bon. Ses pensées elles-mêmes étaient consumées et s'évanouissaient pour ne plus laisser place qu'à une incantation : encore.

Elle en voulait toujours plus. Plus il la caressait, l'embrassait, plus elle en voulait.

Rae tenta de reprendre souffle, puis de rendre à Sully tout le plaisir qu'il lui offrait.

Tout d'abord, Sully ne sut que penser : cela le surprit. Dans chacune de ses relations précédentes, chacune de ses rencontres, c'était toujours lui qui avait donné du plaisir à sa partenaire… Et c'était ainsi qu'il avait trouvé le sien.

Être soudain celui qui recevait était entièrement nouveau pour lui. Il découvrit qu'il pouvait atteindre une intensité de plaisir qu'il ne soupçonnait même pas.

Leurs corps s'étreignaient avec tant de passion qu'ils se retrouvèrent par terre sans s'en rendre compte.

Tout tournait autour de Rae, mais elle avait pleinement

conscience de chaque mouvement du corps de Sully contre le sien. Rien qu'avec ses lèvres, sa bouche, il lui avait procuré des sensations merveilleuses, faisant gonfler des vagues de plaisir les unes après les autres, consumant tout son corps jusqu'à ce qu'elle soit absolument certaine qu'elle était au bout de sa jouissance… pour sentir le désir se raviver immédiatement après.

Puis soudain, alors que le monde entier tournait autour d'elle, Rae retint son souffle en sentant Sully la pénétrer.

Il le fit lentement, lui donnant tout le temps de l'attendre, de le désirer…

Elle mourait d'envie qu'il l'emplisse, qu'il fasse cesser la souffrance de ce vide.

Rae souleva les hanches, le pressant d'aller plus vite, d'amener à son terme cette tension à peine supportable.

Elle accompagna ses mouvements alors qu'il allait toujours plus vite, toujours plus fort, jusqu'à ce qu'ils ne sachent plus qui suivait l'autre.

Il donna un dernier coup qui leur fit atteindre à tous les deux le sommet de leur jouissance.

Ensemble.

C'était comme si un feu d'artifice éclatait et que ses étincelles retombaient autour d'eux. Ils continuèrent à s'agripper l'un à l'autre, longtemps, pour retenir un peu de ce plaisir extraordinaire qu'ils s'étaient donné.

Ils n'avaient plus conscience que du battement effréné de leurs cœurs.

Battement qui, peu à peu, se calma et se tut…

Sully ne voulait pas la lâcher, ne voulait pas laisser ce moment glisser dans le passé. S'il l'avait pu, il l'aurait gardée ainsi, tout contre lui, à jamais.

Mais c'était impossible…

Alors, il continua à la tenir contre lui d'un bras,

comme si elle était une possession infiniment précieuse, qui risquait de disparaître s'il la lâchait, emportant avec elle cet instant.

— Nous avons la preuve que tu es capable de bouger s'il y a le feu, la taquina-t-il.

Elle tourna la tête vers lui.

— C'est toi, le feu.

Il sentait ses cheveux soyeux contre sa joue. Pourquoi ce contact était-il si sensuel ? Et pourquoi, après lui avoir fait l'amour comme un possédé, se sentait-il l'envie de recommencer tout de suite ?

— Je veux bien être tout ce que tu voudras ! murmura-t-il d'une voix rauque.

Elle n'avait eu que trois hommes dans sa vie. Chacun avait satisfait son corps. Mais aucun n'avait satisfait son âme.

Et pourtant cet homme avait su combler le vide qu'elle ressentait toujours à la place du cœur.

Elle devait être masochiste, cela ne faisait aucun doute pour elle. Sinon, pourquoi se serait-elle autorisée à avoir des sentiments pour quelqu'un qui allait bientôt sortir de sa vie, et laisser un vide insupportable ?

Elle sentit les larmes lui venir aux yeux et se mordit la lèvre pour les contenir. Le jour où il partirait d'ici arriverait bien trop vite, l'enlevant définitivement à elle. Mais elle avait encore l'instant présent…

— C'est bien, murmura-t-elle en lui enlaçant le cou, parce que j'ai besoin de ce feu.

Sully réprima un grondement en sentant son corps tout entier lui répondre.

— Je crois qu'il n'est pas éteint, lui dit-il d'une voix rauque juste avant de l'embrasser.

Lorsqu'elle s'éveilla le lendemain matin, ils étaient dans son lit. Elle y avait emmené Sully et ils avaient fait l'amour une fois encore avant que l'épuisement n'ait raison d'eux.

Ils avaient dormi d'un sommeil profond jusqu'au matin, et avaient été réveillés par les rayons du soleil.

Rae ne voulait pas que Sully se sente obligé de lui parler. Alors, elle attrapa ses habits et se précipita dans la salle de bains, où elle se prépara en un temps record.

— Cash doit revenir ce matin, lui dit-elle en faisant de son mieux pour sembler détachée, alors que le simple fait d'être auprès de lui faisait battre son cœur. Il faudrait que nous allions à son cabinet pour l'interroger avant que des clients n'arrivent. Sinon, il risque de ne pas pouvoir – ou de ne pas vouloir – nous parler.

Sully mit les mains dans ses poches. C'était soit ça, soit il la prenait dans ses bras.

— Si nous voulons lui parler avant sa journée de travail, nous devrions aller chez lui, pas à son bureau, lui fit-il remarquer.

— Tu as raison, acquiesça Rae. Tu veux prendre le petit déjeuner ? demanda-t-elle, se rendant soudain compte qu'ils n'avaient pas mangé depuis hier soir.

Le plaisir leur avait fait oublier la faim, mais elle se faisait sentir maintenant.

Sully réfléchit un instant à sa proposition. S'ils restaient ici, il savait ce qui allait se passer. Personne n'était là pour les interrompre, une chose allait en entraîner une autre, et il ne pourrait pas résister.

Il devait se concentrer sur cette enquête. De nombreuses personnes attendaient des réponses, et ne pourraient pas dormir tranquilles avant que le coupable ne soit sous les verrous.

Il devait garder son objectif à l'esprit – même s'il ne parvenait pas à chasser Rae de ses pensées.

— Nous pourrions aller prendre le petit déjeuner chez Miss Joan avant d'aller parler à Cash ? suggéra-t-il.

Rae lui sourit. Elle avait compris pourquoi il préférait ne pas rester ici.

— Nous n'aurons pas à résister à la tentation…

Sully ne voyait pas pourquoi il aurait prétendu le contraire.

— C'est un peu ça, reconnut-il.

Elle sourit plus largement encore, heureuse de savoir que lui aussi avait été touché par ce qui s'était passé hier soir.

— C'est d'accord. Je vais seulement dire à Roy où nous serons ce matin, et nous pourrons partir.

Au moment où elle ouvrait la porte, Sully lui posa la main sur le bras. Elle le regarda, surprise.

— Quoi ?

— Tu peux rester t'occuper du ranch si tu le préfères, lui rappela-t-il.

— À vrai dire, pour la première fois depuis bien longtemps, je ne me fais aucun souci pour le ranch ! Il s'avère que Washburn s'en sort très bien. D'après ce que j'ai compris, il a même réussi à faire travailler Rawlings !

— Tu y arrives toi aussi, lui fit remarquer Sully.

— Non. Avec moi, Rawlings sauve seulement les apparences. Il a *l'air* de travailler, mais il ne fait presque rien. Washburn l'a à l'œil, et il se sent obligé de s'y mettre.

— Ça t'embête ? s'enquit Sully alors qu'ils quittaient la maison.

Elle n'était pas certaine de savoir ce qu'il voulait dire.

— De quoi parles-tu ? demanda-t-elle en s'installant derrière le volant.

Il monta du côté du passager.

— Du fait que Washburn ait tout sous contrôle et se débrouille aussi bien… Du moins, d'après ce que tu en dis.

— Cela serait bien mesquin de ma part ! répliqua-t-elle en démarrant le pick-up. Nous savons tous les deux que Rawlings a un poil dans la main. Si Washburn arrive à en tirer quelque chose, j'en suis ravie !

Sully sourit alors qu'ils s'engageaient sur la route menant en ville.

— J'admire ta réaction.

— Eh bien, Miss Joan a été généreuse pour moi. Comment pourrais-je me montrer jalouse et regretter que son ranch soit bien tenu ?

— Tu n'es pas quelqu'un de jaloux, observa Sully.

Elle fut touchée par sa remarque, mais pas convaincue. Elle lui jeta un rapide coup d'œil.

— Malgré ce qui s'est passé entre nous la nuit dernière, tu ne me connais pas, Sully.

— Je n'en suis pas si sûr. Je sais plutôt bien juger les gens.

— Si tu le dis ! rétorqua-t-elle d'un ton moqueur.

Il hocha la tête.

— Tu es généreuse, travailleuse, et lorsqu'une chose te tient à cœur, tu t'engages à fond.

— Quel portrait flatteur ! ironisa-t-elle. J'ai l'air vraiment exceptionnelle !

Il poursuivit comme s'il n'avait pas remarqué son air sarcastique.

— C'est parce que tu l'es, répliqua-t-il.

Elle regarda Sully en douce, puis décida qu'il serait plus simple et plus sûr d'allumer la radio et de laisser la musique envahir l'habitacle du pick-up. Ainsi, elle ne se sentirait pas si embarrassée, et incapable de trouver ses mots.

— Il y a du nouveau ? demanda Miss Joan lorsqu'elle les vit s'approcher d'elle.

Plusieurs clients étaient en train de prendre leur petit déjeuner au comptoir. Ils se retournèrent pour voir qui entrait, curieux de savoir à qui Miss Joan parlait, et ce qu'on allait lui répondre. C'était la version locale de la télé-réalité.

Sully s'assit sur un tabouret haut, et s'accouda au comptoir, dans une attitude indiquant clairement que ce qu'il s'apprêtait à dire n'était destiné qu'aux oreilles de Miss Joan.

Miss Joan comprit immédiatement.

— Table du fond, dit-elle.

Rae et Sully la suivirent jusqu'à la même table que la veille.

Cette fois, Miss Joan s'assit la première, puis attendit qu'ils s'installent et parlent.

— Nous avons rencontré un certain nombre de personnes hier, commença Sully. Cela n'a rien donné pour le moment, même si Garrett nous a raconté que Wynters avait semblé très déstabilisé en voyant Cash.

— Cash ? répéta Miss Joan. Mon petit-fils ?

Elle était manifestement surprise.

— Mais pourquoi Wynters aurait-il eu peur de mon petit-fils ?

— Nous voulions poser la question à Cash, expliqua Sully. Mais il n'était pas à Forever hier.

— Je le sais, répondit Miss Joan.

Sully commençait à croire que ce que tous disaient ici était vrai : rien de ce qui se passait à Forever n'échappait à la vigilance de Miss Joan.

— Vous auriez une idée de ce qui a pu provoquer cette réaction chez Wynters ?

Miss Joan réfléchit un instant.

— Cash travaille parfois loin d'ici. Peut-être avait-il croisé Wynters avant qu'il ne vienne vivre à Forever ? Vous allez devoir parler à Cash pour le savoir… Ou peut-être que Wynters ne regardait pas Cash, mais quelqu'un qui se trouvait près de lui…

— Bon, j'espère que nous en saurons un peu plus après l'avoir rencontré, conclut Sully.

18

Rae était en train de garer son pick-up devant la maison de Cash quand il sortit de chez lui pour se rendre dans le cabinet qu'il partageait avec Olivia Blayne-Santiago, l'épouse du shérif.

Cash s'immobilisa alors qu'il refermait la porte derrière lui, surpris de voir cet enquêteur de Californie et Rae.

— Cela doit être vraiment urgent pour que vous soyez venus ici plutôt qu'à mon cabinet ! déclara-t-il.

— Nous voulions vous voir hier, mais votre associée nous a dit que vous étiez en déplacement pour la journée, lui répondit Sully.

— Eh bien, je suis de retour !

Cash rouvrit la porte de sa maison et leur fit signe de le suivre à l'intérieur.

— Alma dort encore, expliqua-t-il. Sa grossesse la fatigue beaucoup.

— Nous n'allons pas la réveiller, promit Rae en le suivant dans la maison.

Il les conduisit jusqu'à la salle à manger, et s'assit à la table.

— Que puis-je faire pour vous ? demanda-t-il alors qu'ils l'imitaient.

— Nous demandons à toutes les personnes qui étaient présentes au Murphy's pour votre soirée si elles se souviennent de l'heure à laquelle John Warren est parti, expliqua Rae.

Puisqu'ils ignoraient si Miss Joan avait parlé à son petit-fils de ce qui s'était passé, ou s'il était au courant que Warren n'était qu'un nom d'emprunt, elle avait décidé qu'il était plus simple de désigner son ancien employé par le pseudonyme que tous lui connaissaient ici.

— John Warren, répéta Cash.

Ils voyaient bien que ce nom ne lui évoquait rien. Puis soudain, il sembla comprendre.

— Vous voulez parler de l'homme qui travaillait sur le ranch de mes grands-parents, c'est cela ? Celui qui a disparu ?

— Oui, répondit Sully.

Il poursuivit avec prudence.

— Nous avons interrogé un des frères qui dirigent le Healing Ranch. Il lui a semblé que Warren a eu l'air nerveux lorsqu'il vous a vu.

Sully regardait l'avocat attentivement, étudiant sa réaction.

Cash semblait véritablement perplexe.

— Je ne connaissais pas cet homme, leur dit-il. Je n'interviens pas dans le ranch lui-même : je gère seulement ses contrats.

— J'imagine qu'il n'y a pas beaucoup de travail pour vous dans une petite ville comme Forever, remarqua Sully.

Il était évident qu'il demandait à Cash de manière détournée comment il arrivait à gagner assez d'argent pour vivre.

— Vous avez raison, répondit Cash. C'est la raison pour laquelle je travaille également pour des sociétés situées dans d'autres États.

Avant que Sully ne puisse lui poser la question, Cash énuméra ce qu'il faisait pour ces entreprises.

— Je mets en place leurs plans épargne retraite, je m'assure que tous les documents sont rédigés correctement et que toutes les procédures légales sont respectées. Ce genre de choses… Il s'agit essentiellement de s'occuper de la paperasserie qu'ils n'ont pas envie de faire.

— Vous travaillez avec beaucoup d'entreprises ? demanda Rae.

— Un peu plus d'une dizaine en ce moment. J'ai la liste au bureau.

Il regarda ses interlocuteurs. Sa curiosité était maintenant éveillée.

— Pourquoi ? Quel est le rapport avec Warren ?

— Je pose la question à tout hasard. En fait, nous ne savons même pas si c'était vraiment vous que Warren regardait, expliqua Sully.

— Effectivement… Mais si je peux faire quoi que ce soit pour vous aider dans votre enquête, n'hésitez pas à me le demander.

Rae regarda Sully, attendant qu'il pose la question qui aurait logiquement dû venir. Comme il ne le fit pas, elle s'en chargea.

— Pourriez-vous nous communiquer la liste dont vous avez parlé ? Celle avec les noms des entreprises pour lesquelles vous travaillez ?

— Bien sûr ! Ce sont des informations officielles, donc je ne trahirai aucun secret. Et maintenant, si vous n'avez pas d'autres questions, dit-il en se levant, il faut que j'aille au bureau. Les propriétaires de l'une de ces entreprises ont décidé de modifier leur testament, et veulent qu'il soit signé et enregistré le plus rapidement possible. Je dois repartir demain en déplacement, ajouta-t-il au cas où ils voudraient lui parler.

Sully n'aurait pas su dire pourquoi mais les paroles de Cash avaient retenu son attention. Il mit cela sur le compte de la légendaire intuition des Cavanaugh.

Il regarda Cash et lui demanda :

— Vous allez voir quelle entreprise ?

— Hathaway, Montgomery et Finch. C'est une société fondée il a vingt-trois ans, et qui a une excellente réputation. Enfin, qui avait… Récemment, ils ont rencontré de gros problèmes. Pourquoi me posez-vous cette question ?

— Laissez-moi deviner, dit Sully. Les propriétaires sont en train de restructurer leur entreprise parce qu'un demi-million de dollars vient d'être détourné. Ils ne veulent pas que cette information soit rendue publique afin de limiter les dégâts. Mais ils ne sont pas très optimistes.

Cash en resta bouche bée.

— Comment savez-vous…

Il ne réussit pas à terminer sa phrase.

Sully échangea un regard avec Rae. À part le shérif, ses adjoints et Miss Joan, personne n'était au courant des détails de l'affaire Wynters. Il décida qu'il était temps d'intégrer une autre personne au cercle des initiés.

— John Warren s'appelait en réalité Jefferson Wynters, expliqua-t-il à Cash. Il travaillait sur le ranch de vos grands-parents car il se cachait.

— Il se cachait ? répéta Cash, visiblement perdu.

Il ne comprenait rien de ce que Sully lui racontait.

— Il se cachait de qui ?

Sully lui fit rapidement part de ce qu'ils avaient appris.

— Un demi-million de dollars ? s'exclama Cash.

Il ne parvenait pas à assimiler les informations qu'il venait d'entendre.

— Je dois me tromper. Vous n'êtes pas en train de me dire que…

— Que Jefferson Wynters était comptable chez Hathaway, Montgomery et Finch. C'est ça. L'entreprise est basée à Prescott, dans l'Arizona. Et on soupçonne très fortement Wynters d'avoir détourné un demi-million de dollars et d'avoir pris la fuite.

Cash avait toujours du mal à comprendre ce que l'enquêteur lui disait.

— Si Warren était effectivement ce comptable prénommé Wynters et qu'il avait détourné un demi-million de dollars, où se trouve cet argent maintenant ?

— Très bonne question, repartit Rae. Apparemment, quelqu'un l'a tué pour mettre la main dessus.

— Ou pour savoir où il l'a caché, intervint Sully.

— Voilà pourquoi nous essayons de savoir quand Wynters a quitté la soirée, et s'il était seul ou non, expliqua Rae à l'avocat.

— Même s'il est parti avec quelqu'un, cette personne n'est pas nécessairement le meurtrier, déclara Cash, essayant manifestement d'envisager la situation sous tous les angles.

— Vous avez raison, admit Sully, mais cette personne peut avoir des informations intéressantes à nous communiquer. Pour le moment, nous allons vous suivre jusqu'à votre bureau et prendre cette liste, juste au cas où il y aurait un élément que nous aurions négligé.

— Aucun problème.

Ils sortirent tous de la maison. Cash monta dans sa voiture, et Rae et Sully dans le pick-up.

Peut-être que consulter cette liste était une perte de

temps, mais Sully voulait envisager toutes les hypothèses avant de les éliminer une à une.

— Pour le moment, ce ne sont que des suppositions, dit Rae alors qu'ils se dirigeaient vers le cabinet de Cash.

— Peut-être, acquiesça Sully, mais on peut tout à fait imaginer que Wynters ait reconnu Cash, et que cela lui ait fait assez peur pour le décider à partir.

Sa théorie se précisait au fur et à mesure qu'il parlait.

— Wynters aurait alors décidé qu'il n'était plus en sécurité à Forever, poursuivit-il.

Rae hocha la tête.

— Il a pris ses affaires et il est parti, conclut-elle. Mais j'ai encore une question.

— Vas-y.

— Pourquoi Wynters a-t-il choisi Forever ?

De toute évidence, la coïncidence lui semblait étonnante.

— Ce n'est pas comme si c'était un endroit célèbre. À part le Healing Ranch, il n'y a rien ici !

— C'est bien pour cela ! répliqua Sully. Imagine : l'avocat qu'emploie Hathaway, Montgomery et Finch vient de Forever. Un des propriétaires a pu dire un jour que Forever était une ville minuscule où il ne se passait jamais rien, et Wynters a entendu sa remarque.

Comme Rae gardait le silence, il poursuivit :

— Ce nom lui est resté dans la tête sans qu'il sache pourquoi, et lorsqu'il a finalement décidé qu'il était temps de s'enfuir avec l'argent qu'il avait volé, il s'est dit que personne n'irait le chercher dans un coin comme Forever. Il n'avait probablement pas compris que l'avocat de l'entreprise vivait ici… Pas avant qu'il ne voie Cash et ne comprenne son erreur, conclut Sully.

— Et alors, il a décidé de repartir…

— C'est la seule explication logique.

Elle était plutôt d'accord avec lui.

— Mais où est l'argent maintenant ?

— Dans les mains de celui qui l'a tué et enterré.

Soudain, une idée vint à l'esprit de Sully.

— Nous n'avons pas pris le problème par le bon bout ! Nous ne devrions pas interroger tous ceux qui étaient au Murphy's, mais plutôt ceux qui n'y étaient pas.

Rae écarquilla les yeux.

— Parce que les personnes présentes ont toutes un alibi, pensa-t-elle à voix haute.

— Exactement.

Ils retournèrent chez Miss Joan.

— Eh bien, vous n'avez pas l'air d'avoir touché au but, mais visiblement il y a eu du progrès ! déclara la vieille dame en les voyant entrer. Que puis-je faire pour vous aider ?

Sully eut un petit rire.

— Vous devez pratiquer l'art de la divination ! s'émerveilla-t-il.

Miss Joan leva les yeux vers lui.

— Je ne devine jamais, petit, déclara-t-elle d'un ton pragmatique. Je sais.

— Pardon, répondit Sully, réussissant à ne pas sourire.

Miss Joan fit un signe de tête imperceptible.

— Et maintenant, qu'attendez-vous de moi ?

— Nous aimerions avoir la liste des personnes invitées à la soirée de Cash et Alma, lui dit Sully.

— Il n'y avait pas de liste, certifia Miss Joan. Tout le monde était invité.

— Il y a bien dû y avoir des personnes qui n'étaient pas conviées, insista Sully.

— Je n'ai écarté personne, répliqua Miss Joan. Ceux qui ne sont pas venus se sont écartés eux-mêmes. C'était leur choix, pas le mien.

Sully poussa un soupir.

— Donc, nous allons vraiment devoir interroger tout le monde !

— Pas tout le monde, corrigea Miss Joan. Seulement ceux que vous n'avez pas encore questionnés.

Sully inclina la tête. Cette femme avait raison – comme toujours. Il dut faire un effort pour ne pas céder momentanément au découragement.

En sortant du restaurant, Rae se tourna vers Sully.

— Nous devons informer le shérif et ses adjoints de ce que tu as découvert.

Il se rendit compte que la matinée avait été tellement occupée qu'il avait oublié de mettre la police au courant des derniers développements de l'affaire.

— Tu veux dire ce que *nous* avons découvert, corrigea Sully.

Rae fut surprise qu'il présente les choses ainsi.

— Tu veux partager ton succès ?

Il se mit à rire. Il était habitué à travailler en équipe, pas à tirer la couverture à lui.

— Lorsque tout cela sera terminé, il faudra vraiment que je t'emmène à Aurora pour rencontrer ma famille. Aucun Cavanaugh n'essaie de briller seul. Nous travaillons toujours ensemble, quel que soit le problème à résoudre !

Elle songea à la façon dont il s'était procuré les informations qui leur avaient permis de découvrir ce qu'ils savaient maintenant.

— Comme lorsque tu as appelé tes cousines… Valri et la légiste ?

Elle ne se souvenait plus de son prénom pour le moment.

Sully lui sourit alors qu'ils traversaient la rue pour se rendre chez le shérif.

— Tu as tout compris !

Il semblait heureux, songea-t-elle. Pourquoi, elle n'en avait pas la moindre idée. Cet homme était vraiment une énigme !

Ni le shérif ni aucun de ses adjoints n'étaient là lorsqu'ils arrivèrent. La seule personne présente était Alvin Hays.

Alvin venait de terminer ses études secondaires et se demandait encore ce qu'il voulait faire de sa vie. En attendant, afin de gagner un peu d'argent, il travaillait à temps partiel dans le bureau du shérif et tenait le standard. La plupart du temps, puisque personne n'appelait, Alvin faisait du café, classait des documents et, parfois, il passait le balai.

En ce moment, il était assis à son bureau, et sifflotait en regardant dans le vide.

— Tu es seul ? s'enquit Sully.

Alvin se redressa immédiatement lorsqu'il reconnut celui qui était entré. Il sembla très impressionné par Sully et marmonna une réponse inintelligible.

— Tu peux répéter ? lui demanda Sully patiemment.

Alvin s'éclaircit la gorge. Cette fois-ci, ses paroles furent audibles, bien que prononcées d'une voix tremblante.

— Ils sont partis interroger les personnes qui étaient à la soirée de Miss Joan. Si vous allez au Murphy's et chez le garagiste, vous devriez les rencontrer, dit Alvin.

La peau de son cou se tendait sous les mouvements de sa pomme d'Adam.

Alvin avait probablement raison, mais cela voulait dire qu'ils allaient devoir informer Rick et ses adjoints de leur découverte l'un après l'autre, songea Sully, et il n'avait pas très envie de répéter son histoire à quatre reprises. Ce serait une perte de temps.

— Tu pourrais les appeler et leur demander de revenir ici ? demanda Sully.

Alvin se mit debout, dépliant sa longue silhouette maigre.

— Vous voulez dire tous ? lança-t-il d'une voix hésitante.

Il avait l'habitude de recevoir ses ordres du shérif et ne savait trop s'il devait obéir à Sully.

— Oui, tous, répondit patiemment Sully.

— Eh bien, je suppose que je peux le faire, mais…

Alvin laissa sa phrase en suspens. Sa réticence était manifeste.

Sully décida qu'il était temps de faire preuve d'autorité.

— Alors, fais-le, ordonna-t-il.

— Ils ne vont pas te le reprocher, lui promit Rae. Tu ne fais que suivre les instructions de l'enquêteur, et je suis certaine que le shérif serait d'accord.

L'air toujours hésitant, Alvin se dirigea vers la radio, et poussa un bouton.

C'était la première fois qu'il utilisait la radio, et il eut l'air un peu surpris lorsque le contact s'établit.

— Shérif ? commença-t-il d'une voix nerveuse. À vous, ajouta-t-il un peu trop tard.

— Je t'ai dit quoi avec la radio, Alvin ? À vous, répondit Rick.

— De ne pas m'en approcher, déclara Alvin d'une voix qui s'étranglait dans sa gorge.

Il attendit un peu avant de se sentir capable d'ajouter.

— À vous.

— C'est bon. Alors, pourquoi appelles-tu ? À vous.

Alvin avala sa salive, jetant un coup d'œil en direction de Rae.

— Parce que Rae m'a dit que vous ne seriez pas fâché contre moi. À vous.

— Elle est avec toi, Alvin ? À vous.

— Oui, shérif. À vous.

— Passe-la-moi, lui dit Rick. À vous.

Il semblait à bout de patience.

Alvin se retourna et faillit se cogner contre Rae.

— Il veut vous parler.

— J'ai entendu, Alvin. Shérif, c'est Rae. Je pense que vous et vos adjoints devriez revenir ici.

— Vous savez qui est le meurtrier ? À vous.

L'espoir se faisait clairement sentir dans la voix du shérif.

— Non, mais nous avons découvert un autre élément. À vous.

— Un élément important, intervint Sully, prenant momentanément le relais. À vous.

— Nous serons là dans dix minutes. À vous et terminé, conclut Rick.

Rae tendit l'émetteur à Alvin. Ce dernier le prit et la regarda avec de grands yeux effarés.

— Il n'avait pas l'air fâché, n'est-ce pas ? demanda-t-il pour se rassurer.

— Non, répondit Rae, tentant de calmer l'adolescent. Non, Alvin.

Elle espérait seulement que le shérif ne serait pas déçu qu'ils n'aient pas plus à lui annoncer.

19

Rick et ses adjoints arrivèrent presque en même temps.

Tous partagèrent les informations qu'ils avaient recueillies, en commençant par Sully et Rae, qui expliquèrent que Wynters avait vraisemblablement reconnu en Cash Taylor l'avocat qui travaillait pour l'entreprise où il était comptable. Il avait pris la fuite avant que Cash ne puisse le reconnaître et faire le lien entre Wynters et l'argent détourné.

— Billy Tanner dit qu'il a vu Wynters partir. Il était seul, leur apprit Gabe.

— Liam Murphy m'a raconté la même chose lorsque je l'ai interrogé, intervint Daniel. Il m'a aussi expliqué qu'il avait vu Wynters sortir par l'entrée des fournisseurs, à l'arrière du saloon. C'était à peu près au moment où son groupe et lui terminaient leur deuxième série de chansons.

Rae essaya de se remémorer le déroulement de la soirée, pour tenter de déterminer l'heure qu'il pouvait être.

— Je dirais qu'il était environ 19 heures.

— Moi aussi, déclara Sully.

Il regarda les autres pour en avoir la confirmation. Le shérif hocha la tête, tout comme un de ses adjoints.

— Quelqu'un a bien dû conduire Wynters au ranch

ce soir-là, reprit Rae. Il n'a pas pu rentrer à pied : c'est un trajet bien trop long.

— Bon, déclara Rick en se tournant vers ses adjoints, voici une nouvelle question à poser : qui a raccompagné Wynters au ranch – autant l'appeler Warren, puisque c'est sous ce nom qu'il est connu ici – ou qui l'a vu monter dans un véhicule ?

— Je commencerais par interroger les gens qui habitent près du Murphy's, déclara Sully. On ne sait jamais : on pourrait avoir de la chance. Peut-être qu'une personne qui est rentrée tôt ou qui n'a pas pu se rendre à la soirée a regardé par la fenêtre et a remarqué quelque chose.

Alors qu'il terminait sa phrase, il se rendit compte que, dans son désir de voir les choses avancer, il avait peut-être été un peu trop directif.

— Ce n'est qu'une suggestion, ajouta-t-il.

— Et elle est excellente, répliqua Rick. Bon, vous avez entendu Sully. Au travail !

— Shérif…

Sully retint le shérif alors que les autres hommes quittaient la pièce.

— Vous avez eu des nouvelles du médecin légiste ?

— La cause du décès est bien celle que nous avions établie, répondit Rick. Wynters a été frappé de deux coups mortels au cœur.

Sully voyait à l'expression du shérif que ce n'était pas tout.

— Autre chose ? s'enquit-il.

— Oui. Le médecin a aussi remarqué des bleus sur les bras de Wynters, et il a une plaie à l'arrière du crâne.

— Le meurtrier l'a tout d'abord frappé avec une pierre ? interrogea Rae, essayant de comprendre ce qui avait pu se passer.

— Soit ça, soit Wynters est tombé et s'est violemment cogné.

Cela n'est pas la même chose, songea Rae.

— Cette blessure peut être la cause du décès ? demanda-t-elle au shérif.

— On ne le sait pas encore.

Rae essayait de comprendre.

— Mais s'il a été tué par le choc, pourquoi lui donner des coups de couteau ensuite ?

— Nous en saurons peut-être plus lorsque nous aurons découvert qui a raccompagné Wynters jusqu'au ranch, répondit Rick.

— Hé, shérif, j'ai peut-être trouvé quelqu'un qui peut nous aider ! annonça soudain Daniel en entrant dans le bureau.

Il n'était pas seul. Une jeune femme aux traits tirés, qui semblait ne pas avoir dormi depuis plusieurs jours, le suivait.

— Pourquoi ne t'assieds-tu pas, Edna ? proposa Rick en avançant une chaise.

Elle se laissa tomber dessus.

— Tu as été témoin de quelque chose, samedi dernier ? lui demanda-t-il, veillant à garder la question aussi vague que possible.

Il ne voulait pas risquer d'influencer sa réponse.

— Mon bébé a des coliques, commença Edna. Cela fait une semaine que je ne dors pratiquement plus. Je passe la nuit à le tenir dans mes bras et à marcher. Mon mari travaille et a besoin de dormir, expliqua-t-elle.

— J'imagine que vous êtes épuisée maintenant, compatit Rae.

Edna poussa un soupir.

— Vous avez probablement regardé par la fenêtre en promenant le bébé dans la maison, poursuivit Rae.

Edna hocha la tête.

— Oui. Il faut bien passer le temps !

— Je comprends ! dit Rae à la jeune maman.

Elle regarda les autres et vit qu'ils attendaient tous que la jeune femme se décide à leur raconter ce qu'elle avait vu.

— Et vous avez remarqué quelque chose d'intéressant ? demanda Rae, tentant de ramener Edna vers le sujet.

Edna soupira encore.

— Il n'y avait pas grand-chose à voir ! J'avais l'impression qu'à part mon bébé et moi tout le monde était au Murphy's ce soir-là en train de s'amuser ! Même Jim, mon mari, y était, ajouta-t-elle d'un air boudeur.

— Donc, vous n'avez rien vu ? dit Sully pour la pousser à en venir au fait.

— Je n'ai pas dit cela ! protesta Edna. J'ai vu cet homme…

Elle s'arrêta quelques secondes, pour trouver le mot juste.

— Je crois que c'est un des protégés de Miss Joan… Quoi qu'il en soit, il s'est avancé au milieu de la route et a fait des signes pour arrêter quelqu'un qui conduisait un pick-up. Il a parlé au conducteur, puis il est monté dans le pick-up, et ils sont repartis ensemble.

— Tu as vu qui conduisait ? demanda Rick en essayant de garder une certaine indifférence.

Comme les autres, il ne voulait pas influencer Edna, et induire de faux souvenirs.

Edna hocha la tête et ses cheveux châtain clair retombèrent sur son visage. Elle les glissa derrière son oreille.

— C'était un des jumeaux McGee, répondit-elle. Par contre, je serais incapable de dire lequel.

C'était manifestement tout ce qu'elle pouvait leur dire. Rick l'aida à se lever, et lui sourit.

— Tu nous as beaucoup aidés, Edna, lui dit-il.

L'air satisfaite, mais toujours aussi fatiguée, elle hocha la tête.

— Il faut que je rentre, shérif. J'ai laissé Jim avec le bébé. C'est un bon mari, mais il est incapable de s'en occuper. Il ne sait pas quoi faire de lui lorsqu'il se met à pleurer !

— Peut-être que tu devrais lui montrer comment faire, suggéra Rick en la raccompagnant. Les hommes apprécient de pouvoir aider. Ils ont simplement besoin qu'on leur explique les choses.

— Où pourrais-je trouver les jumeaux McGee ? demanda Sully dès que la porte se fut refermée sur Edna.

— Sur le ranch familial, je suppose, répondit le shérif. Ils ont une exploitation à l'est de Forever. Ils y élèvent du bétail. Je vais vous y conduire, dit-il à Sully en se dirigeant vers la porte.

— Je viens avec vous, annonça Rae.

Rick éclata de rire.

— Je l'avais deviné !

Il leur fallut un peu plus d'une demi-heure pour atteindre le ranch des McGee.

Rick fut le premier à descendre de voiture. Il se dirigea vers la porte d'entrée et frappa. Elle s'ouvrit presque immédiatement.

— Il faut que je parle à tes garçons, Jacob, déclara Rick à l'homme au visage buriné qui se trouvait de l'autre côté.

Jacob McGee leur expliqua qu'il venait de rentrer à la maison pour se laver les mains.

À en juger par l'expression de son visage, il n'était pas très heureux de cette visite.

— Qu'ont-ils encore fait ? demanda-t-il d'un ton las.

L'épouse de Jacob, Peggy, ouvrit grand la porte.

— Pourquoi ne laisses-tu pas le shérif parler avant d'en venir aux conclusions, Jake ?

Jacob ne daigna pas répondre à sa femme, mais son visage se rembrunit un peu plus.

— Je vais vous conduire vers eux, proposa-t-il en prenant un chapeau accroché près de la porte.

— Jake ! l'appela sa femme d'une voix agacée.

Rick s'arrêta pour la rassurer.

— Vous n'avez pas à vous inquiéter, madame McGee, lui dit-il. J'ai seulement quelques questions à poser à vos fils.

— Ils n'ont rien fait ! leur cria-t-elle alors qu'ils s'éloignaient.

— C'est bien là le problème, grommela McGee. Ils ne font jamais rien !

Plutôt que de leur expliquer sur quelle partie de l'exploitation ses fils se trouvaient, Jacob McGee insista pour les accompagner jusqu'à l'endroit où ils travaillaient.

Sur le trajet, Rae ne put s'empêcher de comparer ce ranch avec celui qu'elle exploitait. Il était beaucoup plus grand... Mais, contrairement à Miss Joan et Harry, le seul but de Jacob McGee était visiblement de gagner de l'argent.

— Le shérif voudrait vous parler, dit Jacob à ses garçons dès qu'il fut descendu de son pick-up.

Ses fils s'arrêtèrent de travailler et échangèrent un regard.

— Nous n'avons rien fait, shérif ! déclara un des jumeaux sur la défensive.

Avec leur haute taille, leurs cheveux blonds et leurs yeux verts, Bob et Bill étaient de vrais jumeaux que même leurs parents ne parvenaient pas toujours à distinguer.

Rick expliqua aux jumeaux d'une voix amicale pourquoi il était ici.

— Edna Miller dit qu'elle a vu l'un d'entre vous faire monter John Warren dans son véhicule samedi dernier. Où l'avez-vous emmené ?

— C'était moi, déclara Bob en s'avançant. Il m'avait forcé à m'arrêter.

— Et vous l'avez conduit jusqu'au ranch ? demanda Sully.

— Oui, assura Bob.

Il ajouta, comme pour se justifier :

— C'était ce qu'il m'avait demandé de faire, et c'était sur mon chemin. Pourquoi ? demanda-t-il en regardant tour à tour le shérif et l'homme qui l'accompagnait.

Il fronça les sourcils.

— Warren dit autre chose ?

— Où l'avez-vous déposé sur le ranch ? interrogea Rae.

Bob la regarda. Visiblement, il ne comprenait pas pourquoi on lui posait toutes ces questions.

— Il a voulu que je l'emmène jusqu'à l'annexe. Il m'a donné dix dollars pour aller jusque-là, précisa-t-il, comme si cela expliquait tout.

Puis il ajouta nerveusement :

— Pourquoi ? Je n'aurais pas dû le faire ? Vous l'avez licencié ? demanda-t-il à Rae.

Il savait que c'était elle qui dirigeait le ranch, même si, de toute évidence, cela lui paraissait risible.

La voix de Sully s'éleva.

— Vous avez vu quelqu'un d'autre lorsque vous avez déposé Warren près de l'annexe ?

— Je ne cherchais personne, répliqua Bob d'un ton presque geignard.

Il se tourna vers le shérif.

— Que se passe-t-il ?

— Oui, que se passe-t-il ? répéta Bill.

— Et Rawlings, demanda soudain Rae en s'adressant à Bob. Vous l'avez vu ?

Bob haussa les épaules.

— J'ai aperçu une silhouette à l'intérieur quand Warren a ouvert la porte de l'annexe, mais je ne sais pas de qui il s'agissait. J'étais pressé de rentrer.

— Parce que tu voulais revenir sans que je te voie, n'est-ce pas ? intervint Jacob avec colère. Tu penses que je ne sais pas que tu t'es remis à boire ? Tu vas te bousiller le foie en un rien de temps ! Tu le sais, n'est-ce pas ?

Faisant mine d'ignorer l'accusation de son père, Bob regarda le shérif.

— Je peux retourner travailler maintenant ? demanda-t-il. Billy et moi avons encore du bétail à marquer.

— Oui. Tu peux y retourner, dit Rick. Et merci pour ton aide.

Même si elle avait bien du mal à se contenir, Rae demeura silencieuse jusqu'à ce que Sully, le shérif et elle soient seuls.

Dès qu'ils furent dans le véhicule du shérif, elle s'autorisa enfin à parler.

— Rawlings prétend qu'il n'a pas vu Warren revenir du Murphy's ce soir-là, mais Bob McGee affirme qu'il a aperçu quelqu'un dans l'annexe quand il a laissé Wynters là-bas.

— Ce qui signifie que l'un des deux ment, déclara Sully d'un ton convaincu.

— À moins que quelqu'un d'autre n'ait attendu Wynters à l'annexe, leur fit remarquer Rick.

— C'est une possibilité, reconnut Rae.

Après réflexion, elle ajouta :

— Mais cela paraît peu vraisemblable.

Les deux hommes la regardèrent.

— Pourquoi ? demanda Sully.

— Parce que Rawlings affirme qu'il n'a pas quitté l'annexe ce soir-là, rappela-t-elle aux deux hommes.

— Je vais l'interroger, déclara Rick à ses deux passagers.

— Non, répliqua Sully.

— Non ? répéta Rae avec confusion. Pourquoi pas ? En ce moment, tout semble indiquer que c'est Rawlings qui a tué Wynters pour mettre la main sur l'argent qu'il avait détourné. Tu ne penses pas ?

Sully hocha la tête.

— Je dirais également que c'est l'hypothèse la plus plausible.

— Dans ce cas, pourquoi ne veux-tu pas l'interroger ? demanda Rae.

— Il vaudrait mieux le laisser tranquille pendant quelques jours, conseilla Sully, tout en le mettant sous étroite surveillance. Pour le moment, nous n'avons aucune preuve contre lui, et il risque de nier tout en bloc. S'il a tué Wynters pour l'argent, il l'a probablement caché quelque part. Il ira bientôt vérifier que son butin se trouve toujours à l'endroit où il l'a dissimulé, ou alors il va décider de partir d'ici au plus vite, et dans ce cas, il va l'emporter.

Il sembla réfléchir quelques instants, puis il conclut :

— D'une manière ou d'une autre, il va nous amener jusqu'à l'argent, et c'est à ce moment-là qu'il faudra le pincer. Mais cela sera seulement possible s'il pense que nous ne le soupçonnons pas.

— Et s'il décide d'attendre ? demanda Rae. Tu es prêt à laisser les choses traîner pendant combien de temps ?

Sully eut un petit rire.

— Regarde Rawlings ! Tu penses vraiment qu'il a l'air de quelqu'un qui est prêt à attendre six mois, un an – ou plus longtemps encore – avant de récupérer l'argent et de s'enfuir ?

— Non, effectivement, acquiesça Rick.

Rae fronça les sourcils. Agir ainsi allait contre sa nature… Sans compter qu'elle ne s'imaginait pas travailler avec Rawlings tout en sachant qu'il était probablement coupable d'un meurtre.

— Donc, nous attendons, conclut-elle à contrecœur.

Sully regarda le shérif.

— Qu'en dites-vous, shérif ?

Rick avait déjà pris sa décision.

— Je pense que vous avez raison, dit-il à Sully.

Rae poussa un soupir.

— Donc, nous attendons, répéta-t-elle d'une voix résignée.

20

— Eh bien, je dois dire que je suis plutôt content que les choses reviennent à la normale, déclara Rawlings à Rae le lendemain matin.

Après avoir donné quelques dernières informations, Roy Washburn et son employé étaient repartis pour le ranch familial.

En les regardant s'éloigner, Rawlings semblait véritablement exulter. Jamais Rae ne l'avait vu aussi heureux depuis que Miss Joan l'avait envoyé ici, il y avait quatre mois de cela.

— Il a fallu que j'aie affaire à Washburn pour apprécier la façon dont vous gérez le ranch ! s'exclama Rawlings. Il n'arrêtait pas de hurler des ordres ! On aurait cru un dictateur !

— Ah bon ? s'étonna Rae qui servait le petit déjeuner à Rawlings et Sully.

Elle prépara une dernière assiette pour elle.

— Oh oui ! poursuivit Rawlings avec enthousiasme. Washburn ne vous arrive pas à la cheville.

Tout en parlant, il enfournait les œufs brouillés et le bacon qui se trouvaient sur son assiette.

Rae n'était pas dupe : Rawlings en faisait trop. Jamais il ne l'avait autant flattée depuis qu'il était sur le J-H Ranch.

Elle ne pouvait s'empêcher de croire que tout ceci

n'était que du cinéma, et que Rawlings attendait seulement l'occasion de récupérer l'argent et de partir.

Il lui suffit d'un coup d'œil à Sully, assis en face d'elle, pour qu'elle comprenne qu'il pensait exactement la même chose.

Il ne leur restait plus qu'à attendre que Rawlings passe à l'acte.

Mais c'était à peine supportable…

La routine s'installa à nouveau.

Le travail semblait se faire plus rapidement. Bizarrement, Rawlings était plus efficace maintenant que Warren/Wynters n'était plus là. Il n'essayait plus de se débarrasser trop rapidement d'une tâche, ou de trouver des excuses pour y échapper.

Même si Rawlings semblait transformé, Rae ne pouvait s'empêcher d'avoir l'impression qu'elle était assise sur un baril de poudre prêt à exploser.

Au bout de quatre jours passés ainsi, Rae se sentait de plus en plus nerveuse. Elle craignait que les jours se succèdent sans que rien ne se passe.

— Je me suis peut-être trompée, dit Rae à Sully tout en apportant un sac de granulés pour les chevaux dans l'écurie.

Elle lui parlait doucement pour que leur conversation ne soit pas surprise.

— Tu n'es pas certaine que Rawlings soit le coupable ? demanda Sully en lui prenant le sac des mains.

Sully, quant à lui, n'avait pas la moindre hésitation, même si les empreintes digitales partielles qu'il avait réussi à trouver et à envoyer à Valri n'avaient rien donné.

— Si. Mais je n'aurais pas cru qu'il pourrait attendre aussi longtemps avant de disparaître avec son butin.

Visiblement, il est beaucoup plus patient que je ne le pensais !

Elle regarda Sully.

— Si tu étais à sa place, où cacherais-tu l'argent ?

— Il y a beaucoup d'endroits qui me viennent à l'esprit…

Il ouvrit le sac et commença à distribuer la nourriture aux chevaux.

— Mais nous pourrions passer ce ranch au peigne fin sans rien trouver ! ajouta-t-il.

Elle-même avait regardé dans chaque box.

— Et moi qui pensais que tu étais optimiste !

— Non. Je suis réaliste. Ne t'inquiète pas, lui dit-il d'une voix réconfortante, Rawlings va finir par faire une erreur. Le shérif fait surveiller l'annexe par un de ses adjoints chaque soir, au cas où il déciderait d'aller récupérer son magot. Et je l'ai continuellement à l'œil dans la journée.

Rae soupira.

— Oui. Moi aussi.

Mais son malaise ne faisait que croître.

À vrai dire, Rae devait bien reconnaître qu'elle avait des sentiments mêlés à ce sujet. D'un côté, elle voulait vraiment arriver à prouver que c'était Rawlings qui avait tué Wynters. Et pour cela, il fallait le prendre la main dans le sac.

Mais, d'un autre côté, elle savait que dès qu'ils auraient la preuve de sa culpabilité tout serait terminé. Sully retournerait chez lui, en Californie. Il n'aurait plus aucune raison de rester ici.

L'homme silencieux et renfermé qu'il était lorsqu'il était arrivé ici avait disparu à la seconde où il avait découvert le cadavre de Wynters. Il était évident que Sully Cavanaugh aimait son métier : il avait besoin de cette stimulation intellectuelle, de la satisfaction de mettre des personnes malfaisantes sous les verrous. Et c'était le genre de vie qu'il ne pouvait pas avoir ici. Tout cela l'attendait chez lui, en Californie…

— Je devrais peut-être aller dormir dans l'annexe, lui dit Sully quelques jours plus tard.

Il avait pensé tout haut alors que Rae et lui tentaient de seller un des yearlings.

Sa remarque était impromptue, et la prit totalement au dépourvu. Elle en oublia le cheval pour un instant.

— Pourquoi ?

— Eh bien, si je dors dans le même bâtiment que lui, il va se sentir surveillé. Cela pourrait le pousser à partir plus vite…

Et voilà qu'elle se sentait à nouveau déchirée. Sully avait raison, mais avait-elle envie de hâter les choses ?

— Les adjoints de Rick montent la garde chaque nuit, lui rappela-t-elle.

— Oui, mais il n'est pas inutile qu'une autre personne le surveille.

Rae savait qu'elle aurait dû approuver ce plan. Tous ceux qui avaient un intérêt à ce que l'affaire connaisse un dénouement rapidement l'auraient fait.

— Je ne veux pas que tu ailles dormir dans l'annexe, déclara-t-elle.

Sully n'avait pas bien entendu sa réponse, et ce qu'il en avait perçu n'avait pas de sens. Il cligna des paupières, essayant de comprendre.

— Pardon ?

— Je ne veux pas que tu ailles dormir dans l'annexe, répéta-t-elle fermement. Je veux que tu restes ici, dit-elle en croisant son regard, avec moi.

Il la dévisagea pendant un long moment, et elle n'aurait pu dire ce qu'il pensait.

Puis il eut un petit sourire.

— Je ne peux pas désobéir à mon contremaître.

Rae avait conscience qu'elle n'aurait pas dû réagir ainsi, mais elle s'en moquait. Elle voulait profiter aussi longtemps qu'elle le pourrait du rayon de soleil qui était entré dans sa vie. Sully allait partir trop vite, et ils le savaient tous deux.

— Certainement pas ! murmura-t-elle.

Elle jeta un coup d'œil autour d'elle pour vérifier que personne ne les voyait – qu'il s'agisse de Rawlings ou de l'adjoint du shérif – et embrassa Sully.

Elle s'écarta de lui avant qu'il ne puisse approfondir leur baiser : si elle n'y mettait pas un terme immédiatement, les choses allaient échapper à son contrôle, et elle ne voulait pas risquer de compromettre tout ce que Sully avait mis en place.

Il faudrait attendre ce soir, lorsqu'ils seraient à l'abri des regards…

Sully était allongé auprès de Rae. Une fois encore, ils venaient de faire l'amour avec passion. Il lui semblait qu'à chaque fois il avait un peu plus de mal à reprendre son souffle.

Il se tourna vers elle.

— Tu m'en demandes beaucoup après une journée de travail !

À regret, il se leva et enfila son jean. Il voulait être prêt au cas où il devrait agir rapidement.

Mais il n'avait qu'une envie : rester allongé à côté d'elle…

Rae vivait tant avec la crainte que tout s'arrête d'un moment à l'autre qu'elle fut saisie d'effroi.

— Tu veux dire que tu veux arrêter ?

Sa question le surprit.

— Non. C'est ma façon de te dire que je vais devoir acheter des vitamines ! répliqua-t-il en riant.

Il regarda par la fenêtre, et s'immobilisa.

Rae avait enfilé la longue chemise qu'elle mettait pour dormir. En voyant l'expression du visage de Sully, elle demanda :

— Que se passe-t-il ?

— Gabe est à terre ! Rawlings vient de l'assommer ! cria Sully par-dessus son épaule en dévalant l'escalier.

Elle attrapa son jean, l'enfila, et se rua à la suite de Sully.

Au rez-de-chaussée, elle s'arrêta quelques secondes avant de suivre Sully au-dehors.

Sully courut vers l'annexe. Rawlings avait pris la fuite. Gabe était allongé face contre terre, inconscient. Sully remarqua qu'il avait une plaie à l'arrière du crâne.

Comme Wynters.

Le sang coulait de sa blessure.

Sully lui prit le pouls. Il poussa un soupir de soulagement lorsqu'il sentit que le cœur battait encore, faiblement certes, mais il battait.

Il sortit son téléphone de sa poche et appela le shérif.

— Santiago, dit celui-ci en décrochant.

— Nous avions raison : Rawlings est parti. Il a assommé Gabe. Il faut envoyer des secours !

— Où êtes-vous ? demanda Rick d'un ton pressant.

— Devant l'annexe. J'ai vu Rawlings s'enfuir après avoir frappé Gabe à la tête.

Il regarda l'adjoint.

— Peut-être avec la même arme que celle qu'il a utilisée avec Wynters…

— J'arrive ! s'écria Rick en ajoutant : je prends le médecin au passage.

Il mit fin à l'appel.

Ce ne fut que lorsque Sully se retourna pour glisser son téléphone dans sa poche qu'il se rendit compte que Rae n'était plus là.

— Bon sang !

Il ne pouvait pas laisser Gabe, mais il n'aimait pas la savoir seule.

Rae était partie à la poursuite de Rawlings.

Manifestement, Rawlings connaissait mal la nature. Une fois de plus, il en faisait la démonstration : il avait plu la veille, beaucoup de routes étaient encore boueuses, et il laissait une trace que même un enfant de cinq ans aurait pu suivre.

Rawlings avait déjà tué un homme. Il était probable qu'il n'hésiterait pas à récidiver. Elle ferait tout ce qui était en son pouvoir pour le mettre hors d'état de nuire.

L'idée qu'il avait donné la mort à un autre être humain lui était intolérable. Elle ne pouvait pas le laisser s'en tirer.

Elle devait l'attraper avant que quelqu'un d'autre – Sully peut-être – ne le coince, et que Rawlings se sente obligé de le tuer pour s'en sortir.

Elle se força à ne penser à rien, à part rattraper Rawlings.

Il s'était enfui dans son véhicule, mais le sol accidenté et la boue rendaient la progression difficile. Et la pluie s'était remise à tomber.

Dans ces conditions, elle avait choisi de se lancer à

la poursuite de Rawlings à cheval, et suivait la trace qu'il avait laissée dans la terre humide.

Elle ne tarda pas à le rattraper : son véhicule s'était embourbé.

Elle entendit le moteur vrombir, et comprit que la voiture de Rawlings n'avancerait pas. Les roues avant ne faisaient que creuser plus profondément les ornières.

Rae descendit de cheval et s'approcha de Rawlings. Il était tellement absorbé par son problème qu'il ne l'avait pas vue venir.

— Vous allez quelque part ? demanda Rae en criant pour couvrir le bruit du moteur.

Surpris, Rawlings lui lança un regard mauvais et lui envoya une bordée d'insultes.

Soudain, le déclic caractéristique d'un pistolet que l'on arme résonna, et Rawlings s'immobilisa.

Cette arme était la seule chose que Rae avait pris le temps d'attraper avant de suivre Sully hors de la maison.

Elle la pointait maintenant sur Rawlings.

— Sortez de ce véhicule ! ordonna-t-elle.

— Vous n'oserez pas tirer sur moi, la défia Rawlings.

La seconde d'après, il laissa échapper un cri guttural qui trahit sa peur, et se recroquevilla par réflexe. Une balle venait de lui frôler l'oreille droite.

— À votre place, je n'en serais pas si sûre, déclara Rae calmement. Avant de me confier la direction du ranch, Miss Joan s'est assurée que j'étais capable de me défendre. Je ne manque jamais ma cible. Là, j'ai visé à droite de l'oreille. Mais je peux aussi me rapprocher…

Maintenant Rawlings tremblait.

— Je vous donnerai la moitié de l'argent, lui dit-il sans jamais quitter des yeux l'arme qu'elle avait à la main. Il y en a beaucoup ! Je vous promets que je vous en donnerai la moitié si vous me laissez partir.

Comment osait-il lui faire une telle proposition ! Pensait-il pouvoir la corrompre ?

— C'est non.

— D'accord ! cria-t-il, le regard fou de panique. Je vous donnerai tout. Tout ! hurla-t-il, si vous me laissez partir ! Pensez à tout ce que vous pourriez faire avec. Vous pourriez vivre comme une reine !

— Je n'ai jamais voulu être une reine, répondit-elle avec indifférence.

La pluie plaquait sur son corps la chemise qu'elle avait enfilée. Elle ne devait pas être très impressionnante.

— Je vous arrête pour le meurtre de Jefferson Wynters.

Il eut l'air totalement déboussolé.

— De qui parlez-vous ?

— De l'homme que vous connaissiez sous le nom de John Warren. Celui que vous avez tué pour pouvoir lui prendre l'argent qu'il avait dérobé.

À présent, Rawlings ressemblait à un animal pris au piège.

— Je ne l'ai pas tué ! protesta-t-il.

Elle n'allait pas discuter avec lui.

— Il était pourtant bien mort lorsque je l'ai vu.

Il respirait péniblement. Tout en parlant, il tenta de s'approcher d'elle.

— C'était un accident ! Il est tombé en arrière et sa tête a heurté une pierre !

— Et les blessures au couteau ? demanda Rae. C'était un accident, ça aussi ?

Visiblement, Rawlings savait qu'il n'avait plus rien à perdre. Il poussa un cri de bête blessée, baissa la tête, et se rua sur Rae avec l'énergie du désespoir.

L'attaque prit Rae par surprise. Elle en eut le souffle coupé et laissa tomber son arme à terre.

— Espèce d'idiote ! Tu ne pouvais pas me laisser tranquille, non ?

Il se retourna pour attraper l'arme.

21

Rawlings se saisit du pistolet. Il fit un pas en arrière et le pointa sur Rae.

Ses yeux brillaient d'un éclat malsain.

— Je pense qu'il est temps de se dire au…

Rawlings fut interrompu par des détonations, et poussa un hurlement : une balle lui avait transpercé l'épaule.

Il tomba à genoux. Tout tourbillonnait autour de lui alors qu'il essayait de comprendre ce qui venait de se passer, et qui avait tiré sur lui.

Il n'eut pas à se poser la question longtemps.

Gardant son arme pointée sur Rawlings, Sully s'approcha rapidement de Rae.

Elle se releva avec effort.

— Jamais je n'ai été aussi heureuse de te voir !

— Bon sang, à quoi pensais-tu en partant toute seule ! s'écria Sully sans quitter Rawlings du regard. Il aurait pu te tuer !

Le scénario de ce qui aurait pu se passer se déroulait dans sa tête.

— Je voulais l'empêcher de faire une autre victime, répliqua-t-elle pour se justifier.

— Mais tu devais attendre d'avoir des renforts ! Tu le savais, non ?

Elle fit une petite grimace.

— Et où sont tes renforts ?

Sully s'apprêtait à lui répondre lorsque Rawlings commença à reculer, semblant espérer que Rae allait le distraire assez longtemps pour qu'il puisse s'échapper.

Sully fronça les sourcils.

— Si tu fais encore un pas, je te tire une balle dans les jambes… Et ensuite, je te montrerai ce qui arrive lorsque je me mets vraiment en colère !

— C'est bon, c'est bon, gémit Rawlings en levant les mains.

Rae poussa un soupir tremblant, s'efforçant de retrouver un peu de calme. La situation avait été critique et, pendant quelques instants, elle avait eu très peur.

— Comment m'as-tu retrouvée ? demanda-t-elle à Sully.

Il lui jeta un coup d'œil. Il aurait voulu la serrer dans ses bras, mais il fallait attendre que Rawlings soit définitivement hors d'état de nuire.

— J'ai suivi sa trace, comme toi.

Il reporta toute son attention sur Rawlings. Sortant de sa poche une paire de menottes, il lui ordonna :

— Mets les mains derrière le dos.

Lorsque Rawlings refusa de lui obéir, Sully lui tira les mains en arrière. En refermant les menottes sur ses poignets, il déclara :

— Jack Rawlings, vous êtes en état d'arrestation pour le meurtre de Jefferson Wynters, et tentatives de meurtre sur les adjoints Gabriel Rodriguez et Rachel Mulcahy.

— Je n'ai tué personne ! cria Rawlings, tentant vainement de se dégager.

— Je ne discute pas avec toi. Monte dans la voiture… À l'arrière.

Avec des gestes rapides, Sully l'attacha sur son siège.

— Installe-toi devant, dit-il à Rae.

Elle jeta un coup d'œil en direction de son cheval.

— Je vais rentrer sur Starlight…, commença-t-elle.

Il l'interrompit.

— Bien sûr ! Cette ordure t'a frappée à la tête. Je ne vais certainement pas prendre le risque que tu aies des étourdissements et que tu tombes de cheval !

— Mais je ne peux pas laisser Starlight ici ! protesta-t-elle.

— Nous allons attacher les rênes du cheval à l'arrière du pick-up. Ne t'inquiète pas, je conduirai doucement, ajouta-t-il pour la convaincre.

Il fit la grimace en commençant à charger dans son coffre les sacs emplis de billets qui se trouvaient dans le véhicule de Rawlings.

— Même si cette odeur me donne envie d'aller aussi vite que possible, reprit-t-il en fronçant le nez !

Une bouffée d'ammoniac brûla soudain les sinus et la gorge de Rae.

— Qu'est-ce que c'est ? s'exclama-t-elle avec un sursaut.

Au moment même où elle posait cette question, elle comprit.

Sully avait déjà la réponse. Il savait maintenant où Wynters avait dissimulé son butin, et pourquoi personne ne l'avait trouvé. L'odeur était caractéristique.

— L'argent était bien caché ! déclara-t-il en regardant son prisonnier, assis sur le siège arrière. Tu as surpris Wynters au moment où il récupérait ses sacs le soir de la fête, c'est ça ?

Ce n'était pas une question.

— C'était plutôt malin, concéda Sully. Personne n'a envie de plonger les mains dans du fumier s'il n'y est pas obligé !

Il devait bien reconnaître que Wynters avait été particulièrement habile.

Rae s'efforçait de ne prendre que de courtes inspirations.

— Malin, mais répugnant ! s'exclama-t-elle.

— Je ne te contredirai pas ! répliqua Sully en riant.

Il fixa les rênes de Starlight à l'arrière de son pick-up, et s'installa derrière le volant. Toutes les fenêtres du véhicule étaient ouvertes.

Le trajet allait tout de même leur sembler long, songea-t-il.

— Vous avez mis du temps à revenir ! s'exclama le shérif.

Il avait été alerté par le ronflement du moteur, et il était sorti de son bureau pour accueillir Sully, Rae, et leur prisonnier.

— J'allais justement partir à votre rencontre, ajouta-t-il. Je me disais qu'il avait dû arriver quelque chose.

— Rae s'était lancée à la poursuite de Rawlings à cheval, expliqua Sully en descendant du pick-up. Pour le retour, j'ai accroché les rênes de sa jument à la voiture, mais j'ai dû rouler doucement, expliqua-t-il.

— Hé, vous n'avez pas à vous excuser ! Surtout après avoir pincé celui qui a tué Wynters, répliqua Rick.

— Je peux sortir d'ici ? cria Rawlings. Cette odeur est insupportable !

Sully ouvrit la portière arrière et le fit descendre.

— En fait, c'était un travail d'équipe. C'est Rachel qui l'a attrapé. Je suis simplement venu en renfort.

Rae fut surprise que Sully présente les choses ainsi. Elle ne voulait pas qu'on lui attribue des mérites qui ne lui revenaient pas.

— Sully a fait bien plus que cela, shérif.

Mais Rick l'arrêta là.

— Il est très tard, et je n'ai pas envie de jouer les arbitres ! Nous verrons tout cela demain matin. Je veux seulement mettre ce type derrière les barreaux.

Malgré ses protestations, il conduisit Rawlings à l'intérieur. Il se dirigea avec lui vers l'arrière du bâtiment et l'enferma dans l'unique cellule de l'établissement, qui était très rarement occupée... Et lorsque c'était le cas, c'était pour qu'un ou deux ivrognes puissent y passer la nuit avant de retourner chez eux.

La porte se referma sur Rawlings.

— Comment va Gabe ? demanda Rae lorsque Rawlings fut derrière les barreaux, et l'argent en sécurité dans le coffre-fort du shérif.

Le shérif éclata de rire.

— Le médecin l'a soigné. Après quelques jours de repos, il sera encore plus en forme qu'avant ! Il a la tête dure. Il lui en faut plus qu'un coup de caillou pour l'abattre ! En parlant de médecin, ajouta Rick en regardant Rae avec attention, j'ai l'impression que les choses ne se sont pas passées aussi facilement que vous le dites pendant la confrontation avec Rawlings...

Rae écarta sa remarque d'un geste de la main.

— Je vais très bien.

Sully fit comme s'il ne l'avait pas entendue.

— Je vais l'emmener chez le médecin.

Rick hocha la tête.

— C'est ce que j'allais vous suggérer. Davenport vous attend dans son cabinet.

Prenant fermement la main de Rae dans la sienne, Sully la guida hors du bureau du shérif.

— À demain ! promit-il en sortant.

Il installa Rae dans son pick-up, et la conduisit au cabinet médical.

Lorsqu'il se fut garé, il sortit rapidement de son véhicule et le contourna pour aider Rae à en sortir. Il la prit dans ses bras et referma la portière avec son dos.

— Que fais-tu ? demanda-t-elle avec surprise.

Elle tenta mollement de se dégager, mais lorsqu'elle n'y parvint pas, elle se rendit compte qu'elle se sentait trop faible pour entrer seule dans le cabinet.

— Je m'entraîne.

— Tu t'entraînes ? Tu t'entraînes à quoi ?

Il sourit.

— Tu poses trop de questions !

Il monta les marches du perron et n'eut pas à frapper. Dan les attendait.

— Suivez-moi, leur dit-il.

Rae poursuivit leur conversation comme si elle ne s'était pas interrompue.

— Mais tu ne réponds jamais à mes questions ! insista-t-elle. C'est comme avec Rawlings : tu ne m'as pas expliqué comment tu avais réussi à le retrouver. Tu es un citadin : tu ne connais pas la nature, lui fit-elle remarquer.

Elle ne croyait pas un seul instant qu'il ait pu suivre sa trace.

— J'ai passé tous les étés à chasser avec mon grand-père.

Elle secoua la tête.

— J'ai du mal à t'imaginer en train de tirer sur des animaux !

— C'est parce que nous ne le faisions pas, répliqua-t-il. Nous nous contentions de les suivre. Une fois que nous les avions repérés, nous passions à autre chose.

C'était les pister qui était excitant. Cela développe le sens de l'observation.

— Eh bien, je suis heureuse que tu l'aies développé. Sans cela, le médecin serait dans son lit en ce moment, en train de prendre un repos bien mérité, déclara-t-elle en se tournant vers Dan.

Il regarda Sully.

— Était-ce un remerciement masqué ou une critique ?

— Honnêtement, je serais bien incapable de le dire, répondit Sully en le suivant dans le couloir. Elle n'est pas toujours facile à comprendre.

— Je vous souhaite bon courage, répondit le médecin. Je n'y arrive toujours pas avec ma femme.

— Hé, j'ai été bousculée, mais je n'ai pas perdu l'audition !

— Nous tâcherons de nous en souvenir, repartit Dan. Pièce du fond, Sully.

— Je peux marcher ! protesta Rae.

— Je le sais, mais laisse-moi le plaisir de t'aider.

Il entra dans la salle et la déposa sur la table d'examen. Elle s'attendait à ce qu'il s'éloigne, mais il resta tout près d'elle. Craignait-il qu'elle ne s'enfuie ?

— Vous êtes à jour pour les rappels du tétanos ? lui demanda Dan.

Elle fronça les sourcils, essayant de se rappeler quand le dernier avait eu lieu.

Dan hocha la tête. Il avait sa réponse.

— Si vous êtes obligée de réfléchir aussi longtemps, la dernière injection est trop ancienne. Je vais faire un rappel. Il faut que j'aille chercher le vaccin dans l'autre salle, leur dit-il. Ne bougez pas, je reviens.

Avant de sortir de la pièce, il se retourna pour la mettre en garde :

— Restez bien tranquille, d'accord ?

Rae changea de position sur la table d'examen et Sully s'approcha d'elle.

— Tu as entendu ce que le médecin a dit.

— Ne t'inquiète pas, protesta-t-elle : je ne vais pas partir !

Prononcer ces mots lui rappela que lui, par contre, allait s'en aller, maintenant que Rawlings était sous les verrous. Elle sentit la tristesse l'envahir.

— Toi si.

Il fronça les sourcils comme s'il ne comprenait pas ce qu'elle voulait dire.

— Mais je suis là !

— Non. Je veux dire, partir de Forever. Maintenant que tu as terminé ton enquête, tu n'as plus aucune raison de rester.

Elle avait vu combien son attitude avait changé depuis qu'il essayait de retrouver l'assassin de Wynters. Il avait besoin de ce genre de défis. Et ce n'était pas à Forever qu'il pourrait les trouver. Il mourrait d'ennui s'il restait ici.

— Tu veux me chasser ? demanda Sully innocemment.

— Non, bien sûr que non.

Mais elle ne pouvait pas non plus l'enchaîner, songea-t-elle.

— Mais je sais reconnaître qu'une chose est terminée.

— Eh bien, mon père disait toujours que lorsqu'une porte se ferme une autre s'ouvre.

Elle le regardait, suspendue à ses lèvres.

— Je ne suis pas un génie en maths, mais il me semble qu'il te manque deux employés en ce moment.

Elle ne comprenait toujours pas ce qu'il voulait dire, et elle ne voulait surtout pas entretenir de faux espoirs, de peur d'être déçue.

— Wynters est mort, et Rawlings va être jugé

pour meurtre. Donc, je dirais que ton calcul est bon, répondit-elle. Mais…

Avec patience, Sully reprit :

— Tu ne m'as pas dit que c'était une période très chargée pour toi ? Que c'était le moment où il fallait dresser les yearlings ?

Elle ne le quittait pas des yeux, cherchant à étouffer l'espoir qui s'éveillait en elle.

— C'est ce que j'ai dit, mais…

Sully fit semblant de rebondir sur le mot « mais ».

— Alors, tu n'as pas besoin d'aide.

— Bien sûr que si ! s'écria-t-elle. Mais…

Il ne la laissa pas poursuivre. Décidément, elle parlait trop.

— Alors je vais rester t'aider. À moins que tu ne le veuilles pas.

— Ce n'est pas que je ne veuille pas…

Il avait un métier et une famille qui l'attendaient.

— C'est que…

Sully l'interrompit.

— C'est décidé.

Il écarta une mèche de cheveux de son visage.

— Je vais rester.

Elle poussa un soupir agacé, et demanda :

— Tu vas me laisser terminer une phrase ?

Une lueur amusée s'alluma dans ses yeux.

— Ça dépend.

— De quoi ?

Cet homme voulait la rendre folle.

Alors qu'il était là, debout à côté d'elle, elle avait l'impression qu'il lui faisait l'amour rien qu'en la regardant.

— Si c'est quelque chose que j'ai envie d'entendre ou non, répondit-il.

Elle sentait le rire monter en elle. Mais elle tenta de le réprimer. Elle voulait attendre d'être seule avec lui.

— Décidément, tu es bizarre !

Sully éclata de rire.

— Je suis un Cavanaugh : c'est normal ! Et maintenant, arrête d'essayer de changer de sujet. Veux-tu que je reste t'aider jusqu'à ce que tu aies fini de dresser ces yearlings ?

— Bien sûr que oui !

Les yearlings de cette année, et tous ceux à venir !

— Mais ta famille a certainement envie de te voir, reprit-elle.

— Ma famille attendra. Je vais rester pour t'aider, et lorsque ça sera terminé… nous verrons.

— Je peux entrer ? demanda Dan, les regardant tour à tour.

— Bien sûr que oui ! s'exclama Sully. Je suis désolé. Je n'avais pas vu que vous attendiez.

— J'avais le sentiment qu'il s'agissait d'une de ces conversations qui peuvent changer le cours d'une vie, remarqua Dan en se lavant à nouveau les mains et en enfilant une paire de gants. Bon, dit-il en se retournant vers Rae, une seringue à la main, vous êtes prête ?

Elle glissa un regard vers Sully et, pour une fois, elle ne réprima pas le sourire qui lui vint aux lèvres.

— Je suis prête à tout !

Sully tenta de ne pas éclater de rire.

— Vous avez entendu, docteur, dit-il sans quitter Rae du regard.

— Alors, allons-y ! déclara Dan à sa patiente.

Elle croisa le regard de Sully et le soutint.

— Oui, allons-y, répéta-t-elle si doucement que seul Sully put l'entendre.

Épilogue

Rae avait l'impression qu'il y avait des Cavanaugh dans tous les coins et recoins de la vaste maison et du jardin où ils s'étaient rassemblés pour fêter le retour de Sully. C'était son oncle Andrew qui avait arrangé ces retrouvailles, lui avait dit Sully comme si cela allait de soi.

Et pour lui, c'était le cas, songea-t-elle. Elle n'avait jamais eu la chance de penser comme lui, car personne n'avait jamais organisé de fête en son honneur.

Ils étaient tous là…

Pour une seule personne…

Elle se sentait très intimidée à l'idée de rencontrer tout ce monde, mais quelques minutes seulement après son arrivée, ils avaient déjà réussi à la mettre à l'aise.

Grâce à leur chaleur, son appréhension s'évanouit rapidement, et elle commença à s'amuser.

À vrai dire, le temps fila, et elle en savoura chaque instant.

— Alors, qu'en dis-tu ? demanda Sully à Rae lorsqu'il réussit enfin à lui parler seul à seul, plusieurs heures après leur arrivée.

— Je pense que je n'ai jamais vu une famille aussi grande ! répondit-elle pensivement.

Sully éclata de rire.

— C'est certainement vrai ! Lorsque je suis parti,

j'avais besoin de m'éloigner d'eux... Mais je suis tellement heureux de les retrouver !

Malgré elle, elle ne pouvait s'empêcher de sourire constamment... Sourire, et en même temps, ressentir un pincement d'envie.

— Si j'étais toi, jamais je ne serais partie !

— Ma famille n'était pas le problème, lui rappela Sully. C'était mon travail.

— Non. C'était l'enquête que tu venais de terminer, corrigea Rae. Et c'est du passé. Lorsque je t'ai vu à Forever essayer de percer le mystère de l'assassinat de Wynters, j'ai compris que tu avais ça dans le sang... Comme tous les Cavanaugh en fait, ajouta-t-elle avec un sourire, en promenant son regard sur tous ceux qui étaient autour d'elle.

Il y avait tant de visages qu'elle se sentit submergée.

— Comment fais-tu pour te souvenir de chacun de leur nom ? demanda-t-elle en essayant de se rappeler qui était le couple dans le coin là-bas, et en déclarant forfait.

— C'est vrai que cela nécessite un effort, admit-il. Mais surtout beaucoup d'affection.

Elle sourit en voyant Andrew déposer un léger baiser sur la joue de sa femme, Rose.

— Tu ne sais pas la chance que tu as, lui dit doucement Rae, continuant à dévisager la foule.

— Oh ! je crois que je le sais bien ! répliqua Sully sans la quitter des yeux.

— Cela va vraiment me manquer lorsque je rentrerai, déclara-t-elle avec chaleur.

— Alors, pourquoi ne resterais-tu pas un peu plus longtemps ? demanda Sully.

Il la regarda, le cœur gonflé d'espoir.

Elle aurait vraiment aimé, mais elle avait le sentiment qu'elle ne pouvait pas. Miss Joan comptait sur elle.

— J'ai demandé à Miss Joan une semaine de congé, et elle se termine. Je ne peux pas la laisser tomber.

— Peut-être qu'elle a une solution, et que tu ne la laisses pas tomber, remarqua Sully.

Elle le regarda avec étonnement.

— Que veux-tu dire ?

— Eh bien, j'ai parlé à Miss Joan, moi aussi, lui dit-il, commençant à aborder le sujet qui lui brûlait les lèvres. Je lui ai demandé si elle avait une autre solution.

— Une autre solution ? répéta Rae.

Elle ne voyait pas du tout ce qu'il voulait dire.

— De quelle autre solution parles-tu ?

Il entrelaça leurs doigts.

— Au cas où tu resterais ici plus longtemps qu'initialement prévu. Et elle a répondu oui, d'ailleurs.

— Elle a répondu oui…, répéta Rae, perplexe.

— Qu'elle avait une autre solution.

— Et en quoi consiste-elle ?

— Elle peut demander à Roy Washburn de revenir s'occuper du ranch. Il s'est très bien débrouillé lorsque nous étions occupés ailleurs, lui rappela-t-il, et Miss Joan pense qu'il rêve de gérer sa propre exploitation, sans avoir tout le temps son frère sur le dos.

— Alors, si je restais une semaine de plus, tout le monde serait d'accord ? demanda Rae d'une voix hésitante.

Sully eut un large sourire.

— Absolument.

— Et si je décidais de rester un mois ?

— Aussi ! répondit Sully encore plus chaleureusement.

Rae réfléchit à tout cela.

— Non, pas un mois, dit-elle, se parlant à elle-même.

Sully la regarda avec inquiétude.

— Et pourquoi pas ?

Elle pensait que la réponse était évidente.

— Je ne veux pas m'imposer. Tu commencerais à en avoir assez.

Le sourire de Sully devint carrément sexy.

— Oh ! non ! Dans cinquante ans peut-être, mais pas moins.

Rae éclata de rire.

— Tu plaisantes !

— Non, répondit sérieusement Sully, croisant son regard. Je ne plaisante pas.

— Que veux-tu dire ? demanda Rae, craignant de laisser son imagination s'emballer.

Il la regarda un long moment. Et, alors, il aurait pu jurer entendre la voix de Miss Joan dans sa tête : « Allons, petit, dis-lui ce que tu as dans le cœur. Tu lui dois bien cela. Elle ne le devinera pas toute seule, tu le sais bien ! »

Vous avez raison, comme toujours, Miss Joan, songea-t-il.

Prenant Rae par la main, il l'attira vers le seul coin de la maison qui n'était pas envahi de Cavanaugh.

— Ce que je veux dire, c'est que je ne veux pas que tu partes. J'avais une idée derrière la tête lorsque je t'ai demandé de venir ici avec moi, reconnut-il.

— Quelle idée ? s'enquit-elle, confuse.

— Je voulais voir comment tu réagirais en rencontrant ma famille… Voir si tu pourrais t'entendre avec eux, lui répondit-il avec honnêteté.

— Tu croyais que je pourrais ne pas les aimer ? demanda-t-elle, incrédule. Eux ? Lorsque j'étais petite, il n'y avait que mon père et moi. Je priais tout le temps pour qu'un jour une famille apparaisse comme par magie, une famille que mon père aurait oubliée. Mais ce n'était qu'un rêve, et il ne s'est pas réalisé. Ensuite, mon père est mort, et je me suis retrouvée seule. En rencontrant ta famille et en faisant semblant, juste pour un jour, d'en faire partie, c'était comme réaliser ce rêve.

Puis, repensant à ce qu'elle venait de lui avouer, elle secoua la tête.

— Tu dois penser que je suis folle !

— Non. Et tu n'as pas à faire semblant…

Elle se sentit rougir.

— Je sais. Pardonne-moi. Je n'aurais pas dû.

Elle tenta de se détourner, mais il lui prit les deux mains et la força à lui faire face.

— Parce qu'ils pourraient être ta famille… Si tu veux de moi.

Elle entendit les mots, mais ne les comprit pas. C'était trop beau pour être vrai. Elle devait avoir loupé quelque chose.

— Que dis-tu ?

— J'essaie maladroitement de faire une demande en mariage.

Il prit sa respiration, et se lança.

— Je ne suis pas très habile parce que je n'en ai jamais fait auparavant. Peut-être que si je m'entraîne…

Elle écarquilla les yeux et s'écria :

— Oui !

Il pensait qu'elle lui demandait d'essayer à nouveau.

— Bon, d'accord. Depuis que…

Elle secoua la tête. Il ne comprenait pas.

— Non !

Maintenant, il était complètement perdu.

— Alors, tu ne veux pas que je fasse une demande en mariage.

— Non.

Elle pressa la main sur sa poitrine comme si cela pouvait calmer les battements frénétiques de son cœur.

— Non, tu n'as pas à faire une autre demande en mariage, souffla-t-elle, parce que c'est oui !

— Tu acceptes parce que j'ai une grande famille ? demanda-t-il avec un immense sourire.

— J'accepte parce qu'à chaque fois que tu m'embrasses je ne pense plus à rien d'autre. Parce qu'avec toi je me sens aimée et en sécurité. Et parce que tu me donnes envie de te donner tout cela moi aussi.

— C'est déjà fait ! murmura-t-il en la prenant dans ses bras.

Jamais elle n'avait été aussi heureuse. Elle avait l'impression qu'elle ne pourrait plus jamais s'arrêter de sourire.

— Je suppose que je n'ai plus qu'à appeler Miss Joan pour lui annoncer que j'ai décidé de rester ici.

En la tenant toujours serrée dans ses bras, Sully, baissa la tête pour la regarder.

— Je pense qu'elle le sait déjà.

— Je me demande si elle aimerait me conduire à l'autel…

— Je crois qu'elle compte là-dessus !

Il voulait faire une annonce… Mais d'abord, pour une minute, il voulait garder Rae rien que pour lui.

Et c'est ce qu'il fit en approchant ses lèvres des siennes.

MELINDA DI LORENZO

L'impossible dilemme

Traduction française de
KAREN DEGRAVE

BLACK ROSE

HARLEQUIN

Titre original :
UNDERCOVER REFUGE

1

L'inspecteur Rush Atkinson était sûr de deux choses. La première : que quelqu'un le suivait. La deuxième : que cette personne allait le regretter.

Il serra les dents et appuya sur l'accélérateur. Sa Lada protesta immédiatement. Sa vieille voiture – construite en 1972 et qui semblait ne plus rouler que par la force de sa volonté – préférait les déplacements lents et réguliers. Elle était bonne sur les routes de campagne, faisait ce qu'on attendait d'elle et convenait à Rush la plupart du temps. Bien sûr, il était rarement pourchassé sur des routes de montagne. S'il avait envisagé cette possibilité, il aurait choisi son deuxième véhicule préféré : une énorme moto qu'il avait retapée lui-même. Une source de fierté.

— Une source de vitesse, aussi, grommela-t-il en jetant un coup d'œil dans le rétroviseur.

Jusqu'ici, il n'avait fait qu'apercevoir la voiture dans les virages les plus larges. C'était une voiture grise à haillon, sans doute une hybride.

Un choix curieux pour poursuivre quelqu'un, songea Rush.

Il n'avait ni le temps ni le désir d'approfondir sa réflexion. Il était censé retrouver son « patron », Jesse Garibaldi – l'homme qu'il s'efforçait de mettre derrière des barreaux —, cinq minutes plus tard. Il aurait dû être en avance. Il *aurait été* en avance si un imbécile ne l'avait pas pris en filature. Il n'avait plus aucune chance d'être à l'heure. Il essayait de semer la voiture grise depuis qu'il s'était aperçu qu'elle le suivait.

— Pour ton bien, dit-il au conducteur invisible.

Il lui rendait bel et bien service. Garibaldi n'aimait pas les invités surprise. Il avait une solide réputation d'homme d'affaires, de philanthrope et d'enthousiaste du tourisme dans la petite ville de Whispering Woods, mais Rush savait que ce n'était qu'un masque. Garibaldi était un meurtrier.

Quinze ans plus tôt, alors qu'ils étaient adolescents l'un et l'autre, Garibaldi avait tué le père de Rush et deux amis de celui-ci. Il avait placé une bombe dans le commissariat de Freemont City pour détruire des preuves. Il avait atteint son but et les trois hommes qui étaient morts dans l'explosion n'étaient que des dommages collatéraux à ses yeux. Un bon avocat lui avait permis d'échapper à la justice. À présent, Garibaldi était un pilier de la communauté. Mais tous ses investissements n'étaient que la façade de son petit empire de la drogue. Il importait de l'héroïne, qu'il mélangeait à une peinture spéciale pour l'expédier à des complices sous forme de tableaux. Tout le monde n'y voyait que du feu.

Sauf nous, songea Rush en s'engageant sur un chemin de terre.

Deux mois plus tôt, ses partenaires et lui avaient découvert la planque de Garibaldi et compris sa méthode. Comme deux d'entre eux se trouvaient à Mexico et le troisième en Europe, il revenait à Rush d'enfoncer le dernier clou dans le cercueil de Garibaldi. Il ne demandait pas mieux et il sentait que c'était pour bientôt. Garibaldi préparait un gros coup – peut-être une rencontre avec un acheteur.

C'était une occasion rêvée pour le prendre la main dans le sac. Il suffisait que Rush gagne assez sa confiance pour être inclus dans l'opération. C'était possible. Rush était vite monté en grade depuis qu'il était entré dans la bande de Garibaldi grâce à ses contacts.

Mais tu auras du mal à progresser davantage si quelqu'un te file.

Il jeta un nouveau coup d'œil dans le rétroviseur et ne fut pas surpris d'apercevoir la voiture grise entre les arbres. Il jura.

Ce chemin ne menait qu'à un parking pour randonneurs. Rush comptait y faire demi-tour. Il observerait attentivement le conducteur de la voiture, puis il retournerait en ville et appellerait Garibaldi. Le patron n'apprécierait pas qu'il ait manqué leur rendez-vous, mais cela valait mieux que l'autre option et Rush trouverait une bonne excuse. Il était un bon menteur. Toutes ses missions d'infiltration l'avaient bien entraîné.

Il freina, fit demi-tour et appuya sur l'accélérateur – plus doucement, cette fois.

Allez, petite fouine… Laisse-moi te regarder cinq bonnes secondes, songea-t-il, les doigts crispés sur le volant.

Comme la voiture grise n'apparaissait pas, Rush fronça les sourcils. Il était tout à fait sûr d'être suivi. Il aurait parié son insigne.

— Où es-tu, mon pote ? murmura-t-il en ralentissant.

Le conducteur voulait-il éviter une confrontation ?

Pour sa part, Rush n'aurait pas aimé se retrouver seul dans la montagne avec un homme de main de Garibaldi – et il était censé être un homme de main de Garibaldi.

Néanmoins, il n'était pas facile de disparaître sur cette route. À moins de se faire aspirer par un OVNI, il fallait rebrousser chemin.

Rush fronça les sourcils. Qu'aurait-il fait à la place de celui qui le filait ? Il y avait des buissons épais et des fossés des deux côtés de la route. Une petite voiture pouvait-elle réussir un demi-tour compliqué ? Il était aussi possible de repartir en marche arrière. La deuxième méthode prendrait beaucoup de temps et la première requérait de l'habileté et de l'assurance.

Ou je peux me tromper, songea-t-il en soupirant. *Ce n'était peut-être qu'un animal. Un loup gris ou…*

À l'intersection, il tomba sur la preuve qu'il n'avait pas été le jouet de son imagination : une Prius grise à moitié dans le fossé. Et sur quelque chose d'inattendu – ou plutôt quelqu'un. Il y avait une femme à côté de la voiture.

Sans vraiment le vouloir, il la regarda lentement des pieds à la tête plutôt que le contraire.

Elle portait des tongs marron faites d'un matériau tressé. Son pantalon, très large, était serré à la taille par une corde. Elle avait fait un nœud à son T-shirt blanc, bien trop grand pour elle. L'une de ses épaules et son ventre étaient nus.

Quand Rush posa les yeux sur le visage de la femme, sa gorge se dessécha. Elle avait les pommettes hautes, des traits délicats et des lèvres sensuelles. Les mèches rousses qui s'étaient échappées de son chignon ajoutaient à son charme. Rush ne pouvait pas nier qu'elle était belle – d'autant moins qu'il faillit perdre le contrôle de son véhicule à force de la fixer.

Un nids-de-poule le ramena à la réalité.

Ce n'était pas une femme qu'il croisait dans une épicerie ou dont il rencontrait le regard dans un bar.

C'était la personne qui le suivait depuis des kilomètres sans qu'il sache pourquoi.

Tu devrais peut-être t'arrêter et le lui demander.

Il passa devant elle et continua à l'observer dans le rétroviseur. Elle écarquilla les yeux comme si elle n'en revenait pas qu'il l'abandonne au bord de la route, ce qui le fit hésiter. Mais sa détresse apparente et sa beauté la rendaient encore plus dangereuse. Les cyniques comme lui savaient que les jolis paquets ne contenaient pas toujours de jolis cadeaux. Il appuya sur l'accélérateur.

Abasourdie, Alessandra Rivers regarda la voiture s'éloigner.

Va-t-il vraiment me laisser là ?

Elle resta immobile, certaine qu'il reviendrait. Il *devait* revenir, non ? Même si la chevalerie était démodée – le rôle de la demoiselle en détresse ne l'intéressait pas beaucoup, de toute manière – il restait la décence… Quel genre d'homme laissait quelqu'un qui avait besoin d'aide au bord de la route ?

Il portait des lunettes réfléchissantes, mais elle était sûre qu'il l'avait vue – et même longuement regardée.

Mais la camionnette ne revenait pas. Alessandra n'entendait aucun bruit de moteur et ne voyait aucun nuage de poussière. Sa gorge se serra et ses yeux s'emplirent de larmes.

Elle inspira profondément pour les refouler, ce qui fut difficile.

Elle était perdue aux environs de Whispering Woods depuis un bon quart d'heure quand elle avait repéré la camionnette déglinguée de l'homme qui venait de l'abandonner. Elle avait été si soulagée qu'elle n'avait pas réagi tout de suite. Le temps qu'elle sorte son bras par la fenêtre, il était parti. Alors elle s'était donné beaucoup de mal pour le rattraper. Mais sa Prius ne roulait bien que sur des surfaces planes. Toutes les trois secondes, elle était tombée dans un nids-de-poule qui avait fait claquer les dents d'Alessandra. L'homme qu'elle suivait ne l'avait pas aidée. Il semblait s'être donné pour mission de prendre les bifurcations les plus étranges possible. Elle avait été *soulagée* quand il s'était engagé sur un chemin signalé comme une impasse.

Mais son soulagement avait été de courte durée. Il avait fini dans le fossé avec les deux roues avant de sa stupide petite voiture. L'espoir l'avait suivi. Non : l'espoir avait disparu dans le sillage de la camionnette bleue.

Elle soupira de frustration et se tourna vers sa voiture avec une envie folle de donner un coup de pied dans la portière. Plusieurs. C'était une sensation inhabituelle. Alessandra était fière de son tempérament mesuré. Elle savait garder son calme et le communiquer aux autres, même si elle n'était pas dans les bougies, la méditation ou le yoga, comme sa mère. Dans les moments difficiles, il lui suffisait généralement de quelques inspirations et de se souvenir qu'elle avait un million de raisons de se réjouir pour que cela aille mieux. Et quand cela ne suffisait pas, elle pouvait toujours compter sur sa force d'âme.

Sauf aujourd'hui, songea-t-elle. *Et peut-être chaque instant des deux dernières semaines.*

Plus précisément les treize derniers jours. Alessandra n'était pas superstitieuse, mais cela lui semblait être une coïncidence un peu malchanceuse.

Treize jours plus tôt, elle avait trouvé une lettre dans un carton d'affaires de sa mère. Elle était coincée entre une boîte d'encens, un bouquet de sauge et des cartes de tarot. Alessandra ne l'avait ouverte que parce qu'elle avait reconnu l'écriture de son père sur l'enveloppe. Elle avait tout de suite compris que c'était une lettre d'amour.

Quand elle était petite, son père en cachait dans tous les coins pour que sa mère les trouve. Sa mère avait exigé que les lettres soient enterrées avec elle. Elle avait expliqué avec tendresse à Alessandra qu'elles étaient trop intimes pour être livrées à la postérité.

Mais Alessandra n'avait pas ressenti la moindre culpabilité en ouvrant celle-là. Cela lui avait semblé presque voulu par le destin et elle avait eu envie d'entendre la voix de son père dans sa tête. Sa mère n'était morte que deux ans plus tôt, mais son père les avait quittées treize ans avant cela et Alessandra avait parfois du mal à se souvenir de lui.

Elle avait ouvert l'enveloppe avec excitation, mais celle-ci s'était vite muée en surprise, puis en stupeur.

La lettre ressemblait à une couverture en patchwork. Elle avait été déchirée en petits morceaux et laborieusement reconstituée.

Alessandra l'avait fixée un long moment sans la lire, en se demandant pourquoi on l'avait déchirée. Quand elle avait fini par déchiffrer son contenu entre les morceaux de scotch, sa gorge s'était serrée.

Chère Mary

Je ne peux pas imaginer ce que ma mort a produit.
Je le déferais si je le pouvais.
Te souviens-tu de notre lune de miel ?
C'est là que je vis.
Je t'aimerai toujours.

Randall.

Alessandra frissonna en se remémorant ces mots.

Pour la millième fois, elle s'interrogea sur le sens de ce message étrange. Son père avait-il déchiré la lettre pour que sa mère ne la lise pas ? Était-ce sa mère qui l'avait fait ? Alors pourquoi ?

Depuis qu'Alessandra avait trouvé cette lettre, les malheurs se succédaient. Une amie qui travaillait dans la police à qui elle l'avait montrée était morte quelques jours plus tard. Après cela, la boutique de surf d'Alessandra avait été incendiée. Finalement, elle avait reçu une invitation inattendue d'un vieil ami de la famille, Jesse Garibaldi. Celui-ci vivait à présent dans la petite ville touristique de Whispering Woods – l'endroit auquel son père faisait allusion dans la lettre. C'était là que ses parents avaient passé leur lune de miel – là qu'ils l'avaient conçue, plaisantaient-ils souvent. Quelles étaient les chances qu'il ne s'agisse que d'une coïncidence ?

Un nouveau frisson la parcourut malgré la chaleur.

— N'y pense pas, s'ordonna-t-elle à voix haute. Concentre-toi sur le problème du moment. Tu penseras au reste plus tard.

Mais elle avait du mal à retrouver sa positivité alors que sa voiture était à moitié dans le fossé. Elle n'arrivait même pas à se convaincre que la voiture était à moitié *hors* du fossé. D'autant moins qu'elle ne pouvait pas appeler à l'aide. Son premier réflexe, quand elle s'était perdue, avait été de sortir son téléphone. Elle avait roulé sur une bosse à cet instant précis et le téléphone avait volé. En voulant le ramasser, elle avait cogné sa tasse de café, dont le contenu s'était évidemment renversé sur l'appareil. Le temps qu'elle se gare au bord de la route – ce qu'elle aurait dû faire dès le début – son téléphone n'était plus qu'un écran noir. Il ne s'était pas encore auto-réparé par magie.

Très bien. Respire, puis fais une liste. De quoi peux-tu te réjouir ?

Pendant quelques secondes, rien ne lui vint à l'esprit.

— Je ne suis pas morte, finit-elle par dire. C'est déjà ça.

Mais cette pensée était un peu trop sombre pour vraiment l'amuser.

Elle fixa sa voiture. Elle avait de vagues souvenirs de cordes, de poulies et de leviers datant de ses cours de science, mais elle avait le pressentiment qu'il était un peu plus compliqué de sortir une voiture d'un fossé que de déplacer un avion en papier avec une paille et un élastique. Problème d'échelle.

— Très bien, grommela-t-elle. Je suppose que je ne peux rien faire d'autre que de marcher jusqu'à ce que je trouve quelqu'un pour m'aider.

Elle descendit dans le fossé pour récupérer son sac à l'avant de la voiture. Elle jeta un coup d'œil à sa valise, posée sur la banquette arrière, et décida de l'y laisser. Comme elle ne savait pas combien de temps elle marcherait, il valait mieux qu'elle ne soit pas trop chargée.

Tu trouveras de l'aide et tu reviendras bientôt, s'assura-t-elle. *De toute manière, il y a peu de risques qu'une bête sauvage vole tes vêtements et ta brosse à dents.*

Elle ressortit du fossé légèrement plus positive, se protégea les yeux et évalua la position du soleil. Quelle heure pouvait-il être ? Midi, peut-être ? Et elle était *presque sûre* de savoir où était l'ouest. Elle fit quelques pas avec détermination. Un grognement la fit s'arrêter net. Elle déglutit nerveusement et jeta un coup d'œil à sa voiture, s'attendant à découvrir qu'un loup ou un ours s'intéressait à ses affaires, finalement. Non. Il n'y avait toujours que sa voiture dans le fossé.

Elle ferma les yeux et tendit l'oreille. Le grognement se rapprocha, s'amplifia et se mua en un son plus familier.

Alessandra ouvrit les yeux, regarda la route et croisa les doigts sans en avoir vraiment conscience.

Pourvu que ce soit lui.

Il apparut tout à coup – ou plutôt sa camionnette, qui approchait à vive allure. On aurait dit que le fait de revenir mettait le conducteur hors de lui.

L'étonnement la paralysa quelques secondes. Pourquoi le conducteur revenait-il si cela le rendait furieux ? Alors que la camionnette approchait, Alessandra se rendit compte qu'elle avait de bonnes chances de se faire écraser si elle ne bougeait pas, mais la camionnette s'arrêta alors qu'elle s'écartait. La portière du conducteur s'ouvrit avec une brutalité parfaitement cohérente avec la vitesse à laquelle le véhicule avait approché. Cela suffit à paralyser une nouvelle fois Alessandra.

Le conducteur sortit, planta ses bottes dans la poussière et se figea. Alessandra eut l'impression qu'il analysait la situation. Il l'observait, en tout cas – et c'était assez déconcertant pour qu'elle se mette à transpirer. Comme elle avait perdu sa langue, elle profita du silence pour l'observer aussi.

Il était mince, mais pas maigre. Ses avant-bras – visibles parce qu'il avait replié les manches de sa chemise grise – étaient musclés. Alors qu'elle regardait la partie exposée d'un tatouage, une étrange bouffée de chaleur l'envahit. Il ne lui fallut pas longtemps pour découvrir sa cause : elle – son corps, du moins – trouvait cet homme attirant.

Elle inspira profondément et se força à lever les yeux vers son visage. Il portait toujours ses lunettes réfléchissantes. Il portait aussi une casquette sur laquelle était brodé le logo d'une compagnie de transport. Même si ses joues étaient couvertes d'une courte barbe poivre et sel, il lui semblait aussi jeune qu'elle. Le contraste, qui lui donnait une apparence énigmatique, n'aida pas le cœur d'Alessandra à se calmer.

Mais alors elle remarqua une chose qui lui fit l'effet d'une douche froide.

L'une des mains de l'homme n'était qu'à quelques millimètres d'un revolver.

2

Rush vit la jolie rousse poser les yeux sur son arme et les écarquiller. Elle ne ressemblait pas à une biche hypnotisée par des phares. Elle était surprise, mais il n'y avait aucune naïveté dans son regard. Il y lut de l'intelligence et une peur qui lui donna mauvaise conscience, à sa grande surprise. Mais rien de ce qu'il perçut ne le prépara à ce qui se produisit ensuite.

Elle lui fonça dessus. Il s'y attendait si peu qu'il ne réagit pas comme il aurait dû le faire – comme il était entraîné à le faire. À la place, il recula instinctivement et heurta la portière encore ouverte de sa Lada.

Comme il s'attendait à ce qu'elle le plaque au sol et le désarme, il fut de nouveau surpris lorsqu'elle profita de son avantage pour changer de direction et s'enfuir dans des claquements de tongs presque comiques. Elle lui jeta un coup d'œil par-dessus son épaule avant de sauter de l'autre côté du fossé pour disparaître dans les bois.

— Que vient-il donc de se passer ? grommela Rush.

Il n'avait pas encore trouvé d'explication logique quand un cri de terreur lui parvint. Ce cri produisit l'effet que n'avait pas produit la découverte d'une femme en détresse au bord de la route : il réveilla son instinct protecteur.

Il s'élança par réflexe, franchit le fossé et s'arrêta quelques pas plus loin pour scruter les sous-bois.

— Eh ! lança-t-il en prenant conscience qu'il ne connaissait pas son nom. La Rouquine ? Vous êtes dans le coin ?

Il ne savait pas s'il voulait l'entendre crier une nouvelle fois ou non. D'un côté, cela lui assurerait qu'elle était en vie et l'aiderait grandement à la localiser. De l'autre, il ne tenait pas à ce qu'elle revive ce qui lui avait arraché un tel hurlement.

— La Rouquine ! cria-t-il un peu plus fort.

Il l'entendit répondre sans comprendre ce qu'elle disait. Sa voix, qui avait un écho étrange, venait d'un peu plus loin, droit devant. Il fit quelques pas dans cette direction.

— Où êtes-vous, la Rouquine ?

Après quelques secondes de silence, il l'entendit marmonner des phrases incomplètes.

— Je ne sais pas si… Mon Dieu. Et si… Non. C'est juste que… Non.

— La Rouquine ? répéta-t-il, un peu inquiet. Ça va ?

— Certaines d'entre nous trouvent ce surnom insultant, vous savez, répondit la voix désincarnée de la rousse.

Sans comprendre pourquoi, Rush éprouva le besoin de demander :

— En faites-vous partie ?

Elle ne répondit pas aussitôt. Alors qu'il ne la connaissait absolument pas, il n'eut aucun mal à l'imaginer pincer les lèvres et froncer les sourcils en réfléchissant à ce qu'elle allait dire. Il crut même l'entendre soupirer, ce qui était impossible.

— Non, répondit-elle finalement.

— Tant mieux. Continuez à parler pour que je vous trouve.

Un nouveau silence s'ensuivit.

— Maintenant, par exemple, insista-t-il.

— Allez-vous me tirer dessus ? demanda-t-elle.

— Vous tirer dessus ? répéta-t-il avant de se souvenir de la raison pour laquelle elle s'était enfuie.

Il faillit éclater de rire. Quelques minutes plus tôt, il était furieux de l'avoir laissée au bord de la route. Puis il avait été encore plus furieux de faire demi-tour. Il savait très bien que ce n'était pas pour découvrir pourquoi elle l'avait suivi – ce qui aurait été tout à fait légitime. Non. La véritable raison était bien plus basique.

Après l'avoir abandonnée, Rush n'avait plus songé qu'à la peau bronzée de son ventre et de son épaule.

Si elle avait été un barbu de soixante-cinq ans en jogging, il n'aurait pas fait demi-tour. Ou il se serait peut-être arrêté la première fois. Dans tous les cas, il se serait épargné ses hésitations ridicules. Parce qu'elle n'était pas un barbu de soixante-cinq ans, il se retrouvait dans les bois, à s'inquiéter davantage pour la sécurité de cette femme que pour la sienne.

Et tu as réussi à oublier tout ça ? ricana-t-il intérieurement.

— Monsieur Lunettes de soleil ? dit la rousse d'une voix hésitante, ce qui rappela à Rush qu'il était censé faire quelque chose.

— Monsieur Lunettes de soleil ? répéta-t-il.

— C'était ça ou monsieur Camionnette bleue, répondit-elle.

— C'est une Lada, la corrigea-t-il en faisant quelques pas dans ce qu'il croyait être la bonne direction.

— Une quoi ?

— La « camionnette » est une Lada.

— Et ça fait une différence ?

— Ce n'est pas vraiment une camionnette, plutôt un véhicule tout-terrain.

— Ça ressemble à une camionnette, répondit-elle avec une obstination qui le fit sourire.

— Techniquement, ce n'en est pas une.

— Et les détails techniques ont autant d'importance que ça ?

Rush perdit son sourire. Elle avait dit cela avec tant d'indifférence que ce ne pouvait pas être une question piège. À présent, il était presque certain qu'elle ne savait rien sur lui. Elle n'imaginait pas à quel point les détails techniques pouvaient être importants – à quel point ils l'étaient dans sa vie. Ces réflexions lui rappelèrent qu'il n'était pas à Whispering Woods pour se faire des amis, mais pour qu'un crime vieux de quinze ans soit puni.

— Aviez-vous une raison précise de me suivre ou traquez-vous les gens pour vous amuser les mercredis ? demanda-t-il.

— Je ne vous suivais pas.

Sa voix semblait venir de tout près. Elle aurait dû se trouver en face de lui.

Il s'arrêta et scruta les sous-bois.

— Vous voulez me faire croire que vous avez tourné aux mêmes endroits que moi par pure coïncidence ?

— C'était… D'accord. Je comprends que vous ayez eu l'impression que je vous traquais. C'est vrai que je vous suivais, mais je ne *vous* suivais pas, si vous voyez ce que je veux dire.

Étrangement, il crut comprendre.

— Vous voulez dire que vous m'avez suivi pendant

tout ce temps parce que vous vous étiez trompée de chemin ?

— J'étais perdue, grommela-t-elle. Ça arrive.

Il soupesa sa réponse. Bien sûr, elle pouvait mentir pour cacher ses véritables intentions. Mais il avait beaucoup d'expérience dans ce domaine. Si cette rousse mentait, elle le faisait à la perfection. Et il était absolument certain que le cri qu'elle avait poussé n'était pas de la comédie.

— Vous êtes toujours là ? demanda-t-elle.

— Oui, je suis toujours là. Et je suis à peu près sûr que vous êtes toujours perdue.

Il fit deux pas de plus.

— Je ne suis pas perdue. Je suis juste…

Rush n'entendit pas la fin de sa phrase, parce qu'il fit un pas de plus, puis tomba.

Il ne trébucha pas.

Il tomba *dans le vide*.

Un cri dépourvu de la moindre dignité et une série de jurons lui échappèrent. Son dos rebondit douloureusement sur des racines et des cailloux jusqu'à ce qu'il atteigne le fond de ce qui semblait être un puits au milieu de la forêt. L'atterrissage lui coupa le souffle. À sa grande surprise, il était certain de ne s'être rien cassé.

Il essaya de reprendre son souffle, mais il le perdit une nouvelle fois quand il ouvrit les yeux. La rousse était assise en face de lui. Son chignon s'était défait, ses lèvres étaient entrouvertes et ses yeux – les plus bleus qu'il ait jamais vus – étaient fixés sur lui. Cela lui valut le pire conflit émotionnel qu'il ait jamais éprouvé.

D'un côté, il était de nouveau furieux. Cette femme, dont il ne connaissait même pas le nom, avait gâché sa journée. Elle l'avait poussé à errer sur de petites routes. Puis elle l'avait poussé à oublier le bon sens et la prudence pour retourner la chercher. Ce faisant, elle l'avait empêché de rejoindre Jesse Garibaldi et avait réduit ses chances de faire les progrès qu'il espérait faire. Comme si cela ne suffisait pas, il se retrouvait coincé dans un trou d'au moins trois mètres de profondeur par sa faute.

De l'autre, il ne pouvait pas s'empêcher de se demander si le fait de se perdre dans le regard de cette femme ne valait pas toutes ces peines.

L'espace parut encore plus réduit. Pendant quelques secondes, Alessandra trouva cette intimité forcée insoutenable. Il n'y avait que quelques centimètres entre l'homme qui venait de tomber devant elle et elle. Il était si près qu'elle sentait la chaleur de son corps. Elle était certaine qu'ils se toucheraient au moindre mouvement.

Tu devrais avoir peur, lui fit remarquer une petite voix dans sa tête. *Il est armé. Et il est sûrement d'encore plus mauvaise humeur que quand il s'est arrêté.*

Elle baissa les yeux vers sa ceinture. L'arme était toujours là… Mais cela ne l'inquiéta pas parce qu'elle découvrit un problème plus grave dont elle aurait dû avoir conscience dès le début.

Quand l'homme était tombé, elle avait eu un réflexe. Elle ne savait pas si c'était pour l'aider ou pour le rassurer, mais le résultat était le même. Ses doigts étaient enroulés autour de son poignet – et son cerveau était incapable de leur faire lâcher prise.

Elle inspira profondément pour essayer de contraindre sa main à coopérer, ce qui fut une erreur. Le parfum boisé et viril de l'homme envahit ses narines. Même si elle avait toujours été une fille de bord de mer – élevée sur les plages de l'État de Washington – cet arôme fit vibrer une corde au plus profond d'elle.

Choquée par cette sensation, elle releva vivement la tête, ce qui lui permit de bien voir le visage de l'homme pour la toute première fois. Il n'était pas moins attirant de près.

Comme il avait perdu ses lunettes dans sa chute, elle découvrit qu'il avait des yeux très foncés, de la couleur du café – la plus grande faiblesse d'Alessandra. Ils étaient aussi chauds et réconfortants que ce breuvage. Elle vit aussi qu'elle ne s'était pas trompée sur son âge. Malgré ses tempes grisonnantes et les poils blancs de sa barbe, il ne pouvait pas avoir plus de trente ans.

Quand le regard d'Alessandra se posa sur ses lèvres, elle n'eut aucun mal à l'imaginer sourire et rire. Étrangement, il lui fut tout aussi facile d'imaginer leur texture – douces, fermes et aussi chaudes que son poignet sous ses doigts.

Embarrassée, Alessandra se força à relever les yeux vers ceux de l'homme. La chaleur qu'elle y avait lue quelques instants plus tôt avait cédé la place à une neutralité prudente.

Un masque, songea-t-elle alors qu'elle ne savait rien de cet homme. *Ou peut-être une armure.*

— Pourquoi ne m'avez-vous pas prévenu ? grommela-t-il avec assez d'agressivité pour étayer son hypothèse.

— J'ai crié, lui rappela-t-elle en réussissant enfin à lâcher son poignet.

— D'une manière qui m'a incité à penser qu'on vous attaquait, pas d'une manière qui signifiait : « Je suis tombée dans un trou, alors soyez prudent. »

— Le fait que vous soyez prudent n'était pas ma priorité.

— Non ?

— Non. Je tenais surtout à ne pas me faire tirer dessus.

— Y a-t-il une raison pour laquelle quelqu'un que vous ne connaissez pas voudrait vous tirer dessus ?

Alessandra ne put s'empêcher de songer à la lettre et à tout ce qui s'était passé depuis qu'elle l'avait lue.

— Avez-vous une raison de tirer sur quelqu'un que vous ne connaissez pas ? riposta-t-elle.

Au lieu de répondre, il leva la tête et déclara :

— Il faut que je sorte de là.

— Il faut qu'*on* sorte de là, le corrigea-t-elle avant de se lever. De toute manière, il faut s'y prendre à deux.

Il poussa un grognement approbateur et se leva à son tour. Alors qu'il aurait dû se produire le contraire, Alessandra eut l'impression qu'ils avaient encore moins de place. Ils ne se touchaient pas, mais elle pouvait sentir la force et la solidité de cet homme. Il était à peine plus grand qu'elle – il devait mesurer dans les un mètre quatre-vingts – mais son corps avait une densité palpable qu'il n'était pas possible d'ignorer.

Elle essaya quand même. Elle regarda l'ouverture du trou deux secondes de plus et l'évidence la frappa. Il suffisait qu'il la propulse. Bien sûr, cela supposait qu'elle touche l'inconnu et se laisse envelopper par son parfum. C'était tout de même la solution la plus simple et la plus logique. Elle s'éclaircit la voix pour la proposer.

Sauf que ce ne fut pas ce qui sortit de sa bouche quand elle l'ouvrit.

— J'éprouve le besoin de vous avouer quelque chose au nom de la transparence, dit-elle. Parce que vous êtes dans ce trou à cause de moi. Et parce que je ne vous rendrais pas service si je me taisais.

Il la regarda avec une expression indéchiffrable.

— Très bien, répondit-il. Je vous écoute.

— C'était un mensonge.

— Quoi donc ?

— Je ne connais pas une seule rousse que ça dérange d'être appelée « la Rouquine ».

— Et pourquoi m'avez-vous menti à ce sujet ?

Elle inspira profondément.

— J'essayais de créer un lien entre nous.

— C'est-à-dire ?

— Vous voyez… J'essayais de vous obliger à me demander mon nom. Si vous l'aviez fait, vous auriez peut-être hésité à… me tuer.

— Vous tuer ?

— Si vous aviez été une sorte de tueur à gages.

Il haussa un sourcil et elle crut voir ses lèvres frémir.

— Si j'étais un tueur à gages et si on m'avait engagé pour vous tuer, est-ce que je ne connaîtrais pas déjà votre nom ?

Alessandra sentit ses épaules s'affaisser.

— Je n'ai pas dit que j'avais réfléchi à tout, se défendit-elle.

— Sauf si j'avais été engagé pour tuer quelqu'un d'autre et si vous étiez un témoin, ajouta-t-il. Dans ce cas, vous ne seriez qu'un dommage collatéral.

Elle se redressa et jeta un coup d'œil à son arme. Pourquoi n'y avait-elle pas pensé ?

Parce que tu as appris tout ce que tu sais sur les tueurs dans des téléfilms douteux ?

— Vous songez à me le prendre ? demanda-t-il.

— Non ! s'écria-t-elle en ayant bien conscience qu'elle répondait trop vite.

— Tant mieux, parce que vous n'y arriveriez pas

et que je n'aimerais pas prendre une balle dans le pied par accident.

— Je ne…, commença-t-elle avant de voir ses lèvres frémir. Vous vous moquez de moi, n'est-ce pas ?

— Pour être honnête, je me soucie plus de votre sécurité maintenant que quand je croyais que vous aviez été mangée par un ours, répondit-il.

— Oui, vous vous moquez de moi, insista-t-elle. Mais ce n'est pas grave. Il est plus normal de ne pas savoir comment travaillent les tueurs à gages que le contraire.

— Hum.

— Quoi ?

— Vous avouerez qu'il n'est pas tout à fait normal de présumer que quelqu'un est un tueur à gages, dit-il.

Elle pinça les lèvres quelques secondes, puis soupira.

— La normalité est relative, non ? opposa-t-elle.

— Il paraît.

L'ironie de son ton éveilla la curiosité d'Alessandra. Alors qu'elle était tentée de lui demander quelle était sa version de la normalité, il leva la tête et demanda :

— Alors ? Qu'en pensez-vous ?

— Je pense que je peux atteindre le bord si vous me soulevez, répondit-elle.

— Et ensuite ? Vous me tendez une branche pour me tirer de là ?

— Ça marche dans les films.

Son regard revint se poser sur elle.

— Et vous croyez tout ce que vous voyez au cinéma ?

Alessandra se sentir rougir.

— Êtes-vous toujours aussi hostile ? demanda-t-elle.

— Seulement quand je ne suis pas en train de tirer sur des inconnus.

— Amusant.

— Je suis content que vous le pensiez, répondit-il d'une voix neutre. La plupart des gens trouvent mon humour trop macabre.

Son regard perçant la mit mal à l'aise. Elle se balança d'un pied sur l'autre jusqu'à ce qu'elle effleure sa jambe par accident.

— Désolée, marmonna-t-elle.

Il haussa un sourcil.

— Vous devrez me toucher davantage si vous voulez que je vous porte, lui fit-il remarquer.

Alessandra ne put s'empêcher d'entendre un sous-entendu que son imagination devait avoir inventé et qui la fit frissonner.

Elle inspira profondément et essaya de répondre d'une voix neutre.

— Est-ce que ça veut dire que mon idée vous paraît bonne ?

— Ça veut dire que je me demande si je peux vous faire confiance pour m'aider une fois que vous serez tirée d'affaire.

— Je ne vous laisserai pas ici.

— Non ?

— Même si je le voulais, ce ne serait pas dans mon intérêt. Ma voiture est dans un fossé, vous vous souvenez ?

— C'est vrai. Mais j'ai des cordes dans la Lada. Il y a aussi la clé sur le contact, alors…

Il haussa les épaules.

— Vous avez raison, répondit-elle en levant les yeux au ciel. Je n'ai qu'à voler votre camionnette qui n'en est pas vraiment une et tout sera réglé.

— Vous m'avez suspecté d'être un tueur à gages, lui rappela-t-il. Il me semble qu'il est moins insultant de vous croire capable de commettre un crime de situation.

— Vous ne me pardonnerez jamais ma méfiance, n'est-ce pas ?

— Sans doute pas, admit-il. Approchez.

Alors qu'elle s'apprêtait à répondre qu'elle ne pouvait pas s'approcher davantage, il s'accroupit, joignit les mains et leva les yeux vers elle.

— Mettez un pied dans mes mains, appuyez-vous sur mes épaules et dites-moi quand vous vous sentez stable, ordonna-t-il.

Alessandra posa aussitôt son pied dans ses mains, mais elle hésita quelques instants avant de s'appuyer sur ses épaules. Cela semblait plus personnel, plus intime. Quand elle finit par le faire, elle le trouva aussi solide qu'elle s'y attendait.

Et chaud.

Elle s'efforça d'en faire abstraction et se hissa.

— Ça va ? demanda-t-il.

— Je suis stable, répondit-elle.

— Très bien. Posez votre main au bord du trou et assurez-vous que vous avez une bonne prise.

— D'accord, répondit-elle. Ça y est. Je suis prête.

— Je crois pouvoir vous soulever assez pour que vous preniez appui sur vos coudes. À vous de faire le reste. Posez un genou ou un pied sur mon épaule si ça vous aide.

— D'accord.

— C'est parti, annonça-t-il avant de commencer à se relever, lentement mais sans effort apparent. Au fait…

— Oui ?

— Comment vous appelez-vous, la Rouquine ?

Une voix masculine et familière répondit à sa place.

— Alessandra.

Cela la surprit tant qu'elle vacilla et tomba dans les bras de l'inconnu.

3

Rush fut si surpris d'entendre son patron répondre à sa question qu'il faillit lâcher la rousse – *Alessandra.* Il la rattrapa in extremis. L'effort lui arracha un « Humph ! » qui fit pouffer Jesse Garibaldi.

Rush fut soulagé que Garibaldi n'ait pas pu voir son expression. Le malaise et le déplaisir que l'apparition soudaine de son patron lui inspirait avaient dû se lire sur son visage pendant quelques instants. En revanche, sa réaction n'avait pas échappé à la femme qu'il tenait dans ses bras. La curiosité avec laquelle elle le regardait le prouvait.

Et elle connaît Jesse Garibaldi, songea-t-il.

Cela changeait tout, même si Rush n'avait qu'une idée très vague de ce que « tout » signifiait. Il pinça les lèvres, la posa et leva la tête.

— Vous allez juste rester planté là à vous moquer de moi, patron ? lança-t-il sur le ton bourru et un peu agressif auquel Garibaldi s'attendait. Et si vous m'aidiez, plutôt ?

— Tu as l'air de t'en sortir très bien sans moi, répliqua Jesse.

— Alors que faites-vous là ?

— Excellente question.

De fait, c'était une excellente question, songea Rush alors que Garibaldi donnait un ordre à quelqu'un.

Comment Garibaldi l'avait-il retrouvé et pourquoi l'avait-il cherché ? Quelle relation avait-il avec Alessandra ? Tandis qu'il s'interrogeait, deux bras musclés apparurent au-dessus d'eux.

— Soulève donc mon amie Al, lança Garibaldi. Ernest la sortira de là sans lui casser un ongle – et sans casser l'un des siens.

Rush ricana.

— Je suis sûr que c'est important pour lui, ironisa-t-il.

Il se tourna vers Alessandra – sans qu'il sache pourquoi, cela le contrariait que Garibaldi l'appelle « Al » – s'accroupit, enroula ses doigts autour de ses chevilles et la souleva. Elle poussa un petit cri de surprise et dut s'agripper à ses épaules pour ne pas partir à la renverse. L'effet que cela eut sur lui fut immédiat et dévastateur.

Son parfum – qui rappela à Rush l'été, l'océan et quelque chose qu'il ne parvint pas à identifier – l'enveloppa. Non : il le *pénétra*, comme s'il pouvait le goûter et l'absorber.

La situation s'aggrava quand elle lâcha ses épaules pour tendre les bras vers l'homme de main de Jesse. Le mouvement souleva le T-shirt d'Alessandra et la joue de Rush se retrouva pressée contre son estomac.

Sa peau était d'une douceur exquise. Il eut une envie folle de tourner la tête pour y poser ses lèvres et il regretta – ce qui était insensé – d'avoir une barbe qui l'empêchait de savourer pleinement cette sensation.

Alors Alessandra disparut, volée par les sales pattes d'Ernest. Rush en voulut à l'homme de main de Jesse, ce qui était tout aussi insensé. Ce n'était pas de la jalousie. Du moins, il n'était pas prêt à admettre que c'en était. Mais il ne pouvait pas nier qu'il était contrarié de ne plus toucher Alessandra.

Tu es célibataire depuis trop longtemps, Atkinson ? ricana une voix dans sa tête.

— Clairement, grommela-t-il.

— Vous avez dit quelque chose ? demanda Alessandra, qui était toujours suspendue au-dessus de lui.

— Non, mentit-il. Je suis juste impatient de sortir de là.

Garibaldi apparut à côté de la rousse, un sourire narquois aux lèvres. Comme chaque fois qu'il le voyait, Rush réprima sa fureur. Garibaldi n'avait rien de remarquable. Il avait des cheveux bruns coupés court et un visage banal. Il portait des vêtements chers, mais jamais tape-à-l'œil.

Rush le détestait encore plus parce qu'il n'avait pas une tête de criminel. L'homme qui avait tué son père ne méritait pas d'avoir l'air normal.

— Veux-tu qu'Ernest t'aide aussi ? demanda Garibaldi.

— Je préférerais me creuser un tunnel à mains nues, grommela Rush avant de se pencher pour ramasser ses lunettes et sa casquette.

Le temps qu'il les remette, Garibaldi et Alessandra avaient disparu. Quelques secondes plus tard, une corde tomba du bord du trou. Rush tira dessus pour s'assurer qu'elle pouvait supporter son poids avant de commencer à grimper. L'exercice lui rappela désagréablement les cours de sport du lycée. Une main après l'autre, il atteignit le bord du trou, d'où il sortit après avoir refusé l'aide d'Ernest.

— Je sais maintenant que tomber dans un trou n'arrange pas ton humeur, dit Garibaldi.

— Parce que ça arrangerait la vôtre ? riposta Rush.

Son patron ne répondit pas. La relation qu'ils avaient bâtie au cours des dernières semaines était partiellement conflictuelle. Rush jouait le rôle d'un subordonné mal luné, mais fiable. Cela lui avait permis d'entrer dans les bonnes grâces de Garibaldi sans lui lécher les bottes. Les hommes qui doutaient de leur pouvoir aimaient qu'on les flatte, mais il n'avait fallu que quelques jours à Rush pour comprendre que ce n'était pas le cas de Jesse Garibaldi. Jesse voulait des subordonnés capables de garder leur sang-froid sous la pression et il avait assez d'assurance pour trouver amusant qu'on le défie.

C'était un jeu.

Mais la différence entre nous, c'est que je connais le but du jeu alors que Jesse croit seulement le connaître.

Rush ajusta sa casquette et regarda son patron en ignorant délibérément Alessandra. Si Jesse avait quelque chose à dire la concernant, il le ferait.

— J'ai raté notre rendez-vous, dit Rush.

Garibaldi pouffa.

— Je dirais plutôt que tu m'as apporté le rendez-vous, répondit-il en indiquant Alessandra d'un signe de tête.

Rush jeta un bref coup d'œil à la rousse.

— Je croyais que vous préfériez les brunes, commenta-t-il.

— Eh ! s'écria Alessandra. Je sais ce que vous sous-entendez et je ne…

Garibaldi lui coupa la parole en éclatant de rire.

— Détends-toi, Al, dit-il. J'ai bien peur que les manières de Rush laissent à désirer et qu'il ait un sens de l'humour douteux.

— Tu veux dire que c'est un gros con ? répliqua la rousse.

Rush se tourna vers elle, haussa un sourcil et répondit sans réfléchir :

— Un gros con qui vous a suivie dans un trou pour vous sauver.

Il se raidit et attendit qu'elle le corrige en lui rappelant qu'il y était *tombé*. À la place, elle pinça les lèvres et se tourna vers Garibaldi, ce qui contraria autant Rush que le fait que Garibaldi emploie son surnom. Ils se connaissaient bien, visiblement.

— Je suis désolée, Jesse, dit-elle. Je ne voulais pas insulter ton ami, même s'il m'a insultée.

— A-t-il vraiment sauté dans ce trou pour te sauver ? demanda Garibaldi. Ça ne lui ressemble pas. Je ne l'ai jamais rien vu faire qui ne soit pas dans son propre intérêt.

Rush ricana.

— Comment peut-on progresser dans la vie si on est toujours en train de penser à quelqu'un d'autre ? intervint-il.

— Tu marques un point, répondit son patron avant de sourire à Alessandra. Explique-moi donc comment tu t'es retrouvée dans ce trou.

Rush, qui s'attendait à ce que la rousse raconte ce qui s'était passé à Garibaldi, fut surpris qu'elle le mentionne à peine. Elle expliqua qu'elle s'était perdue et que son dernier mauvais tournant l'avait conduite au désastre.

Rush réprima une envie de plisser les yeux. Elle laissait délibérément dans l'ombre leur course-poursuite absurde et le fait qu'elle l'ait suspecté d'être un tueur à gages, mais il ne comprenait pas pourquoi. Elle ne semblait pas du genre à vouloir lui épargner un embarras – dont il se serait tiré sans difficulté.

Non, l'instinct de Rush lui disait qu'elle avait une raison précise qu'il ignorait de ne raconter qu'une partie de l'histoire. Cela l'intrigua tant qu'il se perdit dans ses réflexions et cessa d'écouter leur conversation jusqu'à ce qu'une phrase le ramène brutalement à la réalité.

— … Devriez être très bien dans la cabane, tous les deux, dit son patron. Ça ne posera pas de problème, j'espère ?

Rush fronça les sourcils.

— Quoi ?

— Tu t'es cogné la tête en tombant ou quoi ? demanda Jesse.

— On dirait bien, grommela Rush.

Il regarda Alessandra, dont le visage trahissait un curieux mélange d'émotions : de la nervosité, de l'embarras et de la méfiance. Rush en fronça davantage les sourcils.

Il soupira.

— Désolé, patron, reprit-il. Qui va séjourner dans une cabane et pourquoi ?

Garibaldi le regarda bizarrement et Rush s'empressa de durcir son expression. Il ne fallait pas que le moindre doute s'insinue dans l'esprit de son patron. Rush avait besoin de gagner sa confiance et de savoir ce qu'il tramait pour le prendre la main dans le sac.

Ce fut Alessandra qui brisa le silence en s'éclaircissant la voix.

— Jesse m'expliquait qu'il était très occupé maintenant que la saison touristique a commencé, dit-elle. Il avait oublié que des partenaires commerciaux devaient séjourner chez lui quand il m'a invitée à passer quelques jours dans la région.

— Je ne sais pas où j'avais la tête, intervint Garibaldi. Et je m'en veux terriblement. Al a fait cinq heures de route pour venir de Seattle. Comme je ne voulais pas qu'elle fasse demi-tour, je lui ai indiqué le chemin de l'une de mes cabanes dans la montagne par texto.

Rush ne répondit rien. Trop de questions se bousculaient dans son esprit. Il était impossible que Garibaldi ait « oublié » la horde de touristes qui avait pris la ville d'assaut. Il tirait des bénéfices de tout ce qui existait à Whispering Woods, des locations de vacances aux compagnies qui proposaient les services de guides de randonnée en été et des locations de skis en hiver. Il possédait même quatre-vingt-dix pour cent de la rue principale. Ce n'était qu'une couverture, mais Garibaldi était trop intelligent pour négliger les activités qui lui permettaient de faire ce qu'il voulait. Alors pourquoi avait-il invité une « amie » s'il ne pouvait pas l'héberger ? Qui était-elle pour lui ? Quel rôle jouait-elle dans ses affaires ?

Rush répondit d'une voix neutre malgré le malaise qui le gagnait.

— Je ne vois pas en quoi ça me concerne.

Les joues d'Alessandra s'empourprèrent.

— Jesse a pensé que j'apprécierais davantage mon séjour si j'avais un guide touristique, dit-elle.

Le malaise de Rush s'accrut. Pourquoi son patron avait-il invité cette femme pour la confier à quelqu'un d'autre ? Rush garda le silence jusqu'à ce que Garibaldi pose sa main sur son épaule.

— Je t'avais dit que j'avais une mission à te confier, non ?

Rush n'eut pas besoin de feindre sa grimace de contrariété.

— Ce n'est pas du tout ce à quoi je m'attendais.

— Mais c'est peut-être exactement ce que tu *voulais*, répondit Garibaldi en plissant les yeux.

Rush n'aima pas le frisson qui le parcourut. Il n'avait pas caché son désir de progresser dans l'organisation de Garibaldi, mais il ne voyait aucune raison bonne ou plaisante pour que cette mission l'y aide.

Il se tourna vers Alessandra en s'attendant à l'entendre protester aussi. Après tout, elle avait fait un long trajet pour se voir confier à un inconnu par l'homme à qui elle rendait visite. Sauf qu'elle ne verbalisa aucune objection, ce que Rush trouva très étrange. Il se tapota la cuisse, puis acquiesça.

— Très bien, dit-il comme s'il estimait faire une faveur à tout le monde. Je jouerai les guides touristiques. Mais ça a intérêt à en valoir la peine.

Il tourna les talons et fonça vers la route sans s'assurer que Garibaldi, Alessandra et Ernest le suivaient alors qu'il avait une envie folle d'exiger qu'on lui explique ce qui se passait. Mais il savait que cette réaction aurait été incongrue de la part de son personnage. Si c'était un test, il voulait le réussir. Il continua donc à avancer à grands pas.

Quand il atteignit l'orée des bois, il s'aperçut qu'il avait emprunté un chemin inutilement compliqué. En jetant un coup d'œil par-dessus son épaule, il vit que les trois autres sortaient aussi de la forêt. Alessandra offrait un sourire à Garibaldi qui écartait une branche de son chemin.

Rush en eut une nouvelle bouffée d'irritation.

Il fonça vers sa Lada.

— Une minute, Atkinson ! lui lança Garibaldi alors qu'il s'apprêtait à ouvrir sa portière. Il faut que je te donne quelque chose qui se trouve dans ma voiture. Je t'y rejoins dans deux minutes.

Inquiet – mais bien décidé à ne pas protester – Rush se dirigea vers la voiture noire garée un peu plus loin en faisant semblant de ne prêter aucune attention à ce qui se passait derrière lui. Ernest récupéra la valise d'Alessandra dans sa voiture, la posa dans la Lada, puis vint prendre place au volant de la voiture de Garibaldi. Après avoir promis à Alessandra d'envoyer une dépanneuse, Garibaldi s'excusa. Rush resta parfaitement immobile jusqu'à ce que son patron se plante en face de lui.

— Je sais que cette mission ne t'enthousiasme pas, dit Jesse.

— Non, grommela Rush. Mais vous êtes le patron. Je suis là pour faire ce qu'on me dit.

— Nous savons tous les deux que ce n'est pas comme ça que tu travailles.

— Nous savons tous les deux que je travaille, point, répliqua Rush.

— C'est vrai. Tu es un employé exemplaire.

— Un guide touristique exemplaire, vous voulez dire ? ricana Rush.

— J'ai besoin de quelqu'un en qui je peux vraiment avoir confiance pour cette mission, Atkinson, dit Garibaldi.

Rush estima qu'il pouvait se permettre une touche de scepticisme.

— J'avoue que je ne comprends pas, patron. Si vous êtes trop occupé pour faire visiter la région à votre amie, soit. Je veux bien m'en charger. Mais je ne vois vraiment pas pourquoi c'est si important.

Garibaldi jeta un coup d'œil en direction de sa Lada, dans laquelle Alessandra avait pris place. Elle regardait droit devant elle, mais sa nervosité était évidente. Elle se mordait la lèvre et elle entortillait l'une de ses mèches autour de son index.

— Vous êtes sûr que vous ne voulez pas vous en charger vous-même, patron ? ne put s'empêcher de demander Rush.

— Oui, j’en suis sûr, répondit Garibaldi en ouvrant sa portière. Je préfère garder les mains propres.

La gorge de Rush se serra.

— Que voulez-vous dire ?

Garibaldi esquissa un sourire cruel.

— Emmène-la dans la cabane où je t’avais donné rendez-vous, découvre ce qu’elle sait sur mon organisation et débarrasse-toi d’elle.

4

Alessandra regarda Jesse et l'inconnu discuter en essayant de rester calme. Elle était sûre que son instinct aurait dû l'inciter à protester contre ce qui était sur le point de se produire. Elle aurait dû refuser d'être emmenée Dieu sait où par un inconnu. Or son instinct lui disait au contraire que Rush était l'option la plus sûre. C'était étrange. Elle connaissait Jesse Garibaldi depuis toujours. Leurs pères étaient amis. Mais elle n'avait éprouvé qu'une intense envie de fuir en le voyant et en l'entendant l'appeler par son ancien surnom. Et elle croyait plus que jamais que son invitation n'était pas une coïncidence.

Es-tu sûre que la lettre ne déforme pas tes perceptions ?

C'était possible, songea-t-elle en se mordant la lèvre si fort qu'elle se fit mal. Les treize derniers jours avaient mis ses nerfs à rude épreuve et l'avaient incitée à se méfier de tout et de tout le monde.

Sauf du conducteur d'une camionnette qui n'en est pas une, souffla une petite voix dans sa tête.

C'était vrai. Même si la vue de son arme l'avait inquiétée, sa fuite n'avait été qu'un réflexe irrationnel.

Elle jeta un nouveau coup d'œil dans la direction des deux hommes et s'empressa de baisser les yeux parce qu'ils la regardaient aussi, Jesse avec un sourire étrange, l'inconnu aux yeux marron – dont elle ignorait toujours le prénom – avec un air contrarié. Il n'avait vraiment aucune envie de lui servir de guide.

Qu'est-ce qui permet à Jesse de donner des ordres à ces hommes, pour commencer ? se demanda-t-elle.

Elle l'avait vu pour la dernière fois à l'enterrement de sa mère. Leur échange avait été bref et de circonstance. Il lui avait offert ses condoléances et ils s'étaient promis de se donner plus régulièrement des nouvelles, ce qu'ils n'avaient pas fait. Jusqu'à la semaine précédente, elle ne savait même pas où Jesse vivait et elle était sûre qu'elle aurait refusé son invitation dans d'autres circonstances. Leurs pères étaient amis, mais elle doutait que Jesse et elle aient assez de choses à partager pour l'être aussi.

Jesse avait quelques années de plus qu'elle. Quand ils étaient plus jeunes – elle une enfant, lui un adolescent – il lui inspirait un mélange de crainte et d'admiration. Il était toujours bien habillé et souriant. Il avait de bonnes manières et il parlait facilement avec tout le monde. Mais elle l'avait vu manipuler son père avec tant d'aisance que personne d'autre qu'elle ne s'en apercevait. Elle était sûre qu'il pouvait convaincre presque n'importe qui que le noir était rouge et le rouge blanc. Il était intelligent, retors et bien décidé à obtenir tout ce qu'il voulait.

Elle-même était tout sauf retorse. Elle disait ce qu'elle pensait même quand il aurait mieux valu qu'elle s'abstienne. Sa mère lui avait répété *ad nauseam* qu'elle aurait dû la baptiser « Têtue ». Alessandra ne pouvait pas le nier. Elle pouvait refuser des affaires à son détriment sur un simple pressentiment. Elle n'était pas exagérément altruiste. Elle laissait juste ses émotions gouverner sa tête et sa bouche en plus de son cœur. C'était aussi de cette manière qu'elle gérait sa boutique de surf.

Quand j'avais une boutique de surf, songea-t-elle amèrement.

Mais elle n'avait pas de raison de désespérer. Son assurance finirait par la rembourser. Elle reconstruirait sa boutique et retrouverait sa vie.

— Ce n'est pas le problème, de toute manière, murmura-t-elle.

Mais quel est le problème ?

Elle ne le savait pas vraiment. Elle jeta un coup d'œil aux deux hommes, qui ne la regardaient plus, et soupira. Le problème était peut-être qu'elle ne se sentait pas à l'aise en présence de Jesse, tout simplement. L'admiration qu'il lui inspirait quand elle était petite s'était transformée en autre chose. L'intimidait-il ? Il était toujours aussi aimable. Il était évident qu'il avait fait bon usage de son intelligence et que ses affaires étaient prospères. Il y avait même le logo de son entreprise sur le panneau de bienvenue à Whispering Woods. Mais l'instinct d'Alessandra lui disait que quelque chose clochait. Pour commencer, Jesse avait des *hommes de main*. Comme Ernest, la brute terrifiante qui semblait ne communiquer que par grognements. Et comme M. Lunettes de soleil… qui s'approchait de sa camionnette qui n'en était pas une, les sourcils froncés.

Elle s'empressa de baisser les yeux, mais ce n'était pas nécessaire. L'inconnu se mit au volant et démarra sans lui accorder un regard ni dire un mot. Sa contrariété était si palpable qu'elle aurait baissé sa vitre pour purifier l'atmosphère si elle n'avait pas craint sa réaction.

Elle aurait sans doute dû lui demander des précisions sur leur destination. Y avait-il un téléphone dans la cabane ? D'autres personnes y séjournaient-elles ou allait-elle se retrouver seule avec son chauffeur contrarié, mais incontestablement séduisant ? Mais sa langue, qu'elle avait souvent du mal à contrôler, était paralysée. Après quelques secondes de plus de silence pesant, elle ferma les yeux et commença l'un des exercices respiratoires préférés de sa mère.

Cela aurait sans doute suffi à la distraire si Atkinson n'avait pas choisi cet instant précis pour s'éclaircir la voix. Elle ouvrit les yeux et tourna la tête vers son guide récalcitrant. Il fixait la route, les doigts crispés sur le volant.

— Alors, qu'est-ce que c'est ? demanda-t-il d'un ton bourru.

— Quoi donc ? répliqua-t-elle.

— Al ou Alessandra ?

Elle fronça les sourcils.

— Quoi ?

— Votre prénom. Que préférez-vous ?

— J'avais compris votre question, mais…

Elle s'interrompit et secoua la tête.

— Peu importe, reprit-elle. Beaucoup de gens m'appellent Al.

— Comme Jesse.

— Oui.

Il se tut et le silence redevint vite pesant.

— Je crois que je vais rester sur la Rouquine, grommela-t-il alors qu'elle refermait les yeux.

— Ça me va, répondit-elle sèchement. Et vous ?

— Quoi, moi ?

— Que préférez-vous ? Monsieur Lunettes de soleil ou l'Inconnu hargneux ?

— Je ne suis pas hargneux, se défendit-il.

— Si, vous l'êtes, mais vous n'avez pas répondu à ma question.

— C'est Rush et je vous assure que je ne suis pas hargneux d'habitude. C'est juste un mauvais jour.

— Pour moi aussi, répondit-elle. Je n'avais pas prévu de tomber dans un trou ni d'être livrée à un inconnu.

Il se mit à tapoter le volant du pouce.

— Et qu'aviez-vous prévu de faire ? demanda-t-il.

Il avait posé cette question d'une voix neutre – que la part paranoïaque d'Alessandra trouva *trop* neutre. *Détends-toi*, s'ordonna-t-elle. *Ce n'est qu'un échange de banalités.*

— J'imaginais que Jesse me ferait visiter la ville et m'inviterait à déjeuner pour qu'on renoue le contact.

Ses doigts se crispèrent sur le volant.

— Vous êtes de vieux amis ? demanda-t-il.

Alessandra fronça les sourcils et commença à suspecter les mains de Rush de trahir son état d'esprit.

— Nos parents l'étaient. Et vous ? Depuis combien de temps connaissez-vous Jesse ?

Les articulations de ses doigts blanchirent.

— Quelques semaines. Je cherchais du travail et un ami commun m'a présenté à lui.

— Vous êtes dans l'immobilier aussi, alors ?

Il pouffa.

— Non.

— Que faites-vous ?

— Tout ce que votre ami me demande de faire, apparemment, répondit-il sur un ton inquiétant.

Un frisson la parcourut. Quelles instructions avait-il reçues ?

Elle déglutit péniblement et réprima une envie soudaine de sauter de la voiture.

— Désolée.

Rush lui jeta un bref coup d'œil.

— Désolée ? répéta-t-il.

— Je suis sûre que vous aviez mieux à faire. Si vous voulez vous contenter de me déposer à la cabane, je le comprendrai.

— Et risquer de me faire renvoyer ?

Il avait répondu sur un ton léger, mais ses doigts étaient toujours crispés.

Elle se força à rire.

— Ça m'étonnerait que Jesse vous renvoie parce que vous n'avez pas envie de jouer les baby-sitters.

— Ah oui ? Et quand lui avez-vous refusé quelque chose pour la dernière fois ?

Sa question reflétait les pensées qui étaient venues à Alessandra quelques minutes plus tôt, mais elle le garda pour elle.

— Si j'avais su qu'il serait trop occupé pour passer du temps avec moi, je ne serais pas venue, dit-elle à la place.

Elle se rendit compte que c'était faux dès qu'elle eut prononcé ces mots. Elle n'avait pas accepté l'invitation de Jesse pour voir Jesse, mais parce qu'elle voulait percer le mystère de la lettre de son père. Rien n'aurait pu la dissuader de se rendre à Whispering Woods. Il lui vint à l'esprit – un peu tardivement – que Rush avait peut-être des informations à lui fournir. Il pouvait au moins calmer ou amplifier ses soupçons. Y avait-il un lien entre Jesse, la lettre et la mort de son père ?

Elle chercha une manière d'orienter la conversation dans la direction qui l'intéressait, mais elle ne trouva aucune transition naturelle vers : « Au fait, votre patron a-t-il des activités louches ? Pourrait-il être pour quelque chose dans la mort prématurée d'un vieil ami et concerné par la lettre post mortem qui m'a amenée ici ? » Heureusement, ce ne fut pas nécessaire. Rush se rapprocha spontanément du sujet.

— Alors vos parents et ceux de Jesse étaient amis ? demanda-t-il d'une voix neutre.

Elle acquiesça.

— Nos pères l'étaient, du moins. Avant leur mort.

À en juger par la crispation des doigts de Rush, ce sujet le mettait mal à l'aise. Cela éveilla la curiosité d'Alessandra. Subitement, savoir pourquoi lui parut plus important que tout.

— Mon père a eu un accident de voiture, précisa-t-elle en épiant la réaction de Rush. Celui de Jesse est mort dans un incident policier moins d'un mois plus tôt.

— Je suis désolé, répondit Rush.

— C'était il y a longtemps, mais ç'a été une période difficile pour nous deux.

— Ça vous a rapprochés ?

Alessandra fronça les sourcils parce que la question ressemblait à une accusation, mais elle y répondit quand même honnêtement.

— Non. J'avais douze ans et Jesse quinze ou seize, à l'époque. Nous n'avions pas grand-chose en commun.

Rush insista.

— Les tragédies peuvent créer des liens malgré de grandes différences d'âge.

— Je suppose. Mais j'avais ma mère. On s'est beaucoup appuyées l'une sur l'autre. Et Jesse…

Elle laissa sa phrase en suspens pour fouiller dans sa mémoire. Qu'était-il arrivé à Jesse après la mort de son père ? Elle n'avait que des souvenirs flous de l'enterrement. Elle savait que Jesse s'y trouvait. Elle se souvenait qu'il était l'un des porteurs du cercueil et qu'il avait fait un bref éloge funèbre. C'était à peu près tout. Il lui semblait étrange, à présent, qu'elle se soit si peu intéressée à ce qu'il lui arrivait. Mais son propre père était mort peu après et elle s'était concentrée sur ses problèmes. La seule chose qu'elle se rappelait avec précision était une conversation téléphonique qu'elle avait entendue par hasard un an plus tard. Elle était entrée dans la cuisine pour prendre une pomme dans la corbeille à fruits. Sa mère, qui portait une jupe longue et un chemisier brodé – comme toujours —, lui tournait le dos.

— Je ne sais pas, disait-elle à son interlocuteur. Jesse a toujours eu l'air d'être un bon garçon. Mais ma cliente est sûre de l'avoir reconnu.

Elle s'était tue pendant que son interlocuteur répondait quelque chose qu'Alessandra ne pouvait pas entendre, puis elle avait secoué la tête.

— Non. Elle a vu une vieille photo de nous et des enfants sur mon bureau, avait-elle dit. Elle a dit ça sans réfléchir.

Il y avait eu une nouvelle pause et sa mère avait encore secoué la tête.

— Non, avait-elle répondu. Une greffière.

Alessandra avait laissé tomber sa pomme à ce moment-là. Sa mère s'était retournée et s'était empressée de changer de sujet. Cette conversation n'avait pas vraiment éveillé la curiosité d'Alessandra. Elle avait d'autres préoccupations : un nouveau garçon, dans sa classe, qui plaisait autant à sa meilleure amie qu'à elle, une mauvaise note en gym et tous les drames auxquels on est confronté quand on a treize ans.

Tu aurais peut-être dû être plus attentive.

— Vous êtes toujours avec moi, la Rouquine ? demanda Rush.

Alessandra prit brusquement conscience qu'elle se taisait depuis trop longtemps.

— Oui, je suis là, répondit-elle.

— Vous n'avez pas fini votre phrase. Jesse quoi ?

— Je ne sais pas, avoua-t-elle. Ça n'a pas dû être facile pour lui. Je crois qu'il a eu quelques ennuis.

— Des ennuis, répéta Rush.

Ce n'était pas une question et il n'ajouta rien. Elle tourna la tête vers lui.

Sommes-nous vraiment en train d'échanger des banalités ? se demanda-t-elle.

Elle attendit qu'il dise quelque chose ou pose une question qui confirmerait ses soupçons, mais il resta muet, les yeux fixés sur la route et les mâchoires crispées. Il ne semblait même pas se rendre compte qu'elle l'observait.

Elle jeta un coup d'œil à ses mains. Oui, il était de nouveau tendu et hargneux.

Elle se mordilla la lèvre. Qu'est-ce qui le mettait dans cet état ? Elle commençait à penser que cela avait un rapport avec elle, mais cela lui semblait absurde. Ils ne se connaissaient pas. Mais Rush avait été particulièrement tendu quand il l'avait interrogée sur son surnom, quand elle lui avait suggéré de se contenter de la déposer à la cabane, quand elle lui avait dit ce qu'elle imaginait faire de sa journée et quand elle avait parlé de la mort de son père.

Elle ne voyait pas pourquoi les détails de sa vie contrariaient Rush Atkinson, mais cela semblait être le cas.

Sauf la dernière fois.

Cette fois-ci, c'était l'idée que Jesse avait eu des ennuis quinze ans plus tôt qui avaient altéré son humeur.

Pourquoi ?

Quand une autre explication lui vint, elle fut surprise de ne pas y avoir pensé plus tôt.

Ce n'est pas moi. C'est Jesse.

Le surnom que *Jesse* employait. Ce qu'elle pensait faire avec *Jesse* dans la journée. La mort du père de *Jesse.*

C'était le patron de Rush qui le mettait dans cet état, mais pourquoi ? Et cela pouvait-il l'aider à obtenir les réponses qu'elle cherchait

Elle ouvrit la bouche sans trop savoir ce qu'elle allait dire – elle ne pouvait pas aborder le sujet frontalement – mais elle la referma aussitôt parce que Rush venait de s'engager sur un sentier gravillonné. Ce n'était pas le fait qu'il quitte la route qui la troublait. Elle savait qu'on l'emmenait dans une cabane et elle s'attendait à ce que celle-ci soit dans les bois. Si elle était bouche bée, c'était parce qu'elle *reconnaissait* les lieux. Elle reconnaissait les arbres dont les branches se rejoignaient au-dessus du sentier et les grands rochers blancs qui le bordaient. Bien sûr, elle reconnaissait aussi la cabane elle-même au bout du chemin.

C'était une petite cabane en cèdre adossée à la roche. Alessandra savait que la véranda était plus grande que la cabane proprement dite et que l'escalier qui y menait avait quarante-sept marches. Elle savait aussi qu'il y avait autrefois des rideaux beiges à fleurs bleues et un couvre-lit assorti – cela avait pu changer depuis trente ans. Elle s'en souvenait parfaitement parce que ses parents avaient tout un album de photos de cet endroit. C'était là qu'ils avaient passé leur lune de miel. C'était l'endroit que son père mentionnait dans la lettre déchirée et reconstituée.

5

Rush jeta un coup d'œil à Alessandra, dont l'expression lui fit oublier les ruminations que son patron lui inspirait.

Elle avait les yeux écarquillés et les lèvres entrouvertes. Elle fixait la cabane, qui apparaissait de temps à autre entre les arbres, en ayant l'air de savoir exactement à quoi s'attendre.

Elle est déjà venue. Quand ? Avec qui ? Garibaldi ? songea-t-il avec irritation. *Et pourquoi cette idée me déplaît-elle ?*

Se sachant protégé par ses lunettes, il plissa les yeux. Il n'avait aucune raison de se soucier de ce qu'Alessandra avait fait, ni avec qui, mais cela ne l'empêchait pas de s'interroger. S'il était honnête, cela le dérangeait aussi qu'elle appelle son patron par son prénom alors que tous les autres humains l'appelaient « M. Garibaldi ».

Contrarié d'être contrarié, il serra les dents. Il mourait d'envie d'écraser l'accélérateur jusqu'à ce qu'il soit forcé de piler pour ne pas s'écraser contre la roche.

Bravo, Atkinson. Les gens vraiment mûrs savent gérer n'importe quelle situation.

Il ralentit un peu pour se prouver qu'il était capable de contrôler ses nerfs. Alessandra ne fit aucun commentaire. Elle fixait toujours leur destination. Tant mieux.

Cela fournissait à Rush une minute de plus pour mettre de l'ordre dans ses pensées.

Il avait orienté la conversation vers Garibaldi pour découvrir ce qu'elle savait de ses activités – légales et illégales – à Whispering Woods. C'était ce que son patron attendait de lui, après tout.

Parce que tu prends les ordres de Garibaldi au sérieux, maintenant ? Comptes-tu aussi la tuer ?

Bien sûr que non. Mais il devait trouver un moyen d'éviter de le faire. Il devait réussir à convaincre Garibaldi que c'était inutile, ce qui requérait de très bons arguments. La tâche serait quasiment impossible si Alessandra savait quelque chose sur l'opération de Garibaldi. Il avait donc une excellente raison de l'interroger.

Sauf qu'il ne savait pas quoi faire des bribes d'informations qu'elle lui avait livrées jusque-là. Il se considérait comme un bon juge de caractère et il était certain que tout ce qu'elle lui avait dit était vrai. Mais il avait aussi l'impression que quelque chose clochait, comme si elle avait une raison tordue de lui dire la vérité. Cela donnait envie à Rush de se gratter la tête.

Que lui cachait-elle ?

Après le dernier virage du sentier, il jeta un nouveau coup d'œil à Alessandra. Elle le regardait, à présent. Il lut plusieurs émotions sur son visage sans réussir à déterminer laquelle dominait. L'inquiétude ? La tristesse ? La peur ?

Quoi qu'il en soit, son expression affecta Rush. Il se gara devant la maison et posa sa main sur celle d'Alessandra sans réfléchir.

Alors qu'il s'attendait à moitié à ce qu'elle le repousse, elle pressa ses doigts. Sa peau était douce et chaude, et la libido de Rush se réveilla brutalement. Déconcerté par sa propre réaction, il oublia quelques instants la raison pour laquelle il avait pris sa main.

Quand elle lui revint, il dut s'éclaircir la voix avant de demander :

— Ça va, la Rouquine ?

Elle hocha la tête, puis la secoua.

— Je connais cette cabane, dit-elle, ce qui confirma l'opinion de Rush concernant son honnêteté.

— Vous êtes déjà venue ?

— Non, mais j'en ai vu des dizaines de photos.

Elle ferma les yeux et serra ses doigts plus fort avant de murmurer quelque chose qu'il ne comprit pas :

— Je suis bien contente de les avoir rangées dans le garde-meuble.

Rush fronça les sourcils. Alors qu'il allait lui demander des explications, elle rouvrit les yeux et il se laissa hypnotiser par leur éclat.

— Mes parents ont passé leur lune de miel ici, dit-elle.

— Ici ? demanda Rush, surpris. Vous en êtes sûre ?

— À cent pour cent. Ils n'arrêtaient pas d'en parler quand j'étais petite. Du grand escalier, de la falaise à laquelle la cabane est adossée… Y êtes-vous déjà entré ?

Il acquiesça.

— Deux ou trois fois. Le patron l'aime parce qu'on y est tranquille.

— Je pense que c'est aussi pour ça que mes parents l'ont autant aimée.

Elle esquissa un sourire avant d'ajouter :

— Peut-être pas seulement pour ça.

Rush se laissa distraire par la forme de sa bouche. Elle avait une fossette au coin des lèvres. Il faillit tendre la main pour l'effleurer. Il réussit à s'en empêcher, mais ce qu'il dit fut presque pire qu'une caresse.

— Il faut avouer que c'est un décor très romantique.

Alessandra haussa un sourcil.

— N'est-ce pas ? dit-elle en scrutant son visage.

Il savait qu'il aurait dû lâcher sa main – il savait qu'il n'aurait pas dû la prendre – mais il en était incapable. Il pressa ses doigts et tourna la tête vers la cabane.

— Elle a bien résisté à ces trente dernières années, dit-il.

— C'est joli, à l'intérieur ? demanda Alessandra. Y a-t-il toujours une fenêtre, sur l'arrière, qui ne permet de voir que la roche ?

Rush s'aperçut que son expression avait encore changé. Elle avait maintenant l'air songeuse et un peu hésitante. Il sentit sa propre humeur évoluer comme pour faire écho à la sienne, peut-être parce qu'elle parlait du passé de ses parents. Il y avait des choses qu'il voulait savoir, mais il y en avait aussi d'autres qu'il aurait préféré qu'elle ne lui confie pas. Comme il comprenait son hésitation, il décida de lui laisser un moment avant de reprendre son interrogatoire.

— Oui, la fenêtre est toujours là, répondit-il en hochant la tête. Mais un coin s'est fendu et quelqu'un l'a réparée avec du scotch jaune.

— C'est laid ou ça lui donne du caractère ? demanda-t-elle.

— Ça lui donne du caractère.

— Le poêle marche-t-il toujours ?

— Je l'espère. Il fait froid pendant la nuit à cette altitude.

Pendant le long silence qui s'ensuivit, il se demanda si Alessandra songeait à la même chose que lui. Ils allaient se retrouver seuls dans la cabane, il faisait effectivement froid pendant la nuit et il n'y avait qu'un seul lit.

Ne laisse pas tes pensées partir dans cette direction, Rush, se sermonna-t-il.

Mais ce n'était pas si facile. Il aurait juré que la température était montée de plusieurs degrés dans la Lada depuis que cette idée lui était venue. Le fait qu'Alessandra s'était mise à caresser le dos de sa main avec son pouce n'arrangeait rien.

Il réussit enfin à la lâcher en réprimant un grognement.

— Prête à entrer ? demanda-t-il.

Alessandra baissa les yeux vers sa main avant de soutenir son regard et d'acquiescer. La légère rougeur de ses joues incita Rush à penser qu'il allait avoir de gros ennuis – ce qui était inquiétant pour quelqu'un qui avait passé toute sa vie d'adulte à fréquenter des criminels endurcis.

Alessandra sortit de la voiture et regarda Rush s'engager dans l'escalier en portant sa valise sans effort apparent. Elle ne le suivit pas tout de suite, mais pas à cause des émotions qui se bousculaient en elle. Pas seulement, du moins. Elle se réjouissait de découvrir la cabane dont ses parents avaient tant parlé pendant son enfance. Elle avait peur de trouver quelque chose qui soit lié à la lettre mystérieuse de son père et tout aussi peur de ne rien trouver. Le fait que cette cabane appartienne à Jesse la mettait mal à l'aise et renforçait sa croyance qu'il ne l'avait pas invitée précisément *maintenant* par hasard. Mais ce n'était pas cela qui lui rendait difficile de poser le pied sur la première marche de l'escalier. Ce qui la faisait hésiter, c'était l'idée qui lui était venue quand elle tenait la main de l'homme qui emportait ses affaires dans la cabane –

l'idée qui avait germé dans son esprit quand il avait dit que c'était un décor romantique.

Ne lui serait-il pas plus facile de soutirer des informations à Rush Atkinson si elle flirtait un peu avec lui ?

Mais cette idée était si immorale qu'elle en était presque embarrassée.

Presque ? songea-t-elle en secouant la tête. *Cette idée est positivement ignoble. Te crois-tu au* XIXe*siècle ?*

Mais elle ne pouvait pas s'empêcher de penser que cela avait une chance de marcher.

Elle l'attirait – elle en était certaine. Elle l'avait vu regarder ses lèvres un peu trop longtemps. Elle l'avait entendu respirer plus fort quand ils se tenaient la main. Si elle réussissait à le distraire en le séduisant, elle pourrait peut-être placer une ou deux questions importantes sans qu'il s'en aperçoive.

Bien sûr, cela supposait qu'elle batte des cils, qu'elle pouffe au bon moment et qu'elle fasse quelques remarques ambiguës. Elle n'était pas sûre d'en être capable. Elle avait toujours été trop franche pour jouer avec les gens.

— « Tu me plais. Est-ce que je te plais ? » Quel est le problème de cette méthode ? grommela-t-elle entre ses dents.

Rush s'arrêta si brusquement qu'elle faillit le percuter et il tourna la tête.

— Vous avez dit quelque chose ?

Elle se sentit rougir.

— Non. Enfin… Si, mais je parlais toute seule.

Même si elle ne voyait ni ses yeux ni son front, ellc eut l'impression qu'il fronçait les sourcils. Elle fut soulagée qu'il n'insiste pas. Quand il se remit à avancer, elle attendit qu'il soit presque en haut de l'escalier pour l'imiter. Au cas où.

Alors ? Que donnent tes efforts de séduction ? ricana sa part raisonnable.

Elle leva les yeux au ciel et se concentra sur l'instant présent. Rush, qui avait atteint le perron sans présenter le moindre signe de fatigue, posa sa valise. Elle se souvint de la facilité avec laquelle il l'avait soulevée quand ils étaient dans le trou. Il était en forme.

Mais je le suis aussi, songea-t-elle.

Elle invoqua son guru intérieur et monta les dernières marches deux à deux en se réjouissant de ne pas transpirer. Quand elle atteignit le perron, elle jeta un coup d'œil derrière elle. Le panorama lui fit oublier ses projets de séduction et toute velléité de supériorité cardio-vasculaire. Même la lettre de son père passa à l'arrière-plan. L'admiration prit la place de tout le reste.

Elle s'accouda à la balustrade et contempla le paysage. Même s'ils n'étaient pas à une très grande altitude, la visibilité était époustouflante. D'un côté, la forêt s'étendait à perte de vue. De l'autre, on distinguait un petit morceau de Whispering Woods. De nuit, il devait scintiller au loin. On devait aussi voir des milliers d'étoiles dans le ciel. Elle inspira profondément un air pur chargé du parfum des pins. Elle expira et inspira encore. Cette fois, un autre parfum boisé lui chatouilla les narines. Elle sut avant qu'il ne parle que Rush s'était rapproché.

— Sacrée vue, murmura-t-il.

Le plaisir qu'elle entendit dans sa voix la fit sourire. Elle se retourna, mais il était encore plus près qu'elle ne le croyait et elle le percuta.

— Désolée, balbutia-t-elle.

Rush avait placé ses lunettes de soleil sur sa casquette. Son regard était plein de tendresse et son expression ne trahissait plus le moindre ressentiment, comme si l'air de la montagne l'avait dissipé.

Quand il baissa les yeux, elle s'aperçut que ses lèvres étaient tout près des siennes – si près qu'elle pouvait sentir leur chaleur. Il ne s'écarta pas.

— Ce sera aussi très beau quand il fera nuit, dit-il, faisant écho à ce qu'elle venait de penser.

— Oui, répondit-elle, le souffle court.

Séduction ! lui rappela une voix dans sa tête.

Ce ne serait peut-être pas aussi difficile qu'elle le croyait, finalement.

— Je comprends pourquoi mes parents ont autant aimé cet endroit, dit-elle en posant une main sur son bras.

Il ne la repoussa pas.

— C'est amusant…

— Quoi donc ? demanda-t-elle.

— Je ne l'avais jamais apprécié autant qu'il le mérite avant aujourd'hui.

Voilà, songea-t-elle. *C'est ça qu'il faut faire. Du badinage. Mais c'est* toi *qui es censée le faire, pas lui. Ressaisis-toi, Aless…*

Ses pensées s'interrompirent brutalement parce que Rush lui paralysa le cerveau en pressant ses lèvres contre les siennes.

Ses lèvres étaient chaudes sans être brûlantes, douces, mais aussi fermes… En d'autres termes, elles étaient absolument parfaites.

Elle réprima le gémissement qui naquit au creux de sa poitrine. C'était une réaction primitive. Son corps aimait embrasser Rush et voulait le lui faire savoir. Il voulait le lui montrer, aussi, à en juger par les initiatives que prenaient ses mains. Elles glissèrent sur les tatouages de ses avant-bras, qu'elle ne pouvait pas voir, et remontèrent jusqu'à ses biceps. Quand elle enroula ses doigts autour de ses muscles, une image de Rush torse nu s'imposa à son esprit. Elle vit la peau douce et bronzée de Rush pressée contre la sienne, ce qui lui rendit encore plus difficile de réprimer son gémissement. Alors Rush effleura ses lèvres du bout de la langue et elle n'eut plus aucune chance de gagner cette bataille. Son gémissement vibra entre eux… et incita Rush à s'écarter brusquement.

Il cligna des yeux, secoua la tête et recula de deux pas.

— Je suis désolé, Alessandra, dit-il avec raideur.

— Désolé ? répéta-t-elle, déconcertée.

— J'ai gravement manqué de professionnalisme.

C'est le moment de faire quelque chose, dit la petite voix dans sa tête. *Dis-lui que tu n'es pas désolée, que tu voulais qu'il t'embrasse.*

Mais elle hésita. La manière dont il avait prononcé le mot « professionnalisme » la troublait. Il n'était sans doute pas dans son intérêt d'embrasser la femme à qui il devait servir de guide. Elle s'en rendait bien compte. Mais elle avait l'impression que ce n'était pas tout. Rush ne lui avait pas semblé obsédé par le professionnalisme et il avait prouvé qu'il ne craignait pas de tenir tête à son patron. Alors voler un baiser – qu'elle ne demandait qu'à lui offrir – ne semblait pas très grave. Elle regarda Rush ramasser sa valise en se demandant ce qui lui échappait.

[illegible] Othello [illegible]

[illegible]

[illegible] que Roméo [illegible]

[illegible]

Il [illegible] le poète [illegible] et [illegible]

6

Rush enfonça la clé dans la serrure en maudissant sa stupidité.

Il savait qu'il n'était pas d'une grande prudence et il préférait les actes aux paroles, mais il était tout à fait capable de patience. Il savait que tout tenait au timing, parfois, et qu'il arrivait qu'attendre soit le meilleur moyen de parvenir à ses fins. Il perdait rarement le contrôle de lui-même.

Il ouvrit la porte et entra dans la cabane. Même s'il faisait doux à l'extérieur, il faisait assez froid dedans pour qu'il soit nécessaire d'allumer le poêle. Il en fut soulagé. Il avait besoin d'un répit et cette activité lui fournissait une bonne excuse pour se taire. Malheureusement, elle n'avait pas le pouvoir de faire taire son cerveau, qui tenait à tourner le problème dans tous les sens pour comprendre ce qui s'était passé.

Sauf que ce qui s'était passé était très simple. Quand il avait embrassé Alessandra, il lui avait semblé que c'était *le bon moment*. La fin de l'attente. Il s'était laissé étourdir par l'air de la montagne et la beauté de la vue, par le parfum d'Alessandra et la manière dont ses cheveux s'embrasaient au soleil.

Que t'arrive-t-il, Atkinson ? Tu es devenu un mauvais poète ?

Il ferma le poêle en grognant et se tourna vers

Alessandra, bien décidé à faire ce qu'il fallait : découvrir ce qu'elle savait sur Garibaldi. Ce qu'il s'apprêtait à dire ne franchit pas ses lèvres. Quand il avait entrepris d'allumer le poêle, il l'avait vue s'asseoir sur le canapé du coin de l'œil. Il présumait qu'elle y était encore, mais elle n'y était plus. Il se retourna. Elle était à l'autre bout de la pièce, en train de caresser une poutre avec un air émerveillé. Elle tourna la tête vers lui et lui offrit un sourire qui lui donna envie de recommencer à l'embrasser.

Merde.

Il devait trouver un moyen de calmer sa libido. Au moins, Alessandra ne semblait pas se rendre compte que ses pulsions le tourmentaient.

— Regardez ça ! s'écria-t-elle.

— Quoi ?

Au lieu de répondre, elle s'approcha de lui, prit sa main, l'entraîna sous la poutre et la lui fit toucher.

— Vous sentez ? demanda-t-elle.

C'était surtout *elle* qu'il sentait. Son épaule était pressée contre son torse et sa hanche contre sa cuisse. C'était bien plus intéressant que ce qu'elle voulait lui montrer, mais il essaya quand même de se concentrer.

— Je ne sens que des aspérités dans le bois, dit-il.

— Ici, répondit-elle. Je vais vous montrer.

Elle fit lentement glisser ses doigts le long de la poutre. Quand elle parla, ce fut en murmurant, comme si cela pouvait l'aider à sentir ce qu'elle lui indiquait.

— Vous voyez ? dit-elle. Ça, c'est un M, là, il y a une petite croix, et ça, c'est un R. Mary + Randall. Mes parents ont gravé leurs initiales sur cette poutre. Ma mère s'en voulait tellement qu'elle a essayé de les poncer. Mon père l'a arrêtée. À la place, il a laissé un billet de cent dollars et un mot d'excuses.

Quand elle lâcha sa main, Rush effleura encore les initiales vieilles de trente ans pendant quelques secondes avant de laisser retomber son bras.

— On dirait qu'ils étaient très amoureux, commenta-t-il.

— C'en était embarrassant, pouffa-t-elle. Ça m'agaçait, quand j'étais petite. Mais quand mon père est mort…

— Ça vous a manqué, acheva-t-il à sa place.

Elle acquiesça.

— Beaucoup. J'aurais tellement aimé le voir entrer dans la pièce pour embrasser ma mère comme au cinéma ou faire une suggestion que je n'aurais pas dû entendre. Pendant un long moment, j'ai eu l'impression que ma mère n'était plus que la moitié d'une personne. J'avais l'habitude de les voir comme un tout.

Elle jeta un dernier coup d'œil aux initiales avant d'aller s'asseoir sur le canapé. Rush n'hésita qu'un instant avant de la suivre. Il laissa un peu d'espace entre eux, mais il s'assit assez près d'elle pour pouvoir la toucher si elle le désirait. Il avait l'impression que cela pouvait être le cas. S'il était étrange qu'il ait envie de réconforter une inconnue, il s'en moquait éperdument.

Elle pinça les lèvres.

— Trop d'informations d'un coup, n'est-ce pas ? Je suis sûre que vous n'avez pas envie d'entendre une inconnue s'étendre sur ses parents et leur lune de miel. Je me suis laissé submerger par mes émotions. Désolée.

Rush secoua la tête et répondit quelque chose qui le surprit – quelque chose qui était vrai, qui ne faisait pas partie de sa couverture et dont il parlait rarement de son plein gré.

— Parlez autant que vous voulez, dit-il. Moi aussi, j'ai perdu mon père il y a quinze ans, alors je comprends.

Les yeux d'Alessandra brillèrent aussitôt de compassion.

— Je suis désolée, dit-elle.

Rush s'enfonça sur le canapé.

— Ne vous en faites pas, la Rouquine. Comme vous l'avez dit à propos de votre père, c'était il y a longtemps.

— Mais c'est toujours très dur par moments, n'est-ce pas ?

Détourne la conversation, s'ordonna-t-il.

Mais il répondit honnêtement sans avoir aucune bonne raison de le faire.

— C'est l'enfer, par moments, vous voulez dire. Mes parents n'étaient pas aussi heureux que les vôtres. Ils se disputaient tout le temps. Mon père était quelqu'un de bien. Ma mère était un peu… chaotique. Quand mon père était en vie, elle essayait toujours de nous monter l'un contre l'autre. Ça a souvent marché. Ça a fait de moi un enfant dur et assez perturbé.

Alessandra le regardait intensément, comme si elle essayait de deviner s'il était toujours perturbé.

Dévie la conversation, répéta son inconscient.

Mais il poursuivit et ce fut étrangement cathartique.

— Je dois admettre que la mort de mon père a fait de moi un homme meilleur, dit-il.

— Comment ça ? demanda Alessandra avec un mélange parfait de curiosité et de sympathie.

— La situation a d'abord empiré après sa mort. Ma mère n'a jamais été très équilibrée, mais elle est devenue de plus en plus instable. Elle lui en voulait encore plus que quand il était en vie. Je ne pouvais pas vraiment l'aider parce que j'étais en colère, moi aussi. J'en voulais au monde entier. J'étais un adolescent typique qui croyait avoir tout compris. Pendant un an, on ne s'est adressé la parole qu'en criant. Puis il s'est passé quelque chose qui a tout rendu encore plus difficile. Ça a été comme un électrochoc. J'ai compris que je devais devenir un homme et essayer de ressembler à mon père.

Il s'attendit à ce qu'elle l'interroge sur ce qui s'était passé. Il savait qu'il n'aurait pas dû en parler et qu'il lui faudrait mentir. Lui dire la vérité – que, quinze ans plus tôt, Jesse Garibaldi, qui était encore mineur, avait échappé à la justice après avoir commis plusieurs meurtres – n'était pas une option. Cela mettrait sa vie en danger, de même que celles de ses trois partenaires et d'Alessandra.

Pourquoi y as-tu fait allusion, alors ? se demanda-t-il.

Il n'en savait rien. Tout ce qu'il savait, c'était qu'il ne voulait pas mentir à la femme qui était assise à côté de lui. Alors que lui dirait-il quand elle l'interrogerait ?

Dévie la conversation, insista la voix dans sa tête.

Mais elle ne posa pas la question à laquelle il s'attendait.

— Avez-vous réussi ? demanda-t-elle.

— Réussi ? répéta-t-il.

— À ressembler à votre père ?

— Je m'en rapproche, je crois, mais j'ai encore des progrès à faire.

— N'est-ce pas notre cas à tous ? Je sais que je suis loin d'être parfaite.

— Je pense que la perfection est toute relative.

Alessandra baissa les yeux vers ses lèvres. Il comprit aussitôt qu'elle songeait à leur baiser. Pourquoi l'avait-il interrompu, déjà ? Le professionnalisme lui semblait bien futile, tout à coup.

Il lui sembla que la température était montée – et que cela n'avait rien à voir avec le poêle. Rush ne s'aperçut qu'il s'était approché d'elle que lorsque leurs genoux se touchèrent.

Alessandra baissa les yeux vers leurs jambes, puis

releva la tête. Il lut de l'hésitation dans ses yeux et cela suffit à le ramener à la raison. Il n'était pas censé songer à la douceur de ses lèvres. Il était censé trouver un moyen de lui faire quitter Whispering Woods. S'il l'embrassait une nouvelle fois, il réduirait ses chances de faire arrêter Garibaldi et les chances de survie d'Alessandra.

Il s'écarta en dissimulant sa déception, s'éclaircit la voix et sourit.

— Alors ? Lequel d'entre nous livre trop d'informations ? plaisanta-t-il.

Elle sourit aussi, mais elle eut l'air de se forcer autant que lui.

— Pour être honnête, j'apprécie. Ça vous donne l'air un peu plus…

— Quoi ?

— Rien.

— Quoi ? insista-t-il.

— Un peu plus humain, répondit-elle en rougissant.

Il haussa un sourcil.

— De quoi avais-je l'air, avant ? D'un robot ?

— Non.

— Pire ?

— Qu'y a-t-il de pire qu'un robot ? demanda-t-elle, le front plissé.

— Je ne sais pas. Deux robots ? Ou bien un robot intelligent et maléfique qui veut conquérir le monde ?

Elle le fixa quelques instants avant d'éclater de rire. Rush se félicita d'avoir opté pour une réponse humoristique.

— Pas un robot, alors, reprit-il. Un extraterrestre ?

Elle pouffa, puis leva les yeux au ciel.

— Non, pas un extraterrestre.

— Je suis de plus en plus curieux.

— Ça n'a pas d'importance.

— Si vous dites ça, c'est que ça en a.

Elle rougit davantage.

— Très bien. Ne le prenez pas mal… mais vous aviez un peu l'air d'un voyou.

Il aurait pu répondre par une nouvelle plaisanterie – c'était l'air qu'il se donnait, après tout – mais cela fournissait une transition parfaite vers la discussion qu'il était censé avoir avec elle.

Néanmoins, il conserva prudemment un ton léger.

— Je ne sais pas si je dois me sentir insulté ou juste m'inquiéter que vous suspectiez votre vieil ami d'employer des voyous.

— Je commence à penser que je ne sais vraiment pas grand-chose sur lui, répondit-elle. Ça fait sans doute trop longtemps qu'on ne s'est pas vus. Ou alors je ne l'ai jamais bien connu.

Elle soupira.

— Jusqu'à maintenant, je ne savais même pas où il vivait, ni qu'il possédait cette cabane.

— Alors vous n'êtes pas venue à Whispering Woods pour voir cet endroit ? s'étonna-t-il.

Elle secoua la tête.

— Non. Je suis ravie de voir cette cabane, bien sûr, mais je ne savais même pas qu'elle existait encore.

— Alors vous avez fait tout ce chemin pour rendre visite à un homme que vous ne connaissez pas vraiment ?

— Présenté comme ça, ça semble bizarre, plaisanta-t-elle.

— Mais ce n'est pas bizarre ? insista-t-il.

Elle baissa les yeux et inspira profondément.

— C'est compliqué, répondit-elle.

Il réprima une envie de la forcer à relever la tête pour scruter son regard.

— N'est-ce pas compliqué pour nous tous ? demanda-t-il.

— Je pense que ma situation est un peu différente.

— Voulez-vous m'en parler ?

Quand elle releva la tête, il fut déçu de lui trouver un air méfiant. Elle semblait aussi un peu fatiguée et Rush prit brusquement conscience que sa matinée avait dû être épuisante. Elle avait conduit pendant cinq heures, elle s'était perdue et elle avait eu un accident de voiture, puis elle était tombée dans un trou et tous ses projets avaient été bouleversés.

Rush décida de remettre la suite de son interrogatoire à plus tard.

— Avez-vous faim ? demanda-t-il.

Alessandra cligna des yeux, l'air surpris.

— Je meurs de faim. Je n'ai rien mangé depuis 5 heures ce matin.

— Déjeuner ?

— D'accord, répondit-elle timidement.

— Bien. Je peux nous préparer quelque chose ici – il y a toujours des réserves dans les placards – ou on peut aller déjeuner en ville. L'auberge de Whispering Woods a un buffet. Je pourrais vous faire visiter…

— Ici, le coupa-t-elle.

— D'accord. Voyons ce qu'on a.

Il se leva et se dirigea vers le coin cuisine en cachant la satisfaction que sa réponse lui procurait.

Alessandra regarda Rush fouiller dans les placards en se demandant si elle avait perdu la tête. C'était peut-être à cause du stress dû aux circonstances exceptionnelles, mais elle n'aspirait qu'à raconter sa vie dans ses moins détails à cet inconnu.

L'inconnu qui t'a déjà embrassée et qui avait l'air d'être sur le point de recommencer il y a trente secondes ?

— Oui, lui, marmonna-t-elle.

Elle hocha la tête quand Rush lui montra une boîte de bouillon de poule aux vermicelles et un paquet de crackers. Au moins, elle réussirait peut-être à ne pas lui dire des choses qu'elle ferait bien de garder pour elle si elle avait la bouche pleine.

Mais ça n'explique pas pourquoi tu as envie de tout déballer devant lui.

Elle fixa le dos de Rush en essayant de comprendre sa pulsion, mais il choisit cet instant pour sortir une casserole du placard qui se trouvait au-dessus de l'évier. Sa chemise se tendit autour de ses épaules et se souleva, ce qui permit à Alessandra de contempler la forme de ses muscles et le commencement d'un autre tatouage. Elle en oublia tout le reste pendant quelques instants. Alors qu'elle plissait les yeux pour essayer de deviner ce que le tatouage représentait, Rush baissa les bras. Même si Alessandra ne le voyait plus, son esprit s'attarda sur l'objet de sa curiosité.

Puisqu'elle tenait une boutique de surf, elle avait eu d'innombrables tatouages sous les yeux. On voyait beaucoup de peau exposée dans son métier et on avait beaucoup d'occasions de discuter des raisons pour lesquelles les gens se tatouaient. Elle voyait souvent des motifs traditionnels – des cœurs, des fleurs – que les gens aimaient bien. Certaines personnes n'avaient qu'un petit tatouage ou deux, qui pouvaient être des paroles de chanson ou un nom, d'autres éprouvaient le besoin d'immortaliser sur leur peau tous les moments importants de leur vie. Elle avait l'impression que Rush appartenait à cette catégorie. Il semblait être de ceux qui trouvaient plus naturel de s'exprimer avec de l'encre et une aiguille qu'avec des mots.

Parce qu'il t'a suffi de passer deux heures avec lui pour tout savoir de lui ?

Elle secoua la tête. Il était évident qu'elle ne savait presque rien sur lui. Pourtant, elle avait l'impression de lire en lui comme dans un livre ouvert.

Il était nerveux, mais elle ne le croyait pas colérique et elle n'avait pas peur de le voir s'emporter. C'était plutôt comme s'il ne se détendait jamais complètement. Et il lui avait présenté ses excuses pour l'avoir embrassée. Cela trahissait un sens aigu du bien et du mal.

Mais ça ne signifie pas que tu peux avoir confiance en lui. Il travaille pour Jesse, que tu suspectes du pire. Si tu ne te fies pas à Jesse, pourquoi te fierais-tu à Rush ?

— Vous connaissez l'expression ?

La voix de Rush la fit sursauter. Heureusement, il était toujours dos à elle et ne s'en était pas aperçu.

— Quelle expression ?

— À propos des regards qui brûlent les nuques.

— Quoi ? Ce n'est pas une expression.

— Si, c'en est une. Et je sens que vous me regardez.

— Je ne vous…

Elle s'interrompit et soupira.

— D'accord, reprit-elle. Je vous regarde. Mais n'en tirez aucune conclusion hâtive. Je pensais juste aux tatouages.

Il sortit deux bols d'un placard, les remplit et vint les poser sur la table basse.

— Aux vôtres ou aux miens ? demanda-t-il en apportant les crackers et deux cuillères.

— Aux tatouages en général, répondit-elle en se sentant rougir. Et je n'en ai pas.

— Aucun ?
— Aucun.
— Pourquoi ?
— Ça m'a toujours paru être un trop grand engagement.

Il s'assit dans le fauteuil qui faisait face au canapé, posa sa casquette sur l'accoudoir et haussa un sourcil. Alessandra se sentit rougir encore plus.

— Des problèmes avec l'engagement ? plaisanta-t-il.

— Seulement s'il s'agit de marquer mon corps de manière permanente.

Il lui tendit le paquet de crackers, puis en émietta quelques-uns dans son bol.

— Vous devriez essayer, conseilla-t-il en agitant sa cuillère dans sa direction.

— Je tiens une boutique de surf, répondit-elle. Je vous assure que j'ai entendu assez de regrets liés à des tatouages pour en déduire que ce n'était pas pour moi.

Rush lui décocha un grand sourire.

— C'est bon à savoir, mais je parlais des crackers dans la soupe.

— Oh ! murmura-t-elle, certaine que ses joues étaient écarlates, à présent.

Rush éclata de rire.

— Mais si vous changez d'avis à propos des tatouages, je connais quelqu'un.

— J'en suis certaine.

— Et il n'est allé en prison que deux fois.

Elle grimaça.

— Je retire ce que j'ai dit sur votre humanité. Vous êtes un voyou.

Il eut une expression qu'elle ne parvint pas à déchiffrer et baissa les yeux vers son bol.

— Parlez-moi de votre boutique de surf, dit-il.

La tristesse remplaça aussitôt l'embarras d'Alessandra. Elle secoua lentement la tête.

— Ça fait partie des complications.

— Des complications dont vous ne voulez pas parler, répondit-il.

— Que faites-vous réellement pour Jesse ? répliqua-t-elle, même si elle n'espérait pas qu'il change de réponse.

— Je lui rends toutes sortes de services.

— Et vous en vivez ?

— Il y a des tas d'assistants à temps plein.

— C'est vrai. Dans des bureaux.

— Sous-entendez-vous que je ne serais pas capable de travailler dans un bureau ?

— J'ai du mal à vous imaginer en costume, et encore plus assis toute la journée.

Il posa sa cuillère.

— J'ai l'impression qu'on joue à une version bizarre de « Je te montre la mienne si tu me montres la tienne ».

Elle scruta son visage. Elle avait tant envie de se fier à lui qu'elle dut se répéter plusieurs fois qu'elle ne le connaissait pas. Il n'était que son guide touristique.

— Je n'ai rien à vous montrer, mentit-elle.

— Je pense que c'est faux, répondit-il d'une voix neutre. Mais si vous voulez continuer à prétendre le contraire, ça ne me dérange pas. Je vous ferai visiter Whispering Woods et ses environs. On peut faire une randonnée, si ça vous dit.

— C'est pour ça que je suis là.

— Si vous le dites. Mais si vous avez une autre raison… Je suis peut-être la seule personne en qui vous pouvez avoir confiance.

Il haussa les épaules, ramassa sa cuillère et la plongea dans son bol en lui demandant quel temps il faisait à Seattle.

7

Quand ils eurent fini de déjeuner, Rush était tout à fait sûr de trois choses.

La première, qu'Alessandra n'était pas à Whispering Woods parce qu'elle savait quelque chose sur l'organisation de Garibaldi.

La seconde, qu'elle n'était pas là pour une visite amicale.

La troisième, qu'elle lui cachait la véritable raison de sa visite parce qu'elle n'avait aucune confiance dans son vieil ami.

Peux-tu le lui reprocher ? songea-t-il en versant l'eau qu'il avait fait bouillir dans l'évier.

Il avait refusé l'aide d'Alessandra en lui assurant qu'il était inutile d'être deux pour une vaisselle de cette taille. Elle avait sorti un livre et repris place sur le canapé, les jambes repliées sous ses fesses. Elle semblait détendue, mais Rush avait du mal à croire qu'elle l'était réellement. Du coin de l'œil, il voyait qu'elle le regardait de temps à autre. Il faisait semblant de ne pas s'en apercevoir. Il avait conscience que c'était une situation dans laquelle il fallait se montrer patient.

Il se réjouissait qu'elle n'ait pas confiance en son patron. D'abord, parce que cela signifiait qu'elle était assez maligne pour s'apercevoir que Garibaldi n'était pas aussi honnête qu'il en avait l'air. Ensuite, parce que cela signifiait qu'elle était honnête. Surtout, parce qu'il n'avait pas envie qu'elle ait le moindre lien avec ce salaud.

Il frotta la casserole un peu plus fort. La possessivité qu'Alessandra lui inspirait n'était pas seulement déraisonnable. Elle n'était pas seulement stupide. Ni la pulsion la plus ridicule qu'il ait jamais eue. Elle était aussi égoïste. Il avait déjà admis en son for intérieur qu'il n'avait rien à offrir à Alessandra. Pire : il la mettait en danger. Il avait aussi décidé de ne plus l'embrasser, quelle que soit l'intensité de la tentation. De toute manière, il ne la connaissait que depuis deux heures.

Sauf que savoir tout ça et agir en conséquence sont deux choses différentes, n'est-ce pas ?

Il frottait la casserole si fort qu'il commençait à avoir mal aux doigts. En colère contre lui-même, il la plongea dans la bassine d'eau froide, puis jeta un nouveau coup d'œil à Alessandra. Ses yeux étaient fermés et son livre posé sur ses genoux.

— La Rouquine ? appela-t-il doucement.

Elle glissa un peu sur le côté. Elle ne feignait donc pas d'être détendue puisqu'elle s'était endormie.

Elle ne s'était pas encore réveillée quand il eut fini la vaisselle. Il s'essuya les mains, alla s'asseoir à côté d'elle et lui effleura le genou.

— La Rouquine ? murmura-t-il.

Elle soupira, mais elle ne se réveilla pas.

— Alessandra ? dit-il en lui secouant doucement l'épaule.

Son geste n'eut aucun effet.

— Vous êtes à bout de forces, n'est-ce pas ? murmura-t-il.

Elle marmonna quelque chose d'incompréhensible, ce qui le fit sourire.

— Très bien, la Rouquine. Ne le prenez pas mal, mais je vais vous mettre au lit.

Il s'agenouilla devant elle et la souleva. Comme elle marmonna encore, il s'attendit à ce qu'elle se réveille et proteste avec véhémence… À la place, elle posa sa tête sur son épaule et une main sur son torse.

Une vague de désir assaillit Rush.

— Vous êtes cruelle, la Rouquine, soupira-t-il.

Il n'avait clairement aucun contrôle – ce qui était ironique, puisqu'elle était inconsciente et qu'il décidait de tout. Alors qu'il contemplait son visage paisible, une idée le frappa. Même si elle était méfiante, Alessandra s'était sentie assez à l'aise pour s'endormir en sa présence. Il savait que l'épuisement y était pour beaucoup, mais cela ne l'empêcha pas de s'en réjouir. Lui n'aurait pas été capable de s'endormir ainsi devant quelqu'un en qui il n'aurait pas eu pleinement confiance. À vrai dire, il ne dormait quasiment toujours que d'un œil.

Il contempla le visage d'Alessandra. C'était vraiment l'une des plus belles femmes qu'il ait jamais vues. Il était bien forcé d'admettre que tout en elle le séduisait.

— Ce qui prouve que tu dois la poser au plus vite, grommela-t-il.

Mais il ne put s'empêcher d'admirer sa beauté quelques secondes de plus avant de s'approcher du lit, placé sous la fenêtre étrange qui donnait sur la roche. Rush s'était demandé plusieurs fois pourquoi Garibaldi avait laissé le lit dans la cabane. Les réunions que son patron organisait là ne le nécessitaient pas.

Il posa doucement Alessandra sur le matelas et tira le couvre-lit crêpelé jusqu'à son menton. Alors qu'il s'écartait, elle soupira, roula sur le ventre et se mit à ronfler. Rush pouffa et remonta le couvre-lit qui avait glissé. Le poêle avait un peu réchauffé la pièce, mais il faisait encore frais et il ne voulait pas qu'elle se réveille en grelottant. Elle serait sans doute assez contrariée d'avoir été déplacée sans son consentement.

— Désolé, la Rouquine, murmura-t-il. J'ai besoin d'un peu d'espace aussi et il n'y a pas beaucoup d'options pour s'asseoir.

Après s'être arraché péniblement à la contemplation de son visage paisible, il repartit vers le canapé avec l'intention d'envoyer quelques textos codés à ses partenaires. Il préférait travailler seul, mais il avait accepté de tenir les trois hommes informés de ses progrès. C'était autant leur enquête que la sienne, après tout, et les derniers événements les intéresseraient sûrement. Eux aussi étaient venus à Whispering Woods pour rassembler des informations sur Garibaldi afin de le mettre à l'ombre.

Brayden Maxwell avait lancé l'enquête en apprenant que l'homme qu'ils cherchaient régnait sur cette ville.

Anderson Somers avait protégé leur informateur et découvert que Garibaldi trempait dans le trafic de drogue.

Harley Maxwell – le frère cadet de Brayden – avait assemblé les pièces du puzzle et compris que Garibaldi se servait d'une galerie d'art pour distribuer la drogue.

Rush était là pour finir le travail. Il devait prendre Garibaldi en flagrant délit et le mettre derrière des barreaux – ce qui aurait dû se produire quand il avait été jugé quinze ans plus tôt. Alors Rush et ses partenaires obtiendraient justice pour leurs pères.

Rush pinça les lèvres. Il n'aimait pas ressasser le passé, mais il voulait clore ce chapitre de sa vie autant que ses frères d'armes.

Pour ça, je dois me concentrer sur l'action, songea-t-il.

Sauf que c'était difficile tant qu'il était paralysé

par la tâche que Garibaldi lui avait confiée. Il jeta un coup d'œil à Alessandra, puis il regarda son téléphone et estima que tenir ses partenaires au courant de la situation n'était pas le plus urgent. La première chose à faire était d'appeler Garibaldi. Il devait essayer de convaincre son patron qu'il était dans son intérêt de laisser Alessandra tranquille.

Rush soupira. C'était un appel qu'il valait mieux passer de l'extérieur. Il sortit de la cabane en s'interdisant de regarder Alessandra une fois de plus et appela Garibaldi. Celui-ci décrocha à la deuxième sonnerie.

— Comment va mon guide touristique préféré ? demanda-t-il.

Rush serra les dents.

— Le paysage ne ressemble pas vraiment à ce qu'on m'avait décrit, répondit-il.

— Ma vieille amie te cause des soucis ?

— Pas du tout.

— Ta mission te dérange ? demanda Garibaldi après quelques secondes de silence.

— Vous savez bien qu'aucune mission ne me dérange, grommela Rush sans avoir besoin de feindre sa mauvaise humeur.

— C'est une menace.

— Elle ne sait rien du tout.

— C'est Al qui te l'a dit ?

— Oui, juste avant de me proposer un strip-tease, ironisa Rush.

Garibaldi pouffa.

— Tu marques un point.

Rush se passa la main dans les cheveux et soupira bruyamment.

— C'est juste que je ne vois pas l'intérêt de cette

mission, dit-il. Le nettoyage demandera plus de travail que le nettoyage, si vous voyez ce que je veux dire.

— Tu t'es laissé séduire par son joli minois ?

— Je ne nierai pas que je la trouve séduisante, patron. Je serais un idiot et un menteur. Mais ce n'est pas le problème. Je vous assure qu'elle ne sait rien. Elle n'a parlé que de son enfance et de ses parents. Je pense que ce serait un gaspillage d'énergie de…

— T'a-t-elle dit pourquoi elle avait accepté mon invitation ? le coupa Garibaldi.

— Je suppose que c'était pour vous voir.

— Elle ne m'a pas appelé une seule fois en quinze ans. Et je n'ai jamais eu confiance en elle parce que mon père se méfiait de son père. C'est pour ça que je l'ai gardée à l'œil. Il y a deux semaines, j'ai reçu un coup de fil d'un contact à la police de Seattle. Ma vieille amie a fait des recherches sur quelque chose qui est directement lié à moi – quelque chose qui pourrait détruire tout ce que j'ai bâti ici.

Rush se retint difficilement de lui répondre que la nature de ses activités était une menace constante. Il savait qu'il aurait dû apaiser Garibaldi en lui promettant de faire ce qu'il voulait, même s'il n'en avait pas l'intention. Il n'y parvint pas.

S'était-il trompé sur Alessandra ? Son instinct l'induisait rarement en erreur.

Quelque chose cloche.

Il en était absolument certain. Le problème était qu'il ne savait pas quoi – pas encore.

— Tu es toujours là, Atkinson ? demanda sèchement Garibaldi.

— Oui, je suis là, répondit Rush.

— Je peux compter sur toi ?

— Comme toujours, patron, répondit Rush le plus sincèrement possible.

— Tant mieux. Si je peux te faire une petite suggestion, Atkinson, tu ferais peut-être bien de régler le problème avant qu'elle ne se réveille.

— D'accord.

— Rappelle-moi quand ce sera fait.

Quand Garibaldi raccrocha, Rush fixa son téléphone, de plus en plus mal à l'aise.

Alors l'évidence le frappa.

Comment Garibaldi savait-il qu'Alessandra dormait ?

— Merde, grommela-t-il en résistant à la tentation de balayer le perron du regard à la recherche d'une caméra.

Pourquoi n'avait-il pas envisagé cette possibilité ?

Garibaldi avait-il fait exprès de lui révéler qu'il les surveillait ? Pensait-il que Rush le savait déjà ? Avait-il commis une gaffe ?

Les doigts crispés autour de son téléphone, Rush essaya de se rappeler tout ce qu'il avait fait depuis son arrivée. Le baiser mis à part, tout lui semblait suffisamment neutre. Heureusement qu'il n'avait pas grillé sa couverture.

Si j'avais appelé les gars d'abord…

Il chassa cette pensée de son esprit. Il ne servait à rien de s'attarder sur ce qui aurait pu mal tourner s'il avait agi autrement. Mais il fallait vraiment qu'il contacte ses partenaires, maintenant qu'il savait que Garibaldi le surveillait de près. Il ferait bien de commencer par appeler Harley. Le génie de l'informatique réussirait peut-être à découvrir comment son patron s'y prenait pour l'espionner.

Mais pas d'ici.

— C'est le bon moment pour prendre un peu l'air, dit-il au cas où il y aurait aussi eu des micros.

Alors il descendit l'escalier d'un bon pas et s'enfonça dans les bois avant de composer l'un des rares numéros qu'il connaissait par cœur.

Alessandra se réveilla lentement en sentant un rêve lui échapper. Elle se mit en boule et tâcha de le ressaisir. Que faisait-elle ? N'était-elle pas dans les bras puissants d'un bel inconnu ?

Oui. C'est bien ça. Et il sentait bon. Ses mains étaient chaudes et…

Elle se redressa brusquement lorsqu'elle prit conscience que ce n'était pas le souvenir d'un rêve, mais un véritable souvenir.

Rush Atkinson. La cabane.

Elle balaya la cabane du regard sans le voir, puis retira ses jambes du canapé… Sauf qu'elle n'était pas sur le canapé. Elle était sur le lit. Cela la surprit tant qu'elle faillit en tomber et dut s'agripper au bord du matelas.

Elle était sûre qu'elle était sur le canapé quand elle avait fermé les yeux – pour deux secondes seulement. Ce qui signifiait qu'on l'avait aidée à se déplacer jusqu'au lit.

C'était embarrassant.

Elle balaya inutilement la cabane des yeux une deuxième fois. Il n'y avait pas des dizaines de cachettes possibles dans la pièce.

— Rush ? appela-t-elle avant de lever les yeux au ciel.

Parce que tu crois qu'il peut t'entendre alors que tu ne le vois pas ?

L'inquiétude la gagna. Elle se leva et jeta un coup

d'œil par la fenêtre – celle d'où l'on pouvait voir quelque chose. Puisqu'il faisait encore grand jour, elle n'avait pas dormi longtemps. Où était Rush ?

Elle s'approcha de la porte en se disant qu'il était absurde de craindre le pire – surtout alors qu'elle ne savait pas ce que le pire pouvait être dans cette situation. Cela ne l'empêcha pas d'avancer prudemment. La gorge serrée, elle ouvrit la porte très lentement et jeta un coup d'œil dehors.

— Rush ? murmura-t-elle.

Tu es ridicule.

Elle inspira profondément et se força à sortir sur le perron. Rien n'avait changé à part le soleil, qui était un peu plus près de l'horizon. La Lada de Rush était toujours là où il l'avait garée. Il faisait plus chaud à l'extérieur que dans la cabane et les bois étaient paisibles.

— Rush ? appela-t-elle d'une voix plus forte.

Toujours pas de réponse. Surprise et inquiète, elle scruta les environs à la recherche de son guide récalcitrant.

— Rush ! répéta-t-elle d'une voix qui trahissait sa peur grandissante. Ru…

Elle s'interrompit net parce qu'un flash de lumière avait attiré son attention. Elle fixa l'endroit où elle l'avait vu en espérant le revoir. Cela se produisit quelques instants plus tard. Cette fois, elle comprit que ce n'était pas un flash de lumière, mais un reflet. Un objet en verre ? En métal ? Elle n'aurait pas su le dire. Alors il se mit à bouger, de haut en bas, puis de droite à gauche.

Comme si quelqu'un tenait quelque chose, songea-t-elle. *Est-ce Rush ?*

Elle se pencha par-dessus la balustrade pour mieux

y voir, mais cela ne servait à rien. La végétation était trop dense.

— C'est forcément Rush, murmura-t-elle.

Il n'y avait aucun signe de la présence de quelqu'un d'autre. Comme il n'était pas possible de garer un véhicule sans qu'il soit visible de la cabane, un intrus aurait dû venir à pied.

Hésitante, elle continua à fixer l'endroit où le reflet apparaissait de manière intermittente. Une part d'elle avait envie de s'en approcher, l'autre l'exhortait à la prudence. Elle se balança d'un pied sur l'autre et finit par décider de satisfaire ses deux aspirations contradictoires. Elle se rapprocherait du reflet – mais lentement et prudemment, au cas où.

Elle descendit l'escalier en faisant le moins de bruit possible et en scrutant les environs. Une fois en bas, elle inspira profondément avant d'escalader des rochers et des racines. La pente était assez raide pour qu'elle soit un peu essoufflée quand elle atteignit les premiers arbres. Elle fit une pause et entendit une voix masculine. Celle-ci était trop basse pour qu'Alessandra comprenne ce qu'elle disait, mais assez forte pour qu'elle la reconnaisse.

Rush. Dieu merci.

Son esprit assembla vite les pièces du puzzle. Le reflet qu'elle avait vu devait être son téléphone et Rush avait dû sortir pour passer un appel sans risquer de la réveiller. Mais le soulagement d'Alessandra fut de courte durée. Alors qu'elle s'apprêtait à l'appeler, une bourrasque lui permit d'entendre clairement ce qu'il disait.

— Je n'ai pas le choix, grommela-t-il. Je dois me débarrasser d'elle.

Ces deux phrases, prononcées d'un ton sec, étaient

de très mauvais augure. Elle trébucha et se cogna le genou sur un rocher si fort qu'elle dut mobiliser toute sa volonté pour ne pas crier. Elle resta immobile plusieurs secondes après son crash miniature. Elle n'était pas sûre d'être capable de bouger – ni que ce soit une bonne idée.

Dois-je m'enfuir ? Je n'irais sûrement pas très loin à pied. Et il me cherchera. Vaut-il mieux que je fasse semblant de n'avoir rien entendu le temps de trouver une manière plus subtile de m'échapper ? Ou que je lui demande des explications ? Ou…

Ses réflexions désordonnées et effrayées s'interrompirent quand elle entendit des craquements de brindilles. Rush s'approchait d'elle. La terreur la paralysa quelques secondes de plus, puis son instinct de survie se réveilla. Elle s'enfuit en se déplaçant plus rapidement et bien plus discrètement que son poursuivant.

Elle se laissa glisser le long de la pente en espérant qu'il n'entendait pas les cailloux qui l'accompagnaient. Elle avait besoin de prendre une longueur d'avance. Alors qu'elle passait devant la Lada, ce qu'elle aperçut sur le tableau de bord la fit s'arrêter net.

Le revolver de Rush.

Elle ne savait pas pourquoi il l'avait laissé là et elle s'en moquait. L'arme était un cheval donné et il n'était pas question qu'elle lui regarde les dents.

Elle ouvrit la portière de la voiture et ramassa le revolver. Le fait qu'elle n'ait presque aucune expérience des armes à feu ne la fit pas hésiter un seul instant. Elle fit volte-face et attendit.

— Arrêtez-vous ! ordonna-t-elle quand Rush apparut entre les arbres.

Il continua à avancer.

— Arrêtez-vous ! répéta-t-elle en espérant que sa voix ne lui semblait pas hystérique.

Rush ralentit, puis s'arrêta. Il ne portait ni son chapeau ni ses lunettes et il était assez près pour qu'elle voie distinctement son visage. Il n'avait pas l'air inquiet ni sur la défensive, juste surpris. Pourquoi n'était-il pas au moins un peu inquiet ?

Je me protégerai s'il le faut, songea-t-elle résolument.

— Ne bougez pas ! s'écria-t-elle.

Il leva un pied.

— Je ne sais pas…

— Mettez vos mains sur votre tête, le coupa-t-elle. Et si je vous vois faire un pas de plus…

Elle laissa sa phrase en suspens en espérant que sa voix était plus menaçante que tremblante.

— Vous n'envisagez pas sérieusement de me tirer dessus, répondit-il. Que s'est-il passé dans la dernière heure ?

— À vous de me le dire. À qui parliez-vous ?

— À un ami.

Le visage de Rush resta impassible, mais Alessandra savait que ce n'était pas sa meilleure source d'information. Elle baissa les yeux vers ses mains. Il serra les poings une… deux… trois fois avant de lever les bras pour poser ses mains sur sa tête. Alessandra soupira de soulagement.

— Quel ami ? demanda-t-elle d'une voix presque neutre. Jesse ? Ernest ?

— Non.

— Qui ?

Rush jeta un coup d'œil à la cabane avant de répondre :

— Un ami personnel.

— Votre petite amie ? Elle comprit aussitôt que c'était une question ridicule et se sentit rougir.

Rush fronça les sourcils.

— Ma… Non. Bien sûr que non. Pourriez-vous…

— Quoi ? le coupa-t-elle plus sèchement qu'elle n'en avait l'intention parce qu'elle était embarrassée.

— Arrêter de me menacer avec mon arme ?

— Pour vous citer : bien sûr que non. Je veux des réponses.

— Ce n'est pas comme ça que vous les obtiendrez.

Elle était presque sûre qu'il ne lui dirait rien quoi qu'elle fasse – et tout à fait sûre qu'elle ne lui tirerait dessus qu'en dernier recours.

Elle décida de changer de stratégie et s'éclaircit la voix.

— Je retire ce que je viens de dire. Ce ne sont pas des réponses que je veux, ce sont vos clés.

Il eut l'air de vouloir protester pendant quelques secondes, puis il hocha la tête.

— Il faut que je bouge les mains pour vous les donner, répondit-il. Elles sont dans ma poche.

Alessandra se mordit la lèvre. Son instinct lui suggéra de se méfier, mais elle l'ignora. Que savait son instinct, après tout ? Il lui avait d'abord conseillé de se fier à Rush. Il l'avait laissé l'embrasser sans lui ordonner de répondre par un coup de poing. Et quoi que son instinct lui suggère, elle n'avait pas beaucoup d'options pour le moment. Si elle voulait s'enfuir avant qu'on ne se débarrasse d'elle, elle avait besoin d'un moyen de transport. Elle réprima un frisson. Sauver sa peau était le problème le plus urgent. Tout le reste – ses questions, ce que Jesse savait ou non sur la mort de son père et sa lettre – était secondaire.

— Vos clés ! insista-t-elle.

— D'accord, répondit Rush.

Il baissa lentement les bras, comme si c'était en elle

qu'on ne pouvait pas avoir confiance. Elle se retint de lever les yeux au ciel et le regarda fouiller dans sa poche. Il en tira les clés. Elle crut un instant qu'il voulait qu'elle s'approche pour les prendre, mais il les lança près de ses pieds.

— Remettez vos mains sur votre tête, ordonna-t-elle.

Il haussa un sourcil, mais il lui obéit.

Elle inspira profondément, puis elle se pencha pour ramasser les clés sans le quitter des yeux. Alors qu'elle était sûre qu'il allait tenter quelque chose, il se contenta de la regarder.

Elle soupira, se redressa et s'approcha de la Lada en continuant à pointer l'arme sur Rush.

— Je sais que je ne pourrai plus vous contrôler quand je m'en irai, dit-elle. Mais je préférerais que vous restiez là où vous êtes le temps que je file.

— Vous savez aussi bien que moi que je ne peux pas faire ça, répondit-il d'une voix calme – presque douce.

Cela la fit hésiter sans qu'elle sache pourquoi. C'était peut-être exactement ce qu'il voulait, parce qu'il ne fallut que cette fraction de seconde à Rush pour foncer vers elle.

8

Rush plaqua Alessandra au sol plus à la manière d'un cascadeur qu'à celle d'un policier infiltré. Il glissa une main sous sa tête pour la protéger et s'arrangea pour absorber l'essentiel du choc. Il ne savait pas si elle s'en était aperçue, mais elle resta immobile pendant quelques secondes après l'atterrissage. Elle lui donnait un trop grand avantage.

Il devait trouver un moyen discret de l'inciter à jouer le jeu. Il ne savait pas ce qui avait transformé la méfiance d'Alessandra en terreur, mais il ne pouvait pas lui poser la question pour le moment. Il fallait qu'il se retrouve seul avec elle hors de portée des caméras et des micros de Jesse.

Il se pencha vers son oreille et grogna :

— Défendez-vous.

Elle poussa un petit cri de surprise, ce qui n'était pas du tout la réaction qu'il espérait, puis elle répondit bien trop fort :

— Pourquoi est-ce que je ne me…

— Désolé, murmura-t-il en pressant son bras libre contre sa bouche pour la faire taire.

Elle secoua la tête sous son bras et il espéra que sa panique donnait l'impression qu'elle se débattait vraiment.

— Défendez-vous davantage, chuchota-t-il.

Il lut de la colère dans les yeux d'Alessandra, dont l'instinct de survie se réveilla enfin. Elle mordit son bras assez fort pour que sa vue se brouille.

Dieu merci, songea-t-il.

Quand il tendit la main vers l'arme qu'elle tenait toujours, elle lui abattit son poing gauche dans le dos. Le coup ne fut pas assez douloureux pour lui faire lâcher prise, mais il la lâcha quand même en poussant un juron. Elle essaya aussitôt de le viser. Il frappa son bras droit et le revolver vola à quelques pas d'eux. En même temps qu'il plongeait pour le ramasser, Alessandra roula sur le côté pour essayer de l'atteindre avant lui.

Il la laissa encore gagner le plus discrètement possible, puis il la plaqua une deuxième fois dès qu'elle eut posé la main sur l'arme. Il la fit rouler sur le dos. Alors qu'il ouvrait la bouche pour essayer de lui faire comprendre ses véritables intentions, elle replia un genou. Il eut tout juste le temps de se pencher sur le côté pour éviter un coup réellement douloureux.

— C'est un coup bas, grommela-t-il en emprisonnant plus fermement ses jambes entre les siennes.

— Je suis plus petite et moins forte que vous, répondit-elle. Et je ne suis pas un voyou. Alors je donnerai tous les coups que je pourrai.

Elle ponctua son petit discours furieux par un coup de tête.

Cela ne lui servit à rien – elle n'atteignit que sa gorge – mais il admira sa combativité. Certains des criminels endurcis qu'il avait affrontés avaient renoncé plus vite.

Il lui immobilisa les poignets en espérant qu'il avait l'air crédible et se pencha vers son oreille une fois de plus.

— Donnez-moi un coup de poing et fuyez, chuchota-t-il.

— Quoi ? s'écria-t-elle.

Il lâcha discrètement sa main droite sans lui fournir d'explication supplémentaire. Heureusement, elle réagit aussitôt. Elle serra le poing et lui frappa les côtes avec assez de force pour le déséquilibrer réellement. Quand elle le repoussa, il se plia en deux pour lui laisser le temps de se relever.

Courez ! lui ordonna-t-il mentalement.

Un instant plus tard, il entendit ses pas précipités.

Il se releva et se lança à sa poursuite. Elle était bien plus rapide qu'il ne s'y attendait. Elle atteignit les premiers arbres bien avant lui, ce qui le força à accélérer. Dans les bois, Alessandra fut avantagée par sa minceur : il lui était facile de se glisser entre les branches. Rush, pour sa part, ressemblait plutôt à un sanglier qui fonçait droit devant lui sans la moindre subtilité. Il s'aperçut vite qu'il ne gagnait pas de terrain sur elle.

— La Rouquine ! cria-t-il. Arrêtez-vous !

— Sûrement pas ! répondit-elle en continuant à courir.

Il commençait à s'essouffler.

— Je ne vous ferai pas de mal !

— C'est ce que disent tous les méchants dans tous les films ! répondit-elle sans paraître essoufflée le moins du monde.

— Je veux vous aider !

— Aidez quelqu'un d'autre !

Il la perdrait bientôt de vue et il n'aurait plus aucun moyen de la protéger de Garibaldi si elle lui échappait.

Alors la chance sourit enfin à Rush. Alessandra cria, agita les bras et tomba face contre terre.

À moitié soulagé de reprendre l'avantage et à moitié inquiet qu'elle se soit fait mal, il accéléra encore. Alors qu'il l'atteignait, elle roula sur le dos et pointa son arme sur lui une fois de plus.

Rush en perdit le souffle pour de bon. Le col du T-shirt d'Alessandra était déchiré et ses cheveux emmêlés, mais elle n'avait rien de vulnérable. Elle semblait bien décidée à avoir le dessus sur lui.

Ça a peut-être quelque chose à voir avec le fait qu'elle braque une arme sur toi, ricana une petite voix dans la tête de Rush.

— Allez-y, dit-il calmement. Tirez.

Elle plissa les yeux.

— Vous dites ça parce que vous pensez que je ne le ferai pas.

— Je pense que la plupart des gens préfèrent ne pas tirer sur quelqu'un. Et vous auriez déjà tiré si vous n'étiez pas au moins un peu hésitante. Comme vous l'avez dit vous-même, vous n'êtes pas un voyou.

— Je peux viser un genou.

— Je vous le répète : allez-y.

Elle grommela quelque chose d'inintelligible, se redressa, pointa l'arme dans une autre direction et appuya sur la détente. Le revolver cliqueta. Alessandra écarquilla les yeux et essaya encore sans plus de résultat.

— Vous pouvez jouer avec autant que vous le voulez, dit Rush. Je ne suis pas assez stupide pour laisser une arme chargée en évidence.

Alessandra lâcha l'arme et recula pour se cogner presque aussitôt contre un arbre.

— Puis-je vous aider ? demanda-t-il. Et si nous avions une conversation non violente ?

— Vous avez un gros problème ! lui lança-t-elle, furieuse.

— *J'ai* un gros problème ? Je n'ai pas la moindre

idée de ce qui se passe. Quand je vous ai laissée, vous étiez profondément endormie. Vous ronfliez.

— Je ne ronfle pas.

— Si, vous ronflez, mais ce n'est pas là que je voulais en venir.

— Vous avez dit à votre « ami » que vous alliez vous débarrasser de moi. Si vous voulez juste jouer avec moi avant...

Il n'écouta pas la suite parce qu'il venait enfin de comprendre ce qui se passait. Elle l'avait interrogé sur son coup de fil parce qu'elle en avait entendu la fin. Il n'y avait rien d'étonnant à ce qu'elle soit prête à lui tirer dessus. Il pouvait s'estimer heureux qu'elle n'ait pas trouvé un autre moyen de le blesser. Elle était même plutôt calme, dans ces circonstances.

Calme ? Elle n'attend qu'une seconde d'inattention pour se remettre à courir.

De fait, elle était accroupie comme un coureur olympique sur le point de s'élancer.

Il grogna de frustration et la plaqua au sol. Cette fois, il ne lui laissa aucune chance de se défendre. Il immobilisa ses poignets et s'assit sur ses jambes.

— Lâchez-moi ! ordonna-t-elle d'une voix forte malgré les larmes qui brillaient dans ses yeux.

— Calmez-vous, la Rouquine. Ne croyez-vous pas que si j'avais voulu me débarrasser de vous à la manière d'un gangster, ce serait déjà fait ?

Elle cligna des yeux.

— Et comment pourrais-je savoir quel est le protocole pour éliminer quelqu'un ? répliqua-t-elle.

Malgré les circonstances, il faillit pouffer.

— Je peux vous assurer que ce n'est pas de se laisser distancer par quelqu'un armé d'un revolver qui n'est pas chargé. Réfléchissez. J'étais seul avec vous dans une cabane. Vous avez l'habitude de vous perdre, votre téléphone est cassé et vous portez des tongs. Vous n'avez pas de moyen de transport. Si j'avais voulu vous tuer, je l'aurais déjà fait.

Elle se détendit un peu, mais elle répondit :

— Vous voulez peut-être me soutirer des informations d'abord.

Cette fois, ce fut un soupir qu'il réprima parce que c'était en partie vrai.

— Quelles informations pourrais-je vous soutirer ? demanda-t-il. Avez-vous des secrets ?

— Non, s'empressa-t-elle de répondre.

— Êtes-vous sûre de ne pas vouloir y réfléchir ?

— Vous voyez ? Vous donnez vraiment l'impression de m'interroger. Et ce n'est pas en m'immobilisant que vous gagnerez ma confiance.

— Si je vous lâche, vous me frapperez ou vous vous enfuirez.

— *Vous* m'avez demandé de me défendre, si vous vous en souvenez.

Elle se tut et fronça les sourcils.

— Une minute…, reprit-elle. Pourquoi m'avez-vous demandé de me défendre ?

— Parce que…

Il hésita. Comment pouvait-il la convaincre qu'elle n'avait rien à craindre de lui en lui en révélant le moins possible ?

— La vérité, c'est qu'il fallait qu'on ait l'air de se battre tant qu'on était près de la cabane.

— Quoi ? Pourquoi ?

— M'attaquerez-vous si je vous lâche le temps de tout vous expliquer ?

Elle haussa une épaule à l'horizontale.

— C'est possible, admit-elle.

Il pouffa.

— Très bien. J'opte pour un compromis.

— Un compromis ?

— Oui. Je vous menotte, mais je ne vous attache pas les jambes.

Il s'écarta d'elle sans la lâcher, ce qui eut pour effet qu'il l'attira sur ses genoux sans l'avoir vraiment voulu. Il en oublia presque pourquoi il la tenait. Pourquoi fallait-il que ce soit si bon ? Subitement, il craignit de l'embrasser au lieu de lui fournir des explications.

Le corps d'Alessandra eut une réaction tout à fait déraisonnable au changement de position malgré tous les efforts de son cerveau.

Il y a trente secondes, tu pensais qu'il allait te tuer, lui rappela celui-ci. *Et maintenant tu te blottis contre lui parce qu'il t'a dit qu'il n'en avait pas l'intention ? Tu ne comprends rien à ce qui se passe. Ne te laisse pas hypnotiser par son regard et arrête d'apprécier la chaleur de ses mains.*

Mais Alessandra savait déjà que la bataille était perdue. Les phéromones allaient gagner contre l'adrénaline. Pour cela, il suffisait qu'il l'embrasse.

S'il se penche…

Au lieu de se pencher, il la fit frissonner en lui effleurant la joue.

— Je vous promets que je ne vous ferai jamais de mal, la Rouquine, dit-il d'une voix rauque. Et que je ne laisserai personne vous en faire.

Alors qu'elle aurait dû trouver sa promesse grotesque, elle se prit à espérer qu'il était sincère.

— Comment pouvez-vous dire ça ? demanda-t-elle.

Vous ne me connaissez pas et vous ne savez rien de ma situation.

— C'est vrai, admit-il. Mais je n'ai pas besoin de vous connaître pour faire cette promesse. Je ne suis pas un voyou.

Il lui offrit le sourire le plus sexy qu'elle ait jamais vu avant d'ajouter :

— Par ailleurs, j'aimerais vous connaître – et pas parce que je chercherais à vous soutirer des informations.

L'instinct d'Alessandra en profita pour lui rappeler qu'il lui avait conseillé d'avoir confiance en Rush et son cerveau perdit un peu plus de terrain.

Peu importait qu'elle ne comprenne pas son étrange comportement. Peu importait qu'elle ait plus de questions que de réponses et qu'ils soient assis par terre dans les bois. Son cœur battait la chamade. Elle leva son visage vers celui de Rush, mais elle garda les yeux ouverts. Rush allait-il hésiter ? lui présenter ses excuses une nouvelle fois ? Peut-être pas. Elle ne lisait que du désir dans son regard. Il posa sa main sur sa joue.

Tu risques de le regretter, l'avertit une dernière fois sa raison.

Cela n'avait aucune importance. Même si elle devait le regretter, elle était sûre que cela en vaudrait la peine. Quand Rush ferma les yeux, elle en fit autant et attendit. Son esprit se vida dès qu'il pressa ses lèvres contre les siennes.

Débordée par ses sensations, elle entrouvrit les lèvres pour l'inviter à l'embrasser plus passionnément. Il lui accorda aussitôt ce qu'elle voulait. Elle laissa échapper un gémissement et glissa une main derrière sa nuque.

Quand Rush enroula ses bras autour de sa taille pour l'attirer plus près de lui, il perdit l'équilibre et bascula sur le côté.

Alessandra ouvrit les yeux. Rush était sur le dos et elle était sur lui. Ses seins étaient pressés contre son torse et ses jambes de part et d'autre de l'une de ses cuisses. C'était une position très intime. Embarrassée, elle voulut se redresser. Rush l'en empêcha. Il plaça ses mains sur ses hanches et leva la tête pour déposer un baiser sur ses lèvres.

L'enthousiasme chassa l'embarras. Elle recommença à l'embrasser passionnément et changea de position pour s'asseoir sur ses hanches. Oui, elle désirait follement un homme qu'elle connaissait à peine et en qui elle n'aurait pas dû se fier. La pure attirance physique l'emportait haut la main sur sa raison.

— Alessandra, grogna-t-il contre ses lèvres.

Elle brûlait de désir. Elle vibrait…

Elle ouvrit brusquement les yeux quand elle comprit que ce n'était pas une métaphore. À en juger par l'expression de Rush, il sentait aussi la vibration.

— Mon fichu téléphone, grommela-t-il.

— Devez-vous répondre ? demanda-t-elle, le souffle court.

— Je n'en ai aucune envie.

— Mais le faut-il ?

— Je suis à peu près sûr que c'est mon ami qui me rappelle. Si je ne réponds pas, il insistera, dit-il d'une voix chargée de regret.

— Je ne sais pas qui c'est, mais je le maudis, grommela-t-elle en s'écartant.

Rush pouffa, tira son téléphone de sa poche et répondit.

— Atkinson.

Alessandra entendit clairement son interlocuteur.

— Je commençais à m'inquiéter, dit celui-ci.

— Tu te prends pour ma mère, Harley ? répliqua Rush d'une voix affectueuse.

La réponse de son ami éveilla la curiosité d'Alessandra.

— Si tu le prends comme ça, je ne te dirai pas ce que j'ai découvert sur le système de surveillance.

— Tu aurais dû commencer par cette menace, dit Rush.

Son ami s'esclaffa.

— C'est vrai. J'avais oublié à qui j'avais affaire.

— J'ai toujours été le plus malin, répondit Rush, le sourire aux lèvres.

— Ah oui ? C'est toi qui as compris comment Garibaldi surveillait la cabane et trouvé un moyen de saboter son installation ?

Alessandra tressaillit. Jesse les espionnait ? Cela expliquait pourquoi Rush voulait qu'elle s'éloigne de la cabane et cela la rassurait sur sa relation avec Jesse. Mais cela lui donnait aussi de nouvelles raisons de s'inquiéter. Pourquoi son vieil ami les espionnait-il ? S'intéressait-il à Rush ou à elle ? Ces questions la perturbèrent assez pour qu'elle n'écoute que d'une oreille les explications de l'ami de Rush – à propos de relais, d'interférences et d'une période de tranquillité.

Elle secoua la tête et essaya de se concentrer, mais elle perdit le fil une nouvelle fois parce que Rush avait changé de position et que sa veste s'était ouverte. Il avait un revolver à la ceinture.

Il était armé pendant qu'elle pointait un revolver déchargé sur lui. Elle aurait dû être embarrassée de ne pas s'en être aperçue, même quand elle était couchée sur lui, mais elle n'éprouva que du soulagement. Il ne lui avait pas menti. S'il avait voulu lui faire du mal, il n'aurait eu qu'à dégainer.

Il n'était peut-être pas si déraisonnable de l'embrasser, alors, songea-t-elle.

Elle se rappela avec quel enthousiasme elle l'avait fait et rougit. Quand elle rencontra le regard brûlant de Rush, elle comprit qu'il pensait aussi à leur baiser et rougit de plus belle. Il lui décocha un clin d'œil qui fit manquer un battement à son cœur.

Concentre-toi, Al ! s'ordonna-t-elle.

— Alors on a quelques heures avant qu'il ne s'aperçoive que le système est défaillant ? dit Rush.

— Je ne te le garantis pas à cent pour cent, mais je te promets de manger une de mes sculptures si je me trompe, répondit son ami.

Rush éclata de rire alors qu'Alessandra se demandait ce que cela pouvait vouloir dire.

— Très bien, dit Rush. Retourne à tes vacances et à ta petite amie. Je prends la suite.

— Excellente idée. Il est temps que tu fasses progresser l'enquête. Appelle-moi si tu as besoin d'un coup de main technologique.

Une idée jaillit dans l'esprit d'Alessandra à l'instant où Rush raccrocha.

Le revolver. L'enquête.

— Vous êtes un policier, lui dit-elle.

9

La plus grande peur de Rush – souvent la seule – était de se faire démasquer. Il se souciait rarement de sa propre vie. Même si ses missions, toutes dangereuses, la menaçaient clairement, il n'y pensait presque jamais. Une balle perdue faisait partie du travail. Il n'avait aucune envie de mourir, mais cela ne l'inquiétait pas. Être démasqué était une autre histoire.

Cela avait failli se produire une fois, au tout début de sa carrière. Il gravissait les échelons au sein d'un gang. La situation semblait sans danger. Il avait été chargé, avec un autre sous-fifre, d'apporter des cafés aux caïds. C'était une tâche parfaitement banale. Il avait ramassé un latte sur le comptoir, ri à quelque chose que son complice avait dit, s'était retourné et avait percuté un camarade de lycée. Celui-ci l'avait reconnu. Il l'avait appelé par son nom, puis il lui avait demandé si « l'affaire » de son père était réglée.

Le sang de Rush s'était glacé. Il avait lu de la curiosité dans le regard de son collègue et entraperçu l'avenir. Son camarade de classe ne se contenterait pas d'une réponse vague. Son collègue sentirait que quelque chose clochait et lui poserait des questions avant d'en parler à leur patron. Rush ne survivrait pas à la semaine et l'innocent qui se tenait devant lui non plus.

Alors il avait fait la seule chose qui lui était venue

à l'esprit : il avait abattu son poing sur la figure de son ancien camarade. Il s'en était voulu – il s'en voulait encore – mais cela avait eu l'effet recherché. Un flic qui passait dans le coin était intervenu. Quelques minutes plus tard, Rush se trouvait dans un fourgon. Une heure après, il était relâché. Sa couverture avait tenu et il avait gagné en crédibilité, mais il craignait que cela se reproduise avec des conséquences bien plus dramatiques. Cette crainte ne l'avait jamais quitté.

Pourtant, il ne ressentit que du soulagement en entendant Alessandra tirer une conclusion logique des éléments dont elle disposait. Il répondit quand même prudemment, au cas où le fait qu'il appartienne à la police ne lui aurait pas semblé une bonne chose.

— Qu'est-ce qui vous fait dire ça ? demanda-t-il d'une voix neutre.

— Vous ne le niez pas ?

— Il me semble que ce serait une stratégie un peu grossière.

— Et vous êtes plus subtil que ça, n'est-ce pas ?

Il esquissa un sourire.

— Je ne me vante pas de ma subtilité.

Alessandra scruta son visage. Il s'attendit à ce qu'elle l'interroge sur l'enquête ou lui demande de confirmer ses soupçons. Elle ne fit ni l'un ni l'autre.

— Voulez-vous toujours connaître la véritable raison de ma présence ? demanda-t-elle.

Il acquiesça.

— Oui.

Elle inspira profondément.

— Très bien. Voici mon histoire.

Rush l'écouta attentivement raconter les événements inquiétants qui s'étaient produits dans les deux dernières semaines. Elle lui parla de la lettre de son père qu'elle avait trouvée d'une voix un peu tremblante, puis lui expliqua qu'elle avait demandé conseil à une amie policière. Celle-ci avait estimé que la lettre méritait qu'elle fasse quelques recherches. Alessandra avait attendu des nouvelles, puis découvert qu'elle n'en aurait jamais parce que son amie était morte. Elle avait fait une overdose, ce qu'Alessandra estimait impossible. Son amie n'avait jamais caché que ses parents se droguaient et qu'elle était très fière de s'être arrachée à ce milieu pour entrer dans la police.

— Elle ne se droguait pas, lui dit Alessandra avec autant d'assurance que de tristesse. On a déjeuné ensemble la semaine précédente et elle m'a dit qu'elle espérait être transférée à la brigade des stupéfiants. Je ne suis pas naïve au point de croire qu'on peut tout savoir sur quelqu'un et nous n'étions pas si proches que ça… Mais je l'aurais *su*.

— Je vous crois, la Rouquine, lui assura-t-il en posant sa main sur la sienne.

C'était vrai. Il avait passé assez de temps avec des menteurs et des escrocs pour savoir faire la différence entre quelqu'un qui était sûr de quelque chose et quelqu'un qui avait seulement envie de l'être. Et comme Garibaldi lui avait dit qu'il avait un informateur dans la police de Seattle, Rush était aussi sûr qu'elle que la mort de son amie avait été mise en scène.

Alessandra le regarda avec tant de gratitude que la gorge de Rush se serra. Il dut s'éclaircir la voix avant de poursuivre.

— Alors Jesse Garibaldi vous a invitée et vous avez accepté son invitation parce que vous pensiez qu'elle était liée à la lettre de votre père. C'est bien ça ?

— Oui, mais je ne vous ai pas tout dit, répondit-elle.

Elle lui parla ensuite de sa boutique de surf. Il fut

surpris par le nombre de détails qu'elle lui fournit, mais il n'osa pas refréner son enthousiasme. Sa boutique se trouvait sur la plage. Elle lui expliqua qu'il y en avait d'autres un peu plus loin, mais que la sienne se situait à l'écart. Elle lui parla des couchers de soleil, de ses clients excentriques et de la manière dont la boutique tremblait quand il y avait un orage. Comme il était évident qu'elle adorait sa boutique et son travail, Rush comprit qu'un drame s'était produit dès qu'elle baissa les yeux. Elle serra ses doigts et inspira profondément avant de dire :

— Elle a brûlé.

— Elle a brûlé ? répéta-t-il.

— Il n'en reste plus rien.

— Dans des circonstances suspectes ?

— C'est un incendie criminel, mais la police pense qu'il a été allumé par des jeunes qui avaient trop bu, répondit-elle. Je suis désolée. J'ai besoin d'un moment.

— Prenez tout le temps que vous voulez.

Elle le regarda quelques instants, puis se blottit contre lui. Il la serra dans ses bras. Quand il la sentit frissonner, il se rendit compte que la température avait chuté de plusieurs degrés. Il la serra plus fort.

— J'ai l'impression que tout est ma faute, dit-elle sans relever la tête.

— Ce n'est pas votre faute.

— Je pense que j'ai fait ce qu'il fallait. Je l'espère, du moins. Mais ça n'a pas aidé, n'est-ce pas ?

— Vous n'êtes pas responsable des crimes des autres, la Rouquine.

— Je le sais. J'essaie de me convaincre que je le sais. Mais je ne peux pas m'empêcher de me demander ce qui se serait passé si je n'avais pas montré la lettre à mon amie et…

Elle n'acheva pas sa phrase. Il fallut quelques secondes à Rush pour se rendre compte qu'elle pleurait. Il lui caressa doucement les cheveux. Il était étrange qu'il se soucie autant d'une femme qu'il connaissait à peine. Il était encore plus étrange qu'il éprouve subitement le besoin de lui livrer ses propres secrets.

Il était sûr qu'il l'aurait fait si le tonnerre ne s'était pas mis à gronder et si une grosse goutte de pluie n'était pas tombée sur le nez d'Alessandra.

— Et si on retournait dans la cabane ? suggéra-t-il après l'avoir essuyée.

— Êtes-vous sûr que ce soit prudent ?

— Harley dit qu'il a neutralisé le système de surveillance de Jesse.

— Et vous lui faites confiance ?

— Bien sûr. Il est comme un frère pour moi.

Dès qu'il eut prononcé ces mots, Rush sut que l'orage ne changeait rien : il allait livrer tous ses secrets à Alessandra. Il la regarda quelques instants en essayant de comprendre pourquoi. Cela ne tenait pas qu'à la sincérité de son regard ni au désir qu'elle lui inspirait. Il n'était certain que d'une chose : ce qu'il ressentait était destiné à s'intensifier.

— Venez, dit-il. Je vous expliquerai tout quand on sera au sec.

Quand ils atteignirent le perron de la cabane, il pleuvait à verse. Malgré la pluie et le chagrin qui la submergeait quelques minutes plus tôt, Alessandra souriait. Elle était profondément soulagée de pouvoir se fier à Rush, ce qui lui fit prendre conscience que l'inquiétude l'accompagnait comme son ombre depuis deux semaines. Elle pensait avoir fait le bon choix en se rendant à Whispering Woods pour prendre son problème à bras-le-corps, mais c'était un problème qui requérait les compétences d'un professionnel. Et elle ne pouvait que se réjouir que ce professionnel ait des lèvres douces et les tatouages les plus sexy du monde.

Elle se sentit rougir et se rappela que ce n'était pas parce que Rush était séduisant qu'elle avait confiance en lui. Son instinct l'y avait incitée dès le début et elle savait maintenant qu'il était du bon côté de la loi.

Même si…

Elle regarda Rush ouvrir la porte. Il n'avait pas admis qu'il était un policier, mais elle en était certaine. Les indices concordaient et le fait queHarley ait parlé d'une enquête le confirmait.

Elle s'arrêta et fronça les sourcils. Rush se tourna vers elle.

— Vous venez ou vous préférez rester sous la pluie ? demanda-t-il.

Elle ne répondit pas aussitôt parce que quelque chose la troublait. Il souriait, mais elle savait qu'il pouvait redevenir bourru d'une seconde à l'autre. Elle avait même cru que c'était sa nature. Alors que son instinct lui conseillait d'avoir confiance en lui, elle l'avait suspecté d'être un voyou.

Parce qu'il est doué pour se glisser dans un rôle, songea-t-elle.

— La Rouquine ? insista-t-il.

— Vous m'avez donné les moyens de deviner, répondit-elle.

— Ça ne paraît pas très professionnel de la part d'un policier infiltré, plaisanta-t-il.

— Mais vous l'avez fait quand même. Vous m'avez laissée entendre votre conversation avec votre ami.

— Pourquoi aurais-je fait ça ? demanda-t-il avec un air bien trop innocent.

— Parce que vous ne pouviez pas me le dire sans violer une loi ou une règle quelconque, je suppose. Vous avez trouvé un moyen détourné de parvenir au même résultat.

Alors qu'il s'apprêtait à répondre, une bourrasque poussa la porte et la fit claquer contre le mur. La pluie s'intensifia encore. Estimant sans doute qu'ils avaient assez traîné dehors, Rush prit sa main, l'attira dans la cabane et se battit contre la porte pour la fermer. Quand il se tourna vers elle, le cœur d'Alessandra manqua un battement.

Dans ses vêtements mouillés qui lui collaient à la peau, il était d'une beauté à couper le souffle. Tous ses muscles saillaient. Il semblait indestructible.

Elle se sentit rougir et se força à relever les yeux vers le visage de Rush, ce qui n'arrangea rien. Il la dévorait des yeux comme si elle venait de le dévorer. Elle en frissonna de plaisir. Quand leurs regards se rencontrèrent enfin, le cœur d'Alessandra s'affola.

Elle n'aurait pas su dire qui bougea le premier. Un instant plus tard, ils s'arrachaient leurs vêtements après s'être déshabillés du regard. Ils s'embrassèrent, rirent, jetèrent leurs vêtements par terre et s'embrassèrent encore.

Alors Rush plaça ses mains sur ses hanches et la souleva. Elle contempla son visage illuminé par le désir pendant quelques instants. Elle se pencha pour l'embrasser encore… Alors une idée horrible la paralysa.

— Rush ? murmura-t-elle contre ses lèvres.

— Oui ?

— Es-tu sûr que Jesse ne peut pas nous voir ?

Il esquissa un sourire.

— Ai-je le droit de me sentir offensé parce que tu parles d'un autre homme alors que tu es dans mes bras ? plaisanta-t-il.

— Désolée, répondit-elle en se sentant rougir une fois de plus. C'est juste que je n'aimerais pas qu'il me voie nue.

— Moi non plus, grommela Rush.

— Alors tu en es sûr ?

— Comment puis-je te le prouver ?

— Je ne sais pas.

— Que dis-tu de ça ?

Il la porta jusqu'au lit et l'y déposa. Après l'avoir embrassée, il se redressa et approcha ses mains de son ventre.

Sa ceinture glissa.

Le bouton de son jean se détacha.

La fermeture Éclair s'ouvrit.

Le jean tomba à ses pieds.

Tandis qu'Alessandra le regardait, le souffle court, la possibilité qu'ils soient filmés par une caméra invisible lui parut de moins en moins importante. L'homme qui se tenait devant elle requérait toute son attention. Chaque détail de son physique méritait d'être admiré. Cela l'absorba tant que la voix de Rush la fit sursauter quand il demanda :

— Convaincue ?

— Hum…

Elle se mordit la lèvre et y réfléchit. D'un côté, elle était sûre que Rush ne se promènerait pas en caleçon s'il pensait qu'on les espionnait. De l'autre, il ne se sentirait peut-être pas obligé de finir son strip-tease si elle l'admettait.

Elle jeta un coup d'œil à son caleçon – et ce qu'il cachait – puis releva les yeux vers le visage de Rush.

À en juger par son sourire espiègle, il avait compris à quoi elle pensait. Elle refoula l'embarras qui la gagnait.

— Non, répondit-elle avec assurance. Je ne suis pas convaincue.

— Alors que penses-tu de ça ?

Il tourna sur lui-même en criant :

— Eh ! Garibaldi ! Veux-tu connaître le numéro de mon insigne ?

Elle éclata de rire.

— Ce n'est pas ce que j'avais en tête, dit-elle.

— Et qu'as-tu en tête ?

— Si tu venais ici pour que je te le montre ?

— Avec joie.

Rush s'approcha. Quand il atteignit le bord du lit, il glissa ses jambes entre les siennes.

Alessandra se pencha pour déposer un baiser juste en dessous de son nombril. Le grognement qu'elle arracha à Rush la fit vibrer de plaisir. Elle embrassa encore son ventre, puis l'attira sur elle.

Alors Rush pressa ses lèvres contre les siennes tout en explorant son corps du bout des doigts. Elle se cambra, en proie à des désirs contradictoires. D'un côté, elle voulait qu'il progresse lentement pour faire durer le plaisir. De l'autre, elle était impatiente de sentir sa peau contre la sienne. Mais elle n'avait pas à s'inquiéter. Le rythme de Rush fut parfait. Il la caressa abondamment et lui retira vite ses derniers vêtements. Alors qu'elle était certaine que cette douce torture s'achevait, il roula sur le côté et s'appuya sur un coude.

— Je ne suis pas un homme prudent, la Rouquine, dit-il. Mais avec quelqu'un comme toi…

Ces mots firent l'effet d'un coup de poing dans l'estomac à Alessandra. Une dizaine de scénarios imprudents lui vinrent à l'esprit et tous lui donnèrent envie de pleurer.

Rush prit un air inquiet.

— Ce que je voulais dire, c'est que je préfère l'action et que je ne réfléchis pas toujours avant, reprit-il. Mais on ne se connaît que depuis quelques heures et je ne voudrais pas que tu penses que je suis… Que c'est…

Il se passa la main sur le visage.

— Je suis en train de tout gâcher, grommela-t-il.

Elle lui offrit un sourire tremblant.

— Si ça peut te consoler, je n'ai pas la moindre idée de ce que je fais.

Il haussa un sourcil.

— Je ne suis pas de cet avis.

— Ce n'est pas ce que je veux dire. Ce que je veux dire, c'est que je n'ai pas l'habitude de me retrouver nue dans un lit avec un homme dont je ne connais pas le deuxième prénom.

— Moi non plus.

— Arrête ! Tu m'as très bien comprise.

— Oui, répondit-il. Si on en est à se faire des confessions, j'aimerais préciser que je n'ai embrassé personne depuis deux ans et que je n'ai pas eu une relation qui n'ait pas fait partie d'une couverture depuis six ans.

— Oh.

— Oh ?

— Je ne sais pas quoi répondre à ça. Désolée ?

Il pouffa et déposa un baiser sur ses lèvres.

— C'est très simple. Dis-moi que tes relations des six dernières années étaient fausses et que tu attendais que je te pourchasse jusqu'au fond d'un trou pour te faire oublier tous les autres hommes. Oh ! et aussi qu'il y a un préservatif dans ton sac, parce que je n'en ai pas.

Elle éclata de rire.

— Mes relations des six dernières années n'ont pas été fausses, mais elles ont été insignifiantes, répondit-elle en lui caressant le torse. Quelques aventures et une liaison de deux mois avec un surfeur qui était venu à Seattle pour l'été. Si on remonte à sept ans, j'avais un petit ami quand j'étais à la fac. On faisait des études de commerce. Comme je voulais ma propre boutique et qu'il a accepté un poste dans une grande entreprise à New York, on s'est séparés en bons termes.

— C'est une bonne nouvelle.

— Ah oui ?

— Oui. Je suis content de savoir que je n'ai pas de concurrence.

Il prit sa main pour déposer un baiser sur ses doigts.

— Quant au deuxième point… Il est possible qu'on ait de la chance, ajouta-t-elle. Il y a une trousse de toilette dans ma valise et si je me souviens bien…

— N'en dis pas plus.

Rush se leva et traversa la pièce.

— Veux-tu que je te l'apporte ? demanda-t-il.

— Tu peux l'ouvrir, répondit-elle. La trousse est violette. Elle devrait être facile à repérer.

Elle le regarda fouiller sa valise en se demandant si le délai et la conversation risquaient de gâcher l'ambiance. Aurait-elle dû être embarrassée d'avoir des préservatifs dans sa trousse de toilette ? Elle ne l'était pas. Et la conversation n'avait fait qu'accroître son désir. Elle était contente d'en savoir un peu plus sur Rush et ce qu'elle avait appris lui faisait plaisir. Elle aimait aussi le voir toucher ses affaires. Cela lui semblait délicieusement intime.

C'est aussi trop long, songea-t-elle quelques secondes plus tard.

Elle était sur le point de suggérer qu'il apporte la

valise quand il trouva la trousse. Il l'ouvrit, en sortit un préservatif et se tourna vers elle.

— C'est Aaron, dit-il.

— Quoi ?

— Mon deuxième prénom.

— Oh. C'est bon à savoir.

Quand il s'approcha d'elle, elle ne songea plus qu'au désir qui rugissait en elle.

10

Rush fut réveillé par le froid et songea qu'il avait été un peu négligent en ne rechargeant pas le poêle. C'était la fin du printemps, mais l'orage avait fait chuter la température. S'il avait été plus scrupuleux, il aurait mis une bûche dans le poêle avant de s'endormir. Il avait été un peu… distrait. Deux fois. Puis étaient venus le dîner et une troisième distraction.

Il commença à repousser la couverture avec l'intention de recharger le poêle avant de se souvenir qu'il avait une bien meilleure source de chaleur à portée de main. Il se tourna vers Alessandra et ne toucha que les draps. Il ouvrit les yeux. Elle n'était pas là, ce qui l'inquiéta aussitôt.

Il se redressa et s'aperçut avec un temps de retard que la cabane était plongée dans l'obscurité.

— La Rouquine ? appela-t-il.

Elle ne répondit pas et l'inquiétude de Rush s'accrut.

Il balaya la pièce du regard. Les rideaux étaient fermés, le poêle n'émettait qu'une faible lueur rouge et la pluie crépitait encore sur le toit. Cette atmosphère, qui était parfaite la veille au soir, le mit un peu mal à l'aise. Des années d'expérience lui permirent de rester calme et de se lever sans un bruit. Comme ses yeux s'étaient un peu accoutumés à l'obscurité, il balaya la pièce du regard une deuxième fois. Tout semblait à sa place.

Sauf Alessandra, songea-t-il en enfilant son pantalon.

Même s'il ne croyait pas que quelqu'un ait pu venir enlever Alessandra pendant la nuit sans qu'il s'en aperçoive, il s'assura une fois de plus que tout était en ordre. Leurs assiettes étaient là où ils les avaient laissées et leurs vêtements par terre. Son arme était toujours dans son étui, qu'il avait suspendu à un crochet près de la porte… Par contre, la porte n'était plus verrouillée. La chaîne pendait le long du mur.

Il traversa la pièce à grands pas et mit son revolver dans sa ceinture par habitude. Il ouvrit doucement la porte. Il ne savait pas à quoi il s'attendait, mais ce n'était certainement pas à ce qu'il découvrit.

Alessandra était assise dans l'un des fauteuils du patio, ses jambes repliées sous elle, les yeux dans le vague. Ses cheveux détachés fouettaient son visage et la chemise qu'elle portait était trempée.

Depuis combien de temps était-elle là ?

L'instinct protecteur de Rush se réveilla aussitôt.

— La Rouquine ! s'écria-t-il en se précipitant vers elle. Il fait froid, il pleut et tu n'as même pas de manteau.

Elle tourna la tête vers lui, les joues inondées de larmes, et lui tendit une enveloppe blanche. Rush s'aperçut à cet instant qu'elle avait les jambes nues. C'en fut trop. Il ne savait pas ce qui l'avait réveillée ni pourquoi elle était sortie, mais il n'aspirait qu'à tout arranger. Elle ne protesta pas quand il la prit dans ses bras pour l'emporter à l'intérieur.

Il tira une chaise près du poêle, y déposa Alessandra et l'enveloppa dans une couverture. Après avoir mis plusieurs bûches dans le poêle, il tira une chaise en face de celle d'Alessandra, s'y assit et prit l'enveloppe qu'elle serrait entre ses doigts. Il reconnut aussitôt le logo qui y était imprimé et fronça les sourcils.

— Où as-tu trouvé ça, la Rouquine ? demanda-t-il.

Elle prit une inspiration tremblante et répondit :

— Dans cette boîte, là-bas.

Il suivit son regard jusqu'à une petite boîte en bois ornée d'un motif compliqué posée sur le rebord de la fenêtre. Avait-elle toujours été là ? Il n'en était pas sûr… Mais Alessandra avait pu la mettre là après l'avoir trouvée ailleurs et cela n'avait pas grande importance.

Il reporta son attention sur Alessandra.

— Sais-tu ce que c'est ? demanda-t-il.

Elle hocha la tête.

— Une lettre de mon père à ma mère, murmura-t-elle.

Ce n'était pas la réponse à laquelle il s'attendait.

— Quoi ? L'enveloppe est fermée et il n'y a pas de nom dessus.

— Je sais. Mais l'autre lettre – celle dont je t'ai parlé – était dans une enveloppe identique. Il y avait le même logo dessus.

— *Ce* logo ? insista Rush, qui avait du mal à le croire.

Alessandra acquiesça et se remit à pleurer.

— Je te l'aurais bien montrée, mais elle a brûlé avec ma boutique.

Rush posa l'enveloppe sur ses genoux et prit le visage d'Alessandra entre ses mains. Il ne savait pourquoi il lui était si douloureux de la voir pleurer, mais c'était le cas. Il dut se concentrer pour garder à l'esprit les questions importantes qu'il avait à poser.

— Sais-tu ce qu'est ce logo ? demanda-t-il.

— Non.

— C'est le logo de la police de Freemont City, lui dit-il. C'était son logo, plutôt. Ils en ont changé il y a douze ans, quand le type qui a dessiné celui-ci a pris sa retraite.

Alessandra fronça les sourcils.

— C'est une enveloppe de la police ?

— Oui. Ton père a-t-il travaillé pour la police ou avait-il un ami policier ?

Il fut surpris de l'entendre éclater de rire.

— Mon Dieu non. Mon père n'avait pas de fréquentations de ce genre. Il serait si contrarié s'il savait…

Elle laissa sa phrase en suspens et jeta un coup d'œil au lit défait.

— Disons juste que ce n'était pas un citoyen modèle, surtout avant ma naissance, reprit-elle.

Rush esquissa un sourire.

— Il s'en est fallu de peu que ma vie prenne une autre direction, tu sais, répondit-il.

— Ah oui ?

— Je suis surpris que ça te surprenne, plaisanta-t-il. Ne m'as-tu pas traité de voyou ?

— J'ai dit que tu avais l'air d'être un voyou, le corrigea-t-elle.

— Il y a une différence ?

— Oui, parce que tu n'es pas un… Mais pourquoi avons-nous cette conversation ? Mon père est mort il y a quinze ans, tu es un policier, pas un criminel et…

Ses yeux s'emplirent de larmes une fois de plus.

Rush se pencha pour la serrer dans ses bras.

— On n'est pas obligés d'en parler maintenant, répondit-il.

Elle soupira contre sa peau, ce qui lui rappela brutalement qu'il était encore torse nu. Il ferait sans doute bien d'enfiler une chemise avant que son corps n'ait une réaction malvenue dans ces circonstances.

Il était sur le point de mettre cette idée à exécution quand Alessandra posa une question qui le surprit.

— Alors qu'est-ce qui t'a fait entrer dans la police plutôt que de devenir un hors-la-loi ?

Il n'hésita qu'un instant. Il éprouvait le besoin de se confier à elle au point d'être soulagé qu'elle l'y invite. Il s'écarta pour la regarder droit dans les yeux.

— C'est amusant…, commença-t-il. Pas une seule fois de ma carrière je n'ai réussi à faire semblant que mon père était en vie. Je lui ai inventé des dizaines de morts : cancer, accident de voiture, crise cardiaque, piqûre de méduse en Australie… Choisis au hasard : l'un de mes pères imaginaires en est mort.

Il s'interrompit et caressa le logo de l'enveloppe.

— La vérité, c'est que mon père travaillait pour la police de Freemont City à l'époque où elle utilisait encore ce logo, dit-il le plus calmement possible. Il a été tué dans l'exercice de ses fonctions.

— Je suis désolée, dit Alessandra avec une sincérité qui le toucha.

— Il y a une quinzaine d'années, mon père enquêtait sur un trafic de drogue, expliqua-t-il en lui effleurant la joue. C'était une grosse affaire. Ses deux collègues et lui étaient sûrs qu'elle ferait progresser leur carrière. Ils étaient en train d'examiner des pièces à conviction au commissariat quand une bombe a explosé. Ils sont tous morts.

Alessandra prit sa main pour déposer un baiser sur sa paume. Le désir qu'elle réveilla, mêlé au soulagement qu'il ressentait, fut presque douloureux. En lui racontant son histoire, il avait l'impression de se décharger d'un fardeau dont il avait mal mesuré le poids. Comment avait-il pu garder cela pour lui pendant toutes ces années ?

— Les deux collègues de mon père étaient les pères de mes amis, reprit-il.

— Harley, murmura Alessandra.

— Lui et son frère Brayden. Et notre ami Anderson. Nous avons fait un pacte. Nous nous sommes juré de rendre justice à nos pères. Voilà ce qui m'a fait basculer du bon côté de la loi, la Rouquine.

— Le coupable n'a pas été arrêté ?

— Si, il l'a été. Mais la justice n'a pas rempli son rôle. Le gamin a été relâché.

— Le gamin ? répéta Alessandra, l'air surprise.

Il acquiesça.

— Et le gamin a grandi pour devenir…

Il s'interrompit pour tendre l'oreille. Il ne lui fallut que deux secondes pour identifier le bruit qui l'avait alerté : des pneus sur du gravier.

— Merde, grommela-t-il en se levant.

— Que se passe-t-il ? s'inquiéta Alessandra.

— Il n'y a qu'une personne qui sait qu'on est là et je crois qu'il est venu nous rendre une visite surprise.

Il ramassa sa chemise et l'enfila.

— Tu ferais sans doute bien de te rhabiller aussi, conseilla-t-il à Alessandra.

Elle écarquilla les yeux et se leva d'un bond. Pendant qu'elle s'habillait, Rush essaya d'effacer les traces de leur activité nocturne en maudissant sa propre stupidité. Il ne craignait pas que Garibaldi ait découvert queHarley avait saboté son système de surveillance – Harley était un génie. Mais Rush aurait dû envisager la possibilité que son patron vienne les voir.

Une inspection surprise, songea-t-il amèrement en faisant le lit.

Quand il eut terminé, il enfila sa veste et balaya la pièce du regard. Tout semblait plus ou moins normal

– sauf Alessandra, qui était trop sexy pour son bien. Même le chignon qu'elle s'était fait à la hâte ne masquait pas sa sensualité.

Tu t'en aperçois parce que tu as passé la nuit à la regarder nue, s'assura-t-il.

Il s'approcha d'elle, déposa un baiser sur ses lèvres et lui dit :

— Pardonne-moi par avance, tu veux bien ?

Il la lâcha avant qu'elle ne lui demande des explications et ouvrit la porte alors que Garibaldi atteignait le perron.

Si l'arrivée de Jesse n'avait pas suffi à rendre Alessandra nerveuse, les paroles de Rush s'en seraient chargées.

Te pardonner pour quoi ? voulait-elle lui demander.

Mais elle le comprit dès que Jesse entra dans la pièce – en lui donnant l'impression que son père venait de la surprendre dans les bras de son petit ami de lycée. L'attitude de Rush changea du tout au tout. Son sourire disparut et son regard devint glaçant. Il avait l'air encore plus dangereux et encore plus méchant que lorsqu'il était tombé dans le trou.

Elle réprima une envie de se frotter les yeux. Non, elle ne rêvait pas. Sa gorge se serra. Elle savait que Rush jouait un rôle, mais elle ne comprenait pas comment il avait pu se débarrasser aussi vite de l'homme qui lui avait caressé le visage quelques minutes plus tôt. Pourquoi lui était-il si facile d'anéantir cette version de lui-même ?

Mais elle dut elle-même jouer un rôle dès que Jesse posa les yeux sur elle. Elle prit un air surpris et se leva pour l'accueillir avec un grand sourire.

— Bonjour ! lui lança-t-elle. Tu es bien matinal.

Jesse lui rendit son sourire, mais son regard resta dur.

— L'avenir appartient à ceux qui se lèvent tôt, répondit-il.

— Est-ce que ça veut dire que je suis déchargé du paquet ? demanda Rush d'un ton hargneux.

Alessandra lut un encouragement discret dans son regard. Il voulait qu'elle joue le jeu. Elle réprima un soupir de soulagement. En lui prêtant main-forte, elle aurait peut-être moins l'impression qu'il avait effacé les dernières vingt-quatre heures de sa mémoire.

Elle plissa les yeux.

— C'est moi que vous traitez de paquet ? répliqua-t-elle.

— Détendez-vous, la Rouquine, répondit Rush en rendant ce surnom insultant. Ce n'est qu'une métaphore.

— Oh ! un mot de plus de trois syllabes ! s'écria-t-elle. Vous devez être très content de vous.

— Je n'ai pas beaucoup de raisons de me réjouir en ce moment.

Jesse les regarda l'un et l'autre et parut se détendre un peu.

— Je suis juste venu m'assurer que j'avais choisi la bonne personne pour ce travail, dit-il. Veux-tu que je le renvoie, Al ? J'ai deux ou trois choses à faire, mais je peux m'occuper de toi moi-même quand j'aurai terminé.

La panique gagna Alessandra – et pas seulement parce qu'elle ne découvrirait jamais ce qui était arrivé à son père si Jesse « s'occupait d'elle ». C'était aussi parce qu'elle avait l'impression qu'il se passait quelque chose entre Rush et elle et parce qu'elle voulait savoir où cela les mènerait. Elle se mordit la lèvre pour ne pas protester. Heureusement, Rush intervint.

— Non, patron, grommela-t-il. Je vous ai promis

de le faire, je le ferai. Vous pouvez me faire confiance. Et j'ai déjà des projets pour la journée.

— Ah oui ? répondit Alessandra. Aviez-vous l'intention de me demander mon avis ?

— Peut-être.

— Peut-être ?

— Oui, peut-être. Après un café et des œufs au plat.

— Je ne savais même pas que le petit déjeuner était une option, ironisa-t-elle.

Jesse soupira comme si leur querelle l'ennuyait et Alessandra se raidit. Allait-il décider de prendre la place de Rush ?

— Avez-vous passé la nuit à vous disputer ? demanda-t-il à la place.

— Non, s'empressa-t-elle de répondre parce qu'elle craignait de rougir. On a joué aux cartes et il a fait de la soupe.

— Il a fait de la soupe ? J'aurais aimé voir ça, ricana Jesse.

— Si vous restez cinq minutes, vous me verrez faire griller des toasts, dit Rush. C'est palpitant.

Jesse secoua la tête.

— J'aimerais beaucoup te voir apprivoisé, Atkinson, mais Ernest m'attend dans la voiture. Alors si Al ne m'en veut pas trop de l'abandonner encore une fois…

— Non, je ne t'en veux pas, répondit-elle. Je sais que tu as des choses à faire et je peux gérer Rush.

— Tant mieux.

Jesse posa sa main sur son épaule, ce qui lui donna envie de grimacer, et ajouta :

— Je te promets de revenir avant le dîner.

Ces mots, qui semblaient innocents, la firent frémir. Elle se força à hocher la tête.

— Merci, Jesse, répondit-elle.

Quand il lui tourna le dos, elle laissa échapper un petit soupir de soulagement. Mais Jesse s'arrêta à la porte. Lorsqu'il lui jeta un regard de prédateur par-dessus son épaule, elle comprit qu'il était toujours méfiant.

— Dis-moi, Al…

— Quoi ? demanda-t-elle le plus calmement possible.

— À quoi avez-vous joué hier soir ?

La question la paralysa. Elle pouvait pourtant répondre ce qu'elle voulait : à la bataille, au rami… N'importe quoi aurait fait l'affaire. Mais son instinct lui soufflait que c'était un piège. Deux secondes plus tard, elle comprit que c'en était vraiment un, mais qu'il n'y avait pas de mauvaise réponse. Jesse voulait juste la faire hésiter pour découvrir si elle lui mentait. Et cela fonctionnait. Jesse attendait. Les secondes qui suivirent parurent durer des heures à Alessandra.

Une fois de plus, Rush lui sauva la mise.

— Au strip-poker, évidemment, ricana-t-il.

Cela permit à Alessandra de se ressaisir. Elle jeta un regard mauvais à Rush en le remerciant intérieurement.

— On a joué au crib, dit-elle à Jesse. On a trouvé une planche dans un placard. Je l'ai battu trois fois, si tu tiens à le savoir.

— Elle triche, grommela Rush.

Jesse la fixa quelques secondes de plus, puis secoua la tête.

— Non, elle ne triche pas, mon ami. Elle est juste très douée. Elle a toujours été intelligente. Elle m'a battu des centaines de fois quand on était gamins.

— Veux-tu qu'on fasse une partie quand tu reviendras ? proposa-t-elle.

— Pourquoi pas, répondit Jesse avant de se tourner vers Rush. Occupe-toi d'elle.

Alessandra n'écouta pas la réponse de Rush et perçut

à peine le départ de Jesse. Elle était trop occupée à résister à la panique.

Parce que son cerveau venait de parvenir à une conclusion terrifiante.

Jesse Garibaldi – un homme qu'elle connaissait depuis toujours – avait tué le père de Rush.

11

Tout collait. Jesse avait le bon âge pour être le « gamin » dont Rush avait parlé. Cela expliquait pourquoi Rush le détestait tout en travaillant pour lui. Cela expliquait aussi ce qu'Alessandra avait entendu sa mère dire au téléphone. Oui, c'était bien Jesse que sa cliente greffière avait vu au tribunal. Alessandra était sûre d'avoir raison et cela la terrifiait. Si Jesse avait tué le père de Rush quand il était adolescent, qu'avait-il fait depuis ? Quelles étaient les chances qu'il ne soit pas mêlé à la mort de son père à elle ? Surtout, pourquoi l'avait-il invitée à Whispering Woods ?

La réponse la frappa comme un coup de poing dans l'estomac.

Mon Dieu.

Elle vacilla et serait tombée si Rush ne l'avait pas soutenue. Quand elle rencontra son regard, elle y lut de l'embarras et du chagrin.

— Il veut que tu me tues, murmura-t-elle.

— Viens t'asseoir, la Rouquine, répondit-il d'une voix douce.

— Je ne veux pas m'asseoir ! s'écria-t-elle. Tu savais ce qu'il voulait et tu as... On a... Tu aurais dû me le dire, Rush.

— Qu'aurais-je pu dire ?

— Tu aurais pu commencer par m'avertir.

— Serais-tu restée avec moi si je t'avais dit que ton vieil ami voulait ta peau ?

Elle s'apprêta à répondre qu'elle serait restée, puis se rendit compte que ce serait un mensonge. Elle se laissa tomber sur le canapé. Elle ne savait pas ce qu'elle aurait fait. Paniquer comme elle paniquait à cet instant ? Sans doute. Craint de rester où elle était, d'autant plus que Jesse savait où elle était et possédait l'endroit ? Probablement. Et elle ne savait toujours pas ce qui se passait… Mais elle voulait le savoir. Elle inspira et essaya de se calmer.

— Explique-moi la situation, s'il te plaît, dit-elle. Parce que j'ai l'impression d'être la victime dans un film d'action.

Il se passa la main sur le visage.

— Que veux-tu savoir ?

— Jesse a-t-il tué ton père ?

Même si elle avait posé la question le plus gentiment possible, Rush grimaça.

— Oui, et ceux de mes amis.

Elle refréna un élan de sympathie. Elle comprenait sa douleur, mais Rush avait couché avec elle en la sachant en danger. Elle méritait quelques réponses.

— Pourquoi ?

— Parce que son père a été tué par *nos* pères au cours d'une descente – « l'incident policier » dont tu as parlé.

— Et Jesse a été relâché à cause d'un vice de forme ?

— Quelque chose comme ça.

Elle inspira profondément avant de demander :

— Penses-tu qu'il ait tué *mon* père ?

Sa voix tremblait. Rush s'empressa de s'asseoir à côté d'elle et de prendre ses mains. Elle le laissa faire.

— Je n'en sais rien, chérie, répondit-il. J'aurais

aimé pouvoir te dire que c'est impossible, mais je sais de quoi il est capable.

— De t'ordonner de me tuer, par exemple, murmura-t-elle.

— J'ai fait bien des choses illégales dans mes missions d'infiltration, mais je ne suis pas un meurtrier. Je ne t'aurais pas fait de mal, même si je ne t'avais pas appréciée comme je t'apprécie.

Il lâcha ses mains pour prendre son visage entre les siennes.

— Je ferais n'importe quoi pour te protéger, ajouta-t-il avec tant de conviction qu'elle n'eut aucun mal à l'imaginer se jetant sous un train pour lui sauver la vie. Cela lui inspira des sentiments qui l'effrayèrent et lui rendirent difficile de se concentrer.

— Et tu enquêtes sur Jesse depuis tout ce temps ? Depuis quinze ans ?

— En gros, répondit-il.

— Et qu'est-ce que ça donne en détail ?

— Mes amis et moi avons fait notre pacte quand Garibaldi a été relâché. C'était l'idée de Brayden. Il a toujours été notre chef intrépide aux principes inébranlables, expliqua-t-il avec affection. Il voulait qu'on s'y prenne comme nos pères l'auraient fait.

Elle hocha la tête.

— Vous êtes tous entrés dans la police.

— Oui, en prenant des voies légèrement différentes. Nous avons enquêté sur Garibaldi sur notre temps libre. C'est une véritable anguille. Ses affaires passent par toute une série de sociétés écran. Il nous a fallu des années pour le traquer jusqu'à Whispering Woods. Mais nous y sommes presque. Tout ce qui manque, c'est que je le prenne en flagrant délit.

Alessandra comprit subitement qu'elle gênait son

enquête. Mais il ne s'en était pas plaint – si l'on faisait abstraction de sa mauvaise humeur initiale, qu'il pouvait avoir exagérée.

— Comment puis-je t'aider ? demanda-t-elle sans réfléchir à l'absurdité de cette question.

Au lieu de se moquer d'elle, il l'embrassa et pressa son front contre le sien.

— Tu peux commencer par me dire tout ce que tu penses que je devrais savoir sur Garibaldi, répondit-il. Après ça, tu peux m'aider à lui faire croire que j'ai fait ce qu'il voulait.

Elle écarquilla les yeux.

— Tu veux que je fasse semblant d'être morte ?

Il pouffa.

— Dit comme ça…

— Mais tu es sérieux.

— Oui, je suis sérieux. Il ne te laissera pas tranquille. Tu as signé ton arrêt de mort en trouvant la lettre de ton père. Il m'a dit qu'il avait un informateur dans la police de Seattle.

Elle se sentit blêmir.

— Alors il a tué mon amie et incendié ma boutique.

Rush acquiesça.

— Je suis désolé, la Rouquine.

Même si elle l'avait déjà compris, entendre Rush le confirmer l'emplit de chagrin. Des souvenirs d'enfance se bousculèrent dans son esprit : un Noël, une journée à la plage, un jour où Jesse avait soigné ses genoux, qu'elle avait écorchés en tombant de vélo… Ils n'avaient jamais été proches, mais elle ne pouvait pas nier que leurs vies avaient été entrelacées pendant plusieurs années. Comment avait-elle pu passer ne serait-ce qu'*un* bon moment avec quelqu'un comme Jesse ? Comment devenait-on quelqu'un comme Jesse, pour commencer ? Quelqu'un qui n'hésitait pas à faire du mal aux autres et n'accordait aucune valeur à la vie humaine ?

Elle comprit qu'elle avait posé ces questions à voix haute quand Rush lui répondit.

— Malgré tout le temps que j'ai passé avec des criminels, je n'ai que des théories à t'offrir. Je pense que c'est parfois par appât du gain, d'autres fois, à cause d'un besoin de tout contrôler autour de soi… Sans doute les deux, dans la plupart des cas. Quant à Garibaldi… Je pense qu'il a besoin de se sentir plus intelligent que tout le monde.

Alessandra songea à la remarque que Jesse avait faite sur son intelligence et acquiesça.

— S'il est si méchant et s'il me voit comme une menace, pourquoi ne m'a-t-il pas… sniperisée, ou quelque chose comme ça ?

Rush esquissa un sourire.

— À part le fait que le mot « sniperiser » n'existe pas, il voulait savoir d'abord à quel point tu le menaçais.

— Il voulait découvrir ce que je savais sur ses activités et si j'en avais parlé à quelqu'un ?

— Exactement.

— Et que lui as-tu dit ?

— Que tu n'avais rien à dire à personne parce que tu ne savais rien.

— Mais il s'en moque.

— J'en ai bien peur, soupira Rush.

Elle se redressa et rassembla son courage.

— Je t'aiderai, dit-elle. Je ferai semblant d'être morte, mais à une condition.

— Tu m'imposes des conditions pour te sauver la vie ? pouffa-t-il.

— Je ne plaisante pas.

— Je sais. Quelle condition ?

— Je veux que tu découvres si Jesse est responsable de la mort de mon père, directement ou indirectement.

— Marché conclu, répondit-il sans hésiter.

Elle soupira de soulagement.

— Merci.

— Si tu as d'autres requêtes, n'hésite pas à me les présenter, répondit Rush. En attendant, je pense que tu devrais ouvrir la lettre que tu as trouvée.

Il se leva et alla chercher l'enveloppe. La nervosité gagna Alessandra. Après tout, c'était sa découverte de la première lettre qui avait provoqué tous les événements dramatiques qui avaient suivi. Elle ouvrit la bouche pour avouer qu'elle avait peur, mais elle n'en eut pas le temps. Quand Rush ramassa l'enveloppe, un *bang* et un *crac* résonnèrent dans la pièce.

Rush se figea, surpris par les bruits et la douleur qu'il ressentait dans la main.

— Qu'est-ce qui…

Son cerveau se remit en route avant qu'il n'ait fini sa phrase.

Le *bang* était un coup de feu.

Le *crac* était le bruit que la fenêtre avait fait en volant en éclats.

Et sa douleur était la brûlure provoquée par la balle qui avait traversé l'enveloppe qu'il tenait avant de se loger dans le mur.

Il traversa la pièce en courant, prit Alessandra dans ses bras et la plaqua au sol. Ils devaient sortir de là.

Par la porte ?

C'était hors de question.

Par une fenêtre ?

Le tir prouvait que c'était trop risqué.

Il devait faire le tour de la pièce.

— Reste couchée, chuchota-t-il.

Alessandra le retint quand il voulut se lever. Elle était terrifiée – à juste titre.

— Ne t'inquiète pas pour moi.

— Est-ce qu'on nous tire dessus ? demanda-t-elle d'une voix tremblante.

— On dirait bien, grommela-t-il. Avec une arme à longue portée, je pense.

— Et tu veux te lever ? As-tu perdu la tête ?

— Je resterai accroupi.

— Tu es trop grand pour bien t'accroupir !

— Tu as une meilleure idée ?

Il avait posé la question sur un ton sarcastique, mais Alessandra acquiesça et lui échappa.

— À quoi joues-tu, la Rouquine ?

— J'aide, répondit-elle.

— Ne…

Mais elle était déjà en mouvement. Elle rampa jusque sous la fenêtre bien plus agilement qu'il n'aurait pu le faire et tira les rideaux. Rush s'attendit à entendre un autre coup de feu, mais rien ne se produisit. Alessandra rampa ensuite jusqu'à la porte, qu'elle verrouilla avant de revenir vers lui.

— Tu vois ? dit-elle. Je nous ai offert un peu de sécurité.

Il eut envie de la gronder pour avoir pris des risques, mais il se retint parce qu'elle avait raison. Les rideaux étaient peut-être assez épais pour empêcher le tireur de voir ce qui se passait à l'intérieur.

Le tireur qui ne tire plus parce qu'il est sans doute en train de s'approcher pour finir le travail.

De combien de temps disposaient-ils avant qu'il

ne défonce la porte ? À peine quelques minutes, si l'homme était efficace.

— Très bien, grommela-t-il. Maintenant, on a besoin d'une issue.

— Le poêle ? suggéra Alessandra.

Il fronça les sourcils.

— Le poêle ?

Elle montra le plafond du doigt.

— Je pense que le tuyau d'aération est fixé à quelque chose de moins épais que les murs et le toit.

Elle avait raison. Le tuyau était fixé à un panneau métallique rectangulaire qui était vissé dans un trou du toit. Et Rush avait un couteau suisse dans la poche de sa veste…

Il faut juste qu'on trouve un moyen de grimper là-haut.

— Si on plaçait la bibliothèque contre le poêle, elle nous fournirait à la fois une protection et une échelle, dit Alessandra comme si elle avait lu dans ses pensées.

Il haussa un sourcil.

— Je croyais que tu tenais une boutique de surf.

— C'est le cas.

— Et tu fais quoi le reste du temps ? De l'espionnage ? Des numéros d'évasion ?

Les joues d'Alessandra s'empourprèrent.

— Non. Je suis juste douée pour improviser. Ça m'a bien servie hier, non ?

— Quand tu nous as fait tomber dans un trou, tu veux dire ?

— C'est bien le moment de plaisanter, grommela-t-elle.

— C'est toujours le bon moment pour plaisanter. Et ça fait paraître les situations dangereuses moins dangereuses.

Elle leva les yeux au ciel.

— Vas-tu m'aider à déplacer cette bibliothèque, oui ou non ?

— Dis-moi ce que tu as en tête et je t'obéirai.

Elle le regarda comme si elle ne le croyait pas, mais elle répondit :

— On rampe jusqu'à la bibliothèque. Une fois là-bas, on devrait pouvoir se lever. Même si le tireur peut voir à travers les rideaux, c'est le coin le plus éloigné de la fenêtre. Alors on n'aura plus qu'à vider la bibliothèque et à la pousser.

— Pousser, je sais faire, répondit-il.

— Prêt ?

— Une seconde.

— Pour quoi faire ?

Il pressa ses lèvres contre les siennes.

— Maintenant, je suis prêt, répondit-il.

Elle grommela quelque chose qu'il ne comprit pas, puis se mit à ramper. En plus d'être d'une rapidité étonnante, elle parvenait à rendre le mouvement gracieux.

— Camps d'entraînement de remise en forme, dit-elle en se levant. Je sais aussi me balancer au bout d'une corde, s'il le faut.

— C'est bon à savoir, répondit-il.

— Je suis quasiment une ninja.

Quand il la rejoignit, elle avait déjà presque fini de vider la bibliothèque.

— Es-tu sûre d'avoir besoin de moi pour la pousser ? demanda-t-il. Ce n'est pas enseigné dans les camps d'entraînement ?

— Bien sûr que si, mais j'aimerais que tu te sentes utile.

— Tu plaisantes, maintenant ?

— C'est une situation dangereuse.

Il poussa la bibliothèque le sourire aux lèvres. Il savait qu'il n'était pas tout à fait normal de s'amuser quand sa vie était en jeu, mais peu importait. La bibliothèque glissa facilement sur le plancher. Il ne leur fallut que quelques secondes pour l'adosser au poêle. Alors qu'il s'apprêtait à l'escalader, Alessandra posa une main sur son bras.

Il tourna la tête vers elle.

— Qu'y a-t-il ?

— Tu n'es pas prêt.

— Ah non ?

Elle se hissa sur la pointe des pieds pour l'embrasser.

— Maintenant, tu es prêt. Je tiens la bibliothèque. Essaie de ne pas tomber, ni te faire tirer dessus, ni mourir d'aucune autre manière.

— Je ferai de mon mieux, répondit-il.

Alessandra maintint fermement la bibliothèque, qui bougea à peine quand il l'escalada. Quelques secondes plus tard, il était agenouillé dessus.

— Je ne suis pas encore mort, annonça-t-il.

— Parle moins et agis plus, répondit Alessandra.

Il posa prudemment sa main sur le panneau, qu'il trouva chaud, mais pas brûlant, puis il tira son couteau suisse de sa poche.

— Je songe à me faire tatouer ça sur les reins, dit-il.

— Ça t'irait bien.

— Tu crois ? demanda-t-il en dévissant une première visse.

— J'en suis sûre.

— C'est noté.

Il dévissa la deuxième, la troisième et la quatrième vis. Il lutta un peu contre la cinquième, qui était rouillée, mais la sixième se détacha dès qu'il la toucha. Alors qu'il rattrapait le panneau, il fut assailli par un mélange de pluie et de fumée. Il inclina le panneau pour le poser sur le toit en jurant et en toussant, puis il entreprit de redescendre.

— Que fais-tu ? s'écria Alessandra.

— Je descends pour tenir la bibliothèque pendant que tu sors, répondit-il.

Elle secoua la tête.

— C'est une perte de temps. Sors d'abord. Je te suivrai.

— Et si la bibliothèque tombait pendant…

Des bruits de pas l'interrompirent. Le tireur approchait.

12

Alessandra tourna vivement la tête vers la porte et perdit toute envie de plaisanter. L'homme qui se trouvait de l'autre côté avait une arme et il avait prouvé qu'il n'hésitait pas à s'en servir. Il ne devait pas être à plus de dix mètres.

Elle releva la tête vers Rush.

— Dépêche-toi ! chuchota-t-elle.

Il ne protesta pas. Elle tint fermement la bibliothèque en s'interdisant de le suivre trop vite. Ce furent les trois secondes les plus longues de sa vie. Quand il eut grimpé sur le toit, elle prit une grande inspiration, remercia mentalement les camps d'entraînement et entreprit l'ascension.

La bibliothèque vacilla mais ne la trahit pas. Alessandra prit avec gratitude la main que Rush lui tendait. Malheureusement, un vacarme se produisit dans la cabane dès qu'elle fut sur le toit.

Elle n'eut pas besoin de baisser les yeux pour comprendre que la bibliothèque était tombée et s'était brisée. Le tireur l'avait forcément entendu. Alessandra tendit l'oreille pour deviner sa réaction, mais elle n'entendit que la pluie.

Ce répit ne pouvait pas durer.

Elle rencontra le regard de Rush et comprit qu'il le savait aussi. Leur seul espoir était que le tireur ne songe pas trop vite à les chercher sur le toit. Au moins, la pente l'empêchait de les voir.

Mais il faut qu'on file avant que ça ne tourne encore plus mal.

Rush hocha la tête comme s'il avait lu dans ses pensées. Ils glissèrent vers le bord du toit le plus silencieusement possible. Quand ils l'atteignirent, Rush posa un doigt sur ses lèvres et se pencha. Alessandra retint son souffle jusqu'à ce qu'il se tourne vers elle et hoche la tête une nouvelle fois. Rush glissa un peu plus, fit basculer ses jambes dans le vide et sauta.

— La voie est libre, la Rouquine, chuchota-t-il un instant plus tard.

Elle imita sa manœuvre, mais elle se figea quand elle se retrouva assise au bord du toit. À quelle hauteur était-elle ? Quelle était la probabilité qu'elle se casse une jambe ?

Tu ne peux pas rester là, lui rappela une voix dans sa tête. *Et tu ne peux pas t'offrir le luxe d'hésiter.*

— Je sais, je sais, grommela-t-elle.

Elle se pencha pour essayer de mesurer la distance qui la séparait du sol, mais sa vue se troubla.

— La Rouquine ? appela Rush.

— Je suis là, mais… je crois que j'ai le vertige, répondit-elle si doucement qu'elle fut surprise qu'il l'entende.

— Tu viens d'escalader une bibliothèque, lui rappela Rush avec un mélange d'inquiétude et d'amusement.

— Je sais, mais ce n'est pas pareil.

— D'accord. Je n'essaierai pas de comprendre. Je t'assure que ce n'est pas aussi haut que ça en a l'air. Deux mètres au maximum. Si tu roules sur le ventre et que tu t'accroches au bord du toit, tu ne seras plus qu'à un mètre du sol. Ça te paraît faisable ?

Un mètre. Ce n'est pas si terrible.

— Je peux essayer, répondit-elle d'une voix hésitante.

— Je te jure que je te rattraperai si tu tombes.

C'était exactement ce qu'elle avait besoin d'entendre.

Elle inspira profondément et suivit les instructions de Rush. Ce fut étonnamment facile. Deux secondes plus tard, elle était en bas, le dos pressé contre le torse solide de Rush. Il déposa un baiser sur sa joue, prit sa main et se plaqua avec elle contre le mur de la cabane. Ils étaient près du coin, invisibles de l'avant. Un grand conteneur leur offrait une protection supplémentaire. Ils étaient provisoirement en sécurité.

Jusqu'à ce que le tireur comprenne qu'on est coincés entre la cabane et la montagne.

Le tireur qui ne faisait toujours aucun bruit…

— Où est-il ? grommela Rush.

Plusieurs secondes s'écoulèrent encore avant qu'ils n'entendent un craquement dans la cabane. Alessandra en fut presque soulagée. Le tireur était bien trop près d'eux, mais savoir où il était valait mieux que de ne pas le savoir.

— Très bien, chuchota Rush. On doit avoir dans les trente secondes avant qu'il ne comprenne où on est. On doit faire vite. On va foncer vers l'escalier en restant baissés. Reste derrière moi jusque-là, puis passe devant. D'accord ?

Comme elle avait la gorge trop sèche pour répondre, elle se contenta d'acquiescer. Rush lâcha sa main, dégaina et commença à avancer. Elle le suivit en osant à peine respirer. Quand ils s'approchèrent de la fenêtre, ils se baissèrent encore plus pour passer dessous.

L'espoir germa dans le cœur d'Alessandra. Ils avaient presque atteint l'escalier.

On va s'en sortir.

Alors elle entendit un *clic* comme si cette pensée leur avait porté la poisse.

— Ne bougez pas, dit une voix calme et grave.

C'était une ruse, comprit-elle.

Le tireur leur avait tendu un piège et ils étaient tombés dedans.

L'esprit de Rush analysa la situation à toute vitesse.

Il s'était souvent retrouvé de chaque côté d'une arme à feu et il était au moins sûr d'une chose : les gens qui donnaient des ordres n'avaient pas follement envie de tirer. Les excités de la gâchette ne parlaient pas. Les balles leur suffisaient. Alors il courut le risque de désobéir. Il se retourna lentement… et ce qu'il vit le surprit.

Le tireur était bizarre.

Ce n'était pas qu'il semblait inoffensif. Il avait l'air suffisamment dangereux, mais d'une manière étrange. Il était emmitouflé de la tête aux pieds. Il portait un bonnet noir et une écharpe verte qui couvrait la moitié de son visage. Seuls des yeux d'un bleu perçant et quelques mèches grises étaient visibles. Tout le reste de sa personne était couvert. Il portait une veste de camouflage, des gants, un jean sale et de grosses bottes. Il avait une carabine à l'épaule et il tenait un très vieux modèle de revolver, qu'il pointait sur Rush par-dessus la tête d'Alessandra.

Alors Rush comprit qu'il avait peut-être commis une erreur. L'homme le fusillait du regard.

Bouge !

Rush obéit sur-le-champ à l'ordre de son instinct. Comme il ne pouvait pas se servir de son arme sans faire courir de trop grands risques à Alessandra, il opta pour une attaque brutalement basique. Il poussa Alessandra sur le côté plus violemment qu'il ne le voulait et se jeta sur le tireur. Celui-ci lâcha son arme, mais il échappa à Rush avec une agilité surprenante.

Rush heurta la rambarde si brutalement qu'il en eut le souffle coupé et perdit son arme, qui tomba en contrebas. Il s'empressa de se retourner. Alors qu'il craignait de voir le tireur s'en prendre à Alessandra, celui-ci le fixait toujours en essayant de retrouver son arme à tâtons.

Rush le plaqua au sol à l'instant où il la ramassa. Ils luttèrent pendant quelques secondes avant que Rush ne réussisse à l'immobiliser. Triomphant, il serra le poing pour assommer son adversaire… et se retrouva sur le dos sans comprendre comment. Son esprit affolé chercha un moyen de le tirer de là. Heureusement, c'était inutile.

Alors que son assaillant pointait son arme sur lui, ses yeux se révulsèrent et il bascula sur le côté. Sa chute dégagea le champ de vision de Rush, qui découvrit Alessandra armée d'une pelle. Il n'avait jamais été aussi content de voir une femme trempée et échevelée.

— La Rouquine, soupira-t-il.

— Rush, répondit-elle.

Il se releva et la prit dans ses bras.

— Je suis à peu près sûr que tu viens de me sauver la vie.

— Désolée d'avoir mis autant de temps, répondit-elle. Je n'avais jamais eu à faire ça jusqu'ici.

Rush éclata de rire, puis il l'embrassa tendrement.

— Prends tout le temps dont tu as besoin quand tu me sauves la vie, dit-il.

Alessandra baissa les yeux vers l'homme étendu sur le perron.

— Que fait-on…

— De lui ? acheva-t-il à sa place.

— Oui.

Il l'embrassa encore avant de la lâcher. Même s'il était à peu près sûr que le tireur était évanoui, il s'en approcha prudemment. Cet homme avait réussi à le surprendre et Rush n'avait aucune envie que cela se reproduise. Après l'avoir poussé du pied sans provoquer de réaction, il ramassa son arme.

— Sais-tu t'en servir ? demanda-t-il en la tendant à Alessandra.

Elle secoua la tête, mais elle prit l'arme sans hésiter.

— Non. Enfin… Mon père m'a fait tirer sur des canettes de bière une fois, quand j'étais petite, mais ma mère l'a découvert et elle lui a fait jurer de ne jamais recommencer. Je pense me souvenir des bases.

— Ça me va, répondit-il. S'il bouge, tire-lui une balle dans le genou.

Il commença par délester l'homme de sa carabine, puis il baissa prudemment son écharpe. Son visage ne disait absolument rien à Rush, ce qui ne le surprit pas vraiment. Il était ridé et couvert d'une barbe broussailleuse. Cet homme avait au moins soixante ans.

Rush le fouilla, mais il ne trouva ni portefeuille ni aucun document qui aurait permis de l'identifier dans ses poches.

— Travaille-t-il pour Garibaldi ? demanda Alessandra.

Il se passa la main dans les cheveux avec frustration.

— Je ne le connais pas, répondit-il. Mais il paraît prudent de présumer que notre ami commun a décidé que je n'étais pas à la hauteur de la tâche qu'il m'a confiée.

— J'ai peut-être eu tort de l'assommer, dit Alessandra. On aurait pu l'interroger, sans ça.

— Tu as fait ce qu'il fallait, la Rouquine.

— Que fait-on, maintenant ? On l'attache et on attend qu'il se réveille ?

Rush y songea quelques instants. Cette suggestion avait des qualités, mais un plan commença à se former dans son esprit. Il secoua la tête.

— Si on l'interroge, on confirmera les soupçons de Garibaldi, répondit-il. On va faire quelque chose d'un peu plus créatif. Viens ! J'ai besoin de mon téléphone.

Alessandra fronça les sourcils, mais elle le suivit sans poser de questions. Ému par sa confiance, Rush réprima une envie bien malvenue de l'entraîner vers le lit. Il récupéra son téléphone et ses clés, puis il prit la main d'Alessandra pour l'entraîner vers l'escalier.

— On s'en va ? demanda-t-elle, surprise.

— Si je veux que Garibaldi croie ce que je m'apprête à lui dire, il faut qu'on s'éloigne de son tueur et…

Il s'interrompit net, les yeux fixés sur sa voiture.

— Merde, grommela-t-il.

Alessandra suivit son regard.

— On ne dirait pas que le capot a été ouvert ? demanda-t-elle.

— Si, on dirait bien.

Il lâcha sa main et descendit l'escalier en courant. Oui, le capot avait été ouvert et il y avait un carnage dessous. Rush n'avait aucune chance de remettre la voiture en état de marche sans l'aide d'un mécanicien.

Il refréna une envie de donner un coup de pied dans un pneu et se tourna vers Alessandra, qui venait de le rejoindre.

— Au moins, on sait maintenant pourquoi le tireur a mis autant de temps à atteindre la cabane.

— On n'a plus qu'à marcher, répondit Alessandra.

— Marcher ? répéta-t-il.

Il se gratta le menton et regarda les tongs d'Alessandra avec scepticisme.

— Tu te rends bien compte qu'il pleut à verse et que le terrain est accidenté ? demanda-t-il.

— Ne regarde pas mes tongs comme ça, répondit Alessandra. Je les ai depuis quatre ans et elles ont survécu à des kilomètres de chemins côtiers.

— Tu te promènes sur des chemins côtiers en… Laisse tomber. Je te crois. Mais l'endroit sûr le plus proche est…

Il laissa sa phrase en suspens.

— Est quoi ? demanda Alessandra.

— J'ai une autre idée. Je te l'expliquerai en route.

Elle haussa les épaules. Après avoir ramassé son arme, Rush prit sa main et l'entraîna. Les arbres les protégèrent un peu de la pluie dès qu'ils s'enfoncèrent dans la forêt. Ils n'avaient parcouru que quelques dizaines de mètres quand le téléphone de Rush vibra dans sa poche. Devinant qui l'appelait, il le sortit à contrecœur. Il posa un doigt sur ses lèvres pour demander à Alessandra de ne faire aucun bruit, puis il décrocha.

— Donnez-moi une bonne raison de vous parler, grogna-t-il.

— Atkinson ? répondit Garibaldi d'un ton surpris.

— Vous attendiez-vous à ce que ce soit votre sniper qui réponde ?

— De quoi parles-tu ?

— Dans les un mètre quatre-vingts, une barbe grise et une carabine. Ça vous dit quelque chose ?

— Explique-moi ce qui se passe, exigea Garibaldi après quelques secondes de silence.

Rush fronça les sourcils et jeta un coup d'œil à

Alessandra. Se demandait-elle aussi s'il était possible que Garibaldi n'y soit pour rien ?

— Espérez-vous me faire croire que quelqu'un d'autre a envie de tirer sur notre rousse préférée ? rétorqua Rush d'un ton sarcastique.

— Ce type a tué Alessandra ? demanda Garibaldi après un nouveau silence.

Rush comprit aussitôt que c'était l'occasion rêvée de tromper Garibaldi.

— Il m'a rendu inutile, répondit-il avec irritation.

— Alors Alessandra…

— … n'est plus un problème.

Rush vit Alessandra blêmir et lui offrit un regard désolé.

— Où est ce type, maintenant ? demanda Garibaldi.

— Qu'est-ce que j'en sais ? Je suis en train de nettoyer derrière lui. Il ne travaille vraiment pas pour vous ?

— S'il travaillait pour moi, il n'aurait pas laissé de témoin, lâcha Garibaldi d'une voix neutre. J'aimerais vraiment savoir qui c'est.

— Alors on est deux.

— Mets ça sur ta liste, juste après le nettoyage, et viens me voir dès que tu pourras, ordonna Garibaldi.

— Oui, patron.

Après avoir raccroché, Rush prit Alessandra dans ses bras et l'embrassa passionnément.

13

Quand Rush s'écarta d'elle, Alessandra était à bout de souffle et folle de désir. Le fait que Rush ait fait croire à Jesse qu'il était en train de l'enterrer quelque part n'avait aucune importance.

Seul le désir qu'elle lisait dans ses yeux comptait. Et la douceur avec laquelle il recommença à l'embrasser. Et le timbre de sa voix, un peu rauque et très sexy, quand il lui dit :

— Je suis désolé, la Rouquine.

— Tu es désolé ? répéta-t-elle.

— Cette conversation avec Garibaldi m'a donné la nausée.

— Tu n'as presque rien dit.

— Ça a suffi.

Il soupira et la lâcha.

— Je ne suis pas un sauvage, mais il n'y a pas beaucoup de gens auxquels je tienne vraiment, dit-il : Brayden, Harley et Anderson. Et ma mère, même si on ne s'est pas parlé depuis des années. Je ne sais pas comment tu t'y es prise, mais tu t'es ajoutée à la liste en vingt-quatre heures. L'idée qu'il t'arrive quelque chose…

Il laissa sa phrase en suspens et haussa les épaules avec un air triste.

Violemment émue, elle enroula ses bras autour du

cou de Rush et l'embrassa – en faisant de son mieux pour qu'*il* soit à bout de souffle, cette fois-ci.

— Voilà, dit-elle, satisfaite.

— Voilà quoi ?

— Maintenant tu sais que je ressens la même chose. Enfin… Pas tout à fait la même chose. La liste des gens auxquels je tiens est longue. Je fabrique moi-même les cadeaux de Noël de tous mes voisins et j'ai même beaucoup de tendresse pour le caissier de mon épicerie.

Rush haussa un sourcil.

— Alors tu m'ajoutes à une liste qui est déjà bien pleine ?

Elle se sentit rougir.

— Mais très près du haut.

— Alors qui est au-dessus de moi ? demanda-t-il. J'aime savoir à quoi ressemble la compétition.

— Très drôle.

— Je suis sérieux.

— Ne devrait-on pas se remettre en route ?

— Tu veux juste changer de sujet, répondit-il.

Au grand soulagement d'Alessandra, il reprit sa main et se remit à marcher.

Elle s'attendit à ce qu'il insiste, mais il ne le fit pas et elle lui en fut reconnaissante. Elle avait besoin de quelques minutes pour rassembler ses esprits. Elle essaya d'envisager calmement la situation, ce qui ne servit à rien. Elle en arrivait toujours à la même conclusion : plus elle passait de temps avec Rush, plus elle l'appréciait. Plus elle pensait qu'il pouvait – qu'il devrait – avoir une place importante dans sa vie. Étrangement, cela ne l'effrayait pas, peut-être parce qu'il se passait trop de choses effrayantes. La vie était courte. Et précaire – surtout en ce moment.

Elle jeta un coup d'œil à Rush. Son cœur s'affola

aussitôt. Comment était-ce possible ? Il était séduisant, c'était incontestable, et il lui avait procuré un plaisir inouï la nuit précédente. Mais elle avait toujours été attirée par des hommes posés, prudents et stables, même quand il ne s'agissait que de brèves aventures. Et Rush avait lui-même reconnu qu'il n'appartenait pas à cette catégorie. Cela aurait au moins dû la faire hésiter… Or elle n'aspirait qu'à se lancer à corps perdu dans cette relation. Elle aimait la rudesse de Rush et sa détermination. Si elle était honnête, elle aimait tout ce qu'elle avait découvert de lui.

Un souvenir auquel elle n'avait pas songé depuis des années lui revint brusquement à l'esprit. Elle devait avoir six ans et elle jouait avec les Barbie que sa mère détestait. Elle les appelait des « modèles dangereusement irréalistes du corps féminin », mais elle lui en avait quand même offert, ainsi qu'un Ken. Inévitablement, des histoires d'amour étaient nées. Ce jour-là, Alessandra avait organisé un mariage sur la plage, figurée par la baignoire. Alors qu'elle jouait, une question l'avait troublée.

— Dis-moi, maman… Comment Barbie a-t-elle su ? avait-elle demandé.

— Comment a-t-elle su quoi ? avait répondu sa mère.

— Qu'elle voulait épouser Ken ?

— À cause de ses cheveux en plastique, je suppose.

L'ironie de sa mère avait échappé à Alessandra, qui avait suivi le fil de son raisonnement.

— C'était pareil pour toi, quand tu as su pour papa ?

Sa mère avait éclaté de rire.

— Sans les cheveux en plastique, mais oui, avait-elle répondu. J'ai su que j'épouserais ton père dès que j'ai posé les yeux sur lui. Il lui a fallu un mois pour le comprendre.

Alessandra avait failli poser une autre question. L'air rêveur de sa mère l'en avait dissuadée. Elle avait senti que sa mère pensait à quelque chose de trop adulte pour qu'elle le comprenne. Bien plus tard, elle avait compris que c'était l'amour qui inspirait cette expression.

Alessandra n'avait jamais éprouvé cela. Elle avait apprécié quelques hommes – elle avait même beaucoup apprécié certains d'entre eux – mais elle n'était jamais tombée amoureuse.

Tu dois avoir perdu la raison si tu crois l'être, se sermonna-t-elle.

Mais la raison n'avait aucune importance. Alessandra était sûre qu'elle découvrirait l'air rêveur de sa mère sur son propre visage si elle avait un miroir à cet instant. Cette certitude l'aurait peut-être mise mal à l'aise si elle ne s'était pas rendu compte que le terrain, l'atmosphère et leur trajectoire avaient changé. Il ne pleuvait presque plus et la forêt était moins dense. Surtout, ils descendaient au lieu de monter, à présent.

— On descend de la montagne ? s'étonna-t-elle.

Rush acquiesça.

— C'est une piste de VTT, répondit-il. Il y en a plusieurs dans les environs.

— Et tu sais où celle-ci mène, je suppose ?

— Je ne supporte la compagnie de Garibaldi qu'un certain temps avant d'éprouver le besoin de m'échapper, répondit-il, le sourire aux lèvres.

Elle plissa les yeux.

— Tu évites la question, l'accusa-t-elle.

— C'est vrai, reconnut-il. Parce que je pense que notre destination ne te ravira pas.

— Autant me le dire tout de suite.

— Garibaldi possède plusieurs cabanes qui servent

à loger des bûcherons saisonniers. Elles sont vides, pour le moment.

— D'accord, dit-elle. Pourquoi penses-tu qu'elles vont me déplaire ? Sont-elles hantées ? Envahies par des rats, des lions, des tigres et des ours ?

Il éclata de rire.

— Non. Elles sont rustiques, mais propres et bien aménagées, surtout la plus grande.

— Alors où est le problème ?

— N'as-tu pas entendu à qui elles appartenaient ?

Elle le força à s'arrêter et le regarda droit dans les yeux.

— Si. Je t'ai entendu dire qu'elles appartenaient à Garibaldi, répondit-elle. Mais m'emmènerais-tu dans un endroit où je serais en danger ?

— Bien sûr que non.

— J'ai confiance en toi, dit-elle. Si tu penses que c'est une bonne idée d'être sous le nez de Jesse, alors c'est une bonne idée.

— C'est amusant, répondit-il. C'est l'expression dont se servent mes partenaires.

— Alors ce n'est pas *ton* idée géniale ? le taquina-t-elle tandis qu'ils se remettaient en route.

— Il m'arrive de voler les leurs, reconnut-il.

Se rendait-il compte que son visage s'adoucissait à chaque fois qu'il parlait de ses amis ?

Tu peux ajouter ça à la liste des choses que tu aimes chez lui.

— Parle-moi d'eux, demanda-t-elle.

— De mes amis ?

— Oui.

Rush sourit, puis se lança dans une description de chacun des trois hommes.

Comme il le lui avait déjà dit, Brayden était leur

chef intrépide. C'était lui qui les avait maintenus sur le droit chemin et qui avait enquêté sur Jesse sans relâche. C'était aussi lui qui avait découvert ce que le meurtrier de leurs pères faisait à Whispering Woods.

Rush surnommait Anderson « M. Charmant ». Il lui expliqua que son ami était presque trop gentil et trop patient. Il pensait qu'Anderson serait devenu conseiller d'éducation dans d'autres circonstances et qu'il ne resterait peut-être pas dans la police une fois leur enquête bouclée.

Harley était comme leur petit frère à tous. C'était un colosse d'une grande sensibilité, qu'il exprimait dans ses peintures et ses sculptures. C'était aussi un génie de l'informatique, ce qui leur avait été très utile.

— Et toi, alors ? demanda-t-elle.

— Moi ?

— Brayden commande, Anderson est votre diplomate et Harley votre technicien. Quel est ton talent caché ?

— Je ne suis pas sûr que ce soit un talent caché, mais je suis l'homme de terrain. C'est moi qui ai eu l'idée de m'infiltrer dans la bande de Garibaldi. Je ne l'avais même pas dit aux autres. Le pauvre Harley a dû être terrifié quand il l'a découvert.

— Peux-tu me parler de votre enquête ? demanda-t-elle d'une voix hésitante.

Alors qu'elle s'attendait à ce qu'il refuse, il hocha la tête après quelques secondes de réflexion.

— Puisque ces imbéciles en ont parlé à leurs petites amies, je ne vois pas pourquoi je refuserais.

Le cœur d'Alessandra manqua un battement. La considérait-il comme sa petite amie ? Rush poursuivit comme si ce qu'il venait de dire n'avait pas la grande importance symbolique qu'elle lui accordait.

Brayden, qui était venu le premier à Whispering

Woods, avait découvert un sous-sol secret sous les commerces de la rue principale. Comme il ne pouvait pas faire plus sans risquer d'attirer l'attention de Garibaldi, Anderson avait pris le relais. Il avait compris que le sous-sol servait à trafiquer des tableaux, ce qui avait incité l'expert en art de leur équipe, Harley, à s'en mêler. Harley avait découvert que les tableaux trafiqués transitaient par la galerie d'une certaine Liz, qui n'avait pas la moindre idée de ce qui se tramait sous son nez.

— Et que se tramait-il ?

— Garibaldi se sert des tableaux pour distribuer de l'héroïne, qu'il fait mélanger à la peinture.

— Et vous n'avez pas pu l'arrêter pour ça ?

— Non, ce n'est pas suffisant, répondit Rush. Garibaldi est un génie pour faire porter le chapeau à d'autres et nous voulons être sûrs qu'il se retrouve derrière des barreaux. Les gars qui travaillent pour lui disent qu'il y aura une grosse opération d'ici peu. Je pense qu'il veut liquider ses affaires à Whispering Woods. C'est pour ça que je dois le prendre la main dans le sac avant qu'il ne disparaisse.

Il la força à s'arrêter et chuchota :

— Tu vois le bâtiment, là-bas ?

Il pointa son doigt vers leur gauche.

Elle plissa les yeux, puis acquiesça.

— C'est une cabane à outils. Je veux que tu te caches derrière, le temps que je m'assure que Garibaldi ne se sert pas des cabanes des bûcherons. As-tu toujours le revolver que je t'ai donné ?

Elle hocha la tête.

— Très bien. Échangeons. Mon arme est plus facile à manier.

Il tira son revolver de sa ceinture et le lui tendit.

— Tu crois que j'en aurai besoin ? demanda-t-elle en le prenant.

— J'espère bien que non, mais je me sentirai mieux si je sais que tu as les moyens de te défendre.

Elle lui tendit le vieux revolver du tireur.

— Je te préviens : je serai furieuse si tu meurs parce que ce truc se coince.

Elle avait voulu se donner du courage en plaisantant, mais cela rata. En prononçant ces mots, elle comprit qu'elle ne serait pas furieuse s'il arrivait quelque chose à Rush : elle serait dévastée.

Quand ils atteignirent le cabanon, Rush déposa un baiser sur les lèvres d'Alessandra et la quitta. Ce fut difficile, mais il savait que ç'aurait été encore plus dur s'il s'était attardé. Au moins, elle avait les moyens de se défendre si les choses tournaient mal pour elle. Il ne lui restait plus qu'à espérer qu'elle prendrait la bonne décision et s'enfuirait si les choses tournaient mal pour lui.

Le ferais-tu, si tu étais à sa place ? lui demanda sa conscience.

Il réprima un grognement. Il savait qu'il n'abandonnerait pas Alessandra si elle était en danger. Il se battrait pour elle, jusqu'à la mort, s'il le fallait. À vrai dire, la seule possibilité qu'elle se fasse attaquer lui donnait envie de retourner auprès d'elle sur-le-champ. Il se força à continuer à avancer.

Sois vigilant ! s'ordonna-t-il.

Il mettrait Alessandra en danger si quelque chose d'important lui échappait. À première vue, personne ne semblait être venu là depuis sa dernière inspection des cabanes. Il n'y avait pas de traces de pneus dans la boue et tout semblait en ordre.

— Mais on n'est jamais trop prudent, murmura-t-il en s'approchant du premier bâtiment.

Il en fit le tour, puis inspecta l'intérieur. Satisfait, il passa à la cabane suivante. Il garda la plus grande des cabanes pour la fin et s'y attarda davantage, non seulement parce qu'il y avait plus de cachettes à inspecter, mais aussi parce que c'était là qu'il comptait loger Alessandra. Même s'il espérait qu'ils n'auraient pas besoin d'y rester longtemps, il voulait qu'elle s'y sente à l'aise.

Bien conscient que cela retardait le moment de la rejoindre, il s'assura que les draps étaient propres et qu'il y avait du thé et du café dans les placards de la cuisine. Il mit des bûches dans la cheminée. Alors qu'il s'apprêtait à sortir, une idée démente lui vint. Il mit aussitôt son plan à exécution. Après avoir vérifié que tout était parfait, il repartit vers le cabanon à grands pas.

Alessandra claquait des dents quand il la rejoignit.

— Qu'est-ce qui t'a pris tout ce temps et pourquoi souris-tu comme ça ? demanda-t-elle.

— Je suis désolé, répondit-il sans cesser de sourire. Je te promets de me rattraper.

— Ah oui ?

— Oui.

Elle poussa un petit cri et faillit lâcher son arme quand il la souleva, mais il était déterminé. Même si c'étaient les pires circonstances possible pour rencontrer une femme incroyable, il était bien décidé à en tirer le meilleur parti. Il l'emporta dans la grande cabane, dont il ouvrit la porte d'un coup de hanche, et tourna sur lui-même pour lui montrer le fruit de ses efforts.

— Ce sont des bougies d'urgence ? demanda-t-elle.

— J'ai fait avec ce que j'avais sous la main, se défendit-il.

— J'espère que nous n'aurons pas une véritable urgence, alors.

— Eh ! Les atmosphères romantiques ne se créent pas toutes seules !

— Ah non ? répliqua-t-elle d'une voix suave, ce qui fit presque oublier à Rush qu'il avait un plan.

Le canapé ferait très bien l'affaire, lui suggéra sa libido.

Il l'ignora – difficilement – et emporta Alessandra dans la salle de bains.

— Tada ! s'écria-t-il en la posant devant la baignoire qui finissait de se remplir.

Elle écarquilla les yeux.

— Un bain ?

— C'est bien ça.

— Avec des bulles ?

— Ça t'intéresse ?

— Oh oui ! Merci, Rush, répondit-elle en rougissant. J'ai des courbatures partout. Un bain me fera un bien fou.

Il déposa un baiser sur ses lèvres.

— Tant mieux. Prends tout le temps que tu veux.

Il sortit de la salle de bains et décida d'appeler Garibaldi. Il ne voulait pas que son patron se demande ce qu'il était en train de faire.

Garibaldi décrocha dès la première sonnerie.

— Je vois que tu es encore en vie, Atkinson.

— Déçu ? répondit Rush.

— Pas du tout. Tu m'es encore utile.

— Dois-je me sentir flatté ?

— Tu peux me prouver ta gratitude en me disant qui a tué Alessandra.

— Et quand aurais-je eu le temps de le découvrir ? grommela Rush. Avant d'avoir creusé sa tombe ou après ?

Garibaldi pouffa.

— D'accord. Je veux que tu reviennes en ville pour…

— Impossible, patron, le coupa Rush. L'excité de la gâchette a démonté le moteur de ma Lada.

— J'aimerais vraiment savoir qui est ce type, grogna Garibaldi.

— Moi aussi, répondit sincèrement Rush.

— Dis-moi où tu es, demanda Garibaldi. J'enverrai quelqu'un te chercher.

Rush ferma les yeux et réfléchit quelques instants à sa réponse.

— Pour le moment, je suis au milieu de nulle part, dit-il. Laissez-moi deux heures pour atteindre un endroit accessible en voiture.

— Tu as besoin de deux heures ? s'écria Garibaldi.

— Vouliez-vous que j'enterre la rousse au bord de la route ? répliqua Rush.

Il trouva le silence qui s'ensuivit trop long. Garibaldi allait-il l'accuser de le mener en bateau ? Il fut soulagé d'entendre son patron soupirer.

— Très bien. Deux heures, Atkinson. Après ça, tu t'occuperas de ce tireur. J'aurai bientôt un rendez-vous important et je ne veux pas de complications.

Rush raccrocha, puis il verrouilla la porte et s'assura que les rideaux étaient bien fermés. Il ne craignait pas vraiment que le tireur les retrouve, mais sa conversation avec Garibaldi lui avait fait prendre conscience qu'il n'avait pas assez réfléchi à son identité.

Qui était cet homme ? C'était la haine que Rush avait lue dans son regard qui le troublait le plus. Pourquoi…

Alessandra interrompit le fil de ses pensées.

— Rush ? l'appela-t-elle. Tu es toujours là ?

— J'arrive, répondit-il en retournant dans la salle de bains. Dis-moi, est-ce que…

Il laissa sa phrase en suspens lorsqu'il découvrit Alessandra dans la baignoire. Elle avait posé une jambe sur le rebord. Sa poitrine parfaite était à peine voilée par les bulles et ses yeux brillaient.

— Tu sais que ça ne se fait pas de rester planté là à me regarder, dit-elle d'une voix douce, mais avec un sérieux qui le mit mal à l'aise.

— Désolé, répondit-il en se balançant d'un pied sur l'autre. Je t'attends dans le salon.

— Non, répondit-elle.

— Non ?

— Je ne veux pas que tu t'en ailles. Je veux que tu me rejoignes.

Comment aurait-il pu refuser ?

14

Rush regarda Alessandra boutonner la chemise qu'elle avait trouvée dans un tiroir. C'était une chemise d'homme, ce qui l'aurait sans doute rendu un peu jaloux s'il n'avait pas su que c'était Brayden qui l'avait laissée là.

Et si elle ne lui allait pas aussi bien, ajouta une voix dans sa tête.

Elle lui allait même si bien qu'il avait envie de l'attirer dans le lit une fois de plus. Il l'aurait peut-être fait si Alessandra ne lui avait pas jeté un regard sévère.

— Vas-tu t'habiller aussi ou comptes-tu accueillir ton chauffeur en caleçon ? lui lança-t-elle. Il pourrait être en avance.

— Les hommes de main ont tendance à être en retard. Je sais de quoi je parle, puisque j'en suis un.

Elle leva les yeux au ciel. Il la regarda se brosser les cheveux parce qu'il voulait profiter de chacune des minutes qu'il leur restait à passer ensemble. Il n'avait aucune envie de la quitter – si peu qu'il avait fait quelques suggestions farfelues quand ils en avaient discuté. Attacher l'homme de main de Garibaldi à une chaise le temps de finir son enquête en continuant à la protéger, par exemple. Alessandra avait essayé de le raisonner. Comme il s'était entêté, elle l'avait menacé de disparaître pour toujours. Même s'il ne la croyait pas vraiment décidée à le faire, cela avait suffi à lui faire concevoir un meilleur plan.

Il rejoindrait Garibaldi et l'aiderait à identifier l'homme qui les avait attaqués – en y mettant de la bonne volonté, parce que cela l'intéressait aussi. Qu'il réussisse ou non, il reviendrait deux heures plus tard. Il laisserait son téléphone dans la cabane, ce qui lui fournirait une bonne excuse pour y retourner s'il ne trouvait rien de mieux.

Alessandra devait se cacher dans le placard dès qu'ils entendraient une voiture approcher. Elle avait trouvé un roman pour s'occuper et promis de ne quitter la chambre que si c'était absolument nécessaire. Ce plan n'était pas parfait, mais il était viable. Du moins, il avait semblé viable à Rush quand il tenait Alessandra dans ses bras. Il commençait déjà à en douter.

— On pourrait aussi s'enfuir, dit-il tout à coup.

— Très drôle, répondit Alessandra en se faisant un chignon.

Il se redressa. Il avait fait cette suggestion pour plaisanter, certes, mais elle lui semblait presque plausible, à présent.

— Aimes-tu les margaritas ? demanda-t-il.

— Je préfère les piña coladas. Pourquoi ?

— Et si on s'en allait tout de suite ?

— Pour aller où ?

— Quelque part où il fait chaud, au bord de l'océan… Je sais que tu aimes l'océan.

— C'est ça. Tu vas abandonner ton travail, tes amis et l'enquête que tu mènes depuis quinze ans pour t'enfuir avec une femme que tu as rencontrée hier. Cette idée me paraît tout à fait raisonnable.

Il se leva, s'approcha d'elle et posa ses mains sur ses hanches.

— Oseras-tu soutenir que tu ne sens pas ce qui est en train de naître entre nous ? demanda-t-il en plongeant son regard dans le sien.

— Bien sûr que je le sens et ça me plaît, répondit-elle. *Tu* me plais. Mais c'est pour ça que tu dois boucler ton enquête. Je ne veux pas commencer une relation en me cachant.

— C'est déjà le cas, lui rappela-t-il en caressant une mèche qui s'était échappée de son chignon.

Elle fit une grimace.

— En me cachant *de manière permanente*, répondit-elle. Et je ne veux pas t'empêcher d'obtenir justice pour ton père.

— La Rouquine…

— Non.

— Quoi ?

— Ne dis pas que tu t'en moques ou que je suis plus importante.

— La Rouquine, répéta-t-il plus fermement parce que c'était à peu près ce qu'il s'apprêtait à dire.

Elle secoua vigoureusement la tête.

— Je suis sérieuse, Rush, insista-t-elle. Que dirais-tu à tes partenaires ? « Je vous présente Alessandra Rivers. C'est à cause d'elle que nous ne finirons jamais l'enquête sur laquelle nous travaillons depuis quinze ans. » Comment le prendraient-ils ?

Il pouffa.

— C'est dur à dire. Ils sont sentimentaux.

Elle ouvrit la bouche, mais le bruit d'une voiture qui approchait l'empêcha de répondre.

— Merde, grommela-t-il. Il est en avance. Va te cacher pendant que je m'habille.

— Je suis navrée de te le rappeler, mais je te l'avais dit, répondit Alessandra en filant vers le placard.

— Et tu es contente de toi ? répliqua-t-il en s'habillant.

— Quand j'ai raison, j'ai raison. Promets-moi d'être prudent.

Il s'approcha du placard et embrassa Alessandra.

— C'est promis.

— On se revoit dans deux heures.

— À tout à l'heure, la Rouquine.

Il l'embrassa une dernière fois avant de fermer le placard, puis il quitta la chambre.

Une mauvaise surprise l'attendait sur le perron. Garibaldi était venu en personne.

Rush réprima une envie de lui claquer la porte au nez et croisa les bras.

— Vous aviez hâte d'avoir de mes nouvelles, patron ? ironisa-t-il.

Garibaldi esquissa un sourire.

— Je voulais être sûr que tu allais bien et t'offrir le plaisir de ma compagnie.

— J'ignorais que vous saviez conduire.

— Tu es un vrai comique, Atkinson.

Rush haussa les épaules.

— Voulez-vous entrer pendant que je mets mes bottes et ma veste ?

Il espérait que Garibaldi refuserait, mais celui-ci jeta un coup d'œil à l'intérieur de la cabane et répondit :

— Pourquoi pas ?

Rush s'écarta pour laisser entrer son patron en s'interdisant de regarder la porte entrouverte de la chambre.

— Ça sent le savon, lui fit remarquer Garibaldi.

Rush ne se laissa pas déstabiliser.

— J'avais une bonne couche de crasse et de sang séché à récurer, grommela-t-il en enfilant ses bottes. Et qu'avez-vous fait d'Ernest, patron ?

— Je l'ai envoyé inspecter l'autre cabane, répondit Garibaldi. Elle est dans un sale état, à ce qu'il m'a dit.

Rush haussa les épaules.

— J'avais plus important à faire que de tout remettre en ordre. A-t-il trouvé quelque chose d'utile ?

— Rien.

— Alors on ne sait toujours pas qui est ce type ni pourquoi il a tiré sur Alessandra ?

— Non. Pourrais-tu me le décrire un peu plus précisément ?

Rush fronça les sourcils.

— Il n'y a pas grand-chose à dire. Un vieux avec une barbe broussailleuse. On l'imagine facilement faire la manche. Ça vous dit quelque chose ?

— Saurais-tu dire lequel de vous deux l'intéressait, Atkinson ?

Rush s'était déjà posé cette question.

— Non, répondit-il. J'étais trop occupé à sauver ma peau pour faire attention à ça. Pourquoi ? Vous avez une idée ?

Garibaldi soupira.

— Quelque chose cloche, répondit-il.

— Est-ce que je peux vous poser une question, patron ? demanda Rush après une brève hésitation.

— Vas-y.

— Pourquoi ne pas avoir laissé la fille repartir, tout simplement ?

— Des remords, Atkinson ?

Rush secoua la tête.

— Ça me paraît juste du gaspillage de jolie fille.

— C'est vrai, mais elle était dangereuse. Veux-tu que je te raconte une petite histoire ?

— Je vous écoute.

— Alessandra et moi nous connaissions depuis

longtemps parce que nos pères travaillaient ensemble. Son père, Randall, était un chouineur qui a régulièrement fait passer sa famille avant les obligations qu'il avait envers l'équipe.

Cette fois, Rush ne put réprimer sa réaction spontanée.

— Vous pensez qu'il aurait dû faire passer le job avant sa famille ?

— C'est très bien d'avoir une famille, mais on ne trahit pas les gens qu'on est censé protéger, répondit Garibaldi sans ciller. Quand on s'implique, on reste impliqué, sinon des gens meurent et quelqu'un doit payer pour ça.

Rush comprit brusquement que Garibaldi en avait fait une affaire personnelle.

— Vous le tenez pour responsable de la mort de votre père, dit-il.

— Et les chiens ne font pas des chats, conclut Garibaldi. Allons-y !

Quand son patron posa une main sur son épaule, Rush eut un très mauvais pressentiment.

Alessandra resta immobile pendant cinq bonnes minutes après le départ de Rush et de Jesse. La conversation qu'elle avait entendue la perturbait.

Elle savait que son père n'avait pas toujours été honnête, mais elle ignorait que le père de Jesse l'avait obligé à retremper dans ses affaires. Et Jesse n'avait jamais laissé entendre qu'il reprochait la mort de son père à Randall.

Elle inspira profondément et essaya de se convaincre que Randall Rivers était bien le père aimant pour lequel elle l'avait toujours pris, celui qui lui lisait des histoires avant qu'elle ne s'endorme, qui avait travaillé dur sur des chantiers pour lui payer ses études et qui donnait un air rêveur à sa mère.

N'était-ce qu'une illusion ?

Cette question en appelait d'autres. Son père avait-il ruiné des vies ? Tué des gens ? Comme son père était mort depuis quinze ans, elle ne le saurait jamais. De toute manière, quel crédit aurait-elle pu accorder à ses réponses si elle avait été en mesure de l'interroger ?

Elle déglutit péniblement. Elle avait l'impression que son enfance venait de lui être volée.

J'ai besoin d'une distraction, songea-t-elle.

Elle pensa au livre qu'elle avait choisi dans la bibliothèque. Un roman d'amour… C'était exactement ce qu'il lui fallait.

Elle se leva et sortit du placard. Alors qu'elle se dirigeait vers la table de nuit, où elle avait posé le livre et le revolver de Rush, elle se souvint qu'elle avait promis à Rush de verrouiller la porte de la chambre. Elle changea de direction et se figea en entendant des bruits de pas.

Elle tendit l'oreille. Quelques secondes plus tard, quelqu'un essaya d'ouvrir la porte d'entrée, puis donna un coup dedans.

Non !

Elle courut fermer la porte le plus doucement possible, la verrouilla et s'arma du revolver. Elle s'ordonna de rester calme, mais elle se mit à trembler comme une feuille quand la porte céda au cinquième coup.

L'intrus était dans la cabane. Elle n'était plus protégée que par la porte de la chambre et une arme dont elle ne réussirait sans doute pas à se servir. Un gémissement lui échappa.

Pourquoi ai-je incité Rush à partir ?

Elle essaya de se convaincre qu'elle était forte,

indépendante et capable de se défendre, mais chaque nouveau bruit l'en faisant douter davantage. L'intrus fouillait la cabane. Il cherchait quelque chose – *elle*, sans doute. Pour se tirer de ce mauvais pas, il lui aurait fallu de l'expérience, de l'entraînement… ou un allié qui avait de l'expérience et de l'entraînement. Comme Rush, qu'elle avait incité à partir.

Mon Dieu !

L'intrus essaierait d'entrer dans la chambre d'une seconde à l'autre. Elle serait forcée de se défendre, sans doute de tirer. Malheureusement, son instinct ne l'encourageait qu'à fuir.

C'était peut-être possible, songea-t-elle en jetant un coup d'œil à la fenêtre.

Mais elle était au milieu de nulle part. Elle réussirait peut-être à passer par la fenêtre, et même à atteindre la forêt, mais alors que ferait-elle ? Se cacher et prier ? Essayer d'aller à Whispering Woods et d'entrer en contact avec Rush ?

Elle n'eut pas le luxe d'hésiter plus longtemps. L'intrus essaya d'ouvrir la porte de la chambre, puis il donna un coup de pied dedans qui la fit reculer instinctivement. Ce fut un bon réflexe, parce que les charnières de la porte n'étaient pas aussi solides qu'elles auraient dû l'être. Elles sautèrent et la porte tomba dans la chambre, suivie par l'homme qui l'avait défoncée.

Il jura en tombant dans une position peu naturelle – presque un grand écart. Abasourdie, Alessandra se contenta de le fixer. D'après le bruit qu'il avait fait, elle avait imaginé un colosse, mais cet homme n'était pas très grand ni très musclé… Néanmoins, elle comprit que la taille n'avait aucune importance dès qu'il leva les yeux vers elle. Son regard était dur et méchant. Un frisson la parcourut.

Alors pourquoi restes-tu plantée là ? cria une voix dans sa tête. *Fais quelque chose !*

L'homme eut visiblement la même idée au même instant. Alors qu'Alessandra levait son arme, il approcha sa main de sa ceinture. Elle suivit son geste des yeux et s'aperçut avant lui que son revolver ne s'y trouvait plus. Il était tombé à quelques pas de lui – hors de sa portée.

— Ne bougez pas ! ordonna-t-elle avec plus d'assurance qu'elle n'en ressentait.

— Tu ne tireras pas, ricana l'homme.

— Je n'ai pas *envie* de tirer, le corrigea-t-elle en secouant la tête. Mais je tiens à ma vie, alors si je dois choisir entre vous et moi…

Elle haussa les épaules avec toute la désinvolture dont elle était capable à cet instant.

— Qui êtes-vous ? demanda-t-elle.

— Tu crois vraiment… Je m'appelle Val, répondit-il quand elle visa sa tête.

— Ce n'est pas votre nom qui m'intéresse, grommela-t-elle.

— Si tu n'es pas assez maligne pour comprendre ce que je fais là, je ne vois vraiment pas pourquoi mon patron gaspille son énergie avec toi.

— Alors vous êtes un tueur à gages dévoué ? répliqua-t-elle. Pensiez-vous que je serais facile à tuer ?

— Je l'espérais.

— Expliquez-moi en détail ce que vous faites là et…

— Quoi ? Tu me laisseras partir ?

Elle résista à la tentation de se mordre la lèvre. Elle ne pouvait pas le laisser partir. Il irait aussitôt dire à Jesse qu'elle était en vie et que Rush lui avait menti.

Mais Jesse le savait sans doute déjà s'il avait chargé cet homme de la tuer.

Alors que faire ? Elle ne pouvait pas le tuer de sang-froid. Elle n'était même pas sûre d'être capable de lui tirer dessus de sang chaud.

— Tu ne tireras pas, répéta-t-il.

— Je vous ai déjà dit que…

Quand il se jeta sur elle, elle comprit qu'il ne lui avait répondu que pour la distraire en attendant une occasion d'attaquer.

15

Alessandra recula quand Val essaya de lui saisir les chevilles, ce qui faillit lui faire lâcher son arme.

L'arme. Son *arme. Zut !*

Il s'en approchait déjà. Son attaque aussi n'était qu'une distraction.

Furieuse d'avoir un temps de retard sur tout, elle essaya de reprendre le contrôle de la situation. Elle avait l'avantage d'être debout alors que Val était encore par terre. Elle en profita. Elle tendit la jambe et donna un coup de pied dans le revolver, qui glissa sous le lit. Elle eut envie de pleurer de soulagement, mais la bataille n'était pas terminée – et Val était encore plus furieux qu'avant.

Il se mit à genoux et tenta encore de lui saisir les jambes. Elle fit un bond en arrière et essaya de le viser. Malheureusement, elle n'avait pas assez d'expérience avec les armes à feu pour avoir une prise ferme tout en bougeant.

Contente-toi d'appuyer sur la détente !

Elle essaya, mais son doigt glissa et l'arme tremblait. Subitement, elle comprit que la situation risquait de tourner en sa défaveur si elle continuait à tenter de s'en servir. Il fallait qu'elle s'enfuie – ou qu'elle gagne un peu d'espace, au minimum. Elle avait sa vitesse et son agilité pour elle. Elle avait juste besoin de sortir de la chambre.

Elle feinta à gauche, puis à droite. Val la suivit, grogna de frustration et essaya de se relever.

Ne lui laisse pas le temps de le faire !

Elle fit semblant de vouloir sauter par-dessus lui et sa ruse marcha. Au lieu de finir de se relever, il essaya de l'attraper, ce qui lui fit perdre l'équilibre. Elle sortit de la chambre sans perdre un instant et renversa un vieux tabouret de bar dans sa hâte d'atteindre la porte. Elle y était presque… Mais elle entendit un vacarme derrière elle alors qu'elle posait la main sur la poignée, et elle comprit qu'elle n'en avait pas fini avec Val.

Elle fit volte-face, prête à repousser son assaillant. Ce n'était pas nécessaire. Val gisait par terre, au milieu des débris d'une étagère, à laquelle il avait dû essayer de se raccrocher quand il avait trébuché sur le tabouret. Du sang s'écoulait de sa tempe. Elle comprit pourquoi un instant plus tard quand ses yeux se posèrent sur un bibelot en forme de montagne couvert de sang.

— Mon Dieu, murmura-t-elle.

Les yeux ouverts de Val ne regardaient rien. Il était évident qu'il était mort. Même s'il était venu pour la tuer, elle n'en éprouva aucun soulagement et eut un haut-le-cœur.

Tu ne peux pas rester là.

— Mais où aller ? murmura-t-elle.

Elle jeta un coup d'œil vers la porte. Elle n'avait plus de raison de fuir, mais elle n'avait aucune envie de rester en compagnie d'un cadavre. Alors qu'elle hésitait, un téléphone sonna. Ce n'était ni le sien ni celui de Rush, qui étaient tous les deux dans la chambre.

Ce devait être celui de Val. Il fallait au moins qu'elle sache qui l'appelait… Elle inspira profondément, s'approcha du cadavre et fut soulagée de voir le téléphone dépasser d'une poche de son jean.

Son estomac se noua encore plus quand elle lut « Garibaldi » sur l'écran. Que se passerait-il quand il tomberait sur le répondeur de Val ?

Rien de bon.

Alors une idée – sans doute stupide – lui vint. Elle décrocherait et ne dirait rien. Si elle avait de la chance, Jesse penserait que la réception était mauvaise. Elle prit l'appel. Au lieu de Jesse, ce fut Rush qui grogna :

— Qu'est-ce que tu fabriques, Val ? Le patron dit que tu étais censé finir un boulot il y a un quart d'heure.

— Il a échoué, répondit-elle d'une voix tremblante.

— Bonne nouvelle, répondit Rush après un bref silence. Le patron sera content. Il veut que je te dise qu'on va à l'entrepôt. Ne t'inquiète pas : je peux me charger du prochain boulot à ta place.

Il raccrocha sur ces mots. Alessandra fixa le téléphone un long moment. La réponse de Rush prouvait qu'il n'était pas seul et elle était sûre qu'il avait essayé de lui transmettre un message.

Le premier « boulot » dont il avait parlé était son exécution, que Val avait ratée, songea-t-elle en frémissant.

Qu'a-t-il dit d'autre ? Qu'ils allaient à l'entrepôt…

Elle savait qu'il n'y avait qu'une seule zone de Whispering Woods où s'alignaient des entrepôts. Elle avait fait quelques recherches sur la ville avant de quitter Seattle.

Elle fut soulagée de savoir où trouver Rush, mais son soulagement fut de courte durée, parce qu'elle songea aussitôt au « prochain boulot » dont il avait parlé.

S'agissait-il d'une autre exécution ? Sans doute. Mais Rush n'était pas un meurtrier…

La réponse la frappa comme un coup de poing dans

l'estomac. : Val était censé faire le « prochain boulot » et Rush était la cible.

Le cœur d'Alessandra manqua un battement.

Elle devait le rejoindre immédiatement.

Le sentiment d'urgence l'emporta sur l'horreur et le dégoût. Elle fouilla Val et trouva vite ses clés. Après avoir récupéré le revolver de Rush, elle enfila ses tongs et fonça vers la porte.

Rush fixait les mains de Garibaldi sur le volant en songeant pour la millième fois à son bref échange avec Alessandra.

Arrête de ressasser, s'ordonna-t-il. *Si elle avait été en danger, elle te l'aurait dit. Garibaldi va finir par sentir ta nervosité.*

Mais il lui était difficile de rester calme alors qu'il était sûr que Garibaldi l'emmenait sur le lieu de son exécution.

Il n'avait pas compris à quoi jouait Garibaldi avant d'avoir Alessandra au téléphone. Son patron l'avait promené de destination insignifiante en destination insignifiante. Ils avaient pris un café, puis ils étaient allés chercher un recommandé à la poste et s'étaient arrêtés dans l'une des boutiques de souvenirs de Garibaldi. Celui-ci avait parlé de la pluie et du beau temps avec le gérant et même raconté de mauvaises plaisanteries qu'il avait trouvées sur Internet.

Rush l'avait accompagné en exprimant une mauvaise humeur qui n'était pas feinte. Il se rendait bien compte que Garibaldi leur faisait perdre leur temps. Il n'avait commencé à comprendre pourquoi que lorsque son patron l'avait chargé de transmettre un message énigmatique à Val.

Mais Val a échoué, songea-t-il pour la centième fois. *Alessandra est saine et sauve.*

Garibaldi entra dans la petite zone industrielle de Whispering Woods. Au moins, il n'avait pas menti sur leur destination.

— Tu reconnais l'endroit, Atkinson ? demanda Garibaldi.

— Bien sûr, patron, répondit Rush. Pourquoi ?

Garibaldi haussa les épaules.

— J'ai stocké des marchandises ici ces derniers mois. Je pensais que tu t'en étais aperçu.

Alors qu'il mourait d'envie de secouer Garibaldi pour lui arracher des réponses claires, Rush se contenta de répliquer :

— Je ne me mêle pas des affaires des autres, patron.

— Ah oui ? On m'a pourtant dit que tu essayais d'en savoir plus sur ce projet…

— J'ai de l'ambition, c'est tout, répondit Rush de la voix la plus neutre possible.

Garibaldi s'arrêta devant le portail du seul entrepôt entouré d'une clôture. Il composa le code, puis redémarra sans dire un mot, ce qui laissa à Rush un moment de répit pour observer les lieux.

Une seule issue. Deux gardes armés devant la porte. Ça ne présage rien de bon.

— Qu'attendez-vous de moi, patron ? interrogea-t-il en cachant son inquiétude.

Garibaldi se gara devant la porte de l'entrepôt et ouvrit sa portière.

— Tu verras bien, lança-t-il. Allez, viens !

Rush essaya d'ignorer les deux hommes qui gardaient la porte, mais cela devint impossible quand l'un d'eux lui saisit le bras. Alors qu'il mourait d'envie de lui abattre son poing dans la figure, il se contenta de le fusiller du regard.

— Qu'est-ce qui lui prend, patron ? demanda-t-il à Garibaldi.

— Donne-lui ton arme, répondit celui-ci. J'ai imposé des règles strictes dans cette opération.

— Vous voulez rire ?

— Non. Mais où est le problème ? Crois-tu avoir besoin d'une arme quand tu es avec moi ? lâcha Garibaldi avec un sourire inquiétant.

Rush ouvrit sa veste.

— C'est un choix intéressant, commenta Garibaldi en regardant le vieux revolver. Une nouvelle acquisition ?

— Un souvenir, dit Rush. Je l'ai pris à notre ami à cheveux gris de la cabane.

— Donne-le, ordonna Garibaldi.

Rush dégaina son arme en grommelant. Un instant, il se demanda s'il était capable de tirer sur les trois hommes sans se faire tuer. Sans doute pas… Ce revolver n'était pas assez rapide et il y avait sûrement d'autres gardes dans les environs. Il prit l'arme par le canon et la tendit à contrecœur au garde qui n'était pas en train de lui écraser l'épaule.

— Bien, dit Garibaldi. Je vais te montrer mon dernier projet en date.

Rush hocha la tête et le suivit dans l'entrepôt, où il aperçut des dizaines et des dizaines de tableaux. Rush savait qu'ils étaient un moyen ingénieux de transporter et de distribuer de l'héroïne. Harley l'avait découvert quelques mois plus tôt.

Garibaldi employait une peinture spéciale, à laquelle il mélangeait la drogue. Des « artistes » locaux peignaient les tableaux, qui étaient vendus à des acheteurs prédéterminés par une galeriste qui ne se doutait de rien.

Peu de gens étaient dans la combine : les peintres, les acheteurs, Garibaldi et quelques membres de son équipe.

Dont tu ne fais pas partie, lui rappela une petite voix.

Il se retourna en s'apprêtant à feindre la surprise et se rendit compte que ce n'était pas la peine. Trois hommes de main de Garibaldi braquaient leurs armes sur lui.

— Si tu t'asseyais sur la chaise, là-bas, Atkinson ? suggéra son patron. J'aimerais te faire part de mon opinion sur la trahison.

Rush fut obligé d'obéir.

16

Alessandra s'arrêta au milieu de la route juste avant de pénétrer dans la petite zone industrielle et tapota le volant. Un panneau lui avait appris qu'on y trouvait un magasin de meubles et une boutique qui louait des VTT. Il y avait le logo de l'entreprise de Jesse en haut du panneau, sans doute parce qu'il possédait tous les entrepôts. Mais rien ne permettait de savoir où il était à cet instant.

Elle observa les bâtiments à la recherche d'un indice et elle crut en dénicher un. L'un des entrepôts était entouré d'une clôture. Cela semblait être le genre de précaution que Jesse pouvait prendre pour protéger ses activités illégales.

— Ou ça ne veut rien dire du tout, murmura-t-elle.

Au minimum, c'était un bon point de départ pour ses recherches. Elle abaissa le frein à main, puis elle hésita. Elle ne pouvait pas s'approcher de l'entrepôt au volant de la voiture de Val. Quelqu'un la reconnaîtrait sûrement. À vrai dire, elle avait de la chance de ne pas avoir été déjà repérée.

Il faut que je continue à pied et discrètement, songea-t-elle.

Elle balaya les environs du regard et repéra un grand buisson au bord de la route. Il ne dissimulerait pas parfaitement la voiture, mais c'était mieux que rien.

Elle se gara derrière, s'assura qu'il n'y avait personne alentour et sortit de la voiture.

Quelques minutes plus tard, elle était plaquée contre le mur du premier entrepôt. Toute la zone était étrangement calme pour un jour de semaine. Elle n'entendait que les bruits de ses pas et les battements affolés de son cœur. Quand elle atteignit l'angle opposé du premier entrepôt, ses jambes refusèrent de la porter plus loin.

Respire ! s'ordonna-t-elle. *Rush a besoin de toi.*

Elle compta dix inspirations et dix expirations, puis fonça vers l'entrepôt voisin. Cette fois, elle progressa plus vite et cinq inspirations suffirent entre le deuxième et le troisième bâtiment. Elle avançait toujours prudemment, mais avec plus d'assurance.

Tu en es capable, s'encouragea-t-elle.

Lorsqu'elle atteignit le dernier entrepôt avant celui qui était entouré d'une clôture, elle le croyait vraiment. Même les deux gardes armés qu'elle repéra devant la porte ne la firent pas douter. Leur présence prouvait qu'elle était au bon endroit. Il ne lui restait plus qu'à s'assurer que Rush était à l'intérieur.

La clôture n'était ni barbelée ni électrifiée, mais Alessandra repéra deux caméras fixées à des poteaux. Il y en avait sûrement d'autres…

Ce qui n'arrange pas mes affaires, songea-t-elle.

Elle se tapota la cuisse et chercha une autre option. Subitement, une idée un peu folle lui vint. Si elle réussissait à entrer dans l'entrepôt contre lequel elle était plaquée et à monter sur le toit…

Elle leva les yeux.

— C'est un plan dément, Alessandra, murmura-t-elle.

Sauf qu'elle était déjà en train d'en envisager les détails.

La porte principale était trop risquée. Il y en avait

une autre, sur l'arrière, qui n'était pas visible depuis le bâtiment voisin. Elle était sans doute verrouillée, mais Alessandra était presque sûre de pouvoir la crocheter. Son père lui avait enseigné la technique en lui disant, sur le ton de la plaisanterie, que cela pouvait toujours être utile. Elle se demanda un instant ce qu'il aurait pensé en la voyant dans cette situation, puis elle refoula la tristesse que cela lui inspira.

Une fois à l'intérieur, elle n'aurait plus qu'à monter sur le toit et trouver quelque chose qui pourrait servir de pont. Cela n'avait même pas besoin d'être très long… Il ne devait pas y avoir plus de trois mètres entre les deux bâtiments.

Ensuite, tu n'auras plus qu'à t'introduire dans l'entrepôt sans te faire prendre et à sauver Rush.

— Du gâteau, ironisa-t-elle.

Elle s'approcha de la porte et essaya d'ouvrir. Comme elle était bien verrouillée, Alessandra s'accroupit et examina la serrure. Heureusement, c'était un modèle de base.

Elle fouilla son sac à main et en tira deux épingles à cheveux. Alors elle ferma les yeux et se remémora les explications de son père. Elle crut presque entendre sa voix patiente et autoritaire.

D'abord, tu dois plier l'une des épingles à quatre-vingt-dix degrés. Tu peux le faire avec tes dents. Je te promets de ne pas le dire au dentiste ni à ta mère.

Elle esquissa un sourire avant de suivre l'instruction, les yeux toujours fermés.

Bien. Maintenant, aplatis complètement la deuxième et recourbe la pointe pour faire un crochet.

Quand ce fut terminé, elle ouvrit les yeux et examina ses outils.

Beau travail, gamine. Maintenant, enfonce la

première épingle dans le bas de la serrure. Vas-y doucement pour ne pas la tordre, mais pousse-la aussi loin que tu peux.

Les lèvres pincées, elle enfonça l'épingle dans la serrure.

Fantastique. Maintenant, place la deuxième épingle au-dessus de la première. C'est la partie la plus délicate. Tu dois chercher de petites pièces qui bougent de haut en bas.

Elle trouva assez facilement la première.

Bien. Pousse-la jusqu'à ce que tu entendes un clic. *Bravo ! Tu es aussi douée que ton père. Fais pareil avec les quatre suivantes et tu seras une vraie professionnelle.*

Ce fut un travail long et éprouvant, mais elle esquissa un sourire quand elle entendit le dernier *clic.*

Tu y es presque. Maintenant, tourne les épingles dans le sens où tu aurais tourné la clé et la porte s'ouvrira.

Elle inspira profondément, tourna les épingles… et se figea.

Et s'il y avait une alarme ?

Elle écarquilla les yeux. Pourquoi n'y avait-elle pas pensé plus tôt ? Que se passerait-il si une alarme se mettait à hurler ? Ne valait-il pas mieux qu'elle cherche un autre moyen de pénétrer dans l'entrepôt de Jesse ?

Mais elle n'eut pas le temps de prendre une décision.

— Vas-y, chérie, ricana une voix derrière elle. Personne ne t'a vue.

Elle poussa un cri de surprise et acheva de tourner les épingles par réflexe. La porte s'ouvrit sur des ténèbres. Alessandra s'élança et crut un instant qu'elle était libre… Une main s'abattit sur son épaule. Quand elle voulut crier, une deuxième main se plaqua sur sa bouche.

Rush avait la tête qui lui tournait à force de servir de punching-ball à celui qu'il avait mentalement surnommé Gros Bras, mais il lui avait semblé entendre un cri.

Alessandra.

Il releva vivement la tête et regarda autour de lui.

S'il lui arrive quelque chose à cause de moi…

Il cligna des yeux. Rien n'avait changé. Il était toujours attaché à une chaise au milieu d'un entrepôt rempli de tableaux. Alessandra n'était pas là – Dieu merci. Il n'y avait que Garibaldi et ses trois sbires. Deux d'entre eux le tenaient toujours en joue tandis que Gros Bras ponctuait les questions de Garibaldi de coups de poing.

Insiste autant que tu veux, je ne te dirai rien, songea-t-il, même si cette pensée exprimait plus de bravoure qu'il n'en ressentait.

Il laissa sa tête retomber sur son torse. Il n'était pas une mauviette, mais c'était la première fois qu'il se faisait prendre et son endurance était mise à rude épreuve. Il y avait une énorme différence entre se battre et se faire tabasser en étant attaché.

Il pouvait au moins se réjouir que Garibaldi n'ait pas compris pour qui il travaillait. Il avait seulement deviné qu'il jouait double jeu. Puisque Garibaldi ne savait pas qu'il appartenait à la police de Freemont City, ses partenaires pourraient poursuivre l'enquête. Quoi qu'il lui arrive, ils trouveraient un moyen d'arrêter le meurtrier de leurs pères.

Surtout, Garibaldi croit qu'Alessandra est morte.

Penser à elle lui inspira un mélange de tristesse et de colère. Quand Garibaldi en aurait assez de l'interroger sans résultat, il ordonnerait son exécution. L'avenir que Rush avait entrevu lui serait volé. Pire : il n'aurait jamais l'occasion de dire à Alessandra qu'elle était plus importante pour lui que son désir de justice.

Ça te donne une bonne raison de survivre, non ?

Il inspira et chercha un moyen de se tirer de là. Il n'avait pas eu deux secondes de répit depuis qu'on l'avait attaché à cette chaise.

Alors tu devrais peut-être te demander pourquoi on te laisse tranquille.

Il releva la tête et fut surpris de découvrir que la scène avait changé. Il n'y avait plus que les deux hommes de main qui le tenaient en joue en face de lui.

Où étaient passés Garibaldi et Gros Bras ?

Rush tourna la tête.

Les voilà ! Mais qui est l'homme de main bonus et pourquoi se tient-il si bizarrement ?

Il fallut quelques secondes à Rush pour le reconnaître. C'était l'un des gardes de l'entrée.

Une poussée d'adrénaline ramena Rush à la réalité quand le garde se tourna légèrement. Il tenait Alessandra, qui était penchée vers l'avant comme si elle était à peine consciente.

Rush réprima un rugissement pour ne pas attirer l'attention de Garibaldi. Il ne fallait pas que Garibaldi comprenne à quel point il tenait à elle. Alors Rush se contenta de la fixer en attendant que leurs regards se croisent.

Alessandra releva la tête, mais elle ne la tourna pas vers lui. Elle fusilla Garibaldi du regard.

— Comment as-tu pu, fils de…

Quand Garibaldi la gifla, Rush se débattit furieusement contre ses liens. Tout le monde tourna la tête vers lui. L'inquiétude remplaça la colère sur le visage d'Alessandra et Garibaldi sourit.

Rush se maudit intérieurement. Parce qu'il n'avait

pas su contenir son instinct protecteur, il les avait trahis. Garibaldi obtiendrait ses réponses, finalement. Il lui suffisait de menacer Alessandra pour que Rush lui dise tout ce qu'il voulait savoir.

Garibaldi prit le bras d'Alessandra et la poussa vers lui.

— Mon petit doigt me dit que tu es sur le point de briser ton vœu de silence, Atkinson, ricana-t-il.

Rush jeta un regard désolé à Alessandra avant de répondre :

— Laisse-la tranquille et je te dirai tout.

Le sourire de Garibaldi s'élargit.

— Tu sais bien que je ne la laisserai pas en vie, quoi que tu me dises.

Rush se débattit vainement contre ses liens.

— Si tu la touches…

— Que feras-tu ? le coupa Garibaldi. Tu me hurleras dessus depuis ta chaise ? Détends-toi, Atkinson. Je te promets de lui accorder une mort rapide si tu parles maintenant. Pour qui travailles-tu ?

Rush ouvrit la bouche avec l'intention de mentir, mais Alessandra fut plus rapide que lui.

— Moi, murmura-t-elle.

— Ce n'est pas la peine que tu t'en mêles, la Rouquine, protesta Rush.

Alessandra tourna la tête vers lui et la secoua.

— Je ne peux pas le laisser te faire du mal à cause de moi, répondit-elle avant de se tourner vers Garibaldi. Il travaille pour moi.

Cette réponse parut intriguer Garibaldi.

— C'est *toi* qui l'as engagé ? demanda-t-il. Quand ? Pour quoi faire ?

— Il y a quelques mois, pour faire des recherches,

affirma Alessandra. J'ai gardé les factures, si ça t'intéresse.

Garibaldi jeta un coup d'œil à Rush, puis hocha la tête.

— Tu lui as demandé d'enquêter sur la mort de ton père, dit-il.

— J'ai trouvé un carton rempli d'affaires de mon père il y a quelques mois, déclara Alessandra sans hésiter. J'ai voulu en savoir plus et je ne savais pas par où commencer, alors j'ai engagé Rush. Je suis allée voir la police parce qu'on avait perdu le contact et que je commençais à m'inquiéter. Tu connais le reste.

— Oui, murmura Garibaldi. Puisque tu as fait autant d'efforts, veux-tu que je te dise pourquoi ton père est mort ?

— Tu n'as aucune raison de l'écouter ! lança Rush.

Alessandra secoua la tête.

— Je veux le savoir. Et je pense que Jesse est le seul qui peut me fournir des réponses.

— Je pense que tu seras fière de ton père, Al, pouffa Garibaldi. C'était une question de loyauté… Randall n'en avait aucune envers son équipe. Il a préféré travailler avec d'autres… Avec la police de Freemont City, figure-toi. Ton père a piégé mon père, Al.

Quand Rush rencontra le regard d'Alessandra, il sut qu'elle pensait la même chose que lui.

La police de Freemont City.

Cela expliquait comment Randall s'était procuré les enveloppes dont il s'était servi.

Alessandra inspira profondément avant de demander :

— Comment l'a-t-il piégé ?

— De la manière la plus banale, répondit Garibaldi. Il a parlé aux flics d'un gros achat de drogue que mon père était sur le point de faire. Je l'ai compris tout de suite… mais mon père n'a pas voulu me croire. Il ne l'a cru que quand ces trois flics lui sont tombés dessus.

— L'as-tu tué ? demanda Alessandra.

— Ton père ? Non. À ma connaissance, son accident de voiture était un véritable accident. Mais le mal était déjà fait. Et j'ai eu le privilège d'assister à l'exécution de mon père. Le dealer avec lequel il devait faire affaire l'a tué d'abord parce que c'était un imbécile. C'est pour ça que les trois flics s'en sont sortis. Personne n'est parfait.

— Tu aurais pu sauver ton père ? balbutia Alessandra.

— Oui, j'aurais pu, mais à quoi bon ? répondit Garibaldi avec indifférence. Le dealer qui l'a tué m'a fait une proposition. Il a promis de m'embaucher si je le débarrassais de ces trois flics et des preuves qu'ils avaient contre lui.

Rush ferma les yeux. Il n'avait aucune envie d'entendre la suite de l'histoire, qu'il connaissait déjà.

— Alors je l'ai fait, poursuivit Garibaldi d'un ton satisfait. J'ai placé une bombe dans le commissariat. Ça a été un vrai feu d'artifice. Les trois flics sont morts, les preuves ont été détruites et je me suis lancé dans une nouvelle carrière.

Alors qu'il avait attendu cette confession pendant quinze ans, Rush n'éprouva pas le moindre soulagement – rien que de la frustration. Il devait faire quelque chose… sauf qu'il n'avait aucune marge de manœuvre.

— Tu es malade, Jesse ! s'exclama Alessandra. C'étaient des *humains*. Ils avaient des vies et des familles… Qu'est-ce qui ne va pas chez toi ?

— J'ai simplement veillé sur mes intérêts, Al. Qui d'autre l'aurait fait ? Maman a décidé de mourir à ma naissance et papa était trop stupide.

Alors des bruits incitèrent Rush à ouvrir les yeux.

L'un des hommes de Garibaldi traîna une chaise pour la placer derrière la sienne.

— Assieds-toi donc, Al, dit Garibaldi.

Comme Alessandra ne lui obéit pas, Gros Bras la saisit par le bras, la força à s'asseoir et l'attacha.

— À quoi joues-tu, Garibaldi ? s'écria Rush.

— Je mets de l'ordre dans mes affaires et je vous laisse porter le chapeau, répondit Garibaldi avant de se tourner vers ses hommes. Allez-y, les gars !

Gros Bras tira une fiole de sa poche et aspergea les tableaux les plus proches des chaises. Rush comprit le plan de Garibaldi dès que l'odeur du produit l'atteignit : il allait mettre le feu à l'entrepôt.

17

Rush entendit Alessandra renifler et comprit qu'elle avait aussi deviné le plan de Garibaldi.

— Rush, murmura-t-elle.

— Ça ira, la Rouquine.

— J'ai peur.

— Je suis là.

— Tu es blessé.

— J'ai connu pire.

Garibaldi pouffa.

— Vous êtes si mignons que j'ai presque mauvaise conscience.

— Alors relâche-nous, répondit Rush. Relâche Alessandra.

— Tu l'espères vraiment ? ricana Garibaldi. Au moins, vous mourrez ensemble. Je trouve ça très shakespearien. C'est à la fois tragique et romantique…

Garibaldi claqua des doigts. Quelques instants plus tard, une odeur de fumée parvint aux narines de Rush.

— Et ne vous faites pas d'illusions sur la compétence de la police, les enfants, leur lança Garibaldi avant de franchir la porte. Je suis aussi doué pour fabriquer des preuves que pour les détruire.

Il disparut sur ces mots.

Des voitures démarrèrent. Rush attendit de ne plus entendre que le crépitement des flammes pour passer à l'action. Il se pencha vers l'avant autant qu'il put et attrapa la corde d'Alessandra.

— Que fais-tu ? demanda-t-elle.

— Tout mon possible pour te détacher, répondit-il. Le feu progresse plus vite que tu ne l'imagines.

Sa phrase fut ponctuée par un claquement à quelques mètres d'eux.

— Le feu a détruit ma boutique en moins de dix minutes, lui rappela-t-elle. Je suis bien consciente de son pouvoir. Je pense juste qu'il serait plus logique que tu te détaches d'abord.

— Je te promets de te laisser me détacher quand tu seras libre.

— Et si je n'ai pas le temps ?

— Tu cours.

— Je ne suis pas venue ici pour te laisser mourir ! s'écria-t-elle.

Rush sentit enfin quelque chose qui ressemblait à un nœud.

— Tu n'es pas *venue* ici, lui rappela-t-il. Tu t'es fait capturer. Penche-toi un peu, s'il te plaît.

Il réussit à glisser son pouce dans une boucle, mais il n'eut pas le temps de s'en réjouir. La fumée qui les enveloppait était de plus en plus épaisse. Quelle proportion d'héroïne contenait-elle ?

— J'ai essayé de t'empêcher de venir, ajouta-t-il.

— Tu m'as dit où tu étais et tu m'as fait comprendre qu'on allait te tuer.

— Je t'ai aussi dit que je me chargerais du boulot.

— C'était ce que tu faisais quand je suis arrivée ? Parce que tu avais plutôt l'air…

Une quinte de toux l'empêcha de finir sa phrase.

Il devait aller plus vite… Mais ses doigts lui brûlaient

et son esprit s'engourdissait. Un instant plus tard, il se mit à tousser aussi.

Quand la quinte passa, il recommença à tirer sur la boucle de toutes ses forces.

— Je ne me sens pas très bien, Rush, murmura Alessandra.

— J'y suis presque, répondit-il.

Le nœud céda enfin quelques secondes plus tard. Il sentit Alessandra basculer vers l'avant et lutta contre une vague de panique.

— Reste avec moi, chérie ! s'écria-t-il.

Elle toussa.

— J'arrive, répondit-elle d'une voix rauque.

Il s'inquiéta quand il l'entendit tomber par terre, mais il la sentit tirer sur sa corde un instant plus tard. Même si ses efforts étaient ponctués par de nouvelles quintes de toux, elle triompha du nœud plus vite que lui. Il se leva aussitôt et se retourna. Son estomac se noua quand il découvrit Alessandra étendue sur le sol. Ses yeux étaient fermés et sa respiration saccadée.

Il s'accroupit auprès d'elle.

— Allez, la Rouquine ! l'encouragea-t-il.

Elle ne répondit pas.

Merde !

Il la prit dans ses bras. Un vertige le saisit dès qu'il se releva. Il s'efforça de l'ignorer. Il n'avait pas le choix.

L'air était déjà brûlant. Il y avait tant de fumée dans l'entrepôt qu'il ne sut dans quelle direction avancer qu'en la suivant vers ce qui devait être une issue.

Il progressa lentement, les poumons en feu et craignant de s'évanouir à tout instant.

Encore un pas, s'encouragea-t-il. *Et un autre…*

Finalement, alors qu'il ne se croyait plus capable de continuer, il percuta quelque chose.

La porte. Dieu merci !

— Tiens bon, la Rouquine, murmura-t-il.

La porte céda sous son coup d'épaule et il fut récompensé par une grande bouffée d'air frais, mais il était trop tard. Quand il voulut poser Alessandra, le monde se mit à tournoyer autour de lui. Il s'effondra. Étrangement, alors qu'il sombrait dans les ténèbres, il crut entendre une voix et sentir des mains le tirer par les épaules.

Alessandra reprit conscience par étapes.

Elle eut d'abord mal à la gorge et à la tête.

Elle sentit ensuite qu'elle se trouvait dans un véhicule en mouvement.

Puis vint la panique.

Rush. Le feu. Jesse.

Elle essaya de se concentrer et ouvrit les yeux. Il faisait jour. Elle avait la joue pressée contre une vitre et des arbres défilaient sous ses yeux. Le véhicule dans lequel elle était assise roulait dans la forêt.

Pourquoi ?

Alors elle tourna légèrement la tête et ce qu'elle vit la fit paniquer davantage. L'homme qui tenait le volant était celui qui les avait attaqués dans la cabane. Elle s'empressa de refermer les yeux et réprima un gémissement.

Où était Rush ? Que faisait-elle dans la voiture de cet homme ?

Elle essaya de fouiller dans sa mémoire, mais elle ne se souvenait que de son désespoir et de sa certitude qu'elle allait mourir.

Il faut que je m'enfuie.

Mais comment ? Elle ne savait pas où elle était.

L'homme cherchait peut-être un endroit où il lui serait facile de l'enterrer après l'avoir tuée. Si elle réussissait par miracle à échapper à ce sort, que ferait-elle ? Elle n'était même pas sûre d'avoir la force de mettre un pied devant l'autre.

Mais tu dois essayer. Si tu ne le fais pas pour toi, fais-le pour Rush.

Son cœur manqua un battement. Rush était sans doute mort.

Mon Dieu !

Sa douleur émotionnelle lui fit oublier ses douleurs physiques. La vie était injuste – sa mère le lui avait souvent dit – mais c'était pire que tout. Elle n'avait entraperçu la possibilité d'aimer quelqu'un et d'être heureuse que pour que cette chance lui soit arrachée.

Elle sentit des larmes rouler sur ses joues. Elle savait que le tireur comprendrait qu'elle avait repris conscience s'il les voyait. Elle ne fut pas capable de les retenir pour autant. Son chagrin était plus puissant que son instinct de survie.

— Il est encore en vie, si c'est ce qui t'inquiète.

Elle ne put s'empêcher de tourner la tête vers le tireur. Ce n'étaient pas ses paroles rassurantes qui lui avaient fait oublier toute prudence. Sa voix lui était vaguement familière.

Parce qu'il a parlé dans la cabane.

Non, ce n'était pas cela. Elle était trop terrifiée, quand il les avait attaqués, pour prêter attention à sa voix.

Elle scruta le visage de l'homme en essayant de comprendre son impression. Non, il ne lui rappelait vraiment rien.

— Vérifie par toi-même si tu ne me crois pas, ajouta-t-il sans quitter la route des yeux. Il est sur la banquette arrière.

Elle tourna aussitôt la tête et soupira de soulagement. Rush était bien couché sur la banquette. Il était couvert de bleus et de suie, mais il respirait.

Dieu merci !

Elle compta dix inspirations avant de reporter son attention sur le chauffeur. Elle éprouvait le besoin de l'interroger sans savoir quelle question lui poser. « Que voulez-vous ? » lui semblait trop vague ; « Allez-vous nous tuer ? », trop précis.

L'homme reprit la parole alors qu'elle hésitait.

— J'ai cru qu'il allait te faire du mal, dit-il.

Elle cligna des yeux.

— Quoi ?

— Dans la cabane. J'ai pensé qu'il te ferait du mal parce qu'il travaillait pour Garibaldi.

— Je…, balbutia-t-elle.

Mais pourquoi s'en était-il soucié ?

— Je suis désolé, Lessie. Je m'y serais pris différemment si j'avais su qu'il t'aidait.

Il continua à parler, mais elle n'écouta rien parce que son cerveau s'était figé. Un seul homme lui avait donné ce surnom. Ce ne pouvait pas être lui…

Parce qu'il est mort.

Elle avait dû exprimer cette pensée à voix haute, parce que l'homme se tut et tourna la tête vers elle.

Un vertige la saisit. Dès qu'elle vit ses yeux – qu'elle connaissait aussi bien que ses propres yeux —, elle sut que c'était bien lui et les ténèbres l'enveloppèrent.

Le silence réveilla Rush. Il frissonna – alors qu'il était certain qu'il transpirait à grosses gouttes quelques instants plus tôt.

Pour se réchauffer et se rendormir, il tendit la main

vers le corps doux et sensuel qui devait se trouver près de lui. Lorsque celle-ci rencontra une surface dure et froide à la place, il crut recevoir un seau d'eau dans la figure et se redressa brusquement. Il essaya, plutôt. Quelque chose le retint et le fit retomber pesamment. Il ouvrit les yeux, découvrit un plafond à la texture étrange et se demanda ce qui se passait.

Alors tout lui revint. Avait-il été recapturé ? Où était Alessandra ? Craignant le pire, il tâta ses liens et sentit une bande de nylon. Il ne lui fallut qu'un instant pour l'identifier.

C'était une ceinture de sécurité.

Cette découverte lui fit réévaluer sa situation. Il regarda autour de lui. Oui, il se trouvait bien dans une voiture – sur la banquette arrière. Quelqu'un avait pris la peine de l'attacher, mais sans doute pas pour le retenir contre son gré, ce qui était une bonne chose.

Néanmoins… C'était aussi troublant qu'encourageant.

Il trouva l'attache de la ceinture du bout des doigts et l'ouvrit. Il se redressa prudemment, prit conscience qu'il avait mal partout et en fit abstraction. Ce n'était pas le plus important. La voiture se trouvait au milieu de la forêt, sur une piste de VTT. Une odeur de pin flottait dans l'air.

Alors qu'il posait la main sur la poignée de la portière, il entendit une voix masculine.

— Allez, gamine, dit-elle. Ouvre les yeux.

Gamine ?

Rush fronça les sourcils et balaya les environs du regard jusqu'à ce qu'il découvre un homme accroupi dans une clairière, à moitié dissimulé par un énorme tronc d'arbre. L'homme tendit le bras vers le sol. Rush suivit son geste des yeux… et vit des cheveux roux refléter les rayons du soleil qui filtraient entre les branches.

Alessandra.

Alors l'homme tourna la tête vers Rush, qui le reconnut aussitôt. C'était celui qui avait essayé de les tuer dans la cabane.

Rush laissa son instinct prendre le relais.

Il ouvrit la portière et jaillit de la voiture avec l'intention de plaquer l'homme au sol. Au lieu de prendre une posture défensive, celui-ci leva les mains pour les poser sur sa tête.

Surpris par ce geste, Rush ralentit, ce qui lui permit de découvrir d'autres bizarreries. Il y avait une couverture sur Alessandra, dont la tête était posée sur une veste pliée.

Rush s'arrêta et fusilla l'homme du regard.

— Expliquez-moi ce qui se passe tout de suite ! exigea-t-il.

— Alessandra va bien, répondit l'homme sans baisser les bras. Elle a juste eu un choc.

— Vous avez intérêt à ce qu'elle aille bien.

— Je vous le promets.

— Ah oui ?

— Est-ce que je me serais donné la peine de vous sauver si j'avais l'intention de vous tuer ?

— Je n'ai pas la prétention de comprendre les criminels, répliqua Rush.

L'homme scruta son visage quelques instants, puis demanda :

— Vous êtes le fils d'Atkinson, n'est-ce pas ? Je ne sais pas pourquoi je ne vous ai pas reconnu plus tôt.

— Si vous essayez de me soutirer des informations, laissez tomber, grommela Rush.

— Votre père était un peu irascible aussi.

La manière dont il prononça cette phrase – comme si c'était un bon souvenir – surprit Rush.

— Qui êtes-vous ? demanda-t-il un peu plus calmement.

— Je suis Randall Rivers, le père de Lessie.

18

Alessandra revint brutalement à elle et entendit une phrase qu'elle savait être vraie.

— Je suis Randall Rivers, le père de Lessie.

Elle ouvrit les yeux et regarda les deux hommes qui se trouvaient auprès d'elle sans savoir quoi dire. Comment saluait-on le père qu'on croyait mort ? Comment se faisait-on à l'idée qu'il était encore en vie ?

Comme son cerveau n'avait aucune réponse à lui fournir, elle se contenta d'écouter.

— Et vous espérez que je vous croie ? demanda Rush.

Son père haussa une épaule.

— Je me moque de ce que vous croyez. C'est vrai.

— Et c'est un heureux hasard qui vous amène à Whispering Woods ?

— Bien sûr que non.

Rush soupira.

— Vous avez quinze secondes pour me convaincre.

— Très bien, dit son père. Alessandra est née à Noël, mais elle fête son anniversaire en juillet. Elle a toujours aimé l'océan. Quand elle était petite, je lui ai appris à tirer avec le revolver que vous m'avez volé. Sa mère m'a fait la tête pendant une semaine à cause de ça. Ça vous dit quelque chose ?

— Reprenez depuis le début et donnez-moi tous les détails, répondit Rush après un bref silence.

Alessandra referma les yeux.

Son père commença par dire des choses qu'elle savait déjà : qu'il avait été un petit délinquant jusqu'au jour où il avait rencontré sa mère, ce qui avait tout changé pour lui. Grâce à elle, il avait respecté la loi pendant des années.

Il avait fait sa première « rechute » à cause d'une grosse facture médicale. Alessandra, qui avait trois ans à cette époque, se souvenait vaguement des mois que sa mère avait passés à se remettre d'une maladie qui n'avait jamais été identifiée. Son père expliqua qu'il avait transporté des marchandises volées pour rétablir les finances de la famille et qu'il s'était juré de ne pas recommencer. Alors ses « amis » l'avaient fait chanter. Ils le laissaient parfois tranquille un an ou deux, puis ils menaçaient de le dénoncer à la police quand ils avaient besoin de lui.

Il avait fini par en avoir assez et il était allé trouver la police lui-même en s'attendant à se faire arrêter. À la place, trois policiers qui traquaient un gros bonnet lui avaient demandé de les aider. Son père, qui y avait vu l'occasion de regagner sa liberté, avait aussitôt accepté. Mais les choses avaient mal tourné.

Quelqu'un avait découvert qu'il était un informateur et essayé de le tuer. Cette personne avait d'abord envoyé quelqu'un chez eux pour mettre en scène un faux cambriolage. Par chance, il n'y avait personne dans la maison ce soir-là et l'homme s'était fait prendre. Les policiers avaient alors décidé de mettre Randall sous protection, mais cela avait mal tourné aussi. Alors qu'un agent l'emmenait dans une planque, une voiture avait foncé sur la leur et leur avait fait quitter la route.

Alessandra faillit tressaillir. C'était l'accident qui était supposé l'avoir tué. Elle se souvenait de cette journée comme si c'était la veille. Un policier s'était présenté dans son collège et lui avait expliqué que son père, qui était censé partir en formation en Angleterre pour un mois, était mort dans un accident de la route.

La formation était une ruse, comprit-elle. *C'était la couverture du programme de protection des témoins.*

— Après ma « mort », les policiers ont essayé de boucler l'enquête, poursuivit son père.

— Et Garibaldi les a tués, acheva Rush avant de poser une question qu'elle se posait aussi. Pourquoi n'avez-vous pas rejoint votre famille après ça ?

— Parce que j'attendais que Garibaldi soit mis hors d'état de nuire…

— … Ce qui ne s'est jamais produit, conclut Rush.

— Ce petit sociopathe a laissé son père se faire tuer pour mettre le pied à l'étrier ! s'emporta Randall. Je le savais capable du pire.

— Vous avez bien fait d'être prudent.

— Je n'aspirais qu'à revoir ma femme et ma fille, reprit Randall. J'ai traîné dans le coin pendant un an après l'explosion, à attendre que Jesse aille en prison. Mais vous savez ce qui s'est passé ensuite.

— Malheureusement oui, répondit Rush avec une amertume bien compréhensible.

— Je suis désolé pour votre père, mon garçon.

Quand Randall prononça cette phrase, Alessandra se rendit compte que la conversation qu'elle écoutait était une métaphore. Son passé rencontrait son avenir. L'homme qu'elle aimait quand elle était petite s'adressait à celui dont elle était en train de tomber amoureuse.

Il faut que je voie ça, songea-t-elle.

Elle ouvrit les yeux et découvrit un tableau étrange. Son père et Rush étaient face à face. Son père avait une main posée sur sa tête et l'autre sur l'épaule de Rush.

— Votre père était un excellent policier et un homme d'honneur, dit Randall d'une voix douce. Il vous aimait. Il parlait de vous en permanence. Je ne suis même pas sûr qu'il s'en rendait compte. Je sais qu'il s'inquiétait pour votre avenir. Il serait fier s'il vous voyait aujourd'hui.

— Merci, répondit Rush.

— Est-ce que je peux vous poser une question ?

— Bien sûr.

— Tenez-vous à ma fille ?

— Oui.

— Beaucoup ?

— Je ne la connais que depuis hier, monsieur. Mais quelque chose a changé dès que j'ai posé les yeux sur elle. Maintenant, je me demande comment j'ai pu vivre pendant trente et un ans sans la connaître.

— Tant mieux.

— Tant mieux ? répéta Rush.

— Je suis content de savoir que quelqu'un l'aimera autant que je l'ai toujours aimée.

— Je ne vous suis pas…

— Il y a quinze ans, j'ai écrit une lettre à ma femme alors que j'étais censé être mort. Je voulais la déposer dans notre maison. J'ai changé d'avis au dernier moment et je l'ai déchirée. J'avais les morceaux dans la main quand ma femme est rentrée plus tôt que je ne m'y attendais. J'ai paniqué et je les ai jetés dans la poubelle. J'ai attendu pendant des heures de pouvoir les récupérer, mais ma femme les a trouvés et elle a reconstitué la lettre.

Alessandra comprit subitement ce que son père avait en tête.

— Non, papa ! s'écria-t-elle.

Rush se précipita auprès d'elle.

— La Rouquine !

— Il va affronter Jesse ! dit-elle en repoussant la main que Rush avait posée sur son épaule.

Son père hocha la tête.

— J'aurais dû le faire il y a bien longtemps, dit-il. Tout est ma faute.

— Ce n'est pas vrai, papa.

— Si je n'avais jamais écrit cette maudite lettre…

— Tu voulais juste rassurer maman.

— Et je vous ai mises en danger toutes les deux. Je ne peux plus rien faire pour elle, mais pour toi…

— Tu ne le retrouveras pas, s'écria Alessandra, désespérée. Il nous a dit qu'il quittait la ville.

— Je le retrouverai.

— Jesse te tuera ! S'il te plaît, papa…

— Jesse vous croit mort, répondit son père. Vous devriez en profiter.

La gorge d'Alessandra se serra tant qu'elle n'eut plus la force de protester. Elle vit son père monter en voiture et la voiture disparaître. Alors elle s'effondra en larmes dans les bras de Rush.

Rush regarda la voiture s'éloigner en caressant les cheveux d'Alessandra.

Il n'en revenait pas. Qui aurait imaginé que Randall Rivers était un informateur de la police et qu'il était encore en vie ? Qu'éprouverait-il lui-même s'il était à la place d'Alessandra ?

Je serais furieux, songea-t-il aussitôt.

Il avait tendance à réagir par un comportement hostile dans des situations comme celle-ci. Il aurait été furieux d'avoir été trompé, d'avoir porté le deuil de son père alors qu'il était encore en vie et d'avoir été abandonné dans les bois.

Mais il comprenait aussi la décision de Randall. Lui aussi se serait caché pendant quinze ans pour sauver la femme qu'il tenait dans ses bras.

Cela lui aurait brisé le cœur, mais il l'aurait fait.

À cet instant, il aimait le père d'Alessandra autant qu'il le haïssait.

— Il est parti parce qu'il t'aime, la Rouquine, dit-il d'une voix rauque.

— Je sais, répondit-elle. Je sais aussi que tu vas me dire qu'on devrait l'écouter et s'enfuir.

— Je pense qu'on devrait…

— Moi aussi, je le comprends, Rush, le coupa-t-elle en secouant la tête. Moi aussi je disparaîtrais pour te sauver. Sauf que nous ne sommes pas morts et lui non plus – pas encore. Mais Jesse…

Un sanglot l'empêcha de finir sa phrase.

Rush la serra dans ses bras et essaya une nouvelle fois de se mettre à sa place.

Je dois trouver un moyen de le sauver, songea-t-il.

— La Rouquine, dit-il d'une voix plus ferme.

Elle leva son beau visage inondé de larmes vers lui.

— Oui ?

— Tu sais ce que je ressens pour toi ?

— Je sais ce que je ressens pour toi.

Il esquissa un sourire.

— Veux-tu que je le dise d'abord ?

— Je pense qu'on ne devrait pas le dire, répondit-elle.

— Non ?

— Pas encore. Je pense qu'on devrait attendre que ça ne ressemble pas à un adieu.

Il déposa un baiser sur ses lèvres, puis murmura :

— Dis-moi ce que tu veux que je fasse.

— Peux-tu sauver le monde ? demanda-t-elle d'une voix tremblante.

— Peut-être pas le monde entier, mais je peux essayer de sauver Randall, répondit-il.

— Ça me terrifie, Rush. S'il t'arrivait quelque chose…

— Il vaut mieux qu'on soit à deux contre un.

— Mais ce n'est pas seulement deux contre un : ce sont les deux hommes qui comptent le plus pour moi contre un meurtrier qui dispose d'une armée de mercenaires.

— Et si je convoquais ma propre armée de mercenaires ? suggéra-t-il.

— Tes partenaires ?

— Je suis sûr qu'ils seraient ravis de me donner un coup de main.

— Et ça ne gâchera pas votre enquête ?

— Parce que tu te soucies de notre enquête dans ces circonstances ?

— Bien sûr, répondit-elle en fronçant les sourcils.

Il pressa ses doigts. Cette femme était tout ce qu'il avait toujours voulu sans le savoir.

Dire qu'il avait failli la laisser sur le bord de la route… Mais il comprit immédiatement que cela n'aurait rien changé parce qu'ils étaient destinés à être ensemble. Sa gorge se serra.

— Alessandra ? murmura-t-il.

— Oui ?

— Ce n'est pas un adieu.

— Que veux-tu dire ? Oh ! tu ne le dis pas…

— J'attendrai, puisque c'est ce que tu veux. Ça ne m'empêche pas de le penser.

Il se leva et lui tendit la main.

— Allons-y ! dit-il. Je vais commencer par appeler

Harley. Il utilisera ses pouvoirs magiques pour retarder la confrontation entre ton père et Garibaldi.

Elle prit sa main et se leva. Ses épaules s'affaissèrent aussitôt.

— Il faudrait que tu aies des pouvoirs magiques, toi aussi, parce que nous n'avons ni téléphone ni voiture.

— C'est vrai, mais nous pouvons…

Un vrombissement familier lui fit lever les yeux.

Alessandra en fit autant.

— Est-ce un hélicoptère ? demanda-t-elle.

Le vrombissement s'amplifia jusqu'à devenir assourdissant.

19

Alessandra ne se croyait plus capable d'être surprise après les événements qui s'étaient succédé depuis deux semaines. La lettre, la mort de son amie, l'incendie de sa boutique, son coup de foudre pour Rush, la confirmation que Jesse Garibaldi était un génie du mal et la découverte que son père qu'elle croyait mort depuis longtemps ne l'était pas…

Je devrais avoir le cerveau complètement engourdi.

Mais elle resta bouche bée en voyant apparaître un hélicoptère noir et blanc dans le ciel. Quand il fut assez près, elle lut les lettres « PFC » sur le côté. Il ne lui fallut qu'un instant pour deviner ce qu'elles signifiaient.

— La police de Freemont City, murmura-t-elle.

Elle jeta un coup d'œil à Rush, qui semblait aussi surpris qu'elle et qui souriait. Elle voulut lui demander ce qui se passait, mais le bruit de l'hélicoptère ne le permettait plus. L'appareil se posa en provoquant une tornade de poussière et de feuilles qui l'obligea à fermer les yeux. Quand elle les rouvrit, elle vit trois hommes s'approcher d'eux.

— Atkinson, mon salaud ! s'écria un homme élégant aux cheveux châtains. Tu as une sale tête.

— Ta mère serait horrifiée si elle t'entendait jurer, Brayden, répondit Rush en lui tendant la main.

Brayden refusa sa main pour lui donner l'accolade.

— Elle me le pardonnerait si elle te voyait dans cet état.

Un homme un peu plus petit, mais deux fois plus musclé, s'approcha à son tour.

— On te croyait mort ! dit-il.

Le troisième homme, un grand blond, jeta un regard sévère au deuxième.

— Je pensais qu'on s'était mis d'accord pour ne pas parler de ses arrangements funéraires, dit-il.

— Non, répondit le plus musclé. J'ai juste accepté de ne pas le tuer s'il était encore en vie. Et c'est toi qui voulais sa Lada.

Rush se tourna vers le grand blond.

— C'est vrai, Anderson ?

Le blond haussa les épaules.

— Elle a besoin de quelqu'un qui sache l'aimer comme elle le mérite. Mais dis-moi, Rush… Depuis quand fréquentes-tu de vraies femmes ?

Les trois hommes la regardèrent de la tête aux pieds. Que voyaient-ils ? se demanda-t-elle. Ses cheveux emmêlés ? Ses vêtements déchirés ? Une idiote qui était tombée amoureuse de leur ami en vingt-quatre heures ?

Rush pouffa et l'attira contre lui.

— Elle connaît déjà mon incapacité notoire à nouer des relations en dehors du travail, répondit-il.

Anderson haussa les sourcils et les trois hommes l'observèrent plus attentivement encore. Elle éprouva une envie soudaine de leur montrer son CV et de prier des amis de témoigner en sa faveur.

Elle se redressa et demanda :

— Alors ? Qui veut commencer l'interrogatoire ?

Tous éclatèrent de rire et elle se détendit un peu.

— Très bien, dit Rush. Avant que je ne vous demande

comment vous m'avez trouvé, j'aimerais vous présenter une femme exceptionnelle. Les amis, voici…

— Alessandra Rivers, le coupa le premier homme en tendant la main à Alessandra. Ravi de vous rencontrer. Je suis Brayden Maxwell.

Elle serra sa main.

— Bonjour, Brayden, répondit-elle, abasourdie.

— Voici mon frère Harley, dit Brayden en lui montrant le plus musclé des trois.

— Bonjour, répéta-t-elle.

— Et le grand moche s'appelle Anderson, ajouta Brayden.

Elle se tourna vers le grand blond, qui aurait pu être en couverture d'un magazine, et agita timidement la main.

— Bonjour, Anderson.

Il lui décocha un sourire charmant.

— Ravi de vous rencontrer, Alessandra. Veuillez excuser nos boutades, mais je ne crois pas que Rush ait eu une seule petite amie qui n'ait pas fait partie d'une couverture.

— Eh ! s'écria Rush.

— Tu sais que c'est vrai, intervint Harley.

— Je commence à me demander pourquoi j'ai été content de vous voir arriver, grommela Rush.

— Parce qu'on te sauve la mise ? suggéra Brayden. Mais on devrait discuter dans l'hélicoptère si on veut retrouver le père d'Alessandra avant qu'il ne soit trop tard.

— Comment savez-vous pour mon père ? balbutia Alessandra.

— Je pense que c'est de ça qu'on va discuter, répondit Rush en lui prenant la main.

Elle le laissa l'entraîner vers l'hélicoptère. Rush fixa son harnais, l'embrassa, puis lui tendit un casque.

— On ne peut parler qu'un à la fois, mais tout le monde entend et ça couvre bien le bruit des hélices, lui dit-il.

— Alors pas de secrets ! plaisanta Harley en s'installant en face d'elle.

Rush lui donna un petit coup de poing dans le bras avant de prendre place à côté d'elle. Brayden s'assit en face de Rush et Anderson se mit aux commandes.

— C'est lui qui pilote ? s'étonna Alessandra.

— Anderson a de nombreux talents, répondit Brayden.

— C'est bon à savoir.

Elle prit la main de Rush quand les hélices se mirent à tourner, mais l'hélicoptère s'éleva sans à-coups. Anderson était visiblement un bon pilote.

— Tu te souviens du commissaire Rohan ? demanda Brayden à Rush.

— Bien sûr, répondit Rush. Il a pris sa retraite juste après l'explosion.

— C'est ça, dit Brayden. Avant de prendre sa retraite – douze heures avant de rendre son arme de service, pour être précis – il est entré dans la pièce de vidéosurveillance et il a reconnu un type qui sortait d'un bar. Tu devines qui ?

— Randall Rivers, répondit Rush.

Brayden acquiesça.

— Sauf qu'il était censé être mort, reprit-il avant de jeter un regard désolé à Alessandra. Mais Rohan était sûr que c'était lui et il s'est démené pour prouver que Rivers était en vie – pendant douze heures. Il n'a rien trouvé. Le nouveau commissaire était convaincu qu'il s'agissait d'un sosie et Rohan a pris sa retraite. Quinze ans plus tard – ce matin – notre nouveau commissaire a reçu un coup de fil.

— De mon père ? demanda Alessandra.

Brayden hocha la tête.

— Il s'est présenté comme un ancien informateur et il a dit qu'il avait un tuyau sur Jesse Garibaldi. Or il se trouve que notre nouveau commissaire était dans la pièce de vidéosurveillance quand Rohan a fait un scandale il y a quinze ans.

— Sacrée coïncidence ! commenta Rush.

— Ça a incité le commissaire à accorder plus de moyens à notre enquête – dont l'hélicoptère, poursuivit Brayden. Nous avons tracé l'appel de Rivers et découvert qu'il était à Whispering Woods. On essaie de t'appeler depuis ce matin pour te le dire. On a fini par se lasser et décider de venir.

— Je suis content que tu aies pensé à moi, maman, ironisa Rush.

— Tu t'en plains ?

Rush secoua la tête.

— Non. Je suis sincèrement content de vous voir. Mais comment avez-vous fait pour nous trouver au milieu de nulle part ?

— Triangulation et imagerie thermique, répondit Harley. On a trouvé ton téléphone dans une cabane, mais pas toi. Alors Anderson a eu l'idée brillante d'utiliser la caméra thermique. On vous a repérés tout de suite.

Alessandra dut admettre qu'elle était impressionnée par l'efficacité des partenaires de Rush. Alors qu'elle s'apprêtait à le leur dire, son casque crachota et elle entendit une voix féminine.

Il ne fallut qu'un instant à Rush pour comprendre que le message venait du standard de la police.

— À toutes les unités ! lança une femme étrangement nerveuse dont il ne reconnut pas la voix. Code 12-30. Deux véhicules à intercepter.

Ce fut Anderson qui répondit.

— Ici l'inspecteur Anderson Somers de la police de Freemont City. Un 12-30 ? Conduite dangereuse ?

— Oui, inspecteur, répondit la standardiste. Deux véhicules traversent la ville en grave excès de vitesse. Ils ont grillé plusieurs stops. Personne ne peut intervenir.

Elle soupira.

— Je suis désolée, inspecteur, ajouta-t-elle. C'est mon premier jour.

— Ce n'est pas grave, répondit Anderson avec son amabilité naturelle. Pourquoi n'y a-t-il personne pour intervenir ?

— Tout le monde s'occupe de l'incendie dans la zone industrielle.

Rush pressa les doigts d'Alessandra.

— Décrivez-moi les deux véhicules et dites-moi où ils sont, demanda Anderson. On s'en occupe.

— Merci ! soupira la standardiste. Les deux voitures se dirigent vers le nord. La première est noire, la deuxième bleue ou grise. Aucun des témoins – il y en a quatre – n'a bien vu les conducteurs. L'un d'eux pense que celui de la deuxième voiture est barbu.

Randall Rivers.

Alessandra devait être parvenue à la même conclusion, parce qu'elle serra sa main plus fort.

— Bien reçu, déclara Anderson. On est en route.

— Merci, inspecteur.

La radio crachota quand la standardiste mit fin à l'appel.

— Vous pensez tous qu'il s'agit de Rivers et de Garibaldi, n'est-ce pas ? demanda Anderson.

— Il n'y a qu'une route qui traverse la ville, répondit Rush. Et on peut faire un bon barrage avec un hélicoptère.

— Je suis d'accord, dit Brayden. Tu peux nous poser sur la route, Anderson ?

— À tes ordres, Maxwell, lança Anderson.

L'hélicoptère changea de direction. Quelques minutes plus tard, ils se posèrent sur la route, au sommet d'une colline.

Il avait été décidé qu'Anderson resterait aux commandes et que Brayden et Harley se tiendraient de part et d'autre de l'hélicoptère.

Rush, pour sa part, devait emmener Alessandra dans les bois, où elle ne risquerait pas de prendre une balle perdue.

Alors qu'il détachait son harnais, un coup de klaxon furieux lui fit tourner la tête.

— Je pense qu'ils seront là plus vite qu'on ne s'y attendait, commenta Anderson.

Rush aida Alessandra à descendre de l'hélicoptère. Les deux voitures étaient déjà visibles en bas de la colline. Elles roulaient à tombeau ouvert.

La voiture bleue tremblait, mais elle réussissait à suivre la voiture noire sans se laisser distancer. Elle réussit même à la percuter dans un virage et Rush crut un instant que Garibaldi allait quitter la route. Malheureusement, celui-ci reprit vite le contrôle de son véhicule.

Rush s'empressa d'entraîner Alessandra dans les bois. Quand il fut certain qu'ils n'étaient plus visibles de la route, il la prit dans ses bras et tendit l'oreille.

Les rugissements des moteurs devinrent de plus en plus puissants.

Ils devraient ralentir, songea-t-il.

Garibaldi et Randall avaient forcément vu l'hélicoptère.

— Pourquoi ne ralentissent-ils pas ? chuchota Alessandra, les yeux écarquillés de terreur.

— Parce qu'ils essaient de s'intimider, répondit Rush sans réfléchir.

— Mais… Mon père ne s'arrêtera pas s'il pense qu'il peut forcer Jesse à se tuer, balbutia Alessandra.

— Je sais.

— Nous devons faire quelque chose !

Elle avait raison. Même si Rush n'avait parlé que quelques minutes à Randall, il était certain que le père d'Alessandra était prêt à tout pour réparer ses erreurs. Il ne s'arrêterait pas et son héroïsme provoquerait une tragédie.

Qu'est-ce qui pourrait l'inciter à s'arrêter ?

Quand la réponse lui vint, il se tourna vers Alessandra.

— Embrasse-moi, demanda-t-il plus durement qu'il ne le voulait.

Alessandra cligna des yeux. La sentant sur le point de protester, Rush pressa ses lèvres contre les siennes. Il compta jusqu'à cinq – il n'osait pas s'attarder davantage – avant de s'écarter.

— Que se passe-t-il, Rush ?– Promets-moi de rester ici, répondit-il en détachant sa ceinture.

— Non.

— Je veux être sûr que tu restes en vie.

— Et tu voudrais que j'accepte ta mort ?

Il tira sa ceinture des passants et attrapa les mains d'Alessandra. Elle essaya de lui échapper, mais il fut plus rapide. Il ne lui fallut que quelques secondes pour l'attacher à un arbre.

— Je suis désolé, la Rouquine, lui dit-il.

— Tu es désolé ? s'écria-t-elle. Tu m'attaches !

— Je t'ai attachée, la corrigea-t-il.

Même s'il avait laissé assez de mou pour qu'elle puisse se libérer toute seule en quelques minutes, il s'en voulait terriblement.

— Pourquoi ? demanda-t-elle.

— Parce que je sais que tu ne resterais pas ici sans ça.

— Et si un homme de main de Jesse me trouvait ?

C'était un argument désespéré. Il était sûr qu'elle ne croyait pas plus que lui à cette hypothèse.

— À moins qu'il n'ait un hélicoptère, lui aussi, tu te seras libérée avant.

— S'il te plaît, Rush…

Il eut envie de l'embrasser encore et de se confondre en excuses, mais il n'avait pas le temps. Il devait se dépêcher de mettre son plan à exécution. La seule chose qui pouvait détourner Randall Rivers de sa mission kamikaze était la crainte de faire du mal à sa fille.

Rush jeta un dernier regard chargé de regret à Alessandra avant de courir vers la route.

20

Abasourdie, Alessandra regarda Rush s'éloigner. Elle ne savait pas ce qu'il avait en tête, mais cela ne pouvait pas lui plaire, puisqu'il l'avait attachée.

À ce propos, ne devrais-tu pas faire quelque chose au lieu de rester figée comme une idiote ?

Elle secoua la tête et reporta son attention sur la ceinture. Elle tira dessus deux fois avant de se rendre compte qu'elle ne faisait que la serrer davantage.

Ne voyant pas de meilleure option, elle décida de s'accroupir pour attaquer la ceinture avec ses dents. Lorsqu'elle passa à l'acte, ses tongs la trahirent pour la toute première fois. L'avant de sa tong droite se coinça dans une racine et Alessandra s'étala de tout son long.

Elle essaya de se relever, mais elle avait horriblement mal à un genou et aux mains parce qu'elle était tombée dans des chardons.

Alors l'évidence la frappa.

Mes mains dans des chardons…

La ceinture s'était détachée comme par magie pendant sa chute.

Alors qu'elle se relevait, une succession de bruits horribles la fit grimacer : des grincements métalliques, un choc d'une violence inouïe, puis des coups de feu.

Elle fonça vers la route en abandonnant sa tong et sans se soucier des branches qui lui fouettaient le visage. Sa part rationnelle savait que ce n'était qu'une course de quelques secondes, mais elle eut l'impression que cela dura une éternité. Elle se figea à l'orée des bois en découvrant une scène chaotique sur laquelle régnait une alarme de voiture.

Où était Rush ? Où était son père ?

Son regard tomba d'abord sur la voiture noire, qui était couchée sur le côté. La portière du conducteur avait disparu.

Jesse n'était pas dedans. Alors qu'elle le cherchait des yeux, un mouvement attira son regard sur sa gauche. Elle tourna vivement la tête, mais elle ne vit plus rien. Elle reporta son attention sur l'hélicoptère, qui n'était qu'à quelques mètres d'elle, et s'aperçut qu'Anderson gisait devant son siège, face contre terre.

Alors qu'elle s'apprêtait à se précipiter vers lui, elle le vit se décaler légèrement et comprit que sa position était volontaire.

Elle soupira de soulagement.

La voiture de son père était perpendiculaire à la route, les deux roues avant suspendues au-dessus du fossé, et toute cabossée.

Les cauchemars qu'elle faisait depuis quinze ans revinrent la hanter. Combien de fois s'était-elle réveillée en sursaut après avoir cru voir les derniers instants de son père ?

Elle ferma les yeux et se répéta que ses cauchemars avaient été mensongers. Son père n'était pas mort dans un accident de voiture quinze ans plus tôt. Elle rouvrit les yeux. Il n'était pas non plus dans la voiture bleue cabossée… Mais elle ne pouvait pas en déduire qu'il était sain et sauf.

Elle jeta un nouveau coup d'œil à Anderson, le seul personnage visible de la scène. Comment cinq hommes avaient-ils pu disparaître sans laisser de trace ? Alors qu'elle se posait cette question, tout s'accéléra.

Quelqu'un cria son nom sur sa droite.

Elle entendit des bruits de pas derrière elle.

Des bras s'enroulèrent autour de sa taille.

Elle ressentit une brûlure à l'épaule.

Elle crut voir quelque chose de noir du coin de l'œil avant de se retrouver plaquée au sol.

Le souffle coupé, elle rencontra le regard de son père. Celui-ci changea de position, glissa ses mains sous ses épaules et la tira de l'autre côté de la route. Elle n'avait pas encore repris son souffle quand d'autres mains la soulevèrent. Alors les yeux de Rush remplacèrent ceux de son père dans son champ de vision. Il semblait furieux, mais elle s'en moquait éperdument parce qu'elle n'éprouvait que du soulagement.

Rush glissa dans le fossé, qui leur servait d'abri, et posa Alessandra pour examiner son épaule. La balle avait déchiré son T-shirt et brûlé sa peau sur plusieurs centimètres. Ce devait être très douloureux, mais Alessandra avait une chance invraisemblable. De toute sa carrière, Rush n'avait jamais vu une blessure par balle aussi insignifiante.

Quand il leva les yeux vers le visage d'Alessandra, il fut stupéfait de la voir sourire comme une idiote. Elle avait l'air ravie alors qu'elle venait d'échapper à la mort.

— Arrête de sourire ! grommela-t-il.

— Tu vas bien, répondit-elle en lui effleurant la joue.

— Oui, je vais bien, mais tu viens de te faire tirer dessus.

— Ce n'est qu'une égratignure.

— Je t'ai demandé de rester à couvert.

— Tu m'as attachée à un arbre, lui rappela-t-elle.

— Quoi ? s'écria Harley à deux pas d'eux.

— N'es-tu pas censé surveiller Garibaldi ? aboya Rush.

— Je peux faire plusieurs choses en même temps, répliqua Harley.

Rush reporta son attention sur Alessandra, qui souriait toujours, et sentit sa colère l'abandonner.

Elle balaya leur petite forteresse du regard.

Harley et Brayden étaient accroupis près d'une roue de la voiture, l'arme au poing. Randall, adossé au fossé, reprenait son souffle.

Rush s'en voulait de ne pas avoir réagi assez vite. Alors qu'il criait pour avertir Alessandra, Randall s'élançait déjà. Heureusement, Randall avait réussi à la récupérer avant que l'un d'eux ne soit sérieusement blessé.

Après avoir achevé son inspection, Alessandra replongea son regard dans le sien. Elle attendait des explications.

Ce fut Randall qui dévoila le plan qu'il lui avait caché.

— Ton petit ami a eu l'idée brillante de se jeter sous mes roues, dit-il.

Alessandra écarquilla les yeux.

— Qu'est-ce qui t'a pris ? s'écria-t-elle.

— J'étais sûr qu'il s'arrêterait, répondit Rush.

— Il a eu de la chance que je *puisse* m'arrêter, grommela Randall.

— Ça valait mieux que de vous écraser dans un hélicoptère, non ? se défendit Rush. Ne me faites pas passer pour le méchant de l'histoire.

Alessandra soupira.

— Vous êtes fous. Vous n'avez pas à jouer les héros et à risquer de mourir pour…

Elle laissa sa phrase en suspens.

Cette fois encore, ce fut Randall qui répondit.

— Bien sûr que si, gamine, dit-il d'une voix chargée d'émotion. Nous sommes tous les deux prêts à faire tous les sacrifices nécessaires pour te protéger. Et je t'aurais sûrement mieux attachée que Rush, si j'avais été à sa place.

— Papa !

— Maintenant que nous avons établi que vous êtes aussi fous l'un que l'autre, pouvons-nous chercher un moyen de faire tourner cette impasse en notre faveur ? intervint Brayden.

— Une impasse ? répéta Alessandra.

Rush acquiesça.

— Garibaldi a freiné quand j'ai obligé ton père à s'arrêter – trop brutalement, de toute évidence, puisque sa voiture s'est retournée. Malheureusement, il en est sorti sans une égratignure, ce qui nous a obligés à nous mettre à couvert. Il est toujours caché quelque part. Il ne peut pas venir par ici sans qu'on le voie. Il ne peut pas non plus s'enfuir à travers bois parce qu'Anderson a un fusil à lunette.

— À ce propos, pourquoi n'a-t-il pas tiré il y a deux minutes ? demanda Brayden.

— Il n'a sans doute pas voulu risquer de toucher Alessandra, répondit Rush.

— Qu'est-ce qu'on fait, maintenant ? interrogea Brayden. On ne peut pas attendre que Garibaldi meure de faim.

— Il faudrait l'inciter à sortir de sa cachette, dit Harley.

— Comment ? demanda Rush. En lançant un caillou et en croisant les doigts ?

— Rush ? murmura Alessandra.

— Quoi ? lui répondit-il avec toute la douceur dont il était capable.

— Je crois que je sais où est Jesse.

Il haussa un sourcil.

— Ah oui ?

— Oui, mais j'ai peur de te le dire parce que je ne veux pas que tu essaies encore de te sacrifier.

— Mais il faut que tu me le dises…

— Je sais, soupira-t-elle. C'est juste que je ne veux pas te perdre.

Il savait exactement ce qu'elle ressentait. Malheureusement, ce n'étaient pas leurs sentiments qui les sauveraient. Il déposa un baiser sur son front.

— On pourrait tous mourir si tu ne me le dis pas, lui rappela-t-il.

Elle poussa un nouveau soupir, puis répondit :

— Juste avant que Jesse ne me tire dessus, j'ai aperçu quelque chose de noir du coin de l'œil.

— Quelque chose de noir ? répéta Rush.

Elle hocha la tête.

— Je suis presque sûre que c'était la portière de sa voiture et qu'il est caché dessous. Et je crois avoir une idée pour l'inciter à sortir de là.

— Je suis tout ouïe.

21

Après avoir ordonné à Alessandra de s'éloigner un peu, Rush regarda les trois hommes qui se tenaient prêts à l'aider à mettre le plan à exécution. Garibaldi s'y laisserait-il prendre ? Il n'aurait pas fait une aussi belle carrière dans le crime s'il avait été stupide.

Ils comptèrent jusqu'à trois, puis tirèrent sur le pare-chocs de la voiture d'un même mouvement. Comme ils l'espéraient, des coups de feu retentirent quand le véhicule bascula. Rush attendit le coup de fusil d'Anderson en retenant son souffle, mais ce fut la voix de leur ami qui leur parvint.

— Garibaldi m'a chargé de vous dire qu'il avait des questions à vous poser, lança Anderson. Il veut que vous sortiez du fossé les mains sur la tête et il aimerait qu'Alessandra sorte la première – mais je vous promets de ne pas vous hanter si vous préférez me laisser mourir.

Malgré son estomac noué, Rush répondit :

— C'est très gentil de ta part.

— Tu me surnommes M. Charmant, non ? plaisanta Anderson.

— Tu l'as amplement mérité.

Rush interrogea ses camarades du regard en espérant que l'un d'eux avait une idée brillante, mais Harley et Brayden secouèrent tristement la tête. Randall s'était rapproché d'Alessandra et avait posé une main sur son épaule.

— N'essayez pas de gagner du temps ! cria Garibaldi. Je vous laisse trente secondes avant de tuer votre copain.

Rush serra les dents. Il ne pouvait pas laisser Alessandra s'exposer, mais il ne pouvait pas non plus laisser Anderson mourir.

— Vingt secondes ! lança Garibaldi.

— J'arrive ! cria Alessandra.

Rush tourna la tête vers elle. Alessandra échappa à son père et sortit du fossé sans lui laisser le temps de réagir.

Rush se raidit. Il savait ce que Garibaldi comptait faire. Il allait tirer sur Alessandra pour leur enlever toute lucidité et faire basculer la situation à son avantage.

Rush ne pouvait pas rester les bras croisés. Il bondit hors du fossé au moment où Alessandra s'écartait de la voiture. Il prit vaguement conscience de deux choses : Anderson gisait par terre, les yeux révulsés, et une sirène résonnait au loin. C'était secondaire. Tout ce qui comptait, c'était que Garibaldi visait Alessandra.

Comprenant qu'il n'avait pas d'autre choix, Rush plongea pour lui faire un rempart de son corps.

Un coup de feu retentit et Rush s'effondra. Alessandra poussa un cri d'horreur et de détresse qui contrasta vivement avec le silence de son cœur. Sans Rush, celui-ci n'avait plus de raison de battre.

Elle fit un pas vers Rush, puis se figea. Il y avait du sang autour de sa tête et il avait les yeux fermés. Le seul homme qu'elle ait jamais aimé venait de se faire tuer pour la sauver.

Alors le chaos l'enveloppa. Harley et Brayden

accoururent. Son père cria son nom. Anderson se redressa en posant une main sur sa tête et des sanglots déchirants résonnèrent.

Il fallut quelques instants à Alessandra pour comprendre qu'ils venaient d'elle.

Elle tomba à genoux.

Bien des choses avaient changé pour elle dans les quinze derniers jours. Elle avait perdu la boutique dont sa survie dépendait, elle avait découvert qu'un homme qu'elle avait connu toute sa vie était un meurtrier et elle avait retrouvé un père qu'elle croyait mort. Mais elle venait de comprendre que tout cela était secondaire parce qu'elle avait trouvé quelque chose de plus important qu'elle ne croyait même pas chercher : l'homme de sa vie, sa moitié. Et elle l'avait perdu avant d'avoir eu l'occasion de lui dire ce qu'elle ressentait pour lui.

Je t'aime.

— Je t'aime.

Elle cligna des yeux en entendant ces mots. Elle devait avoir basculé dans la folie parce que cette voix ressemblait à celle de Rush.

Il était toujours pâle et immobile. Comment aurait-il pu parler puisqu'elle ne le voyait même pas respirer ? Elle ferma les yeux. Alors elle entendit encore sa voix, bien trop clairement pour que ce soit une hallucination auditive.

— Je t'aime, la Rouquine. Si tu ne me dis pas que tu m'aimes immédiatement, je vais croire que tu ne me le diras jamais.

Elle ouvrit les yeux et rencontra le regard de Rush.

— Je jure de te tuer si tu n'es en vie que dans mon imagination, murmura-t-elle.

Il esquissa un sourire.

— As-tu entendu ce que je viens de dire ?

— Que tu m'aimais.

— Et ?

— Je jure devant Dieu…

— Je suis en vie, la Rouquine.

Les joues inondées de larmes, elle posa sa tête sur son torse.

— Jesse t'a tiré dessus…

— Je crois que c'est moi qui lui ai tiré dessus, la corrigea-t-il en soulevant un peu son arme.

— Mais il y a du sang tout autour de ta tête…

— Je me suis méchamment cogné en tombant.

Elle se redressa.

— Je vais demander à tes amis d'appeler une ambulance.

Il lui saisit le poignet alors qu'elle s'apprêtait à se lever.

— La Rouquine ?

— Quoi ?

— J'attends toujours.

— Oh.

— Alors ?

Elle hésita.

— Il se produit une catastrophe à chaque fois que je le pense.

Rush esquissa un sourire et tourna la tête.

— Eh, Brayden ! cria-t-il.

— Quoi ?

— Est-ce que c'est fini ?

— On dirait bien, même si j'ai du mal à le croire.

— Merci ! répondit Rush avant de reporter son attention sur elle. Brayden ne ment jamais. L'enquête est close.

Elle contempla son visage qu'elle ne connaissait pas

deux jours plus tôt, songea à l'air rêveur de sa mère quand elle parlait d'amour et fut certaine de l'avoir à cet instant.

— Moi aussi, je t'aime, Rush, répondit-elle d'une voix vibrante d'émotion.

Il lui décocha un grand sourire.

— Dieu merci ! s'écria-t-il. Maintenant, à propos de cette ambulance…

Épilogue

Quinze mois plus tard

Rush observa ses trois amis dans le miroir devant lequel il se tenait.

Harley, assis sur le bord de la fenêtre, ajustait la rose de sa boutonnière pour essayer de cacher une tache de peinture. Rush esquissa un sourire et secoua la tête. Pourquoi avait-il fallu qu'il peigne avant de venir ?

Anderson était assis sur le bureau et absorbé dans la lecture d'un manuel. Le fiancé de l'institutrice retournait à l'école…

Brayden était adossé au mur. Il était parfaitement rasé et son smoking lui allait comme un gant. Quand il se tourna un peu, Rush aperçut le menu du Frost Family Diner dans sa poche et faillit éclater de rire.

Il reporta son attention sur son reflet, tira sur son nœud papillon et fit une grimace.

— Très bien ! soupira-t-il. Je m'avoue vaincu.

Brayden pouffa.

— Le redoutable Rush Aaron Atkinson est vaincu par un nœud papillon ?

— Ce n'est pas le nœud papillon, lança Harley. C'est l'amour…

— Maintenant, je suis tout à fait sûr que l'un de mes garçons d'honneur est un gamin, répondit Rush.

— Il se trouve que le garçon d'honneur en question est un homme d'affaires et un propriétaire, dit Harley.

— C'est vrai ? s'écria son frère. Et quand comptais-tu nous le dire ?

— Je ne voulais pas gâcher le grand jour de Rush, mais il y a de bonnes chances pour que Liz tombe dans le champagne et le dise à tout le monde. Nous rouvrons sa galerie la semaine prochaine et nous avons acheté le bâtiment. Les tableaux sont garantis sans héroïne.

— Très drôle, commenta Brayden.

— Ça ne gâche absolument rien, répondit Rush en offrant un grand sourire à son ami. Mes félicitations.

Anderson s'éclaircit la voix.

— Si c'est comme ça, j'ai une nouvelle à annoncer, moi aussi, dit-il en fermant son livre. Nadine est enceinte. Elle devrait accoucher deux semaines après la fin de ma formation d'infirmier.

— Merde, dit Harley.

— Quoi ? s'inquiéta Anderson.

— Tu me voles la vedette.

Rush éclata de rire.

— Je vous rappelle que je suis le seul d'entre nous à me marier dans trois minutes.

— C'est vrai, dit Brayden. On a quelque chose à faire.

— À moins que tu n'aies une nouvelle à annoncer, commissaire ? le taquina Rush.

— Pas de nouvelle de mon côté. Et combien de fois devrai-je vous répéter qu'il n'y a pas de commissaire à Whispering Woods ?

— Tu es le plus haut gradé. Ça revient au même, répondit Harley.

— Plus que quatre-vingt-dix secondes ! lança Anderson.

Ils se dirigèrent vers la porte.

— Croyez-vous qu'ils diraient qu'on a bien fait les choses ?

Ils perdirent tous leur sourire et personne ne demanda de qui il parlait. La mort de Garibaldi sur le trajet vers l'hôpital ne leur avait pas permis d'honorer leur serment jusqu'au bout. Ce n'était même pas la balle de Rush qui l'avait tué. Garibaldi était mort d'une crise cardiaque – inévitable et immédiate, d'après le médecin légiste.

Ils ne sauraient jamais si Garibaldi avait deviné qui ils étaient et pourquoi ils le traquaient. Ce résultat n'était pas tout à fait celui qu'ils espéraient. Garibaldi n'irait jamais en prison. Mais Rush ne se sentait pas lésé. Il estimait avoir gagné bien plus qu'il n'avait perdu.

— Je pense que nos pères se réjouiraient pour nous, répondit-il. Ils nous rappelleraient que la vie n'est pas parfaite et ils nous diraient que tout ce qu'on a accompli ces seize dernières années nous a conduits à vivre cet instant. Je me marie, Anderson va devenir père, Harley est déjà marié et Brayden fait régner l'ordre en ville.

Ils se turent quelques instants, puis Harley s'éclaircit la voix.

— Je vous l'ai dit, les gars : c'est l'amour…

Alors ils éclatèrent de rire et se mirent à parler tous en même temps. L'inquiétude, la peur et la tristesse des seize dernières années n'y étaient pour rien. Il était temps de tourner la page. Ils pouvaient enfin être les hommes qu'ils étaient destinés à devenir.

Retrouvez en décembre 2020,
dans votre collection

BLACK ROSE

Opération : bébé menacé, de Julie Anne Lindsey-N°614

SÉRIE GARDES DU CORPS EN ALERTE 2/4

Stupéfaite, Emma fixe l'homme qui vient de frapper à sa porte. Comment aurait-elle pu imaginer en faisant appel à une agence de sécurité pour les protéger, elle et son bébé, qu'elle se retrouverait face à Sawyer Lance ? Sawyer qui depuis un an ne lui a plus donné de nouvelles. Sawyer qui, visiblement aussi surpris qu'elle, l'enveloppe de son regard bleu. Le même que celui de son fils dont il ignore l'existence…

Accusé à tort, de Lena Diaz

Qui a allumé l'incendie criminel pour lequel Brian Sterling a été accusé et jeté en prison ? Pour Peyton, sa sœur, pas de doute possible : Brian est innocent, et elle est prête à tout pour le prouver. Prête à le cacher car il vient de s'évader… Prête à le défendre bec et ongles contre Colin, son ex-petit ami, devenu policier et avec qui elle a rompu après le drame qui a brisé leur amour…

Secrète ressemblance, de Janice Kay Johnson - N°615

Et si le criminel s'était trompé de cible ? Sceptique, Seth Renner observe Helen Boyd, la locataire de la maison où une femme vient d'être assassinée. Pour lui la ressemblance entre la victime et Helen ne peut pas être une coïncidence. D'autant que la troublante Helen semble bien décidée à garder pour elle ses secrets. Comme si une mystérieuse menace pesait sur sa vie et celle de son petit garçon…

Les disparues de Roaring Springs, d'Addison Fox

Dans les montagnes de Roaring Springs, les corps de plusieurs femmes ont été découverts suite à une avalanche. Pour Trey Colton, c'est l'occasion de prouver ses qualités d'enquêteur et de briguer le poste de shérif de la ville. Mais, pour mettre toutes les chances de son côté, il doit d'abord trouver une fiancée. Sans hésiter, il propose à Aisha, son amie d'enfance, de jouer ce rôle pour un temps…

Retrouvez en décembre 2020,
dans votre collection

BLACK ROSE

Pour retrouver sa fille, de Rita Herron - N°616

Où est Alice ? Depuis cinq ans, Cora Reeves recherche sa fille qui a été enlevée à l'hôpital où elle venait d'accoucher. Mais voilà que les événements se précipitent. Persuadée qu'une de ses élèves, une enfant adoptée prénommée Nina, est en réalité Alice, Cora est renvoyée de l'établissement où elle enseignait. Seul, Jacob Maverick, le shérif local, croit en sa sincérité et accepte de l'aider...

Unis face au risque, de Justine Davis

Depuis qu'elle a découvert une clé USB contenant des informations top secret dans les affaires de Greg, son père tué en mission, Amanda Bonner est en danger. Mais pas question pour autant qu'elle accepte la protection que lui offre Adam, l'ex-coéquipier de son père. Car ils étaient ensemble quand Greg a été tué, et Amanda est persuadée qu'Adam l'a lâchement abandonné à son funeste destin…

La menace du passé, de Lisa Childs - N°617

Alors qu'il est de retour à Saint Louis, sa ville natale, Thad a deux obsessions : retrouver l'homme qui a tué ses parents, et revoir Caroline, la femme qu'il n'a jamais cessé d'aimer… Mais, en rendant visite à Caroline, Thad découvre qu'elle a eu un enfant de lui. Un petit garçon qui va bientôt se retrouver en danger car, sans le vouloir, Thad l'a désigné comme cible au meurtrier de ses parents…

Une troublante suspecte, de Jennifer Morey

Remy Lang et Sabrina Tierney ne sont qu'une seule et même personne… Après avoir enquêté sur sa nouvelle voisine, Lincoln Ivy découvre qu'elle lui a menti sur son identité et qu'elle est recherchée pour meurtre… Dangereusement attiré par la belle rousse aux yeux verts qui fait naître en lui un étrange instinct protecteur, il décide de poursuivre ses recherches afin de découvrir la vérité…

Composé et édité par HarperCollins France.

Achevé d'imprimer en octobre 2020.

CPi
BLACK PRINT

Barcelone

Dépôt légal : novembre 2020.

MIXTE
Papier issu de sources responsables
FSC® C108412

Pour limiter l'empreinte environnementale de ses livres, HarperCollins France s'engage à n'utiliser que du papier fabriqué à partir de bois provenant de forêts gérées durablement et de manière responsable.

Imprimé en Espagne.